唐七言诗式

黄侃 编选
熊礼汇 辑评

长江出版传媒 崇文书局

目　次

唐七言诗式卷上

宗楚客（选一首）
　奉和幸安乐公主山庄应制 ……………………… 3
宋之问（选一首）
　嵩山石淙侍宴应制 ……………………………… 5
李峤（选一首）
　奉和初春幸太平公主南庄应制 ………………… 7
杜审言（选一首）
　春日京中有怀 …………………………………… 9
苏颋（选一首）
　奉和春日幸望春宫应制 ………………………… 11
张说（选二首）
　潖湖山寺 ………………………………………… 13
　破阵乐 …………………………………………… 15
沈佺期（选一首）
　古意 ……………………………………………… 17
张谔（选一首）
　九日 ……………………………………………… 19

李憕(选一首)

    奉和圣制从蓬莱向兴庆阁道中留春雨中春望之作应制 ……… 20

王维(选十一首)

    夷门歌 ……………………………………………… 22
    桃源行 ……………………………………………… 23
    同崔傅答贤弟 ……………………………………… 25
    故人张諲工诗,善《易》卜,兼能丹青、草、隶,顷以诗见赠,聊获
      酬之 ……………………………………………… 26
    送李睢阳 …………………………………………… 26
    敕借岐王九成宫避暑应教 ………………………… 28
    送方尊师归嵩山 …………………………………… 29
    少年行四首(其一) ………………………………… 29
    田园乐七首(其三) ………………………………… 30
    田园乐七首(其五) ………………………………… 30
    田园乐七首(其六) ………………………………… 31

崔颢(选三首)

    七夕 ………………………………………………… 33
    长安道 ……………………………………………… 33
    行径华阴 …………………………………………… 34

李颀(选八首)

    古从军行 …………………………………………… 36
    放歌行答从弟墨卿 ………………………………… 37
    欲之新乡,答崔颢、綦毋潜 ……………………… 39
    送从弟游江淮兼谒鄱阳刘太守 …………………… 40
    送陈章甫 …………………………………………… 41
    爱敬寺古藤歌 ……………………………………… 42

听董大弹胡笳兼寄语弄房给事 ………………………… 43
　　题璿公山池 ……………………………………………… 44
王昌龄（选二首）
　　箜篌引 …………………………………………………… 46
　　送狄宗亨 ………………………………………………… 48

刘长卿（选六首）
　　客舍喜郑三见寄 ………………………………………… 50
　　送贾三北游 ……………………………………………… 51
　　听笛歌留别郑协律 ……………………………………… 52
　　疲兵篇 …………………………………………………… 53
　　望龙山怀道士许法稜 …………………………………… 54
　　苕溪酬梁耿别后见寄 …………………………………… 55

崔曙（选一首）
　　九日登望仙台呈刘明府容 ……………………………… 57

张谓（选一首）
　　别韦郎中 ………………………………………………… 60

岑参（选十二首）
　　白雪歌送武判官归京 …………………………………… 62
　　与独孤渐道别长句兼呈严八侍御 ……………………… 63
　　送费子归武昌 …………………………………………… 64
　　卫节度赤骠马歌 ………………………………………… 65
　　燉煌太守后庭歌 ………………………………………… 67
　　走马川行奉送出师西征 ………………………………… 68
　　轮台歌奉送封大夫出师西征 …………………………… 70
　　天山雪歌送萧治归京 …………………………………… 71
　　蜀葵花歌 ………………………………………………… 72

西亭子送李司马 …… 73
　　奉和相公发益州 …… 74
　　赴北庭度陇思家 …… 75

高适(选五首)
　　古大梁行 …… 78
　　邯郸少年行 …… 79
　　燕歌行 …… 80
　　送浑将军出塞 …… 83
　　夜别韦司士得城字 …… 84

钱起(选四首)
　　卢龙塞行送韦掌记 …… 87
　　送崔校书从军 …… 87
　　送邬三落第还乡 …… 88
　　送傅管记赴蜀军 …… 88

韩翃(选五首)
　　送客还江东 …… 90
　　送中兄典邵州 …… 91
　　别氾水县尉 …… 91
　　寒食 …… 92
　　送陈明府赴淮南 …… 94

皇甫冉(选一首)
　　送郑二之茅山 …… 96

任华(选一首)
　　寄杜拾遗 …… 98

严武(选一首)
　　军城早秋 …… 101

顾况（选二首）

　　短歌行 …………………………………… 102

　　归山 ……………………………………… 103

卢纶（选一首）

　　送万巨 …………………………………… 104

王建（选三首）

　　远将归 …………………………………… 106

　　雉将雏 …………………………………… 106

　　宫中三台 ………………………………… 107

唐七言诗式卷中

李白（选十首）

　　扶风豪士歌 ……………………………… 113

　　同族弟金城尉叔卿烛照山水壁画歌 …… 115

　　梦游天姥吟留别 ………………………… 116

　　蜀道难 …………………………………… 119

　　远别离 …………………………………… 122

　　送羽林陶将军 …………………………… 124

　　春夜洛城闻笛 …………………………… 127

　　横江词六首（其五）……………………… 128

　　山中问答 ………………………………… 129

　　山中与幽人对酌 ………………………… 130

杜甫（选四十八首）

　　乐游园歌 ………………………………… 134

　　渼陂行 …………………………………… 135

5

丹青引	137
寄韩谏议注	141
茅屋为秋风所破歌	143
荆南兵马使太常卿赵公大食刀歌	144
兵车行	146
短歌行	148
至日遣兴奉寄北省旧阁老两院故人（其二）	150
送韩十四江东觐省	151
南邻	153
阁夜	154
和裴迪登蜀州东亭送客逢早梅相忆见寄	156
所思	157
小寒食舟中作	158
郑驸马宅宴洞中	160
题省中院壁	161
题郑县亭子	162
望岳	163
崔氏东山草堂	164
将赴成都草堂途中有作，先寄严郑公五首（其五）	165
至后	166
九日	167
十一月一日三首（其一）	168
十一月一日三首（其二）	168
赤甲	170
愁	171
雨不绝	173

昼梦	174
简吴郎司法	175
七月一日题终明府水楼二首（其二）	175
暮春	176
即事	177
滟滪	178
白帝	179
黄草	180
白帝城最高楼	181
暮归	183
覃山人隐居	184
题柏学士茅屋	185
晓发公安	187
长沙送李十一	188
寄岑嘉州	189
绝句漫兴九首（其三）	190
绝句漫兴九首（其四）	190
绝句漫兴九首（其八）	191
春水生二绝（其一）	192
春水生二绝（其二）	192

唐七言诗式卷下

韩愈（选十三首）

石鼓歌	197
雪后寄崔二十六丞公	201

山石 ········· 202

　　谒衡岳庙,遂宿岳寺,题门楼 ········· 205

　　酬司马卢四兄云夫院长望秋作 ········· 207

　　寒食日出游 ········· 209

　　赠崔立之评事 ········· 210

　　陆浑山火和皇甫湜用其韵 ········· 212

　　送区弘南归 ········· 216

　　刘生诗 ········· 218

　　汴州乱二首(其二) ········· 221

　　利剑 ········· 222

　　嗟哉董生行 ········· 223

柳宗元(选二首)

　　杨白花 ········· 226

　　夏昼偶作 ········· 227

刘禹锡(选二首)

　　石头城 ········· 230

　　答乐天临都驿见赠 ········· 231

李贺(选八首)

　　正月 ········· 234

　　三月 ········· 235

　　九月 ········· 236

　　十月 ········· 236

　　雁门太守行 ········· 238

　　贵生征行乐 ········· 239

　　湘妃 ········· 241

　　夜坐吟 ········· 242

元稹（选一首）
　　田家词 …………………………………………… 245

白居易（选一首）
　　真娘墓 …………………………………………… 249

鲍溶（选二首）
　　晚山蝉 …………………………………………… 250
　　暮春戏赠樊宗宪 ………………………………… 251

周贺（选一首）
　　送李亿东归 ……………………………………… 252

李商隐（选一首）
　　韩碑 ……………………………………………… 255

杜秋娘（选二首）
　　金缕词 …………………………………………… 259
　　胡笳曲 …………………………………………… 260

《唐七言诗式》浅说 ………………………… 熊礼汇 261

附录

李义山诗偶评 ………………………………… 黄　侃 347
试论律诗的"一三五不论，二四六分明" ……… 刘永济 361

后记 …………………………………………… 熊礼汇 371

唐七言诗式

卷上

黄季刚选录诗篇
熊敬之摘钞评语

宗楚客

（？—710），字叔敖，祖籍南阳，后移居蒲州河东（今山西永济）。武则天从姊之子。登进士第。武后朝，官至户部侍郎，后坐赃流岭外岁余而还。为武懿宗所劾，自文昌左丞贬播州司马；大足四年（704），复以夏官侍郎、同鸾台凤阁平章事，旋贬原州都督。神龙初，武三思用事，引为太仆卿，后官兵部尚书、同中书门下三品。三思殁，附韦氏，为中书令，与侍中纪处讷结为朋党。韦氏败，被杀。

楚客景龙中为修文馆大学士，侍应中宗游宴唱和，颇多应制之作。《全唐诗》存诗六首，断句有三，即均属应制之体。杨慎云："唐自贞观至景龙，诗人之作，尽是应制。命题既同，体制复一，其绮绘有余，而微乏韵度。"（《升庵诗话》卷八）钱谦益云："今夫应制之诗，椎轮于汉武之《柏梁》、陈思之《应诏》，而增华掞藻，极于唐之景龙、开元，茂矣，美矣，不可以复请矣。"（《有学集·历朝应制诗序》）

奉和幸安乐公主山庄应制

玉楼银榜枕严城，翠盖红旗列禁营。
日映层岩图画色，风摇杂树管弦声。
水边重阁含飞动，云里孤峰类削成。
幸睹八龙游阆苑，无劳万里访蓬瀛。

【诗作摘评】

一，扈跸从游，望见山庄，其弘丽有如此者。二，车驾已到，楚兵初列，其严整有如此者。中二联，则专写既入山庄后之景也。或远或近，或俯或仰、异境重重，应接不暇。真所谓别有天地非人间

也,又何必十洲三岛之定胜于此耶!(赵臣瑗《山满楼笺注唐诗七言律》)

"日映""风摇"中含"幸"字。中二联看其运化之妙。(李因培选评,凌应曾注《唐诗观澜集》卷十二)

八句皆对,能以鳌实胜人。(沈德潜《唐诗别裁集》卷十三)

庄丽。(宋宗元《网师园唐诗笺》卷十)

与李巨山章法悉同,而五、六句法雄健过之。收亦对句,稍阔,不及李切。(方东树《昭昧詹言》卷十五)

宋之问

(656?—712?),一名少连,字延清,虢州弘农(今河南灵宝)人。高宗上元二年(675)中进士第,万岁登封元年(696)为洛州参军。武后晚年转尚书监丞、左奉宸内供奉。因依附张易之兄弟,易之败,被贬为泷州参军。遇赦还京,起为鸿胪主簿。中宗景龙年间转考功员外郎,知景龙二年(708)贡举。后又被贬为越州长史。睿宗即位,流放钦州。玄宗先天初年(712),赐死桂州。《全唐诗》存诗三卷。

宋之问与沈佺期同为初唐律诗体式建立的代表性人物,所谓"声病兴而诗有町畦,然古今体之分,成于沈、宋"(赵执信《谈龙录》)。或谓"梁陈古、律混淆,迄于唐初亦然。至陈子昂古体始复,至杜、沈、宋三公而律体始成,亦犹天地再判,清浊始分,四子之功,于是为大矣"(许学夷《诗源辩体》)。《新唐书·文艺传》云:"魏建安后迄江左,诗律屡变。至沈约、庾信,以音韵相婉附,属对精密。及之问、沈佺期,又加靡丽,回忌声病,约句准篇,如锦绣成文。学者宗之,号为'沈宋'。"胡应麟云:"沈、宋本自并驱,然沈视宋稍偏枯,宋视沈较缜密。沈制作亦不如宋之繁富。沈排律工者不过三数篇,宋则遍集中无不工者,且篇篇平正典重,赡丽精严,初学入门,所当熟习。"(《诗薮·内篇》)之问律诗,大抵研练精切,稳顺声势,句必偶,韵必谐,句剪字裁,以精巧胜人。

嵩山石淙侍宴应制

离宫秘苑胜瀛洲,别有仙人洞壑幽。
岩边树色含风冷,石上泉声带雨秋。
鸟向歌筵来度曲,云依帐殿结为楼。
微臣昔忝方明御,今日还陪八骏游。

【题解】

《全唐诗》题一作《三阳宫侍宴应制得幽字》。

【诗作摘评】

七言近体,起自初唐应制,句法严整。或实字叠用,虚字单使,自无敷演之病。(谢榛《四溟诗话》卷四)

初唐七言律缛靡,多谓应制使然,非也,时为之耳。此后若《早朝》及王、岑、杜诸作,往往言宫掖事,而气象、神韵,迥自不同。(胡应麟《诗薮·内编》卷四)

盖唐人作诗,随题成体,非有一定之体。沈、宋诸公七律之高华典重,以应制故,然非诸诗皆然,而可立为初唐之体也。(吴乔《围炉诗话》卷三)

沈、宋应制诸作,精丽不待言,而尤在运以流宕之气。此元自六朝风度变来,所以非后来试帖所能几及也。(翁方纲《石洲诗话》卷一)

宋古诗多佳,真苦收之不尽。律诗扈从、应制诸篇,实亦不能高出于沈。山水丽情,则沈犹竹生云梦,宋则伶伦子吹之作凤鸣矣。(贺裳《载酒园诗话》卷二)

之问诗文情并茂,虽取法齐梁,而古调犹未尽泯。自杜审言下逮蒋挺辈,并入近体,惟杂曲作齐梁耳。(丁仪《诗学渊源》卷八)

李峤

(645?—714?),字巨山,赵州赞皇(今属河北)人。弱冠中进士第,高宗上元间举制策甲科,授长安尉。累迁监察御史、给事中。武后圣历初到中宗时,曾三度入相,也曾数次贬官。中宗神龙二年(706)任中书令,三年(707)加修文馆大学士,封赵国公,以特进同中书门下三品。睿宗即位,罢知政事,以怀州刺史致仕。玄宗即位,贬滁州别驾,改庐州别驾,随其子居住,卒。

"峤富才思,有所属缀,人多传讽"(《新唐书》本传)。其诗名显著于时,既与里人苏味道号称"苏李",又与杜审言、崔融、苏味道合称"文章四友",《全唐诗》存诗五卷。丁仪云:"苏、李虽属一体齐名,而苏实不逮远甚。峤古诗如《奉使朔方》及《鹧鸪》一首,尤契古韵。又《拟东飞伯劳西飞燕歌》,虽七言而转韵尤然。盖深得齐梁之遗也。尝作《咏物诗》百篇,体物浏亮,世尤传诵。"(《诗学渊源》)许学夷亦云:"李峤五言古,平韵者止'奉诏收边服'一篇声韵近古,余皆杂用律体;仄韵者虽忌'鹤膝',而语自工。七言古调虽不纯,而语亦工。五言律在沈、宋之下,燕、许之上。其咏物一百二十首中有极工者。七言律二篇稍近六朝,然颇称完美。"(《诗源辩体》)

奉和初春幸太平公主南庄应制

主家山第接云开,天子春游动地来。
羽骑参差花外转,霓旌摇曳日边回。
还将石溜调琴曲,更取峰霞入酒杯。
鸾辂已辞乌雀渚,箫声犹绕凤凰台。

【题解】
《全唐诗》:"原注:景龙三年二月十一日。"

【诗作摘评】
分而言之,起处将"主家""天子"作双提,屹然如两山对峙。中一联承"天子"来,曰:天子之幸主家若何?则花外之羽骑参差,日边之霓旌摇飏也。一联承"主家"来,曰:主家之待天子若何?则琴曲与石溜相和,杯酒与峰霞相映也。末处仍将"天子""主家"作双结,迤然如两山回抱。合而言之,则上半篇专写天子之恩荣,下半篇专写主家之扳恋也。(赵臣瑗《山满楼笺注唐诗七言律》)

次句写宸游甚壮丽,结亦有余韵,稍逊燕公中联耳。(屈复《唐诗成法》)

雕不失佻("还将石溜"四句)。(宋宗元《网师园唐诗笺》卷十)

双结应双起,局势甚足,余态倍妍。(毛张健《唐体余编》)

八句皆偶对,自是初唐律法,而对必工切,精警流丽,无一懈字。此体工者甚多,巨山自当擅场。(毛奇龄、王锡《唐七律选》)

既浑成又雅切,是初唐佳境,天宝以后更不可得。(李因培选评,凌应曾注《唐诗观澜集》)

看他通首纯用大笔大墨,绝不落一毫纤巧。唐初如此大篇,允为一代冠冕。(吴汝纶《桐城吴先生评点唐诗鼓吹》)

先将公主南庄点明,亦是定题位法,次句说"幸"乃有次第。古人文法无不从顺,后人只是倒乱矣。三、四写"幸"。五、六既至燕乐,收切公主庄,而曰"辞",曰"犹绕",只是脉清意通。(方东树《昭昧詹言》卷十五)

杜审言

(？—708),字必简,祖籍襄阳(今属湖北),父徙巩县(今河南巩义)。高宗咸亨元年(670)中进士第,授隰城尉,转洛阳丞。武后圣历元年(698),贬吉州司户参军,寻免归,武则天召见,除著作佐郎,迁膳部员外郎。中宗神龙初,张易之兄弟败,坐贬峰州(今越南境内)。旋即召还,授国子监主簿,加修文馆直学士。中宗景龙二年(708)卒,年六十余。

审言擅长律诗,与李峤、崔融、苏味道合称"文章四友"。胡应麟云:"初唐无七言律,五言亦未超然。二体之妙,杜审言实为首倡。五言则'行止皆无地''独有宦游人';排律则'六位乾坤动''北地寒应苦';七言则'季冬除夜''毗陵震泽',皆极高华雄整。少陵继起,百代楷模,有自来矣。"(《诗薮》)许学夷云:"五言律体实成于杜、沈、宋,而后人但言成于沈、宋,何也？审言较沈、宋复称俊逸,而体自整栗,语自雄丽,其气象、风格自在,亦是律诗正宗。"(《诗源辩体》)《唐诗绪笺》云:"五言律诗贵乎沉实温丽,雅正清远。含蓄深厚,有言外之意;制作平易,无艰难之患。最不宜轻浮俗浊,则成小人对偶矣。似易而实难。又须风格峻整,音律雅浑,字字精密,乃为得体。初唐惟杜审言创造工致,最为可法。"(程元初辑,陶望龄参订《唐诗绪笺》)《唐律消夏录》亦有云:"必简诗用意深老,措辞缜密,虽极平常句中,一字皆不虚设。其于射洪,犹班之于史也。后来尽得其法者,唯文孙工部一人。"(顾安《唐律消夏录》)

春日京中有怀

今年游寓独游秦,愁思看春不当春。
上林苑里花徒发,细柳营前叶漫新。
公子南桥应尽兴,将军西第几留宾。
寄语洛城风日道,明年春色倍还人。

【诗作摘评】

前解:当时初有律诗,人都未知云何。看他为头先出好手,盘空发起异样才思,浩浩落落,平开二解。前解曰:今年不当春,三、四承之,便不别换笔,只一直写曰:花亦不当花,柳亦不当柳。盖二句十四字,并更不出"不当春"之三字也。于是遂为一代律诗前解之定式。呜呼!岂不伟哉!后解:明年倍还春,五、六先之,亦更不远出笔,只就势起曰:南桥公子今虽尽兴,西第将军已自留宾,然我今不与,便都不算,一齐寄语都要重还。一直读之,分明只如一句说话。于是,又遂为律诗后解之定式。斯真卓尔罩代之奇事也。后来文孙工部,无数沉郁顿挫,乃更未尝出此。索解人未遇,我谁与正之?(金圣叹《贯华堂选批唐才子诗》卷四)

此是初唐第一首律诗。学者当如何着眼?看其以春日为题,却劈空将"不当春"三字立柱,便是不为题缚。……今人作律诗,多着意于中间四句,此大谬不然者也。第一最要起得好,起处得力,则下面

便会不费力矣。第一又要结得好,结处生动,则上面亦自然灵动矣。细阅此诗,当自知之。(赵臣瑗《山满楼笺注唐诗七言律》)

"今年"独起下"不当春"。"徒""漫"承"愁思","应""几"承"独"字。虽分人、物,皆写"不当春"也。末言今年秦地春色已不当春矣,明年洛城当加倍还我耳。以"洛城"映秦,以"倍还人"映"不当春",以"寄语"结"有怀",妙思奇语,迥非常境。通篇已臻精致,次联开后人熟滑之端。(屈复《唐诗成法》)

锺云:"七言律诗结法如此灵活者,可救滞滥之苦。"(锺惺、谭元春《唐诗归》卷二)

苏颋

(670—727),字廷硕,京兆武功(今陕西武功)人。弱冠中进士第,授乌程县尉。神龙年间官至给事中,加修文馆学士,拜中书舍人。景云年间任工部侍郎,袭封许国公,转中书侍郎。开元四年(716),迁紫薇侍郎、同平章事。八年(720),罢为益州长史、剑南道按察使。十三年(725),入朝知吏部选事。十五年(727)卒,年五十八。《全唐诗》存诗二卷。

苏颋诗文兼擅,"自景龙后,与张说以文章显,称望略等,故时号'燕许大手笔'"(《新唐书》列传第五十)。王世贞云:"许之应制七言,宏丽有色,而他篇不及李峤。"(《艺苑卮言》)《唐诗观澜集》有云:"苏公诗气味深醇,骨力高峻,想其落纸时总不使一直笔,故能字字飞动,而无伤于浑雅。"(李因培选评,凌应曾注《唐诗观澜集》)宋育仁则云:"其源出于谢朓,故清俊有余,偶遇佳题,亦能苍远。唯应制诸作,词浮于质,自复成章,但为台阁之体。至如桃花温树,讽谏清言,乃亦破端为俊。"(《三唐诗品》)

奉和春日幸望春宫应制

东望望春春可怜,更逢晴日柳含烟。
宫中下见南山尽,城上平临北斗悬。
细草遍承回辇处,轻花微落奉觞前。
宸游对此欢无极,鸟哢声声入管弦。

【题解】

诗句"轻花微落奉觞前",《全唐诗》谓一作"飞花故落舞筵前";"鸟哢声声入管弦",《全唐诗》谓一作"鸟哢歌声杂管弦"。

【诗作摘评】

此春游扈从之诗。宫名望春而春色方丽,正天子游幸之时。于是,由宫中而望,则南山之色尽了目中;自城上而观,则北斗之形若出其下,以见宫之高,城之峻,周览靡所不遍也。自其景之近而小者言之,则细草如知凤辇之临,飞花欲傍舞筵而落。宸游于此,可谓至欢矣。而禽鸟和鸣,杂于弦管,是王者泽及庶物,而草木鸟兽若有以乐其乐也。(唐汝询《唐诗解》卷三十九)

大抵应制诗,俱用赋体作起。首联即以望春宫入题,春气发生于东,故曰"东望"。"可怜"是惜之之意。柳先春而舒金,晴日含烟,正见政事之暇,宜及时行乐。宫中所见南山,城上所临北斗,此二句写未幸之景。辇之所回,细草承之。筵之所列,飞花落之。二句极平常事,着"偏承"字,"故落"字,便觉有情致。此写既幸之景也。末二句将还宫之时,而有鸟声与管弦相和,更不寂寞。通篇雅韵翩翩,总见春和佳丽处。(吴烶《唐诗选胜直解》)

唐自贞观至景龙,诗人之作,尽是应制。命题既同,体制复一,其绮绘有余,而微乏韵度。独苏颋"东望望春春可怜"一篇,迥出群英矣。(杨慎《升庵诗话》卷八)

情境、声华俱佳。(郝敬《批选唐诗》)

应制诸篇当以此为第一,吾喜其不涉应制中绮丽语。蒋仲舒曰:"三、四'下''尽''平''悬'四字,遂尽高峻,不见形迹。五、六'偏''故'二字有情。"(李攀龙辑,凌宏宪集评《唐诗广选》)

七字中凡下二"望"字、二"春"字,此比沈《龙池》,却是又一样叠字法,想来唐人每欲以此为能也。"更逢晴日"四字妙,亦只是寻常欣快,写来却异样踊跃。(金圣叹《贯华堂选批唐才子诗》)

唐人近体,虽变古诗,其法反与古文暗合。盖秦汉以前之文,大率字句简奥,蓄意有余,后人文字多用虚字语助,衬贴易晓,往往一览而尽,所以不能复佳。唐人创为近体诗,矩度所限,词不赴意,不得不生错综、套搭、倒装、缩脉诸法,并合古文之体,如此诗结处,乃缩脉法也,必添"已"字、"况复"字,本意始明。(吴修坞《唐诗续评》)

写高峻意,语特浑成("宫中下见"二句下)。(沈德潜《唐诗别裁集》卷十三)

张说

(667—730),字道济,一字说之,洛阳(今属河南)人。天授元年(690)应制科举,授太子校书。预修《三教珠英》,迁右史、内供奉、凤阁舍人,受张易之构陷流放钦州。中宗即位,召为兵部员外郎,继为工部、兵部侍郎。景云二年(711),同中书门下平章事,监修国史。玄宗即位,因谋诛太平公主有功,拜中书令,封燕国公。与姚崇有隙,先后出守相州刺史、岳州刺史。开元十三年(725)仕终左丞相,卒谥文贞。《全唐诗》存诗五卷。

辛文房云:"(张说)为文精壮,长于碑志,朝廷大述作,多出其手。诗法特妙。晚谪岳阳,诗益凄婉,人谓得江山之助。"(《唐才子传》)胡震亨云:"张燕公(说)诗率意多拙,但生态不痴。律体变沈、宋典整前则,开高、岑清矫后规。"(《唐音癸签》)丁仪云:"(其)诗以七言为胜。初尚宫体,谪岳州后,颇为比兴,感物写怀,已入盛唐,苏颋不及也。"(《诗学渊源》)

湘湖山寺

空山寂历道心生,虚谷迢遥野鸟声。
禅室从来尘外赏,香台岂是世中情?
云间东岭千寻出,树里南湖一片明。
若使巢由知此意,不将萝薜易簪缨。

【诗作摘评】

从境中画出景来,善描写。(李攀龙辑,袁宏道校《唐诗训解》卷五)

此说谪宦之时,游山寺而赋也。言空山寂寞,顿生慕道之心;野鸟声闻,皆吾空中真景。盖禅室香台,原自超然尘外,而东岭南湖,尤种种奇绝,因言若使巢由解此,则逍遥人世何在?非空萝薜簪缨,一切皆幻,当不以彼易此也。然说方迁谪而犹恋簪缨,岂真悟道者耶?(唐汝询《唐诗解》卷三十九)

道心因寂历而生,鸟声以虚谷而传,二语已有绝尘物外景色,故下接"禅室"二语。三联补写湖山,真如一幅图画。落句言巢由有意逃名,若使同此欣赏,亦决不以"萝薜易簪缨"也。(黄叔灿《唐诗笺

注》卷四)

《湚湖山寺》,闲适自赏。(金圣叹《圣叹才子尺牍·答敦厚法师》)

姚又曰:"谢宣城云:'我行虽纡组,兼得穷回溪。'(《游敬亭山》)结句即其义,言不以迁谪为病,而正得山水之乐也。盖其意实憾,其词反夸也。"方曰:"此诗全在五、六句振起,不特篇章,即作意亦在此句得力。"(高步瀛《唐宋诗举要》)

盖唐人作诗,随题成体,非有一定之体。沈、宋诸公七律之高华典重,以应制故,然非诸诗皆然,而可立为初唐之体也。……诗乃心声,心由境起,境不一则心亦不一。言心之词,岂能尽出于高华典重哉!是以宋之问《遇佳人》,则有"妒女犹怜镜中发,侍儿堪感路旁人"。……杜审言《春日有怀》,则有"寄语洛城风日道,明年春色倍还人"。《大酺》有"梅花落处疑残雪,柳叶开时任好风"。沈佺期《迎春》有"林间觅草才生蕙,殿里争花并是梅"。又《应制》有"山鸟初来犹怯啭,林花未发已偷新"。……张说《幽州新岁》诗,感慨淋漓,《湚湖山寺》诗,闲适自赏,又有云"绕殿流莺凡几树?当蹊乱蝶许多丛"。苏颋《扈从鄠杜间》诗,有"云山一一看皆美,竹树萧萧画不成"。诸公七律不多,而清新颖脱之句,已有如此,使如中晚之多,更何如耶?(吴乔《围炉诗话》卷三)

姚云:"此燕公在岳州诗,所谓得江山之助者。"一二句山,三四句寺,五六句湚湖景。收托意,正得山水之乐,不以迁谪自痛。姚云:"其意实憾,其词反夸。本于小谢'我行虽纡组,兼得穷回溪。'"愚谓古人似此意句甚多,不止此也。此诗全在五六句振起,不特篇章,即作意亦在此句得力。(方东树《昭昧詹言》卷十五)

破阵乐

汉兵出顿金微,照日光明铁衣。
百里火旝焰焰,千行云骑霏霏。
蹙踏辽河自竭,鼓噪燕山可飞。
正属四方朝贺,端知万舞皇威。

【题解】

《乐苑》曰:"商调曲也。唐太宗所造。明皇又作《小破阵乐》,亦舞曲也。"(《全唐诗》卷八十九注。又题作《破阵乐词二首》。所钞为第一首。)

【诗作摘评】

诗四言优而婉,五言直而倨,七言纵而畅,三言矫而掉,六言甘而媚,杂言芬葩,顿跌起伏。(陆时雍《诗镜总论》)

六言体起于谷永、陆机,长篇一韵。迨张说、刘长卿八句,王维、皇甫冉四句,长短不同,优劣自见。(谢榛《四溟诗话》卷二)

六言始于汉司农谷永、北海孔融。……张说《破阵乐》、李景伯《回波词》、刘长卿《酬梁耿》、卢纶《送万臣》、周贺《送李亿》皆用此体,然似优俳口角,不入《风》《骚》。(宋长白《柳亭诗话》卷三)

律体有五言小律、七言小律(严沧浪以唐人六句诗合律者称三韵律诗,昭代王弇州始名之为小律云)。又六言律诗(《刘长卿集》有之)及六言绝句(《王维集》有)。(胡震亨《唐音癸签》卷一)(熊按:本书所收刘长卿《苕溪酬梁耿别后见寄》即为六言律诗,所收王维《田园乐》三首即为六言绝句。)

或问六言诗法，子曰："王右丞'花落家童未扫，鸟啼山客犹眠'，康伯可'啼鸟一声村晚，落花满地人归'，此六言之式也。必如此自在谐协方妙，若稍有安排，只是减字七言绝耳，不如无作也。"（潘德舆《养一斋诗话》卷五）

六言律。王维有诗云："清川永路何极，落日孤舟解携。鸟向平芜远近，人随流水东西。白云千里万里，明月前溪后溪。惆怅长沙谪去，江潭芳草萋萋。"（锺秀《观我生斋诗话》）

沈佺期

（656？—716），字云卿，相州内黄（今属河南）人。高宗上元二年（675）中进士第。长安年间迁通事舍人，转考功员外郎，任给事中。张易之败，坐贬驩州。景龙年间，授台州录事参军，迁起居郎、修文馆直学士，累迁中书舍人、太子少詹事。《全唐诗》存诗三卷。

沈佺期擅长律体，与宋之问并称"沈宋"。许学夷云："五言自王、杨、卢、骆，又进而为沈、宋二公。沈、宋才力既大，造诣始纯（至此始言造诣……）。故其体尽整栗，语多雄丽，而气象、风格大备，为律诗正宗。"（《诗源辩体》）《唐诗英华》有云："七律肇自唐初，工于沈、宋，浸淫渐盛，率务高华。"（顾有孝《唐诗英华》）《唐律消夏录》有云："沈、宋工力悉敌，确是对手。其高妙不及射洪，道密不及必简，然闲情别绪，句剪字裁，已极文人之致。若沈虽沉切处时有轩豁，宋虽显露处更觉粘滞。此则两人心地中事也。"（顾安《唐律消夏录》）《唐七律隽》则有云："崔赋体多，沈比兴多。以画家法论之，沈诗披麻皴，崔诗大斧劈皴也。余意诗无定品，兴会所至，自能动人，然须才、法两尽。崔诗才气胜，沈诗法律胜，以三唐人诗必以孰为第一，何异旗亭甲乙耶。"（张世炜《唐七律隽》）

古　意

卢家少妇郁金堂，海燕双栖玳瑁梁。

九月寒砧催木叶，十年征戍忆辽阳。

白狼河北音书断，丹凤城南秋夜长。

谁谓含愁独不见，更教明月照流黄。

【题解】

《全唐诗》题作《古意呈补阙乔知之》。

【诗作摘评】

何仲默取沈云卿《独不见》，严沧浪取崔司勋《黄鹤楼》，为七言律压卷。二诗固甚胜，百尺无枝，亭亭独上，在厥体中，要不得为第一也。沈末句是齐梁乐府语，崔起法是盛唐歌行语。如织官锦间一尺绣，锦则锦矣，如全幅何？（王世贞《艺苑卮言》卷四）

"卢家少妇"，体格丰神，良称独步。惜颔颇偏枯，结非本色。……"卢家少妇郁金堂，海燕双栖玳瑁梁"，"谁谓含愁独不见，更教明月照流黄"，同乐府语也，同一人诗也，然起句千古骊珠，结语几成蛇足。（胡应麟《诗薮·内篇》卷五）

从起入颔，羚羊挂角；从颔入腹，独茧抽丝。第七句狮吼雪山，龙含秋水。合成旖旎，韶采惊人。古今推为绝唱，当不诬。（王夫之《唐诗评选》卷四）

仍本六朝艳体，而托兴深婉，得风人之旨，故为佳什。若王、李诸公必以此为七律第一首，则吾又不得其解也。（毛张健《唐体余编》）

云卿《独不见》一章，骨高，气高，色泽、情韵俱高，视中唐"莺啼燕

语报新年"诗,味薄语纤,床分上下。(沈德潜《说诗晬语》卷上)

沈、宋并称,然五字诗,沈非宋敌也。沈之所长,独七言耳。如"卢家少妇郁金堂"一章,千古脍炙。《龙池篇》结句云"为报寰中百川水,来朝此地莫东归",诸家皆不能到。(彭端淑《雪夜诗谈》卷上)

沈云卿《龙池篇》大而拙,其势开启三唐,而非七律之尽善者。"卢家少妇"一篇,斯其佳作。(翁方纲《石洲诗话》卷一)

长律至沈而工,较杜、宋实为严整。然惟"卢家少妇"篇,首尾温丽,余亦中联警耳。结语多平熟,易开人浅率一路,若从此入手,恐不高。(贺裳《载酒园诗话又编》)

予细观之,后六句与起二句绝不相蒙。中二联又自相承接,似于律不合。然其格调,万古绝伦,不忍弃也。或谓是戍妇思夫之曲,果尔,则首联不应说得如此繁华,且其呈乔补阙也殊无谓。此当是先生流配岭表时,托言以干乔公,望其援手何疑。"卢家少妇"直指补阙,所谓南国佳人号莫愁者也。其所托处,则不外画堂仙掖,何等风华。"海燕双栖",明明以夫妇之和谐,喻君臣之际会,诚艳之也,诚仰之也。下遂突然告诉出自家苦况,言当此清风戒寒之时,砧声动而木叶将下矣,亦知有目断天涯,望美人而不见者乎?好音杳杳,玉漏迢迢,其又何以消此寂寞也?乔公乎,乔公乎,有不爱四壁之余明,以容此扫室布席之人也者,非子之望而谁望耶!(赵臣瑷《山满楼笺注唐诗七言律》卷一)

此诗只首句是作旨本义,安身立命正脉。盖本为荡妇室思之什,而以"卢家少妇"实之,则令人迷。如《古诗》以"西北高楼""杞梁妻",实歌曲一样笔意。本以燕之双栖兴少妇独居,却以"郁金堂""玳瑁梁"等字攒成异采,五色并驰,令人目眩。此得齐梁之秘而加神妙者。三、四不过叙流年时景,而措语沉着重稳。五、六句分写行者、居者,匀配完足,复以"白狼""丹凤"攒染设色。收拓开一步,正是跌进一步。曲折圆转,如弹丸脱手,远包齐梁,高振唐音。(方东树《昭昧詹言》卷十五)

张谔

生卒年月及籍贯均不详。景龙二年(708)中进士第,开元年间官至太祝。尝与阎朝隐、刘庭琦、郑繇等同游岐王李范门,饮宴唱和。时玄宗禁诸王交接外人,谔坐贬为县丞,后为陈王掾。《全唐诗》存诗十二首。陈继儒云:"谔诗古拙朴厚,另一机局。"(周珽《删补唐诗选脉笺释会通评林》)

九 日

秋来林下不知春,一种佳游事也均。
绛叶从朝飞著夜,黄花开日未成旬。
将曛陌树频惊鸟,半醉归途数问人。
城远登高并九日,茱萸凡作几年新。

【诗作摘评】

锺云:"字字流,字字艳,人亦不以为初唐七言律。""此与下作(熊按:指《延平门高斋亭子应岐王教》),流丽不伤真气,更难于庄整者。"谭云:"无赘响,无饰语,律诗至此圣矣,当以为法。"(锺惺、谭元春《唐诗归》卷四)

五、六不写佳游,却写游罢,则游时之盛可知。法高。《九日》诗多悲壮,此独潇洒和平,可贵。(屈复《唐诗成法》)

("半醉归途数问人"句)毛秋晴云:"善入人意,前人所云诗有性情,正指此。"余谓此诗幽不入寂,巧不伤雅,有自然之致。(张世炜《唐七律隽》)

李憕

（？—755），并州文水（今山西文水）人。举明经科，开元九年（721）为长安县尉。尝为张说幕僚，后为宇文融判官，迁监察御史，历给事中、河南少尹。天宝初，出为清河太守，改尚书右丞、京兆尹，转光禄卿、东京留守，迁礼部尚书。安禄山陷长安，遇害。追赠司徒，谥号忠烈。《全唐诗》存诗三首。

奉和圣制从蓬莱向兴庆阁道中留春雨中春望之作应制

别馆春还淑气催，三宫路转凤凰台。
云飞北阙轻阴散，雨歇南山积翠来。
御柳遥随天仗发，林花不待晓风开。
已知圣泽深无限，更喜年芳入睿才。

【诗作摘评】

此言春气逼人，天子巡幸，历三宫、凤台以游观也。是时，阴云乍解，宿雨初霁。而柳之发、花之开，咸若迎驾而动矣。盖由圣泽既深而年芳更美，是以入于天子之文藻耳。（唐汝询《唐诗解》卷四十）

唐人自沈、宋而后，应制皆律诗也。五言七言，用韵多少，虽无定格，未有以古调歌行应制者，盖取其庄重也。较之寻常言志之作，律虽同而辞不同。（钱良择《唐音审体》卷十一）

应制诗有层次，有浅深，便是佳作。然力量亦有厚薄之不同。（顾安《唐律消夏录》卷一）

人言应制、早朝等诗从无佳作，非也。此等诗竟将堂皇冠冕之字,累成善颂善祷之辞,献谀呈媚,岂有佳作?若以堂皇冠冕之字,寓箴规,陈利弊,达万方之情于九重之上,虽求其不佳,亦不可得也。余选《唐诗正雅集》中,颇有此等诗,未尝不佳。(薛雪《一瓢诗话》卷第四十七)

王维

(701?—761),字摩诘,祖籍太原府祁县(今山西祁县),迁居蒲州(治今山西永济)。开元九年(721)中进士第,调太乐丞,因伶人舞黄狮子,坐贬济州司仓参军。张九龄为相,擢右拾遗。二十五年(737)秋,入河西节度使崔希逸幕,为监察御史兼节度判官。天宝初年,入为左补阙。十一载(752)拜吏部郎中,十四载(755)迁给事中。安禄山陷京,受伪职。复京治罪,因陷京时作有怀念唐室的诗,仅降职为太子中允。后迁左庶子、中书舍人,复拜给事中,转尚书右丞。王维诗、书、乐、画,无不精通。诗擅众体,尤工律绝。《全唐诗》存诗五卷。

殷璠云:"维诗词秀调雅,意新理惬,在泉为珠,着壁成绘,一句一字,皆出常境。"(《河岳英灵集》)苏轼云:"味摩诘之诗,诗中有画;观摩诘之画,画中有诗。"(《东坡题跋》)张戒云:"世以王摩诘律诗配子美,古诗配太白。盖摩诘古诗能道人心中事而不露筋骨,律诗至佳丽而老成。"(《岁寒堂诗话》)许学夷云:"摩诘五言古虽有佳句,然散缓而失体裁,平韵者间杂律体,仄韵者多忌'鹤膝',短篇为胜。……七言古语虽婉丽,而气象不足,声调间有不纯者。""摩诘才力虽不逮高、岑,而五七言律风体不一。五言律有一种整栗雄丽者,有一种一起浑成者,有一种澄淡精致者,有一种闲远自在者。""摩诘七言律亦有三种,有一种宏赡雄丽者,有一种华藻秀雅者,有一种淘洗澄净者。"

(《诗源辩体》)施补华云:"摩诘七古,格整而气敛,虽纵横变化不及李、杜,然使事典雅,属对工稳,极可为后人学步。""摩诘七律,有高华一体,有清远一体,皆可取法。"(《岘佣说诗》)何良俊云:"五言绝句,当以王右丞为绝唱。"(《四友斋丛说》)胡应麟云:"太白五言绝自是天仙口语,右丞却入禅宗。如'人闲桂花落……''木末芙蓉花……',读之身世两忘,万念皆寂。不谓声律之中,有此妙诠。"(《诗薮》)

夷门歌

七国雄雌犹未分,攻城杀将何纷纷。
秦兵益围邯郸急,魏王不救平原君。
公子为嬴停驷马,执辔愈恭意愈下。
亥为屠肆鼓刀人,嬴乃夷门抱关者。
非但慷慨献良谋,意气兼将身命酬。
向风刎颈送公子,七十老翁何所求!

【诗作摘评】

此为当时贵人无真好士者,故借夷门以发之。言秦难如此其亟,然信陵一礼贤者,而屠肆抱关之人咸为踊跃。不但献奇谋以解纷,且捐身命以立节。彼刎颈之老翁,岂有求于公子耶!特以意气相期耳。今贵人有如信陵之下士,士孰不能为侯嬴哉!按本传:维有盛名,宁、薛诸王待若师友。观此诗,岂宁、薛辈所以礼士者未尽善与!(唐汝询《唐诗解》卷十六)

七古四句一韵,及一韵到底,皆正格。"何纷纷"三平正调。七古句法,大约以三平为正调,平韵到底者,尤宜多用此调,句乃不平弱。

（王士禛辑，吴煊、胡棠注《唐贤三昧集笺注》）

太史公本传宛转千余言，而此叙事数语，极简要明尽。又嘉公子无忌之重客，亥、嬴之任侠，溢于言外。结尤斩绝有力量，妙甚！（顾可久《唐王右丞诗集注说》）

逸气豪侠，自是一格。（桂天祥《批点唐诗正声》）

"亥为屠肆"二句，太史公韵语。结用成语，浑融。（周珽《删补唐诗选脉笺释会通评林》）

王摩诘《夷门歌》"亥为屠肆"二句，与古文浮声切响一法。"非但慷慨"以下，转出波澜议论。（方东树《昭昧詹言》卷十二）

桃源行

渔舟逐水爱山春，两岸桃花夹去津。
坐看红树不知远，行尽青溪不见人。
山口潜行始隈隩，山开旷望旋平陆。
遥看一处攒云树，近入千家散花竹。
樵客初传汉姓名，居人未改秦衣服。
居人共住武陵源，还从物外起田园。
月明松下房栊静，日出云中鸡犬喧。
惊闻俗客争来集，竞引还家问都邑。
平明闾巷扫花开，薄暮渔樵乘水入。
初因避地去人间，及至成仙遂不还。
峡里谁知有人事，世中遥望空云山。
不疑灵境难闻见，尘心未尽思乡县。

山洞无论隔山水,辞家终拟长游衍。

自谓经过旧不迷,安知峰壑今来变。

当时只记入山深,青溪几曲到云林。

春来遍是桃花水,不辨仙源何处寻。

【诗作摘评】

钟云:"将幽事寂境,长篇大幅,滔滔写来,只如唐人作《帝京》《长安》富贵气象,彼安得有如此流便不羁?""'不知远',远近俱说不得矣。写景幻甚('坐看红树'句下)。""'散'字写景细('近入千家'下)。""此处已是绝妙结句,因后一结更妙,故添一段不厌其多('世中遥望'句下)。""依然就'桃花水'上加'遍是'二字,写出仙凡之隔,又是一世界,一光景。下'不辨'句即从此二字生出。妙!妙!('春来遍是'句下)。"(钟惺、谭元春《唐诗归》卷八)

真千秋绝调。此诗亦作三停看。中三章是正面。"不疑"三韵与"山口"一章相准,"当时"二韵对首章。结二句,老僧只管看,观之不足,赞之不尽。所以只如此写,如此住,此言外意也,若曰"吾老是乡耳"。七言古诗,此为第一。(焦袁熹《此木轩论诗汇编》)

顺文叙事,不须自出意见,而夷犹容与,令人味之不尽。(沈德潜《唐诗别裁集》卷五)

黄培芳云:"多参律句,尚沿初唐体。"又云:"七古总要对仗,阮亭操选,惟能知此法。"顾云:"叙事展怀,段段血脉,段段景象,亲切如画,殊非人境,令人忘世。流丽醇雅,收尽而不尽。"(王士禛辑,吴煊、胡崇注《唐贤三昧集笺注》)

摩诘年十九作《桃源行》,容与整齐,意味深永。梦得娟秀,昌黎奇峭,不出王范围,真凤世词客也。(蔡显《红蕉诗话》第四卷)

同崔傅答贤弟

洛阳才子姑苏客,桂苑殊非故乡陌。
九江枫树几回青?一片扬州五湖白。
扬州时有下江兵,兰陵镇前吹笛声。
夜火人归富春郭,秋风鹤唳石头城。
周郎陆弟为侪侣,对舞前溪歌白纻。
曲几书留小史家,草堂棋赌山阴墅。
衣冠若话外台臣,先数夫君席上珍。
更闻台阁求三语,遥想风流第一人。

【诗作摘评】

句自雄奇("一片扬州"句下)。连用地名,不见堆积("秋风鹤唳"句下)。美其歌、舞、书、奕之技("周郎陆弟"四句下)。可想见其人之丰韵(末句下)。(李攀龙《唐诗训解》卷二)

吴山民曰:"联语自然,以对语作结更闲雅。七言古所少者。"周启琦曰:"跌宕。"(周珽《删补唐诗选脉笺释会通评林》)

风度自是可人,但乏古意耳。此等结句令人情思欲绝。(徐用吾《精选唐诗分类评释绳尺》)

世谓王右丞画雪中芭蕉,其诗亦然。如"九江枫树几回青?一片扬州五湖白",下连用兰陵镇、富春郭、石头城诸地名,皆寥远不相属。大抵古人诗画,只取兴会神到,若刻舟缘木求之,失其指矣。(王士禛《池北偶谈》卷十八)

故人张谊工诗,善《易》卜,兼能丹青、草、隶,顷以诗见赠,聊获酬之

不逐城东游侠儿,隐囊纱帽坐弹棋。
蜀中夫子时开卦,洛下书生解咏诗。
药栏花径衡门里,时复据梧聊隐几。
屏风误点惑孙郎,团扇草书轻内史。
故园高枕度三春,永日垂帷绝四邻。
自想蔡邕今已老,更将书籍与何人。

【题解】

诗句"书生",《全唐诗》谓"一作'诸生'";"自想"之"想",《全唐诗》谓"一作'惜'"。

【诗作摘评】

顾云:"摩诘七言最高,情景故实,随取随足,此(熊按:指《同崔傅答贤弟》)与下篇(熊按:指《故人张谊工诗,善《易》卜,兼能丹青、草、隶,顷以诗见赠,聊获酬之》)俱可见。"(邢昉《唐风定》卷七)

送李睢阳

将置酒,思悲翁。
使君去,出城东。
麦渐渐,雉子斑。
槐阴阴,到潼关。

骑连连,车迟迟。

心中悲,宋又远。

周间之,南淮夷。

东齐儿,碎碎织练与素丝。

游人贾客信难持,五谷前熟方可为。

下车闭阁君当思,天子当殿俨衣裳。

大官尚食陈羽觞,彤庭散绶垂鸣珰。

黄纸诏书出东厢,轻纨叠绮烂生光。

宗室子弟君最贤,分忧当为百辟先。

布衣一言相为死,何况圣主恩如天!

鸾声哕哕鲁侯旂,明年上计朝京师。

须忆今日斗酒别,慎勿富贵忘我为。

【题解】

李峘乃唐太宗第三子吴王恪之曾孙,恪第三子琨之孙祎之子。李峘性质厚,历官有美名,以王孙封赵国公。杨国忠乱政,悉斥不附己者,峘由考功郎中拜睢阳太守。

【诗作摘评】

雅丽有藻思("慎勿富贵"句下)。(顾可久《唐王右丞诗集注说》)

锺云:"字字是乐府妙语,又不当作歌行体看之。"(锺惺、谭元春《唐诗归》卷八)

体杂歌骚。(陆时雍《唐诗镜》卷十)

学乐府,亦翻新之法。(王闿运《王闿运手批唐诗选》卷八)

敕借岐王九成宫避暑应教

帝子远辞丹凤阙,天书遥借翠微宫。
隔窗云雾生衣上,卷幔山泉入镜中。
林下水声喧语笑,岩间树色隐房栊。
仙家未必能胜此,何事吹箫向碧空。

【诗作摘评】

此言岐王辞阙而居离宫,宫在山翠之间,故天子借之以避暑也。盖其景物清幽,即仙家未必能胜,彼奈何吹箫于方外乎?(唐汝询《唐诗解》卷四十二)

唐人自沈、宋而后,应制皆律诗也。……应太子曰应令,应诸王曰应教。(钱良择《唐音审体》卷十一)

右丞诗中有画,如此一诗,更不道李将军仙山楼阁也。"衣上"字、"镜中"字、"喧笑"字,更画出景中人来,犹非俗笔所辨。八句用吹笙事始切。(黄生《唐诗摘钞》)

辉煌正大之中有典丽清新之致。全无笔墨痕。(屈复《唐诗成法》)

画亦难到("卷幔山泉"句下),处处切避暑意,设色直令人心地清凉("岩间树色"句下)。(李因培选评,凌应曾注《唐诗观澜集》卷十三)

黄培芳云:"对叠起最好,后人多不解此法。鲜润清朗,手腕柔和,此盛唐之足音也。"顾云:"颔联宫上景,颈联宫下景。"又云:"使太子晋事翻案,清新俊逸。"(王士禛辑,吴煊、胡棠注《唐贤三昧集笺注》)

"何事"二字是实有所闻语,又似若有所闻意,意圆而句老。(谭

宗《近体秋阳》)

李白《塞下曲》《温泉宫》《别宋之悌》《南阳送客》《度荆门》,孟浩然《岳阳楼》,王维《岐王应教》《秋宵寓直》《观猎》……俱盛唐绝作。视初唐格调如一,而神韵超玄,气概闳逸,时或过之。(胡应麟《诗薮·内编》卷四)

送方尊师归嵩山

仙官欲住九龙潭,旄节朱幡倚石龛。
山压天中半天上,洞穿江底出江南。
瀑布杉松常带雨,夕阳彩翠忽成岚。
借问迎来双白鹤,已曾衡岳送苏耽。

【诗作摘评】

奇境,非此奇句不能写出("山压天中半天上"二句下)。(沈德潜《唐诗别裁集》卷十三)

王摩诘诗,浑厚一段,覆盖古今,但如久隐山林之人,徒成旷淡。(胡仔《苕溪渔隐丛话》后集卷三十三引《蔡伯衲诗评》)

摩诘恬洁精微,如天女散花,幽香万片,落人巾帻间。每于胸念尘杂时,取而读之,便觉神怡气静。(田雯《古欢堂集杂著》卷二)

山林诗有富贵气。(王闿运《王闿运手批唐诗选》卷十二)

少年行四首(其一)

新丰美酒斗十千,咸阳游侠多少年。
相逢意气为君饮,系马高楼垂柳边。

【诗作摘评】

钟云:"此'意气'二字,虚用得妙。"(钟惺、谭元春《唐诗归》卷九)

侠少之游,惟酒自务,意气相洽,即系马而饮,不问其识不识矣。此少年之豪也。(唐汝询《唐诗解》卷二十六)

少年游侠,意气相倾,绝无鄙琐局蹐之态,情景如画。(黄叔灿《唐诗笺注》卷八)

黄家鼎曰:"说得侠士壮怀,凛凛有生气。"(周珽《删补唐诗选脉笺释会通评林》)

初出身从军,是其侠烈真处。(郭濬《增订评注唐诗正声》)

田园乐七首(其三)

采菱渡头风急,策杖林西日斜。
杏树坛边渔父,桃花源里人家。

【诗作摘评】

右丞罢归田园而赋其事,非农家乐也。"采菱""策杖",纪所游也。"风急""日斜",状其景也。身且同渔樵,家为隐沦矣。然乃杏坛之渔父,桃源之人家,稍与俗人异耳。(唐汝询《唐诗解》卷二十四)

如此幽闲野趣,想见辋川图画中人。(黄叔灿《唐诗笺注》卷七)

田园乐七首(其五)

山下孤烟远村,天边独树高原。
一瓢颜回陋巷,五柳先生对门。

【诗作摘评】

"山下孤烟远村,天边独树高原",非右丞工于画道,不能得此语。(董其昌《画禅室随笔》卷二)

村远,故望烟而知;原高,则因树而辨。凡居此者,皆颜子、陶潜之俦耳。"先生对门"非泛然语,岂为裴迪辈欤?(唐汝询《唐诗解》卷二十四)

田园乐七首(其六)

桃红复含宿雨,柳绿更带朝烟。
花落家僮未扫,莺啼山客犹眠。

【诗作摘评】

王维居辋川,室宇既广,山林亦远,而性好洁,地不容游尘,日有十数扫饰者,使两童专掌缚帚,而有时不给。(唐汝询《唐诗解》卷二十四注引《洛都要记》)

上联状景之佳,下联写居之逸。(唐汝询《唐诗解》卷二十四)

……此皆六言之见于史传者,至于王摩诘等又以之创为绝句小律,亦波峭可喜。(赵翼《陔余丛考》卷二十三)

六言绝句,如王摩诘"桃红复含夜雨"及王荆公"杨柳鸣蜩绿暗",二诗最为警绝,后难继者。(黄昇《玉林诗话》)

陈继儒曰:"上联景媚句亦媚,下联居逸趣亦逸。"(周珽《删补唐诗选脉笺释会通评林》)

或问六言诗法,子曰:"王右丞'花落家童未扫,鸟啼山客犹眠',康伯可'啼鸟一声春晚,落花满地人归',此六言之式也。必如此自在

谐协方妙。若稍有安排,只是减字七言绝耳,不如无作也。"(潘德舆《养一斋诗话》卷五)

崔颢

(？—754),汴州(今河南开封)人。玄宗开元十一年(723)中进士第。尝南游吴越、楚地,开元后期入河东军幕。天宝初年,为太仆寺丞,官至司勋员外郎。《全唐诗》存诗一卷。

殷璠云:"颢年少为诗,名陷轻薄,晚节忽变常体,风骨凛然。一窥塞垣,说尽戎旅。至如'杀人辽水上,走马渔阳归。错落金锁甲,蒙茸貂鼠衣',又'春风吹浅草,猎骑何翩翩。插羽两相顾,鸣弓上新弦',可与鲍照并驱也。"(《河岳英灵集》)其边塞诗写将士生活如见,许学夷即谓"崔诗《黄鹤》首四句诚为歌行语,而《雁门胡人》实当为唐人七言律第一"。又谓"崔颢五言古,平韵者间杂律体,仄韵者亦多忌'鹤膝'。七言古语多靡丽,而调有不纯,当在摩诘之下"(《诗源辩体》)。胡应麟云:"崔颢《邯郸宫人怨》,叙事几四百言,李、杜外,盛唐歌行无赡于此。而情致委婉,真切如见。后来《连昌》《长恨》皆此兆端。"(《诗薮》)丁仪云:"(颢)善为乐府歌行,辞旨俊逸,不减明远。《黄鹤楼》诗尤脍炙人口,为唐人拗律半格之始,实则晋宋七言歌行之变体也。"(《诗学渊源》)方东树云:"崔颢《黄鹤楼》,此千古擅名之作,只是以文笔行之,一气转折。五六虽断写景,而气亦直下喷溢。收亦然。所以可贵。……细细校之,不如《卢家少妇》有法度,可以为法千古也。"(《昭昧詹言》)

七 夕

长安城中月如练,家家此夜持针线。
仙裙玉佩空自知,天上人间不相见。
长信深阴夜转幽,瑶阶金阁数萤流。
班姬此夕愁无限,河汉三更看女牛。

【题解】

《全唐诗》题作《七夕词》。末句"看女牛"作"看斗牛"。

【诗作摘评】

此咏牛女事,为弃妾逐臣发也。言夜月皎洁,俗竞穿针以乞巧。然仙者之裙佩,彼特自知非人间可得见,又奚慕焉?独长信深幽,班姬寂寞,龙颜一别,永无见期,不能无羡于牛女耳。吁!怨妾如此,逐臣可知。(唐汝询《唐诗解》卷十一)

忽入宫怨,读乃觉之,始知前四句之为宫怨引也,此之谓浑成。佳句生色。(王夫之《唐诗评选》卷一)

言长信孤居,不能如牛女之一年一见也,深情无限。(沈德潜《唐诗别裁集》卷五)

写得幽艳尽致。(王士禛辑,吴煊、胡棠注《唐贤三昧集笺注》卷下引黄培芳评语)

长安道

长安甲第高入云,谁家居住霍将军。
日晚朝回拥宾从,路旁揖拜何纷纷。

莫言炙手手可热，须臾火尽灰亦灭。
莫言贫贱即可欺，人生富贵自有时。
一朝天子赐颜色，世上悠悠应始知。

【题解】

《全唐诗》题作《霍将军》。又诗句"世上悠悠应始知"一作"世事悠悠君自知"。

【诗作摘评】

诗有议论者，有含意者，只在其诗之当与否。以谓诗必不可着议论，则便有坏堑造作之伪。（阙名《静居绪言》）

李、杜外，短歌可法者。……崔颢《长安道》……虽笔力非二公比，皆初学易下手者。（胡应麟《诗薮·内编》卷三）

行径华阴

岧峣太华俯咸京，天外三峰削不成。
武帝祠前云欲散，仙人掌上雨初晴。
河山北枕秦关险，驿树西连汉畤平。
借问路傍名利客，无如此处学长生。

【诗作摘评】

此览华阴山水之胜，而有栖隐之意也。首联状太华之奇，以见为王都之镇。次联写望中之景，而言其遗迹不磨，且县当要冲，北有河山而与秦关接，西为驿路而与汉时连。凡奔走于名利者无不经此也。然山河长在，而英雄之磨灭者不知几何！故劝其学道栖迟无徒碌碌

风尘为也。岂颢时失意而有是叹与!(唐汝询《唐诗解》卷四十)

前四经华阴而望岳,后四经华阴而生感。"削不成"用典活动。五、六包含多少兴废在内,方逼出七、八意。(屈复《唐诗成法》)

雄浑沉壮,后人不敢着笔。(桂天祥《批点唐诗正声》)

盛唐平正之作,以此为至。作此体者,须于此等辨取。(王士禛辑,吴煊、胡崇注《唐贤三昧集笺注》卷下)

方曰:"写景有兴象,故妙。"(高步瀛《唐宋诗举要》引)

前六句,句句切太华说,移不到他处。一结忽作世外之想,意境便觉高超。(王文濡《历代诗评注读本》卷六)

着一"俯"字,便见从来仙灵高出于名利之上。(赵臣瑗《山满楼笺注唐诗七言律》)

"削不成",言削不成而成也。诗家自有藏山移月之旨,非一往人所知。(王夫之《唐诗评选》卷四)

"削不成"之为言,此非人工所及。盖欲言其削成,则必何等大人,手持何器,身立何处而后乃今始当措手。此三字与上"俯咸京"三字,皆是先生脱尽金粉章句,别舒元化手眼,真为盖代大文,绝非经生恒睹也。……此五、六运笔,真如象王转身,威德殊好。(金圣叹《贯华堂选批唐才子诗》卷四)

太华三峰(熊按:三峰谓芙蓉、明星、玉女)如削,今反云"削不成",妙。(沈德潜《唐诗别裁集》卷十三)

李颀

(? —753?),祖籍赵郡(治今河北赵县),家居河南颍阳(今河南登封西)。开元二十三年(735)中进士第,授新乡县尉,不久去官。后隐居颍阳之东川别业。《全唐诗》存诗三卷。徐献忠云:"颀诗意主浑成,遂无斫练,然情思清淡,每发羽调。七言古诗善写边朔气象,其于玄理间出奇秀。七言律体如《送魏万》《卢司勋》《璿公山池》等作,可谓翛然远意者也。"(《唐诗品》)顾璘云:"李颀不善五言,而善七言,故歌行与七言律皆有高处。"(《批点唐音》)王穉登云:"七言律体,诸家所难,王维、李颀颇致其妙,即子美篇什虽众,愤焉自放矣。"(《唐诗选》)陈继儒等云:"新乡七律,篇篇机宕神远,盛唐妙品也。""新乡七古,每于人不经意处忽出意想,令人心赏其奇逸,而不知其所从来者。"(《删补唐诗选脉笺释会通评林》)许学夷云:"李颀五言古,平韵者多杂用律体,仄韵者亦多忌'鹤膝'。七言古在达夫之亚,亦是唐人正宗。五、七言律多入于圣矣。"(《诗源辩体》)范大士云:"新乡长于七字,古诗、今体并是作家。其蕴气调辞,含毫沥思,缘源触胜,别有会心。向来选家,徒以音节高亮赏之,乃牝牡骊黄之见耳。"(《历代诗发》)贺贻孙云:"唐李颀诗,虽近于幽细,然其气骨则沉壮坚老,使读者从沉壮坚老之内,领其幽细,而不能以幽细名之也。惟其如此,所以独成一家。"(《诗筏》)翁方纲云:"东川七律,自杜公而外,有唐诗人,莫之与京。""东川句法之妙,在高、岑二家上。高之浑厚,岑之奇峭,虽各自成家,然俱在少陵笼罩之中。至李东川,则不尽尔也。学者欲从精密中推宕伸缩,其必问津于东川乎?"(《石洲诗话》)管世铭云:"李东川七言古诗,只读得两《汉书》烂熟,故信手挥洒,无一俗料俗韵。"(《读雪山房唐诗序例》)丁仪云:"古诗犹是齐梁一体,独七言乐府雄浑雅洁,一片神行。与崔颢同一机杼,而使事写怀,或且过之矣。"(《诗学渊源》)

古从军行

白日登山望烽火,黄昏饮马傍交河。
行人刁斗风沙暗,公主琵琶幽怨多。

野云万里无城郭,雨雪纷纷连大漠。
胡雁哀鸣夜夜飞,胡儿眼泪双双落。
闻道玉门犹被遮,应将性命逐轻车。
年年战骨埋荒外,空见蒲桃入汉家。

【诗作摘评】

后二语可讽。(陆时雍《唐诗镜》卷十六)

吴山民曰:"骨气老劲。中四句乐府高语。结联具几许感叹意。"……李颀此作,实多刺讽意。(周珽《删补唐诗选脉笺释会通评林》)

周云:"体格少逊《古意》篇,气亦自老。"(郭濬评点、周明辅等参订《增定评注唐诗正声》卷四)

音调铿锵,风情澹冶,皆真骨独存,以质胜文,所以高步盛唐,为千秋绝艺。(邢昉《唐风定》卷八)

气格雄浑,盛唐人本色。一结寓感慨之意。(王士禛辑,吴煊、胡崇注《唐贤三昧集笺注》卷中)

讽刺蕴藉("空见蒲桃入汉家"句)。(宋宗元《网师园唐诗笺》卷四)

以人命换塞外之物,失策甚矣。为开边者垂戒,故作此诗。(沈德潜《唐诗别裁集》卷五)

放歌行答从弟墨卿

小来好文耻学武,世上功名不解取。
虽沾寸禄已后时,徒欲出身事明主。
柏梁赋诗不及宴,长楸走马谁相数?

敛迹俯眉心自甘,高歌击节声半苦。
由是蹉跎一老夫,养鸡牧豕东城隅。
空歌汉代萧相国,肯事霍家冯子都?
徒尔当年声籍籍,滥作词林两京客。
故人斗酒安陵桥,黄鸟春风洛阳陌。
吾家令弟才不羁,五言破的人共推。
兴来逸气如涛涌,千里长江归海时。
别离短景何萧索,佳句相思能间作。
举头遥望鲁阳山,木叶纷纷向人落。

【诗作摘评】

唐诗说到无已处,便着一隐语收括,此是传灯教宗也。(杨士弘、顾璘《批点唐音》卷二)

从自叙说到从弟,一往浩瀚之气,能磅礴于手眼之前后左右。(周珽《删补唐诗选脉笺释会通评林》)

嬖幸用事,文学退藏,意在言外,诗故可贵。(程元初辑,陶望龄参订《唐诗绪笺》卷六)

雄深古雅,虽然未足以为绝奇之作。(王士禛辑,吴煊、胡崇注《唐贤三昧集笺注》)

李颀五言,犹以清机寒色,未见出群。至七言,实不在高适之下。《放歌行答从弟墨卿》曰:"吾家令弟才不羁,五言破的人共推。兴来逸气如涛涌,千里长江归海时。"真善写文士下笔淋漓之状。又《送刘十》曰:"前年上书不得意,归卧东窗兀然醉。诸兄相继掌青史,第五之名齐骠骑。烹葵摘果告我行,落日夏云纵复横。闻道谢安掩口笑,知君不免为苍生。"曲折磊落,姿态横生。至"青青兰艾本殊香,察见泉鱼固不祥。济水自清河自浊,周公大圣接舆狂。千年魑魅逢华表,九日茱萸作佩囊。善恶死生齐一贯,只应斗酒任苍苍。"每一读之,胜呼龙泉、击唾壶矣。(贺裳《载酒园诗话又编》)

"滥作词林两京客"以上扶风县。"兴来逸气"句,形容"五言"不确。收南阳郡。(方东树《昭昧詹言》卷十二)

欲之新乡,答崔颢、綦毋潜

数年作吏家屡空,谁道黑头成老翁。
男儿在世无产业,行子出门如转蓬。
吾属交欢此何夕,南家捣衣动归客。
铜炉将炙相欢饮,星宿纵横露华白。
寒风卷叶度滹沱,飞雪布地悲峨峨。
孤城日落见栖乌,马上时闻渔者歌。
明朝东路把君手,腊日辞君期岁首。
自知寂寞无去思,敢望县人致牛酒。

【题解】

《全唐诗》谓"飞雪布地"之"布","一作覆"。

【诗作摘评】

七言古诗,曹子桓、陈孔璋、鲍明远,皆称杰作。至唐人,各不相袭,备极变态。约之,王摩诘、高达夫、李东川三家为正宗。李、杜为大家,岑嘉州以下为名家,确乎不易。(李畯《诗筏橐说·说诗体》)

古体转韵,或四句、六句、八句,平韵接仄,仄韵接平,是为正格。

此体自齐梁已然,至盛唐而大备。(潘清《挹翠楼诗话》卷四)

谭云:"好吏!('数年作吏'句下)"锺云:"要'去思'何用?"谭云:"'自知寂寞'四字,嘲笑世情,妙妙!见今世有'去思'者皆热官耳。('自知寂寞'句下)"(锺惺、谭元春《唐诗归》卷十四)

送从弟游江淮兼谒鄱阳刘太守

都门柳色朝朝新,念尔今为江上人。
穆陵关带清风远,彭蠡湖连芳草春。
泊舟借问西林寺,晓听猿声在山翠。
浔阳北望鸿雁回,溢水东流客心醉。
须知圣代举贤良,不使遗才滞一方。
应见鄱阳虎符守,思归共指白云乡。

【诗作摘评】

七言古诗,初唐四家,极为靡沓。元和而后,亦无足观。所可法者,少陵之雄健低昂,供奉之轻扬飘举,李颀之隽逸婉娈。然学甫者近拙,学白者近俗,学颀者近弱。要之,体兼风雅,意主深劲,是为工耳。(陈子龙《陈忠裕公全集》卷二十五《六子诗序》)

七言古,初唐极其圆美,而排偶相参,殊少生动,王、杨、卢、骆及沈、宋诸家是也。他如盛唐高适、岑参、王维、李颀,意在超脱,而气力未充,手与心违,其顿挫养局之处,转成滞机。(锺秀《观我生斋诗话》卷三)

太白七古,超秀之中,自饶丰厚,不善学之,便堕尘障。故七古终以少陵为正宗。学此者,当于精实中讨消息。超而不沉,东坡之病

也;秀而不实,东川之弊也。(李慈铭《越缦堂诗话》卷上)

似右丞。"泊舟"句换。(方东树《昭昧詹言》卷十二)

送陈章甫

四月南风大麦黄,枣花未落桐阴长。
青山朝别暮还见,嘶马出门思旧乡。
陈侯立身何坦荡,虬须虎眉仍大颡。
腹中贮书一万卷,不肯低头在草莽。
东门沽酒饮我曹,心轻万事如鸿毛。
醉卧不知白日暮,有时空望孤云高。
长河浪头连天黑,津吏停舟渡不得。
郑国游人未及家,洛阳行子空叹息。
闻道故林相识多,罢官昨日今如何?

【诗作摘评】

读来神韵悠然("四月南风"句下),丰骨超然("醉卧不知"二句下)。(王士禛辑,吴煊、胡崇注《唐贤三昧集笺注》)

郭云:"起四语浅妙,中段豪甚,不及其谀。"(郭濬评点、周明辅等参订《增订评注唐诗正声》卷四)

(首四句)唐云:"叙别有次第。"……(九至十二句)唐云:"何等心胸!"(唐汝询《汇编唐诗十集》戊集)

一起韵古。(陆时雍《唐诗镜》卷十六)

吴山民曰:"高华悲壮,李集佳篇。'虬须'句,道子写真,岂复过此?'醉卧不知'二语,知是高调。结系钵手。"(周珽《删补唐诗选脉

笺释会通评林》)

（首二句）开局宏敞，音节自然。（七八句）写奇崛如见。（末二句）收得冷妙。（张文荪《唐贤清雅集》卷一）

何等警拔！便似嘉州、达夫。起二句奇景涌出。"东门沽酒"句换气。（方东树《昭昧詹言》卷十二）

已是李、杜以后说话，而配搭无村气。（王闿运《王闿运手批唐诗选》卷七）

爱敬寺古藤歌

古藤池水盘树根，左攫右拿龙虎蹲。
横空直上相陵突，丰茸离缅若无骨。
风雷霹雳连黑枝，人言其下藏妖魑。
空庭落叶乍开合，十月苦寒常倒垂。
忆昨花飞满空殿，密叶吹香饭僧遍。
南阶双桐一百尺，相与年年老霜霰。

【诗作摘评】

钟云："将全副看松柏心眼付之一古藤，气骨、风韵与之相敌，所谓小题大做。""'骨'字奇矣，然又妙在'若无骨'。若以'若有骨'三字形容古藤奇老之状，便是庸笔俗眼（'丰茸离缅'句下）"。谭云："深杳，非老杜不能为此句（'风雷霹雳'句下）。""三字深妙（'空庭落叶'句下）。""'吹香饭僧'即指藤花言，莫将'饭僧'另读。失其幽奇（'密叶吹香'句下）。"（钟惺、谭元春《唐诗归》卷十四）

俯仰情深,更寻一陪客作结,寄意无穷。(张文荪《唐贤清雅集》)

写一藤有阴阳开合。(王闿运《王闿运手批唐诗选》卷七)

听董大弹胡笳兼寄语弄房给事

蔡女昔造胡笳声,一弹一十有八拍。
胡人落泪沾边草,汉使断肠对归客。
古戍苍苍烽火寒,大荒沉沉飞雪白。
先拂商弦后角羽,四郊秋叶惊摵摵。
董夫子,通神明,深山窃听来妖精。
言迟更速皆应手,将往复旋如有情。
空山百鸟散还合,万里浮云阴且晴。
嘶酸雏雁失群夜,断绝胡儿恋母声。
川为净其波,鸟亦罢其鸣。
乌孙部落家乡远,逻娑沙尘哀怨生。
幽音变调忽飘洒,长风吹林雨堕瓦。
迸泉飒飒飞木末,野鹿呦呦走堂下。
长安城连东掖垣,凤凰池对青琐门。
高才脱略名与利,日夕望君抱琴至。

【题解】

《全唐诗》题作《听董大弹胡笳声兼寄语弄房给事》。

【诗作摘评】

此因房琯好董之调琴,而盛美其曲以戏之也。……言其声之通灵,既能感鬼神、下飞鸟而遏行云矣。……其技如此,是以给事居森严之地,处清要之职,方脱略名利而望其抱琴来过也。此虽弄之,而无讥刺意。然琯以嗜音之故,任庭兰为将,覆王师于陈陶,而琯竟以罪斥,其祸盖始于胡笳云。(唐汝询《唐诗解》卷十七)

吴云:"真得心应手之作,有气魄,有光彩,起有原委,结有收煞。盛唐杰作,如此篇者,亦不能多得。"(唐汝询《汇编唐诗十集》丁集)

周珽曰:"翻笳调以入琴,自文姬始。故先状其曲之悲,而后叙董音律之妙。迟速应手,往旋有情。如下诸语,无非摹写其'通神明'之处。盖酸楚哀恋之声,能逐飞鸟,遏行云,灵感鬼神,悲动夷国。所奏真是高绝古今。至变调促节,若风吹林,雨堕瓦,泉飒木末,鹿走堂下,说出变态,陡起精采。殷璠所谓'足可歔欷,震荡心神'者,非胸中另具一元化,安能有此幽远幻妙?"(周珽《删补唐诗选脉笺释会通评林》)

真是极其形容,曲尽情态,昔人于纤小题如此摹拟,一句不苟。(吴瑞荣《唐诗笺要》后集卷三)

形容佳妙,比之白氏《琵琶行》等,亦自有一种奇气。忽插入短句,诗亦有琴声转换之妙("董夫子"句下)。对仗入妙("言迟更速"二句下)。愈出愈妙("长风吹林"句下)(王士禛辑,吴煊、胡崇注《唐贤三昧集笺注》)

题璿公山池

远公遁迹庐山岑,开士幽居祇树林。
片石孤峰窥色相,清池皓月照禅心。
指挥如意天花落,坐卧闲房春草深。
此外俗尘都不染,惟余玄度得相寻。

【诗作摘评】

　　此赋璿公山池之胜。意谓古来禅师必有息心之地,如惠远则栖庐阜,开士则居祇林。今公则观空乎山云水月之间,安禅乎花落草深之处,则是兼二公之幽境矣。俗尘安得染之哉!而我悟法,如玄度而得相寻耳。顾亦以高人自负也。(唐汝询《唐诗解》卷四十三)

　　此篇初看似音律参差,句法错杂,详玩乃见古朴处,不得必如此,自是老态。(杨士弘、顾璘《批点唐音》卷四)

　　不事拘对,而诗韵自佳。(桂天祥《批点唐诗正声》卷十六)

　　李颀七言律,最响亮整肃。忽于"远公遁迹"诗第二句下一拗体,余七句皆平正,一不合也。"开山"二字最不古,二不合也。"开山幽居"文理不接,三不合也。重上一"山"字,四不合也。余谓必有误。苦心得之,曰必"开士"也。易一字而对仗流转,尽祛四失矣。(王世懋《艺圃撷余》)

　　五、六语境,最是自得。(陆时雍《唐诗镜》卷十六)

　　"色相"句,著"片石孤云",妙!石亦不常,云亦不断,若问"色相","色相"如是。"禅心"句,着"清池白月",妙!月亦不一,池亦不异,若问"禅心","禅心"如是。(金圣叹《贯华堂选批唐才子诗》卷三)

　　起极有势。诗亦有"皓月"映池、"天花"散山之"色相"。(王士禛辑,吴煊、胡棠注《唐贤三昧集笺注》)

王昌龄

　　(?—756?),字少伯,京兆长安(今陕西西安)人。开元十五年(727)中进士第,授秘书省校书郎。二十二年(734),举博学宏词科,授汜水尉。罪贬岭南,二十七年(739)遇赦北还,次年授江宁丞。天宝年间,贬龙标尉。安史乱起,北归,为濠州刺史闾丘晓所杀。昌龄工诗,时称"诗家夫子"。《全唐诗》存诗四卷。

　　王世贞云:"七言绝句,王江宁与太白争胜毫厘,俱是神品。"(《艺苑卮言》)胡应麟云:"太白诸绝句,信口而成,所谓无意于工而无不工者。少伯深厚有余,优柔不迫,怨而不怒,丽而不淫。余尝谓古诗、乐府后,唯太白诸绝近之;《国风》《离骚》后,唯少伯诸绝近之。体若相悬,调可默会。"(《诗薮》)锺惺云:"龙标五言律,音节多似古诗,清骨闲情,时见其奥。""龙标七言绝妙在全不说出,读未毕,而言外目前,可想可见矣,然终亦说不出。"(《唐诗归》)毛先舒云:"龙标七言古,气势太峻而才幅狭,然迅快流爽,又一格也。"(《诗辩坻》)吴乔云:"王昌龄五古,或幽秀,或豪迈,或惨恻,或旷达,或刚正,或飘逸,不可物色。"(《围炉诗话》)贺裳云:"龙标古诗,乍尝螯口,久味津生,耐咀啮,实在高、岑之上,徒赏其宫词,非高识也。"(《载酒园诗话又编》)袁嘉谷云:"龙标七绝,人所艳称,而古诗尤胜。"(《卧雪诗话》)丁仪云:"昌龄诗绪密而思清,与高适、王之涣齐名。……三人诗名倾动一时,乐府尤胜,虽体袭齐梁,而源实出晋宋之间。之涣缠绵多感,达夫雄浑自胜,而昌龄时兼二家之长,其古诗浸入魏晋,不但绪密思清也。自此以下,唐诸家诗皆文情相生,因物寄兴,虽藻辞典雅,而每切于自然。齐梁之作既衰,盛唐之风始肇。律诗之外,排偶、秾纤之习,至大历、元和间始复。然非复当时之旧矣。"(《诗学渊源》)

箜篌引

卢溪郡南夜泊舟,夜闻两岸羌戎讴。
其时月黑猿啾啾,微雨沾衣令人愁。
有一迁客登高楼,不言不寐弹箜篌。

弹作蓟门桑叶秋,风沙飒飒青冢头。
将军铁骢汗血流,深入匈奴战未休。
黄旗一点兵马收,乱杀胡人积如丘。
疮痍驱来配边州,仍被漠北羔羊裘。
颜色饥枯掩面羞,眼眶泪滴深两眸。
思还本乡食牦牛,欲语不得指咽喉。
或有强壮能呷嚘,意说被他边将仇。
五世属藩汉主留,碧毛毡帐河曲游。
橐驼五万部落稠,敕赐飞凤金兜鍪。
为君百战如过筹,静扫阴山无鸟投。
家藏铁券特承优,黄金千斤不称求。
九族分离作楚囚,深溪寂寞弦苦幽。
草木悲感声飕飀,仆本东山为国忧。
明光殿前论九畴,簏读兵书尽冥搜。
为君掌上施权谋,洞晓山川无与俦。
紫宸诏发远怀柔,摇笔飞霜如夺钩。
鬼神不得知其由,怜爱苍生比蚍蜉。
朔河屯兵须渐抽,尽遣降来拜御沟。
便令海内休戈矛,何用班超定远侯,
史臣书之得已不?

【诗作摘评】

龙标《箜篌引》,分明一边城老将自言自语,诉得有头有绪,可泣

可歌。乐府如此,虽汉魏不多得也,真正性情之诗。(李中黄《逸楼偶著·论诗》)

锺云:"歌行长篇,悲壮。理极紧密,法极深老,故不懈不粗,不宜草草看之。"谭云:"'其时月黑'等句,皆炼词、炼格者所不肯写入,不知诗中翻以此等为活眼。"锺云:"俗人以炼则不宜用虚,不知虚处益炼('其时月黑'句下)。""愁人苦境,神宇高闲('不言不寐'句下)。""要知自此以下皆从箜篌中出,作人语看便死矣('风沙飒飒'句下)。"谭云:"点缀不痴('仍披漠北'句下)。""凄怨,如见其时('欲语不得'句下)。""能呻嚘者,即是强壮。可怜。('或有强壮'句下)""疲弱者,强壮者,终于不曾说出,要看他'意'字('意说被他'句下)。""妙语('为君百战'句下)。锺云:"'不称求'三字,写尽恶少骄态('黄金千斤'句下)。""又照应箜篌有情('草木悲感'句下)。""着此一段方不粗('仆本东山'句下)。"谭云:"此处得此一句又荡活了。"锺云:"又老('鬼神不得'句下)。""'抽'字有妙用('朔河屯兵'句下)。""通篇主意在此一段,只是厌兵('便令海内'句下)。"(锺惺、谭元春《唐诗归》卷十一)

柏梁体极易藏拙,此作似冗,实有脉理,必竟是堂上人。(唐汝询《汇编唐诗十集》)

王龙标《箜篌引》,商调抗坠,自有奇气。(方东树《昭昧詹言》)

送狄宗亨

秋在水清山暮蝉,洛阳树色鸣皋烟。
送君归去愁不尽,又惜空度凉风天。

【诗作摘评】

锺惺评:"不使俗人容易上口,妙!妙!"谭元春评:"奥甚!傲甚!

首一句从何处折开,何处运思,钝汉以为脱误,妙甚!"(锺惺、谭元春《唐诗归》卷十一)

唐人多送别妙作。少伯诸送别诗,俱情极深,味极永,调极高,悠然不尽,使人无限留连。(宋顾乐《唐人万首绝句》)

唐七言绝句当以王龙标为第一,以其比兴深远,得风人温柔敦厚之体,不但词语高古而已。(黄克缵《全唐风雅》)

龙标绝句,深情幽怨,意旨微茫,令人测之无端,玩之无尽,谓之唐人《骚》语可。(沈德潜《唐诗别裁集》卷十九)

刘长卿

(?—790?),字文房,宣城(今属安徽)人。寓居京兆。天宝年间中进士第。至德年间授长洲尉,摄海盐令。因事入狱,贬南巴尉。大历年间,以检校祠部员外郎为转运使判官,后擢鄂岳转运留后。受观察使吴仲孺诬奏,贬睦州司马。德宗建中初年,擢随州刺史,世称刘随州。约卒于贞元六年(790)前后。长卿工五言诗,以"五言长城"自诩。《全唐诗》存诗五卷。

黄节云:"大历中有'十才子'之称,……十才子之中,惟钱起为贤。士林为之语曰:'前有沈、宋,后有钱郎。'同时刘长卿深心苦思,悲婉痛快,并称'钱刘'。篇什讽咏,不减盛时,而近体繁多,古声渐远。"(《诗学》)方回云:"长卿诗细淡而不显焕,观者当缓缓味之,不可造次一观而已也。""刘长卿号'五言长城',细味其诗,思致幽缓,不及贾岛之深峭,又不似张籍之明白,盖颇欠骨力而有委曲之意耳。"(《瀛奎律髓》)许学夷云:"钱、刘五言古,平韵者多忌'上尾',仄韵者多忌'鹤膝'。"刘句多偶俪,故平韵亦间杂律体,然才实胜钱。七言古,刘似冲淡而格实卑,调又不纯;钱格若稍胜而才不及,故短篇多郁而不畅,盖欲铺叙而不能耳。"(《诗源辩体》)贺贻孙云:"刘长卿诗能以苍秀接盛唐之绪,亦未免以新隽开中晚之风。其命意造句,似欲揽少陵、摩诘二家之长而兼有之,而各有不相及、不相似处。其不相似、不相及,乃所以独成其为文房也。"(《诗筏》)屈复云:"唐七律,随州词藻清洁,抑扬反覆,有味外之味,最耐人吟诵。但结句多弱,又多同,昔人谓才小,未必,但法律不精严耳。"(《唐诗成法》)乔亿云:"文房古体概乏气骨,就中歌行情调极佳,然无复崔颢、王昌龄古致矣。"(《大历诗略》)刘熙载云:"刘文房诗,以研炼字句见长,而清赡闲雅,蹈乎大方。其篇章亦尽有法度,所以能断截晚唐家数。"(《艺概·诗概》)丁仪云:"长卿诗务质实,尚情性,尤善使事,格高气劲,自然沉着。古诗句法,犹袭齐梁,而无秾纤之敝;近体五、七言,无杜老之峻峭,过白傅之高雅;其绝句则于江宁、太白之外,独树一帜者也。"(《诗学渊源》)

客舍喜郑三见寄

客舍逢君未换衣,闭门愁见桃花飞。
遥想故园今已尔,家人应念行人归。
寂寞垂杨映深曲,长安日暮灵台宿。
穷巷无人鸟雀闲,空庭新雨莓苔绿。
此中分与故交疏,何幸仍回长者车。
十年未称平生意,好得辛勤谩读书。

【题解】

《全唐诗》谓诗题《见寄》"一作《见访》"。

【诗作摘评】

　　此因郑三遗诗而叙己客况以答之也。郑尝访刘于客舍,故言秋仲逢君。而经春暮不忍见花之飞者,怀人切也。想故园风景亦似此,而室家应念我矣。我乃寄居于垂杨深曲之中,此固长安之灵台也。其地穷陋,所闻者鸟雀,所见者莓苔,其分与君疏远矣。安得复回长者之车乎？盖期郑再访而不可必也。因言古人以不得读十年书为恨,今我失意,反得勉力于学,是离索之一幸也。(唐汝询《唐诗解》卷十八)

　　人知刘长卿五言,不知刘七言亦高。……措思削词皆可法。余则珠联玉映,尤未易遍述也。(范晞文《对床夜语》卷三)

送贾三北游

　　贾生未达犹窘迫,身驰匹马邯郸陌。
　　片云郊外遥送人,斗酒城边暮留客。
　　顾予他日仰时髦,不堪此别相思劳。
　　雨色新添漳水绿,夕阳远照苏门高。
　　把袂相看衣共缁,穷愁只是惜良时。
　　亦知到处逢下榻,莫滞秋风西上期。

【诗作摘评】

　　随州中唐高手,尔时独称"五言长城"(熊按:晁公武《郡斋读书志》卷十七谓"诗虽窘于才而能锻炼,权德舆尝谓为'五言长城'"。),其意似抑七字者为不及也,实非定论。若复以高、岑较量,几近颠顶也。又:宋、元以后,规模其长句,积有数十家,至李茶陵为最,后此绝无闻焉。(顾安《唐律消夏录》卷五)

韦苏州律诗似古,刘随州古诗似律,大抵下李、杜、韩退之一等,便不能兼。(张戒《岁寒堂诗话》卷上)

听笛歌留别郑协律

旧游怜我长沙谪,载酒沙头送迁客。
天涯望月自沾衣,江上何人复吹笛。
横笛能令孤客愁,渌波淡淡如不流。
商声寥亮羽声苦,江天寂历江枫秋。
静听关山闻一叫,三湘月色悲猿啸。
又吹杨柳激繁音,千里春色伤人心。
随风飘向何处落,唯见曲尽平湖深。
明发与君离别后,马上一声堪白首。

【诗作摘评】

按:文房尝贬南巴尉,协律祖之,因闻笛而歌以留别也。言君饮我以酒,而当月明之夜,望之足以沾衣,况又闻此笛声乎?愈添孤客之愁也。且其声始发,水为之不流,寻则调谐商羽,而秋气为之凛冽也。于是,关山奏而哀猿鸣,杨柳激而春色动,曲之入神如此,吾不知声之所归,惟见曲尽而湖深者,若有以收其响也。以挥觞之际闻之,已不胜悲,况别后而于马上听之乎?是足以令人白首矣。(唐汝询《唐诗解》卷十八)

风格优入盛唐,读之始爽恺。评诗失此,便非金刚眼矣。"曲终人不见,江上数峰青"正合此语。佳,佳。("唯见曲尽"句下)(桂天祥《批点唐诗正声》)

凄情摇荡,如此风格自好。(郭濬评点,周明辅等参订《增订评注

唐诗正声》)

蒋春甫曰:"遂有意外奇隽之语,中唐如此,虽巧庸何伤?"(李攀龙辑,凌宏宪集评《唐诗广选》卷二)

此文房贬南巴尉时所作。起叙郑送己,因而闻笛;次咏笛声,凄清凛烈;又次即笛曲之妙,能伤人心;末即笛恍惚情景,以致别后之悲。篇法整饬,词意深至。(周珽《删补唐诗选脉笺释会通评林》)

历落如语。(陆时雍《唐诗镜》卷二十九)

悠扬淡沲,铿锵曲折,得王、李法。(邢昉《唐风定》)

音韵悲凉,尤妙于短歌中写得繁会丛杂,如闻入破。(乔亿《大历诗略》)

刘长卿体物情深,工于铸意,其胜处有迥出盛唐者。(陆时雍《诗境总论》)

文房善为佳句,即古体亦不掩本色。(吴瑞荣《唐诗笺要》)

疲兵篇

骄虏乘秋下蓟门,阴山日夕烟尘昏。
三军疲马力已尽,百战残兵功未论。
阵云泱漭屯塞北,羽书纷纷来不息。
孤城望处增断肠,折剑看时可沾臆。
元戎日夕且歌舞,不念关山久辛苦。
自矜倚剑气凌云,却笑闻笳泪如雨。
万里飘飖空此身,十年征战老胡尘。
赤心报国无片赏,白首还家有几人。
朔风萧萧动枯草,旌旗猎猎榆关道。

汉月何曾照客心,胡笳只解催人老。
军前仍欲破重围,闺里犹应愁未归。
小妇十年啼夜织,行人九月忆寒衣。
饮马滹河晚更清,行吹羌笛远归营。
只恨汉家多苦战,徒遗金镞满长城。

【诗作摘评】

《刘长卿集》凄婉清切,尽羁人怨士之思,盖其情性固然,非但以迁谪故。譬之琴有商调,自成一格。(李东阳《怀麓堂诗话》)

七言古诗当从高、岑、王、李入手,脉络明晰,而调韵婉畅,有六辔在手之乐。钱、刘神清,而微伤气薄。(朱克生《唐诗品汇删》)

大历诸子兼长七言古者,推卢纶、韩翃,比之摩诘、东川,可称具体。独刘随州通篇少振拔处,亦笔力之限于天授也。(管世铭《读雪山房唐诗序例》)

望龙山怀道士许法稜

心惆怅,望龙山。
云之际,鸟独还。
悬崖绝壁几千丈,绿萝袅袅不可攀。
龙山高,谁能践。
灵原中,苍翠晚。
岚烟瀑水如向人,终日迢迢空在眼。
中有一人披霓裳,诵经山顶飡琼浆。

空林闲坐独焚香,真官列侍俨成行。
朝入青霄礼玉堂,夜扫白云眠石床。
桃花洞里居人满,桂树山中住日长,
龙山高高遥相望。

【诗作摘评】

　　文以养气为归,诗亦如之。七言古或杂以两言、三言、四言、五六言,皆七言之短句也。或杂以八九言、十余言,皆伸以长句,而故欲振荡其势,回旋其姿也。其间忽疾忽徐,忽翕忽张,忽渟潆,忽转掣,乍阴乍阳,屡迁光景,莫不有浩气鼓荡其机,如吹万之不穷,如江河之滔滞而奔放,斯长篇之能事极矣。(沈德潜《说诗晬语》)

　　七言古最忌长短句。太白以气运之,后人实难于学步,以其易于空滑也。若竟篇以七言行之,入末间以长短句结之,较为生动。(林昌彝《射鹰楼诗话》卷十六)

苕溪酬梁耿别后见寄

清川永路何极,落日孤舟解携。
鸟向平芜远近,人随流水东西。
白云千里万里,明月前溪后溪。
惆怅长沙谪去,江潭芳草萋萋。

【诗作摘评】

　　刘长卿六言二绝,本一首也。诸选以唐少六言绝,故析为二。旧见杂说中,亦有辩订者,而不能详。偶阅康骈《剧谈录》,载此甚悉,因录之;其调本名《谪仙怨》,明皇幸蜀,路感马嵬,索长笛制新声,乐工一时竞习。长卿左迁睦州,因祖筵吹此曲,遂制词填之,而不及马嵬事。大率六朝及唐乐府例如此,兼明皇新创,长卿未必知本末也。窦弘余补之云:"胡尘犯阙冲关,金辂提携玉颜。云雨此时消散,君王何日归还?伤心朝恨暮恨,回首千山万山。独望天边初月,蛾眉犹在弯弯。"骈又续之云:"晴山碍日横天,绿叠君王马前。銮辂西巡蜀国,龙颜东望秦川。曲江魂断芳草,妃子愁凝暮烟。长笛此时吹罢,何言独为婵娟。"观此,则刘作非绝句(熊按:乃六言律诗一体)甚明。二人词亦工丽,不及刘天然耳。(胡应麟《诗薮·外编》卷四)

前二韵以惜别梁耿言,后二韵以苕溪酬寄言。此诗后入乐府词,题作《谪仙怨》。(曹锡彤《唐诗析类集训》)

六言自汉谷永始……至唐初,李景伯有《回波乐府》(熊按:《唐书》:"中宗赐宴群臣,李景伯歌曰:'回波尔持酒卮,微臣职在箴规。侍宴既过三爵,喧哗窃恐非宜。'"),亦效此体。逮开元、大历间,王维、刘长卿诸人相与继述,而篇什稍屡见。(冒春荣《葚原诗说》卷三)

六言之格,自曹子建、傅休弈诸人,其式已定,但尚杂入乐府古诗中。至唐初诸家应制赋《回波词》,始定为四句正格,而平仄黏对之法,与古律同严矣。宋人集中虽多有之,而其平仄与唐人有异。盖尔时风气多喜用子史成语,往往或类赋联,又其下者,则更杂以词语,与古法未能悉合。故此体正式,必以唐贤为主也。

六言诗自古无专作者,以其字数排拘,古之则类于赋,近之则入于词,大家多不屑为,故各集中此体特鲜。即学者不善此体,亦不为病。……至于六言,既乏五言之隽味,又无七言之远神。盖文字必奇耦相间、阴阳谐和而成,譬之琴然。初则五弦宫商角徵羽皆备,后加变宫、变徵为七弦,乐律从此大备,不能再为增减。故诗之为主耦,而句法则以奇为用。六言则句、联皆耦,体用一致,必不能尽神明变化

之妙,此自来诗家所以不置意也。(董文焕《声调四谱图说》)

六言诗,摩诘、文房辈偶一为之,其法大概以见趣为主,不措意可也。(王楷苏《骚坛八略》)

崔曙

(?—739),一作崔署,原籍博陵(今河北安平),寓居宋州(今河南商丘)。少孤贫,隐于颍阳太室山苦读,开元二十六年(738)中进士第,以应试诗《奉试明堂火珠》(有"清拔"之誉)称名于世,授河内尉。《全唐诗》存诗一卷。殷璠云:"署诗多叹词要妙,清意悲凉。《送别》《登楼》,俱堪泪下。"(《河岳英灵集》)丁仪云:"集中所载,殊未脱齐梁排偶之习,与王翰同工,远逊孟云卿之古朴。"(《诗学渊源》)陈继儒云:"崔曙诸诗古致错落,奥意每了然言表。"(周珽《删补唐诗选脉笺释会通评林》)

九日登望仙台呈刘明府容

汉文皇帝有高台,此日登临曙色开。
三晋云山皆北向,二陵风雨自东来。
关门令尹谁能识?河上仙翁去不回。
且欲近寻彭泽宰,陶然共醉菊花杯。

【诗作摘评】

此言神仙恍惚,人当自适其志也。言汉文作此台以望仙,今我登临,适当曙景,所见唯三晋之云山,二陵之风雨。所谓仙者,竟安在耶?倘有潜踪人境,如关门令尹者,我则不能识。至冲举云霄,如河上仙翁者,则又去而不返矣。神仙既不可期,且寻吾友如陶彭泽者,与之同醉花间,以乐今夕,何必寄情方外乎?(唐汝询《唐诗解》卷四十)

此篇句律典重,通篇匀称,情景分明,又一意直下,固足为法。但看音律不雄浑,绝似中唐。(杨士弘、顾璘《批点唐音》)

慷慨写意,中唐人无此气骨。(郭濬评点,周明辅等参订《增订评注唐诗正声》)

"曙色开",妙。一是高台久受湮没,气象忽得一开;一是登高台人久抱抑郁,情思忽得一畅。如三、四之"云山""风雨",昔为汉文皇帝眼中好景,今为某甲眼中好景是也。("汉文皇帝"四句)(金圣叹《贯华堂选批唐才子诗》)

后解,作"呈刘明府"。"关门令尹谁能识,河上仙翁去不回。"河南府灵宝县,乃秦函谷地,老子过是关,有紫气,为关令尹喜识。今无尹喜,则谁识我所过之人?仙翁不回,我又无可见之人。直逼到刘明府身上,妙极!(徐增《而庵说唐诗》卷十九)

起联见题,次联写景,中联叙事,末联寓意。格法严正,风调高古,兴象玲珑,悉备此作。昔人取七言律压卷者,或以沈佺期《独不见》,或出崔颢《黄鹤楼》,然沈中二联语意微重,崔起四句非律诗正格,必求尽善,恐无过此篇也。一气舒卷,毫无痕迹。(朱之荆《增订唐诗摘抄》)

何许气象,何许神兴,千秋绝调("三晋云山"二句下)。一气转合,就题有法。(毛奇龄、王锡等《唐七律选》)

堂堂正正。三、四有李、杜口吻,自是盛唐正声。(王士禛辑,吴煊、胡崇注《唐贤三昧集笺注》)

耸拔("汉文皇帝有高台"句下)。一气转合,就题有法。(沈德潜《唐诗别裁集》卷十三)

形势、物候俱确切,不独诗格雄健。古人学问真实如此。(张文荪《唐贤清雅集》)

方曰:"因九日及菊花,因菊花及陶,非泛及也。"吴曰:"宜看其兴象高华,不在追求字面。"(高步瀛《唐宋诗举要》卷五)

张谓

(? —778?),字正言,河内(治今河南沁阳)人。开元年间客游梁、宋、齐、鲁及幽、蓟一带。天宝二年(743),中进士第。天宝后期入安西封常清幕,后入淮南幕府。乾元元年(758),任礼部郎中。代宗大历年间,任潭州刺史。征还,任太子左庶子,迁礼部侍郎,知大历七、八、九年贡举,复知东都举。《全唐诗》存诗一卷,中杂他人诗作。

辛文房谓"(谓)工诗,格度严密,语致精深,多击节之音"。(《唐才子传》)钟惺云:"七言律,诗家所难。初盛唐以庄严雄浑为长,至其痴重处,亦不得强为之佳。耳食之夫,一概追逐,滔滔可笑。张谓变而流丽清老,可谓善自出脱。刘长卿与之同调,俗人泥长卿为中唐,此君,盛唐也,犹不足服其口耶?且初唐七言律,尽有如此风致者。因思'气格'二字,蔽却多少人心眼,阻却多少人才情。"(《唐诗归》)贺裳云:"张正言诗,亦倜傥率真,不甚蕴藉,然胸中殊有浩落之趣。'眼前一樽又长满,胸中万事如等闲',有此风调,固宜太白与之把臂。"(《载酒园诗话又编》)吴乔云:"读张谓《杜侍御送贡物》及《代北州老翁》,其人子美之流。"(《围炉诗话》)丁仪云:"诗取实境,颇有高致。盖自李、杜以后,风尚所趋,虽复反,齐、梁一体,惟独主于性灵,故使事无迹,而以传神为能事也。"(《诗学渊源》)

别韦郎中

星轺计日赴岷峨,云树连天阻笑歌。
南入洞庭随雁去,西过巫峡听猿多。
峥嵘洲上飞黄蝶,滟滪堆边起白波。
不醉郎中桑落酒,教人无奈别离何。

【诗作摘评】

正言尝奉使至长沙,疑此时韦郎中亦有蜀中之命,故临别而有是作也。意谓我方南适长沙,君亦乘轺而登剑阁,云树杳而音声隔矣。中二联历举楚蜀所经之处,然随雁听猿,蝶飞波起,则尔我之客愁可知,是以重伤离别而欲尽醉耳。(唐汝询《唐诗解》卷四十)

"不醉郎中桑落酒",用反结法更透。言此去客愁如此,今日遥计之,两人彼此神伤,必得一番尽醉,才可以言别。有如不醉郎中以酒,此中半句,桑落酒,以桑叶落时所成,乃刘白堕所造。"教人无奈别离何",若非一醉消遣,教人别离情苦,真有无可奈何者矣。前解写两人各有所适,后解重发别意。(王尧衢《古唐诗合解》卷九)

张谓侍郎七言律,多奇警之句,及死后见形,独爱人诵其"樱桃解结垂檐子,杨柳能低入户枝"二语。(贺贻孙《诗筏》)

应是己适楚、韦适蜀,故中二联分写。三、四写情,五、六写景,不嫌其复。(沈德潜《唐诗别裁集》卷十三)

此正言使长沙时,韦与同时使蜀者。首句言韦,次句入别意,三、五句皆自指,四、六句皆言韦。(姚鼐《今体诗钞》)

岑参

(715？—770)，祖籍南阳(今属河南)，徙居江陵(今湖北荆州)。曾祖文本、伯祖长倩、伯父羲，皆位至宰辅。幼孤，笃学。天宝三载(744)，中进士第，授右内率府兵曹参军。八载(749)，入安西高仙芝幕，充节度掌书记。十三载(754)，入安西封常清幕，以大理评事兼监察御史，充节度判官、支度副使。至德二载(757)，至灵武，迁右补阙。后相继为起居舍人、虢州长史、太子中允、祠部考功员外郎及虞部、库部郎中等职。永泰元年(765)，出为嘉州刺史。杜鸿渐守蜀，表为职房郎中兼侍御史。大历三年(768)七月，罢职东归，流寓成都，卒于蜀。《全唐诗》存诗四卷。

殷璠云："参诗语奇体峻，意亦造奇。至如'长风吹白茅，野火烧枯桑'，可谓逸矣。又'山风吹空林，飒飒如有人'，宜称幽致也。"(《河岳英灵集》)胡应麟云："古诗自有音节。陆、谢体极俳偶，然音节与唐律迥不同。唐人李、杜外，惟嘉州最合。襄阳、常侍虽意调高远，至音节时入近体矣。""高、岑并工起语，岑尤奇峭，然拟之宣城，格愈下矣。"(《诗薮》)宋育仁云："五言源出于吴、何，叠藻绵联，掞张典雅，如五丝织锦，裁缝灭迹。七言出没纵横，翱翔孤秀，振音中律，行气如虹，如观公孙大娘舞剑器，浑脱浏亮，令人神往心倾。边塞萧条，吹笳声裂，刘越石幽燕之气，自当擅绝一场，而格律谨遒，贵在放而不野。律体温如，亦兼绵丽。绝句犹七言本色，而神韵弥深。"(《三唐诗品》)丁仪云："其诗辞意清切，迥拔孤秀，多出佳境。人比之吴均、何逊，盖就其律诗言也，时亦谓之'嘉州体'。至古诗、歌行，间亦有气实声壮之作。《走马川》诗三句一转，虽变自柏梁，亦为创作。"(《诗学渊源》)顾璘云："岑参最善七言，兴意、音律不减王维，乃盛唐宗匠。""岑诗好起语华艳，初联放宽，次联突出奇语，平平结，最有法。"(《批点唐音》)周履靖云："突兀万仞则不用过句，陡顿便说他事，岑参专高此法"。

"前后,重三迭四用两三字贯串,极精神,好诵,岑参所长。"(《骚坛秘语》)彭端淑云:"嘉州自是奇才,其诗雄健绝人,七古尤高。"(《雪夜诗谈》)管世铭云:"(七绝)王、李之外,岑嘉州独推高步,惟去乐府意渐远。"(《读雪山房唐诗序例》)

白雪歌送武判官归京

北风卷地百草折,胡天八月即飞雪。
忽如一夜春风来,千树万树梨花开。
散入珠帘湿罗幕,狐裘不暖锦衾薄。
将军角弓不得控,都护铁衣冷难着。
瀚海阑干百丈冰,愁云惨淡万里凝。
中军置酒饮归客,胡琴琵琶与羌笛。
纷纷暮雪下辕门,风掣红旗冻不翻。
轮台东门送君去,去时雪满天山路。
山回路转不见君,雪上空留马行处。

【诗作摘评】

此因雪中送别而歌之也。雪太早,故疑梨花之开树,及入帘幕,则觉寒透骨矣。海冻云凝,大雪之候也,于是时置酒设乐,以送归人,而暮雪不止,涉雪而去,其劳可知,徒使我怅望无已耳。夫望君不见而寻其马迹,思深哉。(唐汝询《唐诗解》卷十七)

起得势,四语精微(首四句下)。彬彬乎大雅之章也。首尾完善,中间精整。(王士禛辑,吴煊、胡棠注《唐贤三昧集笺注》)

入手飘逸,迥不犹人(首四句下)。深情无限,到底不脱歌雪故也

(末二句下)。(宋宗元《网师园唐诗笺》卷四)

嘉州七古,纵横跌宕,大气盘旋,读之使人自生感慨。有志学古者,诚宜留心此种。看他如此杂健,其中起伏转折一丝不乱,可谓刚健含婀娜。后人竞学盛唐,能有此否?(张文荪《唐贤清雅集》)

洒笔酣歌,才锋驰突。"雪"字四见,一一精神。(邵千辑,范大士评《历代诗发》)

奇峭,起飒爽。"忽如"六句,奇才奇气,奇情逸发,令人心神一快。须日诵一过,心摹而力追之。"瀚海"句换气,起下"归客"。(方东树《昭昧詹言》卷十二)

与独孤渐道别长句兼呈严八侍御

轮台客舍春草满,颍阳归客肠堪断。
穷荒绝漠鸟不飞,万碛千山梦犹懒。
怜君白面一书生,读书千卷未成名。
五侯贵门脚不到,数亩山田身自耕。
兴来浪迹无远近,及至辞家忆乡信。
无事垂鞭信马头,西南几欲穷天尽。
奉使三年独未归,边头词客旧来稀。
借问君来得几日?到家不觉换春衣。
高斋清昼卷罗幕,纱帽接䍦慵不着。
中酒朝眠日色高,弹棋夜半灯花落。
冰片高堆金错盘,满堂凛凛五月寒。
桂林蒲萄新吐蔓,武城刺蜜未可餐。
军中置酒夜挝鼓,锦筵红烛月未午。

花门将军善胡歌,叶河蕃王能汉语。
知尔园林压渭滨,夫人堂上泣罗裙。
鱼龙川北盘溪雨,鸟鼠山西洮水云。
台中严公于我厚,别后新诗满人口。
自怜弃置天西头,因君为问相思否?

【诗作摘评】

闲淡、浓丽俱有。武人豪奢绝似,而字句极有工致。(桂天祥《批点唐诗正声》)

详密而不冗,虽皆平调,却使人不可删。(郭濬评点,周明辅等参订《增订评注唐诗正声》)

此与《送魏叔卿》篇,铺叙有法。其曰"借问君来得几日""因君为问相思否",与"问君于今三十几""因君为问平安否",此等语俱堪入《骚》。(周珽《删补唐诗选脉笺释会通评林》)

四句一解,平仄互用,七古正体。"西南"句奇警。末解始出呈严意,结束全篇。(王士禛辑,吴煊、胡崇注《唐贤三昧集笺注》)

"高斋清昼卷罗幕",预言其归家之后。"军中置酒夜挝鼓,锦筵红烛月未午",忽入别筵,淋漓尽致。此诗硬转突接,不须蛛丝马迹,古诗中另是一格。(沈德潜《唐诗别裁集》卷五)

奇语亦妙语("万碛千山"句下)。入离宴,超忽悲壮("军中置酒"句下)。(宋宗元《网师园唐诗笺》卷四)

送费子归武昌

汉阳归客悲秋草,旅舍叶飞愁不扫。
秋来倍忆武昌鱼,梦着只在巴陵道。

曾随上将过祁连,离家十年恒在边。
剑锋可惜虚用尽,马蹄无事今已穿。
知君开馆常爱客,樗蒱百金每一掷。
平生有钱将与人,江上故园空四壁。
吾观费子毛骨奇,广眉大口仍赤髭。
看君失路尚如此,人生贵贱那得知。
高秋八月归南楚,东门一壶聊出祖。
路指凤凰山北云,衣沾鹦鹉洲边雨。
勿叹蹉跎白发新,应须守道勿羞贫。
男儿何必恋妻子,莫向江村老却人。

【诗作摘评】

四句一解,平仄互用,体格又正。收场音节好,一结稍强人意。(王士禛辑,吴煊、胡棠注《唐贤三昧集笺注》)

嘉州工于发端(首句下)。勖其再出,饶见语妙(末二句下)。(宋宗元《网师园唐诗笺》卷四)

卫节度赤骠马歌

君家赤骠画不得,一团旋风桃花色。
红缨紫䩞珊瑚鞭,玉鞍锦鞯黄金勒。
请君鞲出看君骑,尾长窣地如红丝。
自矜诸马皆不及,却忆百金新买时。
香街紫陌凤城内,满城见者谁不爱?

扬鞭骤急白汗流,弄影行骄碧蹄碎。
紫髯胡雏金剪刀,平明剪出三鬃高。
枥上看时独意气,众中牵出偏雄豪。
骑将猎向南山口,城南狐兔不复有。
草头一点疾如飞,却使苍鹰翻向后。
忆昨看君朝未央,鸣珂拥盖满路香。
始知边将真富贵,可怜人马相辉光。
男儿称意得如此,骏马长鸣北风起。
待君东去扫胡尘,为君一日行千里。

【诗作摘评】

《赤骠马歌》,风调极好。其工致处,杜工部相等。句好,有思致,有风味。(桂天祥《批点唐诗正声》)

岑参《赤骠马歌》,前念五句皆言卫节度而带及马,末三句言马而带及卫节度,得宾主映带法。(吴乔《围炉诗话》卷二)

七古须知对叠衔接之法,时时插入对句,甚妙。(王士禛辑,吴煊、胡棕注《唐贤三昧集笺注》)

与少陵"岂有四蹄疾于鸟,不与八骏俱先鸣"同一意,而语更奇警("却使苍鹰"句下)。(沈德潜《唐诗别裁集》卷五)

顾璘评:"草头"二句下语高,结寓讽。吴山民评:起二句一匹活马,次三句浮艳,"扬鞭"二句得马情,"枥上"二句有气,"草头"二句有骁腾势,结得体。(周珽《唐诗选脉笺释会通评林》)

全用点染陪衬,古艳为诸大家所未有,细玩自见。多用颜色字面衬赤骠,易入纤俗,大手笔为之只见奇丽,由其气骨、识见异也。此是嘉州《广陵散》,后来无人学得,亦无人识得。至此(熊按:末句),人马

合一,作一总束,畅然意满矣。下止向大处结去,不再用点染,所以为大家(末句下)。(张文荪《唐贤清雅集》)

嘉州《赤骠马歌》:"草头一点疾如飞,欲使苍鹰翻向后",写尽马之才矣。少陵诸马诗并能写马之德,所以更高一层。(施补华《岘佣说诗》)

连篇皆平稳,所谓纱帽诗也。(王闿运《王闿运手批唐诗》)

燉煌太守后庭歌

燉煌太守才且贤,郡中无事高枕眠。
太守到来山出泉,黄沙碛里人种田。
燉煌耆旧鬓皓然,愿留太守更五年。
城头月出星满天,曲房置酒张锦筵。
美人红妆色正鲜,侧垂高髻插金钿。
醉坐藏钩红烛前,不知钩在若个边。
为君手把珊瑚鞭,射得半段黄金钱,
此中乐事亦已偏。

【诗作摘评】

夫谓之"歌"者,哀而不怨之词,有丰功盛德则歌之,诡异希奇之事则歌之,其词与古诗无以异,但无铺叙之语,奔骤之气。其遣语也,舒徐而不迫,峻特而愈工,吟讽之而味有余,追绎之而情不尽。叙端发词,许为雄夸跌荡之语,及其终也,许置讽刺伤悼之意,此大凡如此尔。(释惠洪《天厨禁脔》卷中)

走马川行奉送出师西征

君不见,走马川行雪海边,
平沙莽莽黄入天。
轮台九月风夜吼,一川碎石大如斗,
随风满地石乱走。
匈奴草黄马正肥,金山西见烟尘飞,
汉家大将西出师。
将军金甲夜不脱,半夜军行戈相拨,
风头如刀面如割。
马毛带雪汗气蒸,五花连钱旋作冰,
幕中草檄砚水凝。
虏骑闻之应胆慑,料知短兵不敢接,
车师西门伫献捷。

【诗作摘评】

　　第一解二句,余皆三句一解,格法甚奇。"大如斗"者尚谓之"碎石",是极写风势,此见用字之诀。奇句,亦是用字之妙("马毛带雪"二句下)。其精悍处似独辟一面目,杜亦未有此。老杜《饮中八仙歌》中,多用三句一解而不换韵,此首六解换韵,平仄互用,别自一奇格也。(王士禛辑,吴煊、胡棨笺注《唐贤三昧集笺注》)

　　势险节短。句句用韵,三句一转。此《峄山碑》文法也,《唐中兴颂》亦然。(沈德潜《唐诗别裁集》卷五)

　　其诗辞意清切,迥拔孤秀,多出佳境。人比之吴均、何逊,盖就其律诗言也,时亦谓之"嘉州体"。至古诗、歌行,间亦有气实声壮之作。《走马川》诗三句一转,虽变自"柏梁",亦为创作。(丁仪《诗学渊源》卷八)

诗有三句者,自岑参始。盖"柏梁"之别调也。其转折处最易着迹。叙事须要三句一解,多一句不可,少一句亦不可。尤须每转愈深,非熟于"柏梁"者不易为也。(丁仪《诗学渊源》卷六)

岑嘉州《走马川》,叠韵歌行,每三句一转,论者谓本秦人《峄山》等碑体。予观《毛诗·桧风·素冠》之什,凡三章,章各三句,俱叠韵,尚在秦碑之前。(蒋抱玄《民权素诗话·摭怀斋诗话》)

《玄怪录》载唐人三句诗一首:"杨柳袅袅随风急,西楼美人春梦中,翠帘斜卷千条入。"以为奇创。按崔駰诗:"鸾鸟高翔时来仪,应治归德合望规,啄食竹实饮华池。"岑之敬诗:"明月二八照花新,当垆十五晚留宾,回眸百万横自陈。"阮籍《大人先生歌》亦三句,则汉魏六朝已先见矣。又詹天衢《寄友》曰:"桂树苍苍月如雾,山中故人读书处,白露湿衣不可去。"亦闲婉可诵。(岑嘉州《走马川》三句一韵,黄鲁直《画马试院中作》亦三句一韵,则长篇也。)(宋长白《柳亭诗话》卷三)

奇景以奇结状出("一川碎石"句下)。险绝怕绝,中夜读之,毛发竖起("半夜军行"二句下)。逐句用韵,每三句一转,促节危弦,无诘屈聱牙之病,嘉州之所以颉颃李、杜,而超出于樊宗师、卢仝辈也。(宋宗元《网师园唐诗笺》卷四)

才作起笔,忽然陡插"风吼""石走"三句,最奇。下略平叙舒其气,复用"马毛带雪"三句,跌宕一番。急以促节收住,微见颂扬,神完气固。谋篇之妙,与《白雪歌》同工异曲。三句一转都用韵,是一格。(张文荪《唐贤清雅集》)

奇才奇气,风发泉涌。"平沙"句,奇句。(方东树《昭昧詹言》卷十二)

又尝以己未冬杪,谪戍出关,祁连雪山,日在马首,又昼夜行戈壁中,沙石吓人,没及髁膝,而后知岑诗"一川碎石大如斗,随风满地石乱走"之奇而实确也。大抵读古人之诗,又必身亲其地,身历其险,而后知心惊魄动者,实由于耳闻目见得之,非妄语也。(洪亮吉《北江诗话》)

轮台歌奉送封大夫出师西征

轮台城头夜吹角,轮台城北旄头落。
羽书昨夜过渠黎,单于已在金山西。
戍楼西望烟尘黑,汉兵屯在轮台北。
上将拥旄西出征,平明吹笛大军行。
四边伐鼓雪海涌,三军大呼阴山动。
虏塞兵气连云屯,战场白骨缠草根。
剑河风急雪片阔,沙口石冻马蹄脱。
亚相勤王甘苦辛,誓将报主静边尘。
古来青史谁不见?今见功名胜古人。

【诗作摘评】

嘉州尝从封常清西征,屯兵轮台而作是歌。(唐汝询《唐诗解》卷十七)

送大将出师,岂宜妄作感慨?如此闲闲着笔,既有情致,又不犯口,音节亦自然。读古人诗,须识其苦心,学其妙法,自有长进处。(张文荪《唐贤清雅集》)

吴曰:"起首特为警湛。"沈曰:"起法磊磊落落,送别之作,应以嘉

州为则。"(高步瀛《唐宋诗举要》引)

二句一解,平仄互用,末一解四句作收结,格法森严。(王士禛辑,吴煊、胡崇注《唐贤三昧集笺注》)

此诗前十四句,句句用韵,两句一换,节拍甚紧。后一韵衍作四句,以舒其气,声调悠扬,有余音矣。(李瑛《诗法易简录》卷六)

《轮台歌》"四边伐鼓雪海涌,三军大呼阴山动",《走马川行》"轮台九月风夜吼,一川碎石大如斗,随风满地石乱走","半夜军行戈相拨,风头如刀面如割"等句,兵法所谓"其节短,其势险"也。(施补华《岘佣说诗》)

嘉州《轮台》诸作,奇姿杰出,而风骨浑劲,琢句用意,俱极精思,殆非子美、达夫所及。(毛先舒《诗辩坻》卷三)

天山雪歌送萧治归京

天山雪云常不开,千峰万岭雪崔嵬。
北风夜卷赤亭口,一夜天山雪更厚。
能兼汉月照银山,复逐胡风过铁关。
交河城边鸟飞绝,轮台路上马蹄滑。
暗霭寒氛万里凝,阑干阴崖千丈冰。
将军狐裘卧不暖,都护宝刀冻欲断。
正是天山雪下时,送君走马归京师。
雪中何以赠君别,惟有青青松树枝。

【题解】

《全唐诗》谓题中"萧治"之"治""一作沼"。又诗中"天山雪云"作

"天山有雪","鸟飞绝"作"飞鸟绝"。

【诗作摘评】

转韵初无定式,或二语一转,或四语一转,或连转几韵,或一韵叠下几语。大约前则舒徐,后则一滚而出,欲急其节拍以为乱也。此亦天机自到,人工不能勉强。……歌行转韵者,可以杂入律句,借转韵以运动之,纯绵裹针,软中自有力也。一韵到底者,必须铿金锵石,一片宫商,稍混律句,便成弱调也。(沈德潜《说诗晬语》卷上)

蜀葵花歌

昨日一花开,今日一花开。
今日花正好,昨日花已老。
始知人老不如花,可惜落花君莫扫。
人生不得长少年,莫惜床头沽酒钱。
请君有钱向酒家,君不见,蜀葵花。

【题解】

《文苑英华》谓此诗为刘眘虚作,注云"附见岑参诗"。《全唐诗》谓诗题中"蜀"一作"戎"。谓诗中"始知人老不如花"二句"与《韦员外家花树歌》相重,他本多无此二句"。

【诗作摘评】

"昨日花已老"下即接"人生不得长少年",始健,不特与《韦家花树歌》相类也。(何焯评《河岳英灵集》)

乐府篇法:张籍、王建为近体次之,长吉虚妄不必效为,岑参有气,措语硬,又次之。张、王最古。上格如《焦仲卿》《木兰词》《羽林郎》《霍家奴》《三妇词》《大垂手》《小垂手》等篇,皆为绝唱。李太白乐府,气、语皆是此中来,不可不知也。要诀在于反本题结,如《山农词》,结却用"西江贾客珠百斛,船中养犬多食肉"是也。又有含蓄不发结者。又有截断、顿然结者,如"君不见,蜀葵花",是也。(范梈《木天禁语》)

李、杜外,短歌可法者,岑参《蜀葵花》《登邺城》、李颀《送刘昱》《古意》、王维《寒食》、崔颢《长安道》、贺兰进明《行路难》、郎士元《塞下曲》、李益《促促曲》《野田行》、王建《望夫石》《寄远曲》、张籍《节妇吟》《征妇怨》、柳宗元《杨白花》。虽笔力非二公比,皆初学易下手者。但盛唐前,语虽平易,而气象雍容;中唐后,语渐精工,而气象促迫,不可不知。(胡应麟《诗薮·内编》卷三)

花开花落嗟人老,莫惜床头沽酒钱。坐对戎葵歌一曲,令人个个感流年。(冯继聪《论唐诗绝句·岑参》)

西亭子送李司马

高高亭子郡城西,直上千尺与云齐。
盘崖缘壁试攀跻,群山向下飞鸟低,
使君五马天半嘶。
丝绳玉壶为君提,坐来一望无端倪。
红花绿柳莺乱啼,千家万井连回溪。
酒行未醉闻暮鸡,点笔操纸为君题。
为君题,惜解携;草萋萋,没马蹄。

【诗作摘评】

此饮饯西亭而赋其事。亭在山巅,故攀跻而上,既登而益见其高。于是设酒与司马话别。而坐望之景又如此,然酒未醉而鸡将栖,不复能尽兴矣。虽寄意于诗章,终不能忘情于芳草也。(唐汝询《唐诗解》卷十七)

首五句咏亭子之高,次四句即宴别望中之景。末因酒阑赋别,不胜芳草王孙之思,忽着短句,峭拔足奇。(周珽《删补唐诗选脉笺释会通评林》)

此篇用叠韵,而以三言结,一步紧一步。(王尧衢《古唐诗合解》卷三)

飘飘有凌云之气("群山向下"二句下)。合律应节,无限凄婉("为君题"二句下)。(宋宗元《网师园唐诗笺》卷四)

奉和相公发益州

相国临戎别帝京,拥麾持节远横行。
朝登剑阁云随马,夜渡巴江雨洗兵。
山花万朵迎征盖,川柳千条拂去旌。
暂到蜀城应计日,须知明主待持衡。

【题解】

《全唐诗》题中"益州"作"益昌"。

【诗作摘评】

此送鸿渐西征也。言相国辞帝而出,将建此旄节以横行阃外,登历山川,跋涉花柳,以至其地。若蜀中之寇盗已平,则当计日而返,盖天子方待君以主邦国之权衡,不宜久留于外也。(唐汝询《唐诗解》卷四十三)

诗有古人所不忌,而今人以为病者。摘瑕者因而酷诋之,将并古人无所容,非也。……岑嘉州"云随马""雨洗兵""花迎盖""柳拂旌"四言一法。摩诘"独坐悲双鬓,白发终难变"语异意重。……在彼正自不觉,今用之能无受人揶揄?至于失严之句,摩诘、嘉州特多,殊不妨其美。(胡震亨《唐音癸签》卷四)

此送杜鸿渐镇蜀之诗。始言相国临行,仪卫之盛如此,朝登夜渡,预拟到蜀之日,云雨亦助其威灵。迎盖、拂旌,泛言发益州之后,花柳皆壮其行色也。末则以成功之速、恩被之荣重期之。风流冠冕,千古送行之作,无能出其范围矣。(赵臣瑗《山满楼笺注唐诗七言律》)

计日定乱,望其归也。("暂到蜀城"句下)(沈德潜《唐诗别裁集》卷十三)

冀望意,又觉得体。"待"字本寻常话,承"暂到"字来,便凛凛生色。(吴瑞荣《唐诗笺要》)

雄壮得体("朝登剑阁"句下)。(宋宗元《网师园唐诗笺》卷十)

此法以首句拈题,实起次句,虚引以领三、四句为合法。此诗三、四句紧承"远横行"来,"剑阁""巴江",点明赴益州之路。"云随马""雨洗兵"并承明首句"临戎"一气相生最佳。中二联"朝登""夜渡",从发帝京说向益州,是顺叙。五、六句"山花""川柳",从益州说起,"迎征盖""拂去旌",回抱发帝京,是逆挽。用笔变化有法。(李瑛《诗法易简录》卷十)

赴北庭度陇思家

西向轮台万里余,也知乡信日应疏。
陇山鹦鹉能言语,为报家人数寄书。

【诗作摘评】

鹦鹉不能寄书而能传言,故欲报归人,使音书不绝。盖相去万里,书不易达,数寄或不至,俱浮沉耳。(唐汝询《唐诗解》卷二十七)

蒋一梅评:无中生有,妙。周启琦评:易鱼雁为鹦鹉,就地产所见,想出话头,但奇。(周珽《删补唐诗选脉笺释会通评林》)

欲鹦鹉报家人寄书,思曲而苦。(沈德潜《唐诗别裁集》卷二十)

首句切"北庭"起,二句切"思家"承。三句转变,如陇山之鹦鹉故能言语,第所言之事,则在下句。时嘉州正思家,而家中已数寄书来,鹦鹉先报嘉州,所谓三句转变,四句发之也。此首前两句嘉州思家,后两句家中忆嘉州,盖从对面收也。委曲。(朱宝莹《诗式》)

高适

(700?—765),字达夫,郡望渤海蓨县(今河北景县)。早年随父旅居岭南,开元年间求仕长安,漫游燕、赵,后来寓居宋中,浪迹渔樵。天宝八载(749),举有道科,授封丘尉。十二载(753),入哥舒翰河西幕,任左骁卫兵曹参军,充掌书记。安史之乱起,曾先后任左拾遗、淮南节度使、太子少詹事、彭州刺史、蜀州刺史。广德元年(763),迁剑南西川节度使。入朝为刑部侍郎,转左散骑常侍加银青光禄大夫,进封渤海县侯。永泰元年(765)卒,赠礼部尚书,谥曰忠。《全唐诗》存诗四卷。

徐献忠云:"左散骑常侍高适朔气纵横,壮心落落,抱瑜握瑾,浮沉闾巷之间,殆侠徒也。故其为诗,直举胸臆,摹画景象,气骨琅然,而词锋华润,感赏之情,殆出常表。视诸苏卿之悲愤、陆平原之怅惘,辞节虽离,而音调不促,无以过之矣。夫诗本人情,囿风气,河洛之间,其气浑然远矣,其殆庶乎!"(《唐诗品》)陆时雍云:"七言古盛于开元以后,高适当属名手。调响气佚,颇得纵横;勾角廉折,立见涯涘。以是知李、杜之气局深矣。"(《诗镜总论》)胡应麟云:"达夫歌行、五言律,极有气骨。至七言律,虽和平婉厚,然已失盛唐雄赡,渐入中唐矣。"(《诗薮》)陈继儒等云:"史称达夫五十始为诗,而能以气质自高,每一篇出,好事者辄传布之。……今独其七言古诸篇,感慨悲壮,气骨、风度绝然建一代旗鼓者,盛唐佳品,岂能多得。"(周珽《删补唐诗选脉笺释会通评林》)许学夷云:"唐人五七言古,高、岑为正宗。然析而论之,高五言未得为正宗,七言乃为正宗耳。岑五言为正宗,七言始能自骋矣。五言古,高、岑俱豪荡,而高语多粗率,未尽调达;岑语虽调达,而意多显直。高平韵者多杂用律体,仄韵者多忌'鹤膝'。……七言歌行,高调合准绳,岑体多轶荡。"(《诗源辩体》)叶燮云:"盛唐大家,称高、岑、王、孟。高、岑相似,而高为稍优,孟则大不如王矣。高七古为胜,时见沉雄,时见冲澹,不一色,其沉雄直不减杜甫。岑七古间有杰句,苦无全篇,且起、结、意、调,往往相同,不见手笔。高、岑五、七律相似,遂为后人应酬活套作俑。如高七律一首中,叠用'巫峡啼猿''衡阳归雁''青枫江''白帝城';岑一首中,叠用'云随马''雨洗兵''花迎盖''柳拂旌',四语一意。高、岑五律如此尤多。"(《原诗》)沈德潜云:"李、杜外,高、岑、王、李,七言古中最矫健者。"(《唐诗别裁集》)宋育仁云:"七古与岑一骨,苍放音多,排奡骋妍,自然沉郁。骈语之中,独能顿宕,启后人无限法门,当为七言不祧之祖。"(《三唐诗品》)范大士云:"常侍七古,慷慨疏越,气韵沉雄,斧凿之痕一归熔化,才老养优,真承学之典型也"。(《历代诗发》)刘熙载云:"今即以七古论之,体或近似唐初,而魄力雄毅,自不可及。"(《艺概·诗概》)

古大梁行

古城莽苍饶荆榛,驱马荒城愁杀人。
魏王宫观尽禾黍,信陵宾客随灰尘。
忆昨雄都旧朝市,轩车照耀歌钟起。
军容带甲三十万,国步连营一千里。
全盛须臾那可论,高台曲池无复存。
遗墟但见狐狸迹,古地空余草木根。
暮天摇落伤怀抱,倚剑悲歌对秋草。
侠客犹传朱亥名,行人尚识夷门道。
白璧黄金万户侯,宝刀骏马填山丘。
年代凄凉不可问,往来唯有水东流。

【诗作摘评】

此览古而兴慨也。见古城之荒凉,而追想曩时之壮丽,因言全盛难保,故物一无存者,安得不伤怀抱而兴悲歌哉!虽侠客犹传其名,隐士尚识其处,然而万户侯安在耶?宝刀骏马亦皆填灭于山丘矣。所见惟河水东流,依然如旧耳。吁!今犹古也,世之纷华靡丽,孰非空花哉!(唐汝询《唐诗解》卷十六)

游心千古,似佃似渔,精华所萃,结为奇调,凭吊诗之绝唱者。(周珽《删补唐诗选脉笺释会通评林》)

按节安歌,步武严整,无一往奔轶之习。(邢昉《唐风定》卷九)

隔联间以对仗,壁垒森严。一结多少感慨!(王士禛辑,吴煊、胡崇注《唐贤三昧集笺注》卷下)

开后人故迹凭吊诗之法门。(〔日〕近藤元粹《笺注唐贤诗集》卷下)

起二句伉爽,"魏王"二句衍,"忆昨"四句推开,"全盛"句折入,'暮天'句入己。以下重复感叹,自有浅深,而气益厚,韵益长,反复吟咏,久之自见。(方东树《昭昧詹言续录》卷二)

古体转韵,或四句、六句、八句,平韵接仄,仄韵接平,是为正格。此体自齐、梁已然,至盛唐而大备。观高适《古大梁行》《燕歌行》,音节壮健,用字用韵,允为古体正宗。惟《燕歌行》中"校尉羽书飞瀚海,单于猎火照狼山""战士军前半死生,美人帐下犹歌舞",对偶纯用律句,然读之自是古诗声调,此中消悉,正宜微会。(潘清《抱翠楼诗话》卷四)

邯郸少年行

邯郸城南游侠子,自矜生长邯郸里。
千场纵博家仍富,几度报仇身不死。
宅中歌笑日纷纷,门外车马常如云。
未知肝胆向谁是,令人却忆平原君。
君不见今人交态薄,黄金用尽还疏索。
以兹感叹辞旧游,更于时事无所求。
且与少年饮美酒,往来射猎西山头。

【诗作摘评】

余所最深爱者:"未知肝胆向谁是?令人却忆平原君。"(殷璠《河岳英灵集》卷上)

此叹交道之薄，因少年以发之也。意谓世之交者，孰非势利耶？观此邦游使之子，贪嗜于财，幸免于法，非能豪举也。然而门庭若市，故我之肝胆未知所向，以世无平原君也。交态既日薄矣，吾岂待金尽而疏索哉？惟辞彼旧游，而于时事无所求耳。今少年不尚游侠，不趋势利，但与饮酒射猎以相娱乐，则其交也庶几哉！（唐汝询《唐诗解》卷十六）

情至无可复加。（郝敬《批选唐诗》）

风流豪迈，是达夫面目。（焦袁熹《此木轩论诗汇编》）

此篇山下两段局，上半篇一转韵，气缓；下半篇"君不见"后转韵，气促，格调宜然。（王尧衢《古唐诗合解》卷三）

英气棱棱，溢出眉宇（"未知肝胆"二句下）。（宋宗元《网师园唐诗笺》卷四）

画出一个轻侠少年（"千场纵博"二句下）。句有远神，最为宕逸（"未知肝胆"二句下）。（王士禛辑，吴煊、胡棠注《唐贤三昧集笺注》）

赵熙批：兀傲奇横。李白"淮南小山白毫子，乃在淮南小山里"，与此起同妙（首二句下）。突断（"君不见"句下）。大力收束，何其健举！（赵熙《唐百家诗选手批本》）

燕歌行

开元二十六年，客有从御史大夫张公出塞而还者，作《燕歌行》以示适，感征戍之事，因而和焉。

汉家烟尘在东北，汉将辞家破残贼。
男儿本自重横行，天子非常赐颜色。
摐金伐鼓下榆关，旌旆逶迤碣石间。

校尉羽书飞瀚海,单于猎火照狼山。
山川萧条极边土,胡骑凭陵杂风雨。
战士军前半死生,美人帐下犹歌舞。
大漠穷秋塞草腓,孤城落日斗兵稀。
身当恩遇恒轻敌,力尽关山未解围。
铁衣远戍辛勤久,玉箸应啼别离后。
少妇城南欲断肠,征人蓟北空回首。
边庭飘飖那可度,绝域苍茫更何有。
杀气三时作阵云,寒声一夜传刁斗。
相看白刃血纷纷,死节从来岂顾勋!
君不见沙场征战苦,至今犹忆李将军。

【诗作摘评】

此述征戍之苦也。(唐汝询《唐诗解》卷十六)

放情长言,杂而无方者曰歌;步骤驰骋,疏而不滞者曰行;兼之曰歌行。(徐师曾《文体明辩序说·乐府》)

歌,曲之总名。衍其事而歌之曰行。歌最古,行与歌行皆始汉,唐人因之。(胡震亨《唐音癸签》卷一)

今人例以七言长短句为歌行,汉、魏殊不尔也。诸歌行有三言者……纯用七字而无杂言,全取平声而无仄韵,则《柏梁》始之,《燕歌》《白纻》皆此体。自唐人以七言长短句为歌行,余皆别类乐府矣。(胡应麟《诗薮·内编》卷三)

盛唐七言歌行,李、杜而下,唯高、岑、李颀得为正宗。王维、崔颢抑又次之。然今人才力未必能胜高、岑,而驰骋每过之者,盖歌行自李、杜纵横轶荡,穷极笔力,后人往往慕李、杜而薄高、岑,故多不免于

强致,非若高、岑诸公出于才力之自然也。(许学夷《诗源辩体》卷十七)

七言古,唐人歌行最多,然亦有不名歌行者。此体忌平衍,忌滞碍,须有风驰电掣、水立山行之观。起处黄河天上,莫测其来;中间收纵排宕,奇态万千;转关转韵之处,兔起鹘落,如一波未平,一波复起,结处或如神龙掉尾,斗健凌空,或如水后余波,微纹荡漾;亦有竟结以一七言绝句者。要必因其自然,不可勉强。(锺秀《观我生斋诗话》卷二)

凡转韵七古,不戒律句,高、岑、王、李、元、白之七古协律者,转韵诗也。押仄韵七古,亦不忌律句,工部七古协律者,押仄韵及转韵诗也。惟押平韵一韵到底七古,始不可搀入律句,下句以四仄三平为式,如"五岳祭秩皆三公,四方环镇嵩当中"之类是也。上句落尾仄字,须参用上、去、入三音,亦指平韵七古言之。(朱庭珍《筱园诗话》卷二)

长篇滚滚,句虽佳,然皆有序,若得虚字斡旋影响,方得入妙。(桂天祥《批点唐诗正声》)

蒋仲舒曰:"少妇"以后,又是一番断肠情况。(李攀龙辑,凌宏宪集评《唐诗广选》卷二)

词浅意深,铺排中即为诽刺。此道自《三百篇》来,至唐而微,至宋而绝。"少妇""征人"一联,倒一语乃是征人想他如此,联上"应"字神理不爽。结句亦苦平淡,然如一匹衣着,宁令稍薄,不容有额。(王夫之《唐诗评选》卷一)

此是歌行本色。(黄周星《唐诗快》)

"山川萧条极边土……孤城落日斗兵稀",句中含双单字,此七古造句之要诀。盖如此则顿跌多姿,而不伤于虚弱。杜工部《渼陂行》多用此句法。转韵,亦用对法。(王士禛辑,吴煊、胡崇注《唐贤三昧集笺注》卷下)

七言古中时带整句,局势方不散漫。若李、杜风雨分飞,鱼龙百变,又不可以一格论。(沈德潜《唐诗别裁集》卷五)

沉痛语不堪多读。(宋宗元《网师园唐诗笺》卷四)

赵熙批:常侍第一大篇,与东川"白日登山望烽火"一首,非但声情高壮,其于守珪有微词,盖于国史相表里也。(赵熙《唐百家诗选手批本》)

"汉家"四句起,"拟金"句接,"山川"句换,"大漠"句换,"铁衣"句转,收指李牧以讽。(方东树《昭昧詹言》卷十二)

吴曰:二句最为沉至("战士军前"一联下)。此殆刺安奏克捷之事("死节从来"句下)。(高步瀛《唐宋诗举要》)

(首二句)开展。豪语,非刺语("战士军前"二句下)。(王闿运《王闿运手批唐诗选》卷九)

送浑将军出塞

将军族贵兵且强,汉家已是浑邪王。
子孙相承在朝野,至今部曲燕支下。
控弦尽用阴山儿,临阵常骑大宛马。
银鞍玉勒绣蝥弧,每逐嫖姚破骨都。
李广从来先将士,卫青未肯学孙吴。
传有沙场千万骑,昨日边庭羽书至。
城头画角三四声,匣里宝刀昼夜鸣。
意气能甘万里去,辛勤判作一年行。
黄云白草无前后,朝建旌旄夕刁斗。
塞下应多侠少年,关西不见春阳柳。

从军借问所从谁？击剑酣歌当此时。
远别无轻绕朝策，平戎早寄仲宣诗。

【诗作摘评】

或问："诗工于发端如何？"应之曰："如谢宣城'大江流日夜，客心悲未央'，……高常侍'将军族贵兵且强，汉家已是浑邪王'，老杜'将军魏武之子孙，于今为庶为青门'是也。"（王士禛《渔洋诗话》卷中）

送武人诗只如此已足擅场，再约之则不足。（黄培芳《唐贤三昧集》批点）

赵熙批：浑将军得此一诗，胜于史篇一传。接法天挺。（"汉家已是"句下）（赵熙《〈唐百家诗选〉手批本》）

夜别韦司士得城字

高馆张灯酒复清，夜钟残月雁归声。
只言啼鸟堪求侣，无那春风欲送行。
黄河曲里沙为岸，白马津边柳向城。
莫怨他乡暂离别，知君到处有逢迎。

【诗作摘评】

此言饯饮司士而至于钟鸣月落，闻归雁之声，而客愁可想矣。我与君投交，方若鸟之求侣，奈当此春风而欲送行乎？况前途所历景物萧条，必以离别为怨。然君之才名人所共慕，随处当有逢迎者，亦何所怅恨邪？盖叙不忍别之情而又宽其客况也。（唐汝询《唐诗解》卷四十三）

蒋仲舒曰:适绝句"莫愁前路无知己,天下谁人不识君",即此诗结意。(李攀龙辑,凌宏宪集评《唐诗广选》)

只是"啼鸟""春风""柳城""沙岸"出别意,自觉黯然。(李攀龙辑,叶羲昂解《唐诗直解》)

一之七字,字字快意语也。二之七字,字字败意语也。字字快意,故三承以"只言"二字云云也。字字败意,故四承以"无那"二字云云也。此是唐人四句分承法,于前解每用之。(前四句下)(金圣叹《贯华堂选批唐才子诗》)

行者与己分深,自当为留连惜别之语;若与己分浅,只是送其就道便歇。如前李少府是分深者,此韦司士是分浅者,二诗下语分数,自是不同。今人送行诗,大都溷溷而已。(黄生《唐诗摘钞》卷三)

首句七字,字字快心;次句七字,字字败兴。三承一,四承二,一顿一宕,多少风致!五、六指其所往之处,七、八聊以慰之。玩此诗语气,先生与司士当是初次相识,而司士之为人,足以动人爱慕,又可知也。(赵臣瑗《山满楼笺注唐诗七言律》)

三、四正怨其轻同调而急干谒,落句却反嘱以"莫怨",所谓绞而婉也。(何焯《唐律偶评》)

以上(熊按:指此诗与《东平别前卫县李寀少府》)皆近应酬诗,因神韵使人不觉,知近体贵神韵也。(沈德潜《唐诗别裁集》卷十三)

首二句将送别之事虚虚笼起,张灯置酒何事?残月雁声何情?二联用"只言""无那"二虚字相接,求侣难为别矣。(吴烶《唐诗选胜直解》)。

起二句叙"夜",为"别"字传神,亦用攒字设色。三句垫,四句点"别",五、六别后情事,收世情而已。(方东树《昭昧詹言续录》卷三)

钱起

(720？—782？)字仲文，吴兴(今浙江湖州)人。天宝十载(751)中进士第，授秘书省校书郎。乾元中任蓝田尉。大历中官司勋员外郎、司封郎中，官至考功郎中。起有诗名，早年与王维有过唱和，与郎士元齐名，并称"钱郎"。又与卢纶、韩翃、吉中孚、司空曙、苗发、耿㳯、崔峒、李端、夏侯审合称"大历十才子"。《全唐诗》存诗四卷。

高棅云："天宝以还，钱起、刘长卿并鸣于时，与前诸家实相羽翼，品格亦近似。至其赋咏之多，自得之妙，或有过焉。"(《唐诗品汇》)桂天祥云："钱诗亦有奇趣，盖刘为主盟，而钱为尸祝矣。""排律自钱以后，自是一格，中间随珠、燕石俱在，观者少失淘洗，便坠迹蹊径矣。"(《批点唐诗正声》)谢榛云："钱、刘七言近体，两联多用虚字，声口虽好，而格调渐下，此文随世变故尔。""钱仲文七言律，《品汇》所取十九首，上四字虚者亦强半。"(《四溟诗话》)钟惺云："钱诗精出处，虽盛唐妙手不能过之，亦有秀于文房者。泛览全集，冗易难读处实多，以此知诗之贵选也。"(《唐诗归》)胡应麟云："诗至钱、刘，遂露中唐面目。钱才远不及刘，然其诗尚有盛唐遗响。"(《诗薮》)胡震亨云："唐七言律……钱、刘稍加流畅，降为中唐，又一变也。"(《唐音癸签》)翁方纲云："盛唐之后，中唐之初，一时雄俊，无过钱、刘。然五言秀绝，固足接武，至于七言歌行，则独立万古，已被杜公占尽，仲文、文房皆沿右丞余波耳。然却亦渐于转调伸缩处，微微小变。诚以熟到极处，不得不变，虽才力各有不同，而源委未尝不从此导也。"(《石洲诗话》)牟愿相云："钱仲文诗如水头山脚，独树人家。"(《小澥草堂杂论诗》)朱克生云："流利清隽，钱、刘亦可式也。"(《唐诗品汇删》)

卢龙塞行送韦掌记

雨雪纷纷黑山外,行人共指卢龙塞。
万里飞沙咽鼓鼙,三军杀气凝旌旆。
陈琳书记本翩翩,料敌张兵夺酒泉。
圣主好文兼好武,封侯莫比汉皇年。

【诗作摘评】

大历来,自丞相已下出使作牧,无钱起、郎士元诗祖送者,时论鄙之。(钱易《南部新书》)

大历钱、刘古诗亦近摩诘,然清气中时露工秀,淡字、远字、微字,皆不能到,此所以日趋于薄也。(施补华《岘佣说诗》)

送崔校书从军

雁门太守能爱贤,麟阁书生亦投笔。
宁唯玉剑报知己,更有龙韬佐师律。
别马连嘶出御沟,家人几夜望刀头。
燕南春草伤心色,蓟北黄云满眼愁。
闻道轻生能击虏,何嗟少壮不封侯。

【诗作摘评】

钱起《送邬》《送傅》《送崔》,皆应酬诗。韩翃《寄哥舒》亦然。(吴乔《围炉诗话》卷二)

送邬三落第还乡

郢客文章绝世稀,常嗟时命与心违。
十年失落谁知己?千里思亲独远归。
云帆春水将何适?日爱东南暮山碧。
关中新月对离尊,江上残花待归客。
名宦无媒自古迟,穷途此别不堪悲。
荷衣垂钓且安命,金马召贤会有时。

【诗作摘评】

声口闲利。(陆时雍《唐诗镜》卷三十一)

包何云:"一官何幸得同时,十载无媒独见遗。"钱起《送邬三落第》云:"名宦无媒自古迟,穷途此别不堪悲。"……夫自登第而居官,未有不用媒者,世事可知矣。(田艺蘅《留青日札》卷之六)

写得和平婉至,甚有风人余韵。(黄克缵、卫一凤《全唐风雅》)

即景即情,写来入妙("关中"句下)。(宋宗元《网师园唐诗笺》卷五)

送傅管记赴蜀军

终童之死谁继出?燕颔儒生今俊逸。
主将早知鹦鹉赋,飞书许载蛟龙笔。
峨眉玉垒指霞标,鸟没天地幕府遥。

巴山雨色藏征旆,汉水猿声咽短箫。
赐璧腰金应可料,才略纵横年且妙。
无人不重乐毅贤,何敌能当鲁连啸?
日暮黄云千里昏,壮心轻别不销魂。
劝君用却龙泉剑,莫负平生国士恩。

【诗作摘评】

大历来,自丞相已下出使作牧,无钱起、郎士元诗祖送者,时论鄙之。(钱易《南部新书》)

钱、郎赠送之作,当时引以为重;应酬诗,前人亦不尽废也。然必所赠之人何人,所往之地何地一一按切,而复以己之情性流露于中,自然可咏可歌,非幕下张君房辈所能代作。(沈德潜《说诗晬语》卷下)

韩翃

生卒年不详,字君平,南阳(今属河南)人。玄宗天宝十三载(754)中进士第,代宗即位初年,入侯希逸淄青幕府为从事。大历年间,入田神功汴宋幕。九年(774),田神功死,田神玉代为节度使,仍在幕中。后相继入李希烈、李勉汴州幕。建中初,以《寒食》诗受知于德宗,除驾部郎中、知制诰。官终中书舍人。约卒于建中、贞元之际。为"大历十才子"之一。《全唐诗》存诗三卷。

鲍桂星云:"君平意气清华,才情俱秀,故发调警拔,节奏琅然,每一篇出,辄相传布,亦雅道之中兴也。七言古作,性情奔会,词采蓊郁,虽格稍不振,而风调弥远,讽其华要,亦足解于烦襟矣。"(《唐诗品》)胡震亨云:"君平高华之句,几夺右丞之席,无奈其使事堆垛堪憎,见珍朝士以此,见侮后进亦以此。"(《唐音癸签》)许学夷云:"翃七言绝,后二句多偶对者,藻丽精工,是其特创,晚唐人决不能有也。"(《诗源辩体》)乔亿云:"歌行诸制,笔力不高,而调态新颖动人。诸绝句兴寄或深或浅,具有乐府意。"(《大历诗略》)余成教云:"韩君平翃七律健丽而对仗天成,七绝亦神情疏畅。……'还家不落春风后','白皙风流似有须',皆工于发端。"(《石园诗话》)

送客还江东

还家不落春风后,数日应沽越人酒。
池畔花深斗鸭栏,桥边雨洗藏鸦柳。
遥怜内舍著新衣,复向邻家醉落晖。
把手闲歌香橘下,空山一望鹧鸪飞。

【诗作摘评】

贞元以前人,诗多朴重,韩翃在天宝中已有名,其诗始修辞逞态,有风流自赏之意。昌黎曰:"欢愉之辞难工,穷苦之言易好。"独翃反是。其佳句如"寒雨送归千里外,东风沉醉百花前"……"池畔花深斗鸭栏,桥边雨洗藏鸦柳""门外碧潭春洗马,楼前红烛夜迎人",……皆豪华逸乐之概。惟《送李少府入蜀》诗"孤城晚闭秋江上,匹马寒嘶白露中",稍觉凄然可念,然在集中,亦如九十春光,一朝风雨耳。第姿韵虽增,风气亦渐降。至若"葛花满地能消酒,栀子同心好赠人",……骎骎已入轻靡,为晚唐风调矣。(贺裳《载酒园诗话又编》)

唐诗七律,……韩君平翩翩韶令。(施端教《唐诗韵汇》)

送中兄典邵州

官骑连西向楚云,朱轩出饯昼纷纷。
百城兼领安南国,双笔遥挥王左君。
一路诸侯争馆谷,洪池高会荆台曲。
玉颜送酒铜鞮歌,金管留人石头宿。
北雁初回江燕飞,南湖春暖著春衣。
湘君祠对空山掩,渔父焚香日暮归。
百事无留到官后,重门寂寂垂高柳。
零陵过赠石香溪,洞口人来饮醇酒。
登楼暮结邵阳情,万里苍波烟霭生。
他日新诗应见报,还如宣远在安城。

【题解】

《全唐诗》诗句"双笔遥挥间左君"中"王"谓"一本空此字"。

【诗作摘评】

韩七言古艳冶婉媚,乃诗余之渐。(许学夷《诗源辩体》卷二十一)

别汜水县尉

未央宫殿金开钥,诏引贤良卷珠箔。
花间赐食近丹墀,烟里挥毫对青阁。

万年枝影转斜光,三道先成君激昂。
谷永直言身不顾,郗诜高地名转香。
绿槐阴阴出关道,上有蝉声下秋草。
奴子平头骏马肥,少年白皙登王畿。
五侯客舍偏留宿,一县人家争看归。
南向千峰北临水,佳期赏地应穷此。
赋诗或送郑行人,举酒常陪魏公子。
自怜寂寞会君稀,犹著前时博士衣。
我欲低眉问知己,若将无用废东归。

【题解】

《全唐诗》诗题"县"字下谓"一本有'陈'字"。诗句"高地名转香"中"地"作"第",谓"一作'地'"。"名转香"作"转名香"。

【诗作摘评】

君平长篇,天才逸丽,兴逐笔生,复工染缀,色泽秾妙,在天宝后,文房、仲文俱当却席者也。(毛先舒《诗辩坻》卷三)

韩才宏富,不带清寒之色,在当时诸子中矫矫绝出。(邢昉《唐风定》)

寒　食

春城无处不飞花,寒食东风御柳斜。
日暮汉宫传蜡烛,轻烟散入五侯家。

【诗作摘评】

上联记寒食之景,下联记寒食之事。言时方禁烟,乃宫中传烛以分火,则先及五侯之家,为近君而多宠也。宦官之祸,始此也夫。(唐汝询《唐诗解》卷二十八)

君平以《寒食》诗得名,宋亡而天下不复禁烟,今人不知钻燧,又不深习唐事,因不解此诗立言之妙。如"春城无处不飞花,寒食东风御柳斜",犹只淡写,至"日暮汉宫传蜡烛,轻烟散入五侯家",上句言新火,下句言赐火也。此诗作于天宝中,其时杨氏擅宠,国忠、铦与秦、虢、韩三姨号为五家,豪贵荣盛,莫之能比,故借汉王氏五侯喻之。即赐火一事,而恩泽先沾于戚畹,非他人可望,其余赐予之滥,又不待言矣。寓意远,托兴微,真得风人之遗。(贺裳《载酒园诗话又编》)

唐之亡国,由于宦官握兵,实代宗授之以柄。此诗在德宗建中初,只"五侯"二字见意。唐诗之通于《春秋》者也。(吴乔《围炉诗话》卷一)

首句逗出寒食,次句以"御柳斜"三字引线,下"汉宫传蜡烛"便不突。"散入五侯家",谓近幸者先得之,有托讽意。(黄叔灿《唐诗笺注》卷九)

"不飞花","飞"字窥作者之意,初欲用"开"字,"开"字下不妙,故用"飞"字;"开"字呆,"飞"字灵,与下句"风"字有情。"东"字与"春"字有情,"柳"字与"花"字有情,"御"字与"宫"字有情,"斜"字与"飞"字有情,"蜡烛"字与"日暮"字有情,"烟"字与"风"字有情,"青"字与"柳"字有情,"五侯"字与"汉"字有情,"散"字与"传"字有情,"寒食"二字又装叠得妙。其用心细密,如一匹蜀锦,无一丝跳梭,真正能手。今人将字蛮下,熟玩此诗,则不敢轻易用字也。(徐增《而庵说唐诗》卷十二)

韩君平"春城无处不飞花",只说侯家富贵,而对面之寥落可知,与王少伯"昨夜风开露井桃"一例,所谓"怨而不怒"也。(管世铭《读雪山房唐诗序例》)

此举后汉寒食赐火事,以讥讽唐代宦官专权也。(刘永济《唐人绝句精华》)

唐肃、代以来,宦官擅权,后汉事讽谕尤切。(高步瀛《唐宋诗举要》卷八)

送陈明府赴淮南

年华近过清明,落日微风送行。
黄鸟绵蛮芳树,紫骝蹀躞东城。
花间一杯促膝,烟外千里含情。
应渡淮南信宿,诸侯拥旆相迎。

【题解】

《全唐诗》"年华近过清明"中"过"作"逼",谓"一作'过'"。

【诗作摘评】

六言诗声促调板,绝少佳什。(钱良择《唐音审体》)

律体有五言小律、七言小律,又六言律诗(《刘长卿集》有之)及六言绝句(《王维集》有)。(胡震亨《唐音癸签》卷一)

六言诗自古无专作者,以其字数排拘,古之则类于赋,近之则入于词,大家多不屑为。故各集中此体特鲜,即学者不善此体,亦不为病。夫四言,诗之祖也。而五而七,虽渐积所开,亦文章自然之理,不得不然者。递增至九言,则有啴缓卑弱之病;再减而三言,则有拘促迫塞之音。诗之正格尽于此矣。至于六言,既乏五言之隽味,又无七言之远神。盖文字必奇耦相间、阴阳谐和而成,譬之琴然,初则五弦宫、商、角、徵、羽皆备,后加变宫、变徵为七弦,乐律从此大备,不能再为增减。故诗之为主耦,而句法则以奇为用。六言则句、联皆耦,体用一致,必不能尽神明变化之妙,此自来诗家所以不置意也。(董文焕《声调四谱图说》)

皇甫冉

(718—770?),字茂政,润州丹阳(今属江苏)人。十岁能文,天宝十五载(756)中进士第,授无锡尉。尝去职游越,隐居阳羡,后官左金吾卫兵曹参军。广德二年(764),为河南元帅王缙掌书记。累迁右补阙。《全唐诗》存诗二卷。

独孤及云:"沈、宋既殁,而崔司勋颢、王右丞维复崛起于开元、天宝之间,得其门而入者,当代不过数人,补阙其人也。……其诗大略以古之比兴,就今之声律,涵咏《风》《骚》,宪章颜、谢。至若丽曲感动,逸思奔发,则天机独得,非师资所奖。每舞雩咏归,或金谷文会,曲水修禊,南浦怆别,新声秀句,辄加于常时一等,才钟于情故也。"(《唐故左补阙安定皇甫公集序》)高仲武云:"冉诗巧于文字,发调新奇,远出情外。然而'云藏神女馆,雨到楚王宫'……又'燕知社日辞巢去,菊为重阳冒雨开',可以雄视潘、张,平揖沈、谢。"(《中兴间气集》)乔亿云:"补阙诗五言之善者,犹夷绰约,有何仲言之音韵,特歌行体弱耳。律诗当与李从一比肩,精警或不足,而闲淡过之矣。"(《大历诗略》)

送郑二之茅山

水流绝涧终日,草长深山暮春。
犬吠鸡鸣几处?条桑种杏何人?

【诗作摘评】

六言尤难工,柳子厚高才,集中仅得一篇。惟王右丞、皇甫补阙所作绝妙,今学古者所未讲也。(刘克庄《后村先生大全集》卷九十七《〈唐绝句续选〉序》)

叙山中之景,因问民居几家?蚕作、种植者何人?三者不乏,斯可以卜居矣。(唐汝询《唐诗解》卷二十四)

六言体起于谷永、陆机,长篇一韵。迨张说、刘长卿八句(熊按:《全唐诗》卷八十九收张说《破陈乐词》二首,为六言八句;另收《舞马辞》六首,为六言四句。卷一百五十收刘长卿《茗溪酬梁耿别后见寄》及《蛇浦桥下重送严维》,均为六言八句。另收其《寻张逸人山居》《发越州赴润州使院留别鲍侍御》、《送陆澧还吴中》(一作李嘉祐诗),均为六言四句。),王维、皇甫冉四句(熊按:《全唐诗》卷一百二十八收王维《田园乐》七首为六言四句,卷二百五十收皇甫冉《小江怀灵一上人》《送郑二之茅山》《问李二司直所居云山》、《闲居》(一作王维诗),均为六言四句。)。长短不同,优劣自见。若《君道曲》"中庭有树自语,梧桐推枝布叶",此虽高古,亦太寂寥。(谢榛《四溟诗话》卷二)

六言自汉谷永始,魏晋间曹、陆间作。至唐初,李景伯有《回波乐府》,亦效此体。逮开元、大历间,王维、刘长卿诸人相与继述,而篇什稍屡见。又皇甫冉集中云:张继寄六言诗一首(熊按:即《奉寄皇甫补阙》,诗云:京口情人别久,扬州估客来疏。潮至浔阳回去,相思无处

通书。),冉酬以七言。其序亦谓六言难工,衍为七言裁答。然亦不过诗人之余事耳。(冒春荣《葚原诗说》卷三)

末句"条桑"指蚕业,"种杏"指医务,二者人生要事,故并言之,且以此二事为郑二劝也。(刘永济《唐人绝句精华》)

任华

生卒年不详,青州乐安(今山东博兴)人。唐肃宗时曾任秘书省校书郎、太常寺属吏、监察御史等职,还曾任桂州刺史参佐。华性戆直,少有机心,人谓其乃狂狷之流。尝与杜甫、高适等人交游,对李白其人其诗称美有加。《全唐诗》存诗三首。

许学夷云:"开元中,任华杂言有《寄李白》《寄杜甫》及《怀素草书歌》三篇,极其变怪(下流至卢仝、刘叉杂言),然语实鄙拙,未足成家。盖其人质性狂荡,而识趣庸劣,心慕李、杜而不能,故其流至此耳。"(《诗源辩体》)朱庭珍云:"唐人七古,高、岑、王、李诸公,规格最正,笔最雅炼。散行中时作对偶警拔之句,以为上下关键,非惟于散漫中求整齐,平正中求警策,而一篇之骨,即树于此。……歌行至此,已臻绝诣,后人莫能出其范围。韩退之特从奇伟处,力造光怪陆离之境,欲自辟生面,力树赤帜,实则仍系得杜一体,不过扩充恢张,略变面目耳,非能外李、杜而另创壁垒,以其凌跨也。长吉奇而篇幅局势不宽,退之奇而堂庑意境甚阔。长吉奇伟,专工炼句;退之奇伟,兼能造意入理。长吉求奇,时露用力之痕;退之造奇,颇有自得之致。长吉专于奇之一格,退之则奇正各半,不止一体。此退之才力大于长吉,学养深于长吉处,所以能与李、杜鼎足而立,为古今大家也。若卢仝辈,则无理求奇,而怪诞过甚,大乖雅音。任华辈尤放恣粗野,均自堕恶道矣。"(《筱园诗话》)

寄杜拾遗

杜拾遗,名甫第二才甚奇。
任生与君别来已多时,何尝一日不相思。
杜拾遗,知不知?昨日有人诵得数篇黄绢词。
吾怪异奇特借问,果然称是杜二之所为。
势攫虎豹,气腾蛟螭。
沧海无风自鼓荡,华岳平地欲奔驰。
曹刘俯仰惭大敌,沈谢逡巡称小儿。
昔在帝城中,盛名君一个。
诸人见所作,无不心胆破。
郎官丛里作狂歌,丞相阁中常醉卧。
前年皇帝归长安,承恩阔步青云端。
积翠扈游花匼匝,披香寓直月团栾。
英才特达承天眷,公卿无不相钦羡。
只缘汲黯好直言,遂使安仁却为掾。
如今避地锦城隅,幕下英僚每日相随提玉壶。
半醉起舞捋髭须,乍低乍昂傍若无。
古人制礼但为防俗士,岂得为君设之乎?
而我不飞不鸣亦何以?只待朝廷有知已。
亦曾读却无限书,拙诗一句两句在人耳。
如今看之总无益,又不能崎岖傍朝市。

且当事耕稼,岂得便徒尔。
南阳葛亮为友朋,东山谢安作邻里。
闲常把琴弄,闷即携樽起。
莺啼二月三月时,花发千山万山里。
此时幽旷无人知,火急将书凭驿使,
为报杜拾遗。

【题解】

诗句"任生与君别来已多时",《全唐诗》作"任生与君别,别来已多时"。"沧海无风自鼓荡",《全唐诗》作"沧海无风似鼓荡"。"亦曾读却无限书",《全唐诗》作"已曾读却无限书"。又"果然称是杜二之所为",《全唐诗》谓"一本无'然'字"。"公卿无不相钦羡",《全唐诗》谓无"一作'谁'"。"又不能崎岖傍朝市",《全唐诗》谓"傍""一作'倚'"。

【诗作摘评】

《松石轩诗评》云:"任华之作,如疾雷辚空,长风蹴浪,非电沓影,重云满盈,倏开倏合,一朗一晦,凛耳叠目,吁可怪也!"愚谓华惟传寄李、杜及《怀素上人草书歌》三诗,……将李、杜学力、性情,一一写得毕肖,如读两公本传,令人心目俱豁。《扺言》:"华与庾中丞书曰:'华本野人,尝思渔钓。寻常杖策,归乎旧山,非有机心,致斯扣击。'"是必狂狷之流,惜乎其爵里莫详也。(余成教《石园诗话》卷一)

任华《寄李白》《寄杜甫》《寄王维》(熊按:查《全唐诗》卷二百六十一,任华存诗三首,另一首诗题为《怀素上人草书歌》,并无《寄王维》诗。)三诗,无耻极矣。唐仲言比之乞儿唱莲花落,摇头眨眼,不诬也。最可恶者,《寄太白》便学太白作放达语,真是辱莫杀人。(李中黄《逸

楼偶著·论诗》)

唐诗之拙怪者，咸以卢玉川、马河南，开元间任华已先之矣。唐文之轧茁者，咸以皇甫湜、樊宗师，天宝间元结已先之矣。（胡应麟《诗薮·外编》卷四）

玉川拙体非自创，任华与李、杜同时，已全是此调，特篇什不多耳。长吉险怪，虽儿语自得，然太白亦滥觞一二。马异与卢同时，诗体正同。张碧差后长吉，亦颇相似。（胡应麟《诗薮·内编》卷三）

玉川《月蚀》是病热人呓语。前则任华，后者卢仝、马异，皆乞儿唱长短急口歌博酒食者。（王世贞《艺苑卮言》卷四）

任华寄杜甫、李白二篇，亦书体。（胡寿芝《东目馆诗见》卷二）

严武

（726—765），字季鹰，华州华阴（今陕西华阴）人。以父（挺之）荫调补太原府参军。天宝末年，为陇右节度使哥舒翰判官，累迁殿中侍御使。安史乱起，随玄宗入蜀，肃宗即位，为给事中。京、洛收复，为京兆少尹，兼御史中丞。乾元元年（758），坐房琯党贬绵州刺史，迁剑南东川节度使。上元二年（761），为成都尹、剑南节度使。宝应元年（762）入朝，历任京兆尹、吏部侍郎、黄门侍郎，复拜成都尹、剑南节度等使。《全唐诗》存诗六首。

钟惺云："此人妙绝，文有奇情，诗有奇趣，想老杜不错。"（《唐诗归》）贺裳云："《题巴州光福寺楠木》曰：'看君幽霭几千丈，寂寞穷山今遇赏。亦知钟梵报黄昏，犹卧禅床恋奇响。'兴趣不俗，骨气亦尽高。武诗如此，宜其知少陵也。"（《载酒园诗话又编》）

军城早秋

昨夜秋风入汉关,朔云边月满西山。
更催飞将追骄虏,莫遣沙场匹马还。

【诗作摘评】

气魄雄壮,真边帅事也。(瞿佑《归田诗话》引赵云涧评语)

西塞早寒,故秋风始来,云雪已满,胡兵每以此时入寇,于是遣飞将追击,且欲歼之,使无还骑也。(唐汝询《唐诗解》卷二十七)

风格矫然,唐人塞下诸作为第一。(桂天祥《批点唐诗正声》)

《军城早秋》,自写英雄本色耳。(贺裳《载酒园诗话又编》)

首二句写早秋,即切定军城;三四句就军城生意,又能不脱早秋。盖秋高马肥,正骄虏入寇时也。(李瑛《诗法易简录》卷十四)

绝类高达夫,结更气概雄伟,不掩大将本色。(吴瑞荣《唐诗笺要》)

首二句写军城秋景,三四句杀敌雄心。仇注引《通鉴》:"武以崔旰为汉州刺史,使将兵击吐蕃于西山,连拔其城,攘地数百里。"即其事也。(刘永济《唐人绝句精华》)

顾况

(730?—806后),字逋翁,号华阳山人。云阳(今江苏丹阳)人,或谓苏州(今属江苏)人、海盐(今属浙江)人。至德二载(757),中进士第。建中二年(781)至贞元二年(786)为韩滉幕府判官。贞元三年(787),柳浑为相,荐为校书郎。李泌为相,转著作佐郎。五年(789)

泌卒,况作《海鸥咏》讥讽权贵,贬饶州司户。后南归,隐于茅山。《全唐诗》存诗四卷。

乔亿云:"逋翁乐府歌行多奇趣,拟之青莲近似,但无逸气耳。……其稍平正可法者却高。"(《大历诗略》)严羽云:"顾况诗多在元、白之上,稍有盛唐风骨处。"(《沧浪诗话》)贺裳云:"顾况诗极有气骨,但七言长篇,粗硬中时杂鄙句,惜有高调而非雅音。"(《载酒园诗话又编》)翁方纲云:"顾逋翁歌行,邪门外道,直不入格。"(《石洲诗话》)

短歌行

一

新系青丝百尺绳,心在君家辘轳上。
我心皎洁君不知,辘轳一转一惆怅。

二

何处春风吹晓幕,江南渌水通朱阁。
美人二八面如花,泣向春风畏花落。

三

临春风,听春鸟,别时多,见时少。
愁人一夜不得眠,瑶井玉绳相对晓。

【题解】

《全唐诗》收顾况《悲歌》六首。有《序》云:"情思发动,圣贤所不免也,故师乙陈其宜,延陵审其音。理乱之所经,王化之所兴,信无逃于声教,岂徒文彩之丽耶!遂作歌以悲之。"此《短歌行》三首,原为《悲歌》之三、四、五首,《全唐诗》注谓"以下三首,一本合为一首,题作

《远思曲》"。又诗二"春风"之"春",《全唐诗》谓"一作'东'";诗三"一夜",《全唐诗》原作"夜永",谓"一作'一夜'"。

【诗作摘评】

况乐府歌行颇著于时。其杂曲长短句以体质自高,微伤于直率。《补亡》《拟古》诸作,犹落言诠。间作绝句、宫词,则殊不减王建,然已逗晚唐之先。其乐府则齐、梁也。(丁仪《诗学渊源》卷八)

归　山

心事数茎白发,生涯一片青山。
空林有雪相待,古道无人独还。

【题解】

《全唐诗》题作《归山作》。

【诗作摘评】

览白发则心事可知,归青山则生涯有寄,是以甘心寂寞之滨耳,岂逋翁被谪归华山而作欤?(唐汝询《唐诗解》卷二十四)

顾况《归山作》"心事数茎白发,生涯一片青山。空林有雪相待,古道无人独还。"周若予曰:"高韵逸情,悠然可会。"(范梈、周采《诗学鸿裁》卷下)

卢纶

(742?—799?),字允言,河中蒲(今山西永济)人,郡望范阳(今河北涿州)。安史乱起,寄居鄱阳。大历初年,应进士试不第,元载荐以为阌乡尉,迁密县令。德宗建中元年(780),为昭应令。

贞元初至十二年(785—796),在河中节度使浑瑊幕中任元帅府判官、检校尚书刑部员外郎、兼侍御史。贞元十三年(797)秋,因其舅韦渠牟的推荐,入相任户部郎中。不久朝廷欲委之掌诰,未及授而卒。《全唐诗》存诗五卷。

卢纶、李益同为"大历十才子翘楚"。胡震亨云:"卢诗开朗,不作举止,陡发惊彩,焕尔触目,篇章亦富垺钱、刘。以古体未逭,屈居二氏亚等。"(《唐音癸签》)陈继儒等云:"允言才情雄灏,律诗煮古为饵,服以石浆,气之所嘘,俱成金鹊脑,中唐词坛赤帜也。""卢诗奇悍之中,自饶雅致。"(周珽《删补唐诗选脉笺释会通评林》)乔亿云:"卢允言意境不远,而语辄中情,调亦圆劲,大历妙手。"(《大历诗略》)管世铭云:"大历诸子兼长七言古者,推卢纶、韩翃,比之摩诘、东川,可称具体。"(《读雪山房唐诗序例》)潘德舆云:"纶诗五绝时作劲健语,七律则情致深婉,有一唱三叹之遗音。"(《唐诗评选》卷下)宋育仁云:"其源出于王筠、庾信。七古为优,明茂相宣,在君虞之亚;《冬日登城》一首,太白之遗也。绝句清新独秀,工写神情。排律端凝,尚见陈、隋实力。"(《三唐诗品》)

送万巨

把酒留君听琴,难堪岁暮离心。
霜叶无风自落,秋云不雨空阴。
人愁荒村路细,马怯寒溪水深。
望尽青山独立,更知何处相寻。

【题解】

诗句"望尽青山独立"中"望尽",《全唐诗》作"望断",谓"一作

'尽'"。

【诗作摘评】

六言始于汉司农谷永、北海孔融。长篇则子建之外,傅元独擅。继此者惟开府《怨歌行》《舞媚娘》二首而已。嵇康《咏古》、庾阐《游仙》裁为四句,王右丞效之,殊觉洒脱自如。惟李、杜二公全集罕见。(张说《破阵乐》、李景伯《回波词》、刘长卿《酬梁耿》、卢纶《送万巨》、周贺《送李亿》,皆用此体,然似优俳口角,不入《风》《骚》。)(宋长白《柳亭诗话》卷三)

王建

(767? —830?),字仲初,颍川(今河南许昌)人。出身寒微,20岁左右出关辅,求学山东,与张籍同窗。德宗建中四年(783)举进士,落第。贞元十三年(797)后赴幽州一带。后居咸阳,生活困窘。宪宗元和八年(813)任昭应县丞、渭南尉。穆宗长庆元年(821),迁太府寺丞,转秘书郎。大和三年(829)出为陕州司马,世称王司马。五年(831)为光州刺史,后行迹不详。《全唐诗》存诗六卷。

贺裳云:"高棅《品汇》设立名目,取舍不能尽当,惟七言古以张、王并列,极为有识。文昌善为哀婉之音,有娇弦玉指之致。仲初妙于不含蓄,亦自有晓钟残角之韵。后人徒称其《宫词》百首,此如食熊啖股,何尝得其美处?"(《载酒园诗话又编》)管世铭云:"张、王乐府多七言,易于曲折动人也。"(《读雪山房唐诗序例》)李调元云:"王建、张籍乐府,何曾一字险怪?而诗之入情入理,与汉魏乐府并传。古人不朽者以此,所以诗最忌艰涩也。"(《雨村诗话》)张世炜云:"张、王乐府妙绝一时,其精警处远出乐天、微之上。元、白长庆篇虽滔滔不竭,然寸金丈铁,其间岂容无辩?惟近体则卑率寒陋,俱非所长也。"(《唐七律隽》)郭兆麟云:"张籍、王建乐府多质实语,其佳处在是,其短处亦在是。"(《梅崖诗话》)洪亮吉云:"王建、张籍以乐府名,然七律亦有人所不能及处。建之《赠阎少保》云:'问事爱知天宝日,识人皆在武皇前。'《华清宫感旧》云:'辇前月照罗衣泪,马上风吹蜡炬灰'……皆庄雅可诵。"(《北江诗话》)

远将归

远将归,胜未别离时。
在家相见熟,新归欢不足。
去愿车轮迟,回思马蹄速。
但令在舍相对贫,不向天涯金绕身。

【题解】

诗句"新归"之"归",《全唐诗》谓"一作'妇'"。"不向"之"向",《全唐诗》谓"一作'愿'"。

【诗作摘评】

儿女口中,语自喁喁,语带俚气。(陆时雍《唐诗镜》卷四十一)

建思致委曲,韵语如流,情真意挚,体会不尽。古诗体格乃属建安一派,不仅以乐府见胜也。(丁仪《诗学渊源》卷八)

雉将雏

雉咿喔,雏出壳,毛斑斑,觜啄啄。
学飞未得一尺高,还逐母行旋母脚。

麦垄浅浅难蔽身,远去恋雏低怕人。

时时土中鼓两翅,引雏拾虫不相离。

【题解】

诗句"未得"之"未",《全唐诗》谓"一作'不'"。"难蔽身"之"难",《全唐诗》谓"一作'虽'"。

【诗作摘评】

其源出于汉代歌谣,能以俚语成章,而自然新妙。七言由兹推广,自造新声;宫词妙绝时人,后来所祖。(宋育仁《三唐诗品》)

宫中三台

池北池南草绿,殿前殿后花红。

天子千年万岁,未央明月清风。

【题解】

《全唐诗》题作《宫中三台词》,共二首,此为其二。且谓诗句"草绿"之"绿""一作'色'","千年"之"年""一作'秋'"。

【诗作摘评】

《唐书》:"中宗赐宴群臣,李景伯歌曰……"此皆六言之见于史传者。至王摩诘等又以之创为绝句小律,亦波峭可喜。"(赵翼《陔余丛考》卷二十三)

六言之格,自曹子建、傅休弈诸人,其式已定,但尚杂入乐府古诗中。至唐初诸家应制赋《回波词》,始定为四句正格,而平仄黏对之法与古律同严矣。宋人集中虽多有之,而其平仄粘对与唐人有异,……

故此体正式,必以唐贤为主也。(董文焕《声调四谱图说》)

《三台》舞曲,自汉有之。唐王建、刘禹锡、韦应物诸人,有《宫中》《上皇》《江南》《突厥》之别。《教坊记》亦载五七言体。……王建词云:"鱼藻池边射鸭,芙蓉院里看花。日色赭黄相似,不著红鸾扇遮。"故一名《翠华引》。(沈雄《古今词话·词辨》卷上)

二词皆台阁体,录之以备一格,其浑成处,想见盛唐词格。(俞陛云《唐五代两宋词选释》)

唐七言诗式

卷中

黄季刚选录诗篇
熊敬之摘钞评语

李白

(701—762），字太白，号青莲居士。祖籍陇西成纪（今甘肃静宁），出生地有蜀中、西域等说法。幼时居绵州昌隆（今四川江油）青莲乡。二十五岁辞亲东游，出三峡，经洞庭，到过衡山、襄阳、庐山、金陵、扬州。开元十五年(727)在安陆与故相许圉师孙女结婚，长居安陆十年，其间曾游长安，走太原。三十五岁后徙居山东任城，与孔巢父等隐居徂徕山，称"竹溪六逸"。天宝元年(742)，应诏供奉翰林，三载(744)，"赐金放还"。在洛阳，结交杜甫，同游梁宋、齐鲁。尝授道箓于齐州紫极宫。后复漫游江淮、吴越、河北、梁宋等地。安史乱中，入永王璘幕。璘败，李白被捕下浔阳狱，流放夜郎。遇赦东还，漂泊于武昌、岳阳、豫章、金陵、宣城等地。上元二年(761)，李光弼出镇临淮，李白前往从军，因病半途而还，投靠族叔当涂令阳冰，寻卒。《全唐诗》存诗二十五卷。

李白为唐代著名诗人，与杜甫齐名，合称"李杜"。李阳冰云："凡所著述，言多讽兴。自三代已来，《风》《骚》之后，驰驱屈、宋，鞭挞扬、马，千载独步，唯公一人。……卢黄门云：'陈拾遗横制颓波，天下质文，翕然一变。'至今朝诗体，尚有梁、陈宫掖之风，至公大变，扫地并尽。"（《草堂集序》）黄庭坚云："李白诗如黄帝张乐于洞庭之野，无首无尾，不主故常，非墨工椠人所可拟议。"（《题李白诗草后》）陈绎曾云："李白诗祖《风》《骚》，宗汉、魏，下至鲍照、徐、庾，亦时用之。善掉弄，造出奇怪，惊动心目，忽然撇出，妙入无声。其诗家之仙者乎？格高于杜，变化不及。"（《诗谱》）王世贞云："太白古乐府，窈冥惝恍，纵横变幻，极才人之致，然自是太白乐府。"（《艺苑卮言》）陆时雍云："太白七言乐府，接西汉之体制，掩六代之才华，自傅玄以下，未睹其偶。至赠答歌行，如风卷云舒，惟意所向，气韵风华，种种振绝。"（《唐诗镜》）胡震亨云："太白于乐府最深，古题无一弗拟，或用其本意，或翻案另出新意,合而若离,离而实合,曲尽拟古之妙。"(《唐音癸签》)管世铭云:"李供奉歌行长句,纵横开阖,不可端倪,高下短长,唯变所适。'昂昂若千里之驹,泛泛若水中之凫',太白斯近之矣。"(《读雪山房唐诗序例》)许学夷云:"太白歌行,虽大小短长,错综无定,然自是正中之奇。""太白五七言律,以才力、兴趣求之,当知非诸家所及。若必于句格法律求之,殆不能与诸家争衡矣。""太白七言绝多一气贯成者,最得歌行之体。"(《诗源辩体》)王夫之云:"太白胸中浩渺之致,汉人皆有之,特以微言点出,包举自宏。太白乐府歌行,则倾囊而出耳。如射者引弓极满,或即发矢,或迟审久之,能忍不能忍,其力之大小可知已。要至于太白止矣。"(《姜斋诗话》)冯复京云:"太白歌行曰神,曰化,天仙口语,不可思议。其意气豪迈,固是本调,而转折顿挫,极抑扬起伏之妙。然亦有失之狂纵者。此公才高如转巨虬、驾风螭,不可以为训。"(钱良择《唐音审体》引)沈德潜云:"太白七言古,想落天外,局自变化。大江无风,波浪自涌;白云从空,随风变灭。此殆天授,非人可及。"(《唐诗别裁集》)"七言绝句,以语近情遥、含吐不露为主。只眼前景、口头语而有弦外音、味外味,使人神远。太白有焉。"(《说诗晬语》)《诗法易简录》有云:"太白七古不独取法汉魏,上而楚《骚》,下而六朝,俱归镕冶,而一种飘逸之气,高迈之神,自超然于六合之表,非浅学所能问津也。"(李瑛《诗法易简录》)施补华云:"太白七古不易学,然一种清灵秀逸之气,不可不学。得其一二,俗骨渐轻。"(《岘佣说诗》)郭兆麒云:"太白七言近体不多见。五言如《宫中行乐》等篇,犹有陈、隋习气,然用律严矣,音节亦稍稍振顿。七言长短句则纵横排奡,独往独来,如活虎生龙,未易捉摸,少陵固尝肯心醉矣。"(《梅崖诗话》)翁方纲云:"大,可为也;化,不可为也。其李诗之谓乎?太白之论曰:'寄兴深微,五言不如四言,七言又其靡也。'若斯以谈,将类于襄阳孟公以简远为旨乎?而又不然。盖太白在唐人中,别有举头天外之意,至于七言,则更迷离浑化,不可思议。以此为'寄兴深微',非大而化之,其乌乎能之!所谓七言之靡,殆专指七律言耳,故其七律不工。"(《石洲诗话》)清佚名云:"青莲佳处人皆知之,余爱集中'前水复后水,古今相续流。新人非旧人,年年桥上游',又'莫卷龙须席,从他生网丝。且留琥珀枕,或有梦来时',又'长绳难系日,自古共悲辛。黄金高北斗,不惜买阳春',又'咳唾落九天,随风生珠玉',又'江上相逢借问君,语笑未了风吹断',又'春风尔来为阿谁?蝴蝶忽然满芳草'。胸次高旷,吐属无一尘凡语,任是人不能到,故曰'仙才'。"(清佚名《不敢居诗话》)余成教云:"太白诗起句缥缈,其以'我'字起者,亦突兀而来。如'我随秋风来','我携一尊酒','我家敬亭下','我觉秋兴逸','我昔钓白龙','我有万古宅','我行至商洛','我有紫霞想','我今浔阳去','我昔东海上','我本楚狂人','我来竟何事','我宿五松下','我浮黄河去京阙','我吟谢朓诗上语'之类是也。"(《石园诗话》)

扶风豪士歌

洛阳三月飞胡沙,洛阳城中人怨嗟。
天津流水波赤血,白骨相撑如乱麻。
我亦东奔向吴国,浮云四塞道路赊。
东方日出啼早鸦,城门人开扫落花。
梧桐杨柳拂金井,来醉扶风豪士家。
扶风豪士天下奇,意气相倾山可移。
作人不倚将军势,饮酒岂顾尚书期!
雕盘绮食会众客,吴歌赵舞香风吹。

原尝春陵六国时,开心写意君所知。
堂中各有三千士,明日报恩知是谁?
抚长剑,一扬眉,清水白石何离离。
脱吾帽,向君笑;饮君酒,为君吟。
张良未逐赤松去,桥边黄石知我心。

【诗作摘评】

流离中有如此风韵,如此调荡。高适《少年行》"未知肝胆向谁是,令人却忆平原君",已为佳句。及观太白"春陵六国时"云云知是谁,其逸气尤觉旷荡,比高警策。"抚长剑"以下,是太白真处。末句以"桥边黄石"比豪士,尤调笑入神,不可及。(桂天祥《批点唐诗正声》卷八)

歌咏豪士义侠,并己意气,开合揉错,具大神力。奇标千古,迥出天际。月峡虬松,总是寻常观耳。(周珽《删补唐诗选脉笺释会通评林》)

《扶风歌》方叙东奔,忽著"东方日出"二语,奇宕入妙。此等乃太白独长。(毛先舒《诗辩坻》)

辣句("白骨相撑"句下)。将转韵处微入律,参之("梧桐杨柳"二句下)。二句近律,然音调妙绝("堂中各有"二句下)。结以张良自寓,方与篇首相关。(末句下)此歌行之极则,神变不可方物矣。(赵执信《声调谱》)

《扶风豪士歌》:"天津流水波赤血,白骨相撑如乱麻。我亦东奔向吴国,浮云四塞道路赊。"以下若入庸手,便入扶风矣。却接"东方日出啼早鸦,城门人开扫落花。梧桐杨柳拂金井,来醉扶风豪士家"。日出鸦啼,城门洞开,梧桐金井,人扫落花,一种太平景象,与上之白

骨如麻作反映;从闲处引来,第四句方趁势入题。用法、用笔,最宜留心。(延君寿《老生常谈》)

"洛阳三月"四句,言安禄山破东京,"我亦东奔"四句,自叙避乱来吴,因至扶风豪士之家。扶风豪士,当亦秦人,而同时避乱于吴者。"扶风豪士天下奇",以下十句,专赞其豪侠奇伟。"抚长剑"以下九句,自述其高怀逸志。(曾国藩《求阙斋读书录》卷七)

吴曰:"接笔闲雅,章法奇变('东方日出'二句下)。"杨子见曰:"此太白避乱东土时,言道路艰阻,京国乱离,而东土之太平自若也('梧桐杨柳'二句下)。此赞士之豪侠奇伟('扶风豪士'六句下)。轩昂俊伟('原尝春陵'二句下)。"(高步瀛《唐宋诗举要》引)

七言歌行转韵,亦始自鲍明远,但其句法皆古,如《丹青引》《渼陂行》及李白《扶风歌》等篇,并以为法。至齐梁始渐似律调,虽当时但工声偶,无所谓律,而竟为后人所本。《琵琶行》《长恨歌》诸篇,又皆其遗也。(丁仪《诗学渊源》卷五)

同族弟金城尉叔卿烛照山水壁画歌

高堂粉壁图蓬瀛,烛前一见沧州清。
洪波汹涌山峥嵘,皎若丹丘隔海望赤城。
光中乍喜岚气灭,谓蓬山阴晴后雪。
回溪碧流寂无喧,又如秦人月下窥花源。
了然不觉清心魂,只将叠嶂鸣秋猿。
与君对此欢未歇,放歌行吟达明发。
却顾海客扬云帆,便欲因之向溟渤。

【诗作摘评】

七言歌行原自乐府来,所以太白自称独步。(朱克生《唐诗品汇删》)

七言歌行欲气胜易,欲气古难,气古而兼气胜更难。……惟李、杜兼之,各造其极,又加以变化神奇、错综断乱也。(乔亿《剑溪说诗》卷上)

李白诗真所谓俯拾即是、著手成春者也。看他何尝崎岖诘曲、苦心搜索来。(焦袁熹《此木轩论诗汇编》卷三)

太白虽草草落笔,终有倏忽出没光景,所谓逸,所谓仙。(钱振锽《谪星说诗》卷一)

按烛照山水壁之画,最难形容。李白乃能曲尽其妙,始终宛转,体物象景,意极亲切,辞宏丽而气敷畅。想于宴会之时,灯下引杯,顷刻而就,不假于沉吟潜思之力,有若风云之变现,转睫异态,真天材也。(朱谏《李诗选注》卷五)

梦游天姥吟留别

海客谈瀛洲,烟涛微茫信难求。
越人语天姥,云霓明灭或可睹。
天姥连天向天横,势拔五岳掩赤城。
天台四万八千丈,对此欲倒东南倾。
我欲因之梦吴越,一夜飞度镜湖月。
湖月照我影,送我至剡溪。
谢公宿处今尚在,渌水荡漾清猿啼。
脚着谢公屐,身登青云梯。

半壁见海日,空中闻天鸡。

千岩万转路不定,迷花倚石忽已暝。

熊咆龙吟殷岩泉,栗深林兮惊层巅。

云青青兮欲雨,水澹澹兮生烟。

列缺霹雳,丘峦崩摧。

洞天石扉,訇然中开。

青冥浩荡不见底,日月照耀金银台。

霓为衣兮风为马,云之君兮纷纷而来下。

虎鼓瑟兮鸾回车,仙之人兮列如麻。

忽魂悸以魄动,恍惊起而长嗟。

惟觉时之枕席,失向来之烟霞。

世间行乐亦如此,古来万事东流水。

别君去兮何时还?且放白鹿青崖间,

须行即骑访名山。

安能摧眉折腰事权贵,使我不得开心颜!

【诗作摘评】

此将之天姥,托言梦游以见世事之虚幻也。(唐汝询《唐诗解》卷十三)

《梦游天姥吟》,胸次皆烟霞云石,无分毫尘浊,另是一付言语,故诗为难到。(桂天祥《批点唐诗正声》卷八)

"飞渡镜湖月"以下,皆言梦中所历。一路离奇灭没,恍恍惚惚,是梦境,是仙境("列缺霹雳"十二句下)。……托言梦游,穷形尽相,以极"洞天"之奇幻;至醒后,顿失烟霞矣。知世间行乐,亦同一梦,安

能于梦中屈身权贵乎？吾当别去，遍游名山，以终天年也。诗境虽奇，脉理极细。（沈德潜《唐诗别裁集》卷六）

七言歌行，本出楚骚、乐府。至于太白，然后穷极笔力，优入圣域。昔人谓其"以气为主，以自然为宗，以俊逸高畅为贵，咏之使人飘扬欲仙"，而尤推其《天姥吟》《远别离》等篇，以为虽子美不能道。盖其才横绝一世，故兴会标举，非学可及，正不必执此谓子美不能及也。此篇夭矫离奇，不可方物，然因语而梦，因梦而悟，因悟而别，节次相生，丝毫不乱。若中间梦境迷离，不过词意伟怪耳。胡应麟以为"无首无尾，窈冥昏默"，是真不可以说梦也。特谓非其才力，学之立见颠踣，则诚然耳。（清高宗爱新觉罗·弘历敕编《唐宋诗醇》卷六）

《扶风豪士歌》《梦游天姥吟》二篇，虽句法、音节极其变化，然实皆自然入拍，非任意参错也。秋谷于《豪士》篇，但评其神变；于《天姥》，则第云"观此知转韵元无定格"，正恐难以示后学耳。（翁方纲《赵秋谷所传声调谱》）

《梦游天姥吟留别》诗，奇离惝恍，似无门径可寻。细玩之，起首入梦不突，后幅出梦不竭，极恣肆幻化之中，又极经营惨淡之苦，若只貌其格句字面，则失之远矣。一起淡淡引入，至"我欲因之梦吴越"句，乘势即入，使笔如风，所谓缓则按辔徐行，急则短兵相接也。"湖月照我影"八句，他人捉笔，可云已尽能事矣，岂料后边尚有许多奇奇怪怪。"千岩万转"二句，用仄韵一束。以下至"仙之人兮"句，转韵不转气，全以笔力驱驾，遂成鞭山倒海之能，读去似未曾转韵者，有真气行其间也。此妙可心悟，不可言喻。出梦时，用"忽魂悸以魄动"四句，似亦可以收煞得住，试想若不再足"世间行乐"二句，非但喝题不醒，抑亦尚欠圆满。"且放白鹿"二句，一纵一收，用笔灵妙不测。后来惟东坡解此法，他人多昧昧耳。（延君寿《老生常谈》）

李太白之歌行，祖述《骚》《雅》，下迄梁陈七言，无所不包，奇中又

奇,而字字有本,讽刺沉切,自古未有也。后之拟古乐府,如是焉可已。(冯班《钝吟杂录》)

太白"霓为衣兮风为马,云中君兮纷纷而来下。虎鼓瑟兮鸾回车,仙之人兮列如麻",从《骚》出。(彭端淑《雪夜诗谈》卷上)

李供奉歌行长句,纵横开阖,不可端倪,高下短长,唯变所适。"昂昂若千里之驹,泛泛若水中之凫",太白斯近之矣。(管世铭《读雪山房唐诗序例》)

蜀道难

噫吁嚱,危乎高哉!
蜀道之难难于上青天。
蚕丛及鱼凫,开国何茫然。
尔来四万八千岁,不与秦塞通人烟。
西当太白有鸟道,可以横绝峨眉巅。
地崩山摧壮士死,然后天梯石栈相钩连。
上有六龙回日之高标,下有冲波逆折之回川。
黄鹤之飞尚不得过,猿猱欲度愁攀援。
青泥何盘盘,百步九折萦岩峦。
扪参历井仰胁息,以手抚膺坐长叹。
问君西游何时还,畏途巉岩不可攀。
但见悲鸟号古木,雄飞雌从绕林间。
又闻子规啼夜月,愁空山。
蜀道之难难于上青天,使人听此凋朱颜。

连峰去天不盈尺,枯松倒挂倚绝壁。

飞湍瀑流争喧豗,砯崖转石万壑雷。

其险也若此,嗟尔远道之人,胡为乎来哉?

剑阁峥嵘而崔嵬,一夫当关,万夫莫开。

所守或匪亲,化为狼与豺。

朝避猛虎,夕避长蛇,

磨牙吮血,杀人如麻。

锦城虽云乐,不如早还家。

蜀道之难难于上青天,侧身西望长咨嗟。

【诗作摘评】

太白创体,空前绝后。诸说纷纷不一,然细观此诗,定为明皇幸蜀而作。萧说是。(李沂《唐诗援》)

《蜀道难》自是古曲,梁陈作者,止言其险,而不及其他。白则兼采张载《剑阁铭》"一人荷戟,万夫趦趄,形胜之地,匪亲弗居"等语用之,为恃险割据与羁留佐逆者著戒。惟其海说事理,故苞括大,而有合乐府讽世立教本旨。若第取一时一人事实之,反失之细而不足味矣。(胡震亨《唐音癸签》卷二十一)

倏起倏落,忽虚忽实,真如烟水杳渺,绝世奇文也。(朱之荆《增订唐诗摘钞》)

《蜀道难》近赋体,魁梧奇谲,知是伟人。(陆时雍《唐诗镜》卷十八)

篇中三言"蜀道之难",所谓一唱三叹也。突然以嗟叹起,嗟叹结,创格也。(钱良择《唐音审体》)

造语奇险("地崩山摧"二句下)。玩此,为明皇幸蜀作无疑("问君西游"句下)。兜束何等力量("其险"句下)。高文险语,动魄惊心("磨牙"二句下)。主意在此("不如"句下)。(宋宗元《网师园唐诗笺》卷五)

《蜀道难》一篇,真与河岳并垂不朽。即起句"噫吁戏,危乎高哉"七字,如累棋架卵,谁敢并于一处? 至其造句之妙:"连峰去天不盈尺,枯松倒挂倚绝壁。飞湍瀑流争喧豗,砯崖转石万壑雷。"每读之,剑阁、阴平,如在目前。又如"一夫当关,万夫莫开。所守或非亲,化为狼与豺"。不惟刘璋、李势恨事如见,即孟知祥一辈亦逆揭其肺肝。此真诗之有关系者,岂特文词之雄!(贺裳《载酒园诗话又编》)

此云"四万八千",总非实据也。人言文人无实语,而不知文章家妙在跌顿。每说到已甚,太白加出一万四千岁来,此正跌顿法也。……"蜀道之难,难于上青天"再一提,此句妙有关锁,上来笔气纵横,逸宕不如此,则散无统束矣。……"锦城虽云乐",上面说蜀如此可惊、可畏,而忽下一"乐"字,妙极。……"不如早还家",此虽是乐,然不可久居,"不如早归家"之句尤乐也。文势至此甚紧。必须一放,方得宽转,所谓"一张一弛,文武之道"也。"蜀道之难,难于上青天",复提此句为结束,妙。篇中凡三见,与《庄子·逍遥游》叙鲲鹏同。吾尝谓作长篇古诗,须读《庄子》《史记》。子美歌行纯学《史记》,太白歌行纯学《庄子》。故两先生为歌行之双绝,不诬也。(徐增《而庵说唐诗》卷五)

江淹有《古离别》,梁简文、刘孝威有《蜀道难》,及太白作《古离别》《蜀道难》乃讽时事,虽用古题,体格变化,若疾雷破山,颠风簸海,非神于诗者不能道也。(谢榛《四溟诗话》卷一)

远别离

远别离,古有皇、英之二女,
乃在洞庭之南,潇湘之浦。
海水直下万里深,谁人不言此离苦!
日惨惨兮云冥冥,猩猩啼烟兮鬼啸雨。
我纵言之将何补?
皇穹窃恐不照余之忠诚,云凭凭兮欲吼怒。
尧、舜当之亦禅禹。
君失臣兮龙为鱼,权归臣兮鼠变虎。
或言尧幽囚,舜野死,九疑连绵皆相似。
重瞳孤坟竟何是?
帝子泣兮绿云间,随风波兮去无还。
恸哭兮远望,见苍梧之深山。
苍梧山崩湘水绝,竹上之泪乃可灭!

【诗作摘评】

　　此诗大意谓无借人国柄,借人国柄则失其权,失其权则虽圣哲不能保其社稷妻子焉,其祸有必至之势也。(杨齐贤集注,萧士赟补注《分类补注李太白诗》卷三)

　　肃宗中,李辅国之谮,而上皇尧幽囚矣,故《远别离》为上皇禅位而作也,《蜀道难》为幸蜀而作也,《战城南》为云南覆师而作也。昔人谓太白拟古乐府不如少陵以时事创新题,然借古讽今,亦何必如长庆

之分明道破哉！（李中黄《逸楼偶著·论诗》）

太白《远别离》一篇，极尽迷离，不独以玄、肃父子事难显言，盖诗家变幻至此，若一说煞，反无归着处也。惟其极尽迷离，乃即其归着处。（翁方纲《石洲诗话》卷一）

沈德潜云："中有欲言不可明言处，故托吊古以抒之。屈折反覆，《离骚》之旨。"（清高宗爱新觉罗·弘历敕编《唐宋诗醇》卷二引）

范梈论李白乐府《远别离》篇曰："所贵乎楚言者，断如复断，乱如复乱，而词义反复屈折行乎其间，实未尝断而乱也。"余谓此数语，可使学《骚》者得门而入，然又不得执形似以求之。（刘熙载《艺概·赋概》）

太白《蜀道难》《天姥吟》，虽极漫衍纵横，然终不如《远别离》之含蓄深永，且其词断而复续，乱而实整，尤合骚体。（许学夷《诗源辩体》卷十八）

通篇乐府，一字不入古诗，如一匹蜀锦，中间固不容一尺吴练。工部讥时语开口便见，供奉不然，习其读而问其传，则未知己之有罪也。（王夫之《唐诗评选》卷一）

王（熊按：王士禛）答："李之《远别离》《蜀道难》《乌夜啼》……皆乐府之变也。"（郎廷槐《师友诗传录》）

古律诗各有音节，然皆限于字数，求之不难。惟乐府长短句，初无定数，最难调叠，然亦有自然之声。……如李太白《远别离》、杜子美《桃竹杖》，皆极其操纵，曷尝按古人声调，而和顺委曲乃如此。（李东阳《麓堂诗话》）

太白《远别离》篇，意最参错难解……细绎之，始得作者意。其太白晚年之作邪？先是肃宗即位灵武，玄宗不得已称上皇，迎归大内，又为李辅国劫而幽之。太白忧愤而作此诗。因今度古，将谓尧、舜事亦有可疑。曰"尧、舜禅禹"，罪肃宗也；曰"龙鱼""鼠虎"，诛辅国也。故隐其词，托兴英、皇（熊按：《放胆诗》曰："所谓皇、英之事，特借之以引喻发兴。其词不伦不类，使读者自知之。"），而以《远别离》名篇。风人之体善刺，欲言之无罪耳。然'幽囚野死'，则已露本相矣。古来原有此种传奇议论。曹丕下坛曰："舜、禹之事，吾知之矣。"太白故非创语。试以此意寻次读之，自当手舞足蹈。
（王世懋《艺圃撷余》）

　　余读《李翰林集》，见其乐府诗百余篇，其意尊国家、正人伦、卓然有周诗之风，非徒吟咏情性，呫呕苟自适而已。白当唐有天下第五世时，天子意甚声色，庶政稍解，奸邪辈得入窃弄大柄。会禄山贼兵犯阙而明皇幸蜀，白闵天子失守，轻弃宗庙，故作《远别离》以刺之。至于作《蜀道难》以刺诸侯之强横，作《梁甫吟》伤怀忠而不见用，作《天马歌》哀弃贤才而不录其功，作《行路难》恶谗而不得尽其臣节，作《猛虎行》愤胡虏乱夏而思安王室，作《阳春歌》以诫淫乐不节，作《乌栖曲》以刺好色不好德，作《战城南》以刺穷兵不休，如此者不可悉说。乃放去，犹作《秋浦吟》冀悟人主。意不果望，终弃于江湖间，遂纡余轻世，剧饮大醉，寓意于道士法，故其游览、赠送诸诗杂以神仙之说。
（释契嵩《镡津集》卷十六《书李翰林集后》）

送羽林陶将军

　　将军出使拥楼船，江上旌旗拂紫烟。
　　万里横戈探虎穴，三杯拔剑舞龙泉。
　　莫道词人无胆气，临行将赠绕朝鞭。

【诗作摘评】

　　此美陶之骁勇而有忻慕意。按本传：白喜击剑，为任侠，读此可

想。此篇全是律体,疑"龙泉"下脱一联。(唐汝询《唐诗解》卷十三)

唐人律诗,间有三韵、五韵、七韵、九韵者,偶然变格,不过百之一耳。……自二韵至百韵,皆律诗也。二韵谓之绝句,六韵以上谓之长律。(钱良择《唐音审体》)

七言律诗,自唐而始盛。唐以前只有七言八句之乐府诗耳。自唐人以声律、对偶限之,遂相沿为律体。唐初好古之士,犹厌薄不多作,故陈子昂、李太白集皆古体,罕有律诗。洎中唐韩昌黎号为复古,亦鲜律体。(由云龙《定庵诗话》卷上)

七言律诗出于乐府,……崔颢《黄鹤楼》,直以古歌行入律。太白诸作,亦只以歌行视之。(管世铭《读雪山房唐诗序例》)

或问"太白五、七言律,较盛唐诸公何如?"曰"盛唐诸公本在兴趣,故体多浑圆,语多活泼。太白才大兴豪,于五七言律太不经意,故每失之于放,盖过而非不及也。"……世谓太白短于律,故表明之。

太白五、七言律,以才力、兴趣求之,当知非诸家所及。若必于句格、法律求之,殆不能与诸家争衡矣。(许学夷《诗源辩体》卷十八)

青莲集中古诗多,律诗少。五律尚有七十余首,七律只十首而已。盖才气豪迈,全以神运,自不屑束缚于格律、对偶,与雕绘者争长。然有对偶处,仍自工丽。且工丽中别有一种英爽之气,溢出行墨之外。如"洗兵条支海上波,放马天山雪中草"(《战城南》),"天兵照雪下玉关,虏箭如沙射金甲"(《胡无人》),……何尝不研炼,何尝不精彩耶?惟七律究未完善,内有《送贺监归四明》及《题崔明府丹灶》二首,尚整练合格。其他殊不足观,且有六句为一首者。盖开元、天宝之间,七律尚未盛行。至德以后,贾至等《早朝大明宫》诸作,互相琢磨,始觉尽善,而青莲久已出都,故所作不多也。(赵翼《瓯北诗话》卷一)

律诗有六句便成一首者。李太白《送羽林陶将军》云:"将军出使拥楼船,江上旌旗拂紫烟。万里横戈探虎穴,三杯拔剑舞龙泉。莫道词人无胆气,临行将赠绕朝鞭。"此为六句律诗之首。以后惟白香山最多,如《寒闺夜》一首、《县西郊秋寄马造》一首、《留题杭州郡斋》一首、《感芍药花寄正一上人》一首、《孤山寺石榴花》一首、《卢侍御小妓乞诗》一首,皆用此体。昌黎集中亦间有之。如《谢李员外寄纸笔》一首云:"题诗临池后,分从起草余。兔尖针莫并,茧净雪难如。莫怪殷勤谢,虞卿正著书。"此又五言之六句律诗体也。(赵翼《陔余丛考》卷二十三)

问:"唐人有六句律诗,此何体也?""此体盛于陈、隋之间,盖由古入律之交际也。唐人偶一为之,亦意尽而止耳,未尝拘拘取备一体,后人尽可不学。"(陈仅《竹林答问》)

有三韵五言律诗,有三韵七言律诗,有三韵六言律诗。韩昌黎、白香山皆有之。(锺秀《观我生斋诗话》卷二)

《沧浪诗话》曰:"有律诗止三韵者。"……按三韵诗通常于第二联作对偶。(胡才甫《诗体释例》)

就有唐而论,其始也,尚多习用古诗,不乐束缚于规行矩步中;即用律,亦多五言,而七言犹少;七言亦多绝句,而律诗犹少。故《李太白集》七律仅三首,《孟浩然集》七律仅二首,尚不专以此见长也。自高、岑、王、杜等《早朝》诸作,敲金戛玉,研练精切。杜寄高、岑诗,所谓"遥知对属忙",可见是时求工律体也。格式既定,更如一朝令甲,莫不就其范围,然犹多写景,而未及于指事言情,引用典故。少陵以穷愁寂寞之身,藉诗遣日,于是七律益尽其变,不惟写景,兼复言情;不惟言情,兼复使典。七律之蹊径,至是益大开。其后刘长卿、李义山、温飞卿诸人,愈工雕琢,尽其才于五十六字中,而七律遂为高下通行之具,如日用饮食之不可离矣。(赵翼《瓯北诗话》卷十二)

唐仲言曰:此篇全是律体,疑龙泉下脱一联。方弘静曰:此篇当是近体八句,而逸其五六也。今以为古诗,或以为六句律。琦按:六句近体,唐人时有之,本于六朝人,或号为小律。(王琦注《李太白全集》卷十七)

春夜洛城闻笛

谁家玉笛暗飞声?散入东风满洛城。
此夜曲中闻折柳,何人不起故园情?

【诗作摘评】

不见其人而闻声,故曰"暗"。"满洛城"者,声之远也。"折柳"所以赠别,今于笛中闻之,则想及故园而伤别矣。(唐汝询《唐诗解》卷二十五)

唐人作闻笛诗每有韵致,如太白散逸、潇洒者不复见。(桂天祥《批点唐诗正声》)

太白七言绝,如"杨花落尽子规啼","朝辞白帝彩云间","谁家玉笛暗飞声","天门中断楚江开"等作,读之真有挥斥八极、凌厉九霄意。贺监谓为谪仙,良不虚也。(胡应麟《诗薮》卷六)

"散入"二字妙,领得下二字起。通首总言笛声之动人。"何人不起故园情",含着自己在内。(黄叔灿《唐诗笺注》卷八)

此首闻笛与前首听笛(熊按:指《与史郎中钦听黄鹤楼上吹笛》)异。听笛者知在黄鹤楼上,故有心听之也;闻笛者不知何处,无意闻之也。开首"谁家"二字起"闻"字,"暗"字起"夜"字,"飞声"二字起"闻"字。二句"散"字、"满"字写足"闻"字之神。三句点"夜"字,便转

闻笛感别,有故国之情。曰"何人",即己亦在内,不必定指自己,正诗笔灵活处。品曰:悲慨。(朱宝莹《诗式》)

潘稼堂曰:"此与《黄鹤楼》诗异。《黄鹤楼》是思归而又闻笛,此是闻笛而始思归也。因笛中有《折柳》之曲,忽忆此时柳真堪折,春而未归,能不念故园也?"(〔日本〕近藤元粹《李太白诗醇》)

春宵人静,闻笛声悠扬,已引人幽绪。及聆其曲调,为《阳关》《折柳》,不禁黯然动乡国之思。……释贯休《闻笛》诗云:"霜月夜徘徊,楼中羌笛催。晓风吹不尽,江上落残梅。"同是风前闻笛,太白诗有磊落之气,贯休诗得蕴藉之神,大家、名家之别,正在虚处会之。(俞陛云《诗境浅说续编》)

两诗(熊按:指李白《与史郎中钦听黄鹤楼上吹笛》)皆闻笛生感之作。前首先有情后闻笛,后首先闻笛后有情,章法变换。先有情者,情感物也;后有情者,物动情也。(刘永济《唐人绝句精华》)

横江词六首(其五)

横江馆前津吏迎,向余东指海云生。
郎今欲渡缘何事?如此风波不可行。

【诗作摘评】

此以横江之险喻仕路之难,故设为津吏劝勉之词。按:天宝三载,白供奉翰林,为妃子、力士所嫉,因求还山。与崔宗之泛江至采石,盖亲睹横江之险而赋以为此也。(唐汝询《唐诗解》卷二十五)

太白诸绝句信口而成,所谓无意于工而无不工者。少伯深厚有余,优柔不迫,怨而不怒,丽而不淫。余尝谓古诗、乐府后,惟太白诸

绝近之;《国风》《离骚》后,惟少伯近之。体若相悬,调可默会。(胡应麟《诗薮》卷六)

七言绝句,盛唐主气,气完而意不尽工;中晚唐主意,意工而气不甚完。然各有至者,未可以时代优劣也。(王世贞《艺苑卮言》卷四)

太白七言绝多一气贯成者,最得歌行之体。其他仅得王摩诘"新丰美酒""汉家君臣",王少伯"闺中少妇"数篇而已。(许学夷《诗源辩体》卷十八)

绝句,一句一绝,乃其大本。其次,句少意多,极四韵而反复议论。此篇气格合歌行之风,使人咏叹而有无穷之思,乃唐人所长也。诸家诗非不佳,然视李、杜,气格、音调特异,熟读自见。(范梈《李翰林诗范德机批选》)

此诗总言横江之险。白欲渡横江,津吏来迎。"向余东指海云生","海云生",则天变而风作,津吏见白要渡,急欲止之,若口来不及,忙将手东指者。"郎今欲渡缘何事","郎"字误,应是"即"字,言"即今欲渡",讶之之词。"缘何事",有何急事要去?又以手指江曰:"如此风波。"复回绝他:"不可行!"津吏却爱护渡者若是,则世之人有愧于津吏多矣。此诗如话。(徐增《而庵说唐诗》卷十)

山中问答

问余何意栖碧山,笑而不答心自闲。
桃花流水窅然去,别有天地非人间。

【诗作摘评】

锺惺评:"真傲。此题妙在不浑厚。"谭元春评:"已答了,俗人卒不省得,妙!妙!"(锺惺、谭元春《唐诗归》卷十六)

山水之乐,得之于心,难以告人,下联微示其趣。(唐汝询《唐诗解》卷二十五)

"问余何意栖碧山……";又"相随遥遥访赤城,三十六曲水回萦。一溪初入千花明,万壑度尽松风声",此李太白诗体也。(杨万里《诚斋诗话》)

李诗本陶渊明,杜诗本庾子山,余尝持此论,而人多疑之。杜本庾信矣,李与陶诗绝不相近。不知善读古人书,在观其神与气之间,不在区区形迹也。如"问余何事栖碧山……"岂非《桃源记》拓本乎?(李调元《雨村诗话》)

七言绝,太白、少伯意并闲雅,语更春容,而太白中多古调,故又超绝。(许学夷《诗源辩体》卷十二)

诗贵意,意贵远不贵近,贵淡不贵浓。浓而近者易识,淡而远者难知。如杜子美"钩帘宿鹭起,丸药流莺啭","不通姓字粗豪甚,指点银瓶索酒尝","衔泥点涴琴书内,更接飞虫打着人",李太白"桃花流水窅然去,别有天地非人间",王摩诘"返景入深林,复照青苔上",皆淡而愈浓,近而愈远,可与知者道,难与俗人言。(李东阳《麓堂诗话》)

山中与幽人对酌

两人对酌山花开,一杯一杯复一杯。
我醉欲眠卿且去,明朝有意抱琴来。

【诗作摘评】

太史公《淳于髡传》云:"操一豚蹄酒一盂。"夫叙事犹尔,所谓"一胡芦酒一篇诗",自有七言,无此句法也。或曰:"李白不云乎'一杯一杯复一杯？'余曰：'古者豪杰之士,高情远意,一寓之酒,有所感发,虽意于饮,而饮不能自已则又饮,至于三杯五斗,醉倒而后已。是不云尔,则不能形容酒客妙处。夫李白意先立,故七字六相犯,而语势益健,读之不觉其长。……惟第三句,若有意而语亦不工。'"(胡仔《苕溪渔隐丛话》卷五十四)

白天才英丽,其辞逸荡隽伟,飘然有超世之心,非常人所及。(晁公武《郡斋读书志》卷十七)

唐人七言绝句,大抵由于起承转合之法,唯李、杜不然。亦如古风浩然长往,不可捉摸。此体最难,宋明人学之,则如急流小棹,一瞬而过,无意味也。(吴乔《答万季野诗问》)

用成语妙如己出,前二句古调,后二句谐拗体正格。(清高宗爱新觉罗·弘历敕编《唐宋诗醇》卷八)

杜甫

(712—770),字子美,自号杜陵布衣、少陵野老。祖籍襄阳(今属湖北),曾祖以后,世居巩县(今河南巩义)。杜审言之孙。早年漫游吴越,历时数年。玄宗开元二十三年(735),举进士不第,游历齐赵。天宝三载(744),与李白同游梁宋、齐鲁。五载(746)西去长安,献三大礼赋,频频以诗干谒权贵。十四载(755)得授右卫率府兵曹参军。至德二载(757),困陷长安的杜甫,间道逃赴肃宗行在凤翔,得授左拾遗。因上疏救房琯,乾元元年(758)出为华州司功参军。二年(759),弃官经秦州、同谷入蜀,至成都。宝应元年(762)流亡梓、阆等州。广德二年(764),严武任剑南西川节度使,表甫为参谋、检校工部员外郎,故世称杜工部。武卒,蜀乱,杜甫欲还朝任职,离开成都经云安到达夔州。大历三年(768)出峡,经江陵、公安、岳阳至谭州、衡州,五年

(770)冬病逝于耒阳。《全唐诗》存诗十九卷。

杜甫工诗,与李白齐名,时人谓之李杜。后人论杜者多。元稹云:"至于子美,盖所谓上薄《风》《骚》,下该沈、宋,言夺苏、李,气吞曹、刘,掩颜、谢之孤高,杂徐、庾之流丽,尽得古今之体势,而兼人人之所独专矣。……时山东人李白,……予观其壮浪纵恣,摆去拘束,模写物象,及乐府歌诗,诚亦差肩于子美矣。至若铺陈终始,排比声韵,大或千言,次犹数百,词气豪迈,而风调清深,属对律切,而脱弃凡近,则李尚不能历其藩翰,况堂奥乎!"(《唐故检校工部员外郎杜君墓系铭并序》)秦观云:"杜子美之诗,实积众家之长,适其时而已。昔苏武、李陵之诗,长于高妙;曹植、刘公干之诗,长于豪逸;陶潜、阮籍之诗,长于冲淡;谢灵运、鲍照之诗,长于峻洁;徐陵、庾信之诗,长于藻丽。于是杜子美者,穷高妙之格,极豪逸之气,包冲淡之趣,兼峻洁之姿,备藻丽之态,而诸家之作,所不及焉。然不集诸家之长,杜氏亦不能独至于斯也。……呜呼,杜氏、韩氏亦集诗文之大成者欤!"(《韩愈论》)

陈正梅云:"至于甫,则悲欢穷泰,发敛抑扬,疾徐纵横,无施不可。故其诗有平淡简易者,有绵丽精确者,有严重威武若三军之帅者,有奋迅驰骤若泛驾之马者,有淡泊闲静若山谷隐士者,有风流蕴藉若贵介公子者。盖其诗绪密而思深,观者苟不能臻其阃奥,未易识其妙处,夫岂浅近者所能窥哉!此甫之所以光掩前人而后来无继也。"(《遯斋闲览》)王世懋云:"少陵故多变态,其诗有深句,有雄句,有老句,有秀句,有丽句,有险句,有拙句,有累句。后世别为大家,特高于盛唐者,以其有深句、雄句、老句也。而终不失为盛唐者,以其有秀句、丽句也。轻浅子弟往往有薄之者,则以其有险句、拙句、累句也。不知其愈险愈老,正是此老独得处,故不足难之。独拙、累之句,我不能为掩瑕。虽然,更千百世无能胜之者何?要曰:'无露句耳。'"

(《艺圃撷余》)胡应麟云:"盛唐一味秀丽雄浑。杜则精粗、巨细、巧拙、新陈、险易、浅深、浓淡、肥瘦,靡不毕具,参其格调,实与盛唐大别。其能会萃前人在此,滥觞后世亦在此。且言理近经,叙事兼史,尤诗家绝睹。""太白笔力变化,极于歌行;少陵笔力变化,极于近体。李变化在调与词,杜变化在意与格。然歌行无常矱,易于错综;近体有定规,难于伸缩。调词超逸,骤如骇耳,索之易穷;意格精深,始若无奇,绎之难尽,此其稍不同者也。"(《诗薮》)

《唐诗镜》有云:"杜子美之胜人者有二:思人所不能思,道人所不敢道,以意胜也。数百言不觉其繁,三数语不觉其简,所谓'御众如御寡''擒贼必擒王',以力胜也。五七古诗雄视一世,奇正雅俗,称题而出,各尽所长,是谓武库。五七律诗,他人每以情景相和而成,本色不足者往往景饶情乏,子美直摅本怀,借景入情,点熔成相,最为老手。然多径意一往,潦倒太甚,色泽未工,大都雄于古者每不屑屑于律故。故知用材实难,古人小物必勤,良有以也。"(陆时雍《古诗镜》)李维桢云:"昔人云诗至子美集大成,不为四言,不用乐府旧题,虽唐调时露,而能得风雅遗意。七言歌行扩汉魏而大之,沉郁瑰琦,巨丽超逸。五言律体裁明密,规模宏远,比耦精严,音节调畅。七言律称是。至于长律,阖辟驰骤,变化错综,未可端倪,冠绝古今矣。"(《雷起部诗选序》)

许学夷云:"或问:'子美五七言律较盛唐诸公何如?'曰:'盛唐诸公惟在兴趣,故体多浑圆,语多活泼。若子美则以意为主,以独造为宗,故体多严整,语多沉着耳。此各自为胜,未可以优劣论也。'"(《诗源辨体》)张谦宜云:"五言排律,当以少陵为法,有层次,有转接,有渡脉,有闪落收缴,又妙在一气。"(《絸斋诗谈》)沈德潜云:"少陵七言古如建章之宫,千门万户;如巨鹿之战,诸侯皆从壁上观,膝行而前,不敢仰视;如大海之水,长风鼓浪,扬泥沙而舞怪物,灵蠢毕集。别于盛唐诸家,独称大宗。""杜诗近体,气局阔大,使事典切,而人所不可及处,尤在错综任意,寓变化于严整之中,斯足以凌轹千古。"(《唐诗别裁集》)杨伦云:"五古前人多以质厚清远胜,少陵出而沉郁顿挫,每多大篇,遂为诗道中另辟一门径。无一蹈袭汉魏,正深得其神理。""少陵绝句,直抒胸臆,自是大家气度,然以为正声则未也。宋人不善学之,往往流于促率。"(《杜诗镜铨》)

乐游园歌

乐游古园崒森爽,烟绵碧草萋萋长。
公子华筵势最高,秦川对酒平如掌。
长生木瓢示真率,更调鞍马狂欢赏。
青春波浪芙蓉园,白日雷霆夹城仗。
阊阖晴开昳荡荡,曲江翠幕排银榜。
拂水低徊舞袖翻,缘云清切歌声上。
却忆年年人醉时,只今未醉已先悲。
数茎白发那抛得,百罚深杯亦不辞。
圣朝亦知贱士丑,一物自荷皇天慈。
此身饮罢无归处,独立苍茫自咏诗。

【题解】

此诗《原注》谓"晦日,贺兰杨长史筵醉中作"。

【诗作摘评】

即如甫集中《乐游园》七古一篇,时甫年才三十余,当开、宝盛时,使今人为此,必铺陈飏颂,藻丽雕缋,无所不极,身在少年场中,功名事业,来日未苦短也,何有乎身世之感? 乃甫此诗,前半即景无多排场,忽转"年年人醉"一段,悲白发,荷皇天,而终之以"独立苍茫"。此其胸襟之所寄托何如也! (叶燮《原诗》卷一)

此句中暗伏"无归",与结处呼应("烟绵碧草"句下)。但"荷天慈",则不被君恩可知,措词微婉("一物自荷"句下)。(何焯《义门读书记》卷五十一)

世人但目皮色苍厚、格度端凝为杜体,不知此老学博思深,笔力矫变,于沉郁顿挫之极,更见微婉。……如《乐游园歌》,五律之《洞房》《斗鸡》,七律之"东阁观梅"等篇,学杜者视此种,曾百得其一二与? (乔亿《剑溪说诗》)

"此身饮罢无归处",境真语痛,非实历安得有此? (王嗣奭《杜臆》)

极欢宴时,不胜身世之感,临川《兰亭记序》所云"情随事迁,感慨系之"也。(沈德潜《唐诗别裁集》卷六)

"长生"二句,牵上搭下。"青春"六句,一气读。虽纪游,实感事也。是时诸杨专宠,宫禁荡轶,舆马填塞,幄幕云布,读此如目击矣。(浦起龙《读杜心解》)

偏有此闲笔("长生木瓢"句下)。张上若曰:"此指明皇游幸,妙在浑含('青春波浪'六句下)。"邵子湘云:"凄寂可念('此身饮罢'句下)。"(杨伦《杜诗镜铨》)

渼陂行

岑参兄弟皆好奇,携我远来游渼陂。
天地黤惨忽异色,波涛万顷堆琉璃。
琉璃汗漫泛舟入,事殊兴极忧思集。

鼍作鲸吞不复知,恶风白浪何嗟及?
主人锦帆相为开,舟子喜甚无氛埃。
凫鹥散乱棹讴发,丝管啁啾空翠来。
沉竿续蔓深莫测,菱叶荷花静如拭。
宛在中流渤澥清,下归无极终南黑。
半陂已南纯浸山,动影袅窕冲融间。
船舷暝戛云际寺,水面月出蓝田关。
此时骊龙亦吐珠,冯夷击鼓群龙趋。
湘妃汉女出歌舞,金支翠旗光有无。
咫尺但愁雷雨至,苍茫不晓神灵意。
少壮几时奈老何,向来哀乐何其多!

【诗作摘评】

刘曰:"写景入微,烟波远近,变态具足('水面月出'句下)。""惨怆之容,窈缈之思。寻常赋乐事则所经历骇愕者置不复道,吾常游西湖遇风雨,诵此语,如同舟、同时。"(高棅《唐诗品汇》)

锺云:"只是一舟游耳,写得哀乐更番无端,奇山水逢奇人,真有一段至性至理相发,游岂庸人事?""奇景,奇语,写得幽险怕人。四语中,已有风雨鬼神矣('半陂以南'四句下)。""结得深(末句下)。"谭云:"游船忽生此语,是何胸中('苍茫不晓'句下)。"(锺惺、谭元春《唐诗归》卷二十)

一篇游渼陂记,伎熟巧生,僻耽佳句,语必惊人,真可单行一代也。(周珽《删补唐诗选脉笺释会通评林》)

此诗不过游渼陂耳,却说得天摇地动,云飞水立,悄然有山林窅冥、海水汨没景象,岂不令人移情?每于起处见其雄健(首二句下)。

俱是画景("凫鹥散乱"十句下)。(黄周星《唐诗快》)

上二连水中之影,此二连水中之气,万顷之奇,非此不能参灵极妙。亦暗与前黬惨忧思相应也("此时骊龙"一联下)。(何焯《义门读书记》卷五十一)

张綖曰:"'好奇'二句,乃全篇之眼。岑生人奇,渼陂景奇,故诗语亦奇。'骊龙'四句,设想更奇。初学若以实理泥之,几于难解。熟读《楚辞》,方知寓言佳处。"卢世㴶曰:"此歌变眩百怪,乍阴乍阳,读至收卷数语,肃肃恍恍,萧萧悠悠,屈大夫《九歌》耶?汉武皇《秋风》耶?此篇第六段,托假象以写真景,本于汉《艳歌》,……少陵盖善于摹古矣。"(仇兆鳌《杜诗详注》卷三)

真见其故,能发得出,不拘常格,此是豪放。若作怪支离,夹杂不伦,此是放肆,非豪放也。杜陵《渼陂》《丽人》诸篇,是好样。

《渼陂行》笔力如渴龙搅海。"船舷暝戛云际寺,水面月出蓝田关。"山与关影浸陂中,船行其上,故曰"暝戛";关头之月,亦在波间,故曰"水面月出"。皆蒙上"纯浸山"而言,此险中取巧法。写影中诸山,如在镜面上浮动,亦是虚景实瞄法。(张谦宜《絸斋诗谈》)

"喜""忧"二字诗眼,起后"哀乐"字。邵云:"光怪中,须得此秀句('舟字喜甚'三句下)。只平叙一日游境,而滉漾飘忽,千态并集,极山岫海潮之奇,全得屈《骚》神境。通篇首以'好奇'二字领起,岑生人奇,渼陂景奇,故诗语亦奇。末用'哀乐'二字总束全文,章法有草蛇灰线之妙。"(杨伦《杜诗镜铨》)

丹青引

将军魏武之子孙,于今为庶为清门。
英雄割据虽已矣,文采风流今尚存。

学书初学卫夫人,但恨无过王右军。
丹青不知老将至,富贵于我如浮云。
开元之中常引见,承恩数上南熏殿。
凌烟功臣少颜色,将军下笔开生面。
良相头上进贤冠,猛将腰间大羽箭。
褒公鄂公毛发动,英姿飒爽来酣战。
先帝天马玉花骢,画工如山貌不同。
是日牵来赤墀下,迥立阊阖生长风。
诏谓将军拂绢素,意匠惨淡经营中。
斯须九重真龙出,一洗万古凡马空。
玉花却在御榻上,榻上庭前屹相向。
至尊含笑催赐金,圉人太仆皆惆怅。
弟子韩幹早入室,亦能画马穷殊相。
幹惟画肉不画骨,忍使骅骝气凋丧。
将军画善盖有神,必逢佳士亦写真。
即今漂泊干戈际,屡貌寻常行路人。
途穷反遭俗眼白,世上未有如公贫。
但看古来盛名下,终日坎壈缠其身。

【题解】

诗题,《全唐诗》作《丹青引赠曹将军霸》。

【诗作摘评】

夫乐府,其音已不可知,至若歌行,则自汉、魏迄唐,皆可得而求也。浑浩条畅,歌行是矣。曰吟,曰引,则取于悠长;曰怨、曰哀,则取于凄切;曰词者文丽,曰谣者质俚;曰弄,曰操,则疾徐兼用,以肖乐者。(锺秀《观我生斋诗话》卷二)

七言长韵古诗,如杜少陵《丹青引》《曹将军画马》《奉先县刘少府山水障歌》等篇,皆雄伟宏放,不可捕捉。学诗者于李、杜、苏、黄诗中,求此等类,诵读沉酣,深得其意味,则落笔自绝矣。(杨万里《诚斋诗话》)

余谓此诗借曹霸以自状,与渊明之记桃源相似,读公《莫相疑行》而知余言之不妄。(王嗣奭《杜臆》卷六)

沉雄顿挫,妙境别开,气骨过王、李,风韵亦逊之,谓诗歌之变体,自非虚语。(邢昉《唐风定》)

南村曰:"叙事历落,如生龙活虎,真诗中马迁,而'画肉''画骨'一语,尤感慨深长。"(张揔《唐风怀》)

此歌起处,写将军之当时,极其龙锺;结处写将军之今日,极其慷慨;中间叙其丹青之恩遇,以画马为主;马之前后,又将功臣、佳士来衬。起头之上,更有起头;结尾之下,又有结尾。气厚力大,沉酣夭矫。看其局势,如百万雄兵团团围住,独马单枪杀进去又杀进来,非通小可。子美,歌行中大将,此首尤为旗鼓。可见行兵、行文、作诗、作画,无异法也。(徐增《而庵说唐诗》卷五)

杜甫七言长篇,变化神妙,极惨淡经营之奇。就《赠曹将军丹青引》一篇论之。起手"将军魏武之子孙"四句,如天半奇峰,拔地陡起,他人于此下便欲接丹青等语,用转韵矣。忽接"学书"二句,又接"老至""浮云"二句,却不转韵,诵之殊觉缓而无谓;然一起奇峰高插,使又连一峰,将来如何撒手?故即跌下陂陀,沙砾石确,使人褰裳委步,无可盘桓。故作画蛇添足,拖沓迤逦,是遥望中峰地步。接"开元引见"二句,方转入曹将军正面。……接"凌烟""下笔"二句,盖将军丹青是主,先以学书作宾;转韵画马是主,又先以画功臣作宾,章法经营,极奇而整。……按"良相""猛士"四句,宾中之宾,益觉无谓;不知其层次养局,故纡折其途,以渐升极高极峻处,令人目前忽划然天开也。至此方入画马正面,一韵八句,连峰互映,万笏凌霄,是中峰绝顶处。转韵接"玉华""御榻"四句,峰势稍平,蜿蟺游衍出之。忽接"弟子韩幹"四句,他人于此必转韵,更将韩幹作排场,仍不转韵,以韩幹作找足语,盖此处不当更以宾作排场,重复掩主,便失体段;然后永叹将军善画,包罗收拾,以感慨系之篇终焉。章法如此,极森严,极整暇。(叶燮《原诗》卷四)

发端十四字,已将官职、家世、门第、削籍一笔写尽,而将军一生盛衰俱见。……将人世荣枯之遇,与世俗炎凉之态,两边对照,如灯取影,笔笔活现。(吴瞻泰《杜诗提要》卷六)

神来之笔,申曰:"与'堂上不合生枫树'同一落想,而出语更奇('斯须九重'二句下)。"张惕庵曰:"此太史公列传也。多少事实,多少议论,多少顿挫,俱在尺幅中。章法跌宕纵衡,如神龙在霄,变化不可方物。"(杨伦《杜诗镜铨》)

《丹青引》画人是宾,画马是主。却从善书引起善画,从画人引起画马,又用韩幹之画肉,垫将军之画骨,末后搭到画人,章法错综绝妙。(施补华《岘佣说诗》)

起势飘忽,似从天外来。第三句宕势,此是加倍色法。四句合,乃不直率。"学书"一衬,就势一放,不至短促。……"开元"句笔势纵衡,"凌烟"句又衬,"褒公"二句与下"斯须"句、"至尊"句,皆是起棱、皆是汁浆。……古今惟此老一人而已。所谓放之中,要句、字留住,不尔便伤直率。"先帝"句又衬,又出波澜。叙事未了,忽入议论,牵扯之妙,太史公文法。"迥立"句夹写夹叙。"诏谓"以下,磊落跌宕,有文外远致。……此诗处处有开合,通身用衬,一大法门。(方东树《昭昧詹言》卷十二)

寄韩谏议注

今我不乐思岳阳,身欲奋飞病在床。
美人娟娟隔秋水,濯足洞庭望八荒。
鸿飞冥冥日月白,青枫叶赤天雨霜。
玉京群帝集北斗,或骑麒麟翳凤凰。
芙蓉旌旗烟雾落,影动倒景摇潇湘。
星宫之君醉琼浆,羽人稀少不在旁。
似闻昨者赤松子,恐是汉代韩张良。
昔随刘氏定长安,帷幄未改神惨伤。
国家成败吾岂敢?色难腥腐餐枫香。
周南留滞古所惜,南极老人应寿昌。
美人胡为隔秋水?焉得置之贡玉堂。

【诗作摘评】

(前六句)首叙怀思韩君之意。《楚词》以美人比君子,此指韩谏议也。岳阳、洞庭,韩居之地。"鸿飞冥冥",韩已遁世。"青枫赤叶",时属深秋矣。(又六句)"唐汝询曰:'此借仙官以喻朝贵也。北斗象君,群帝指王公。麟凤、旌旗,言骑从仪卫之盛。影动潇湘,谓声势倾动乎南楚。星君,比近侍之沾恩者。羽人,比远人之去国者。'"……(再六句)"此申明谏议去官之故。以张良方韩,是尝平定西京者。'帷幄未改',言老谋仍在。'成败岂敢',言不忘忧国。'色难腥腐',盖厌浊世而思洁身矣。"……(末四句)"末想其老成宿望,再出而济世匡君也。《杜臆》:'南极老人,非祝其多寿。此星治平则见,进此人于

玉堂，是即老人星见矣，盖意在治平也。'此章，前三段各六句，末段四句收。"（仇兆鳌《杜诗详注》卷十七）

朱鹤龄曰："韩谏议，不可考，其人大似李邺侯，必肃宗收京时尝与密谋，后屏居衡湘，修神仙羽化之道。公思之而作。'似闻'以下，美其功在帷幄，翛然远引。'周南'以下，惜其留滞秋水，而不得大用也。"

卢元昌曰："韩官居谏议，必直言忤时，退老衡岳，公伤谏臣不用，劝其出而致君，不欲终老于江湖，徒托神仙以自全也。首尾美人，中间羽人及赤松子、韩张良、南极老人，总一谏议影子。"

黄生曰："……予意'韩张良'，当即指韩谏议，亦在灵武从驾，故曰'昔随刘氏定长安'。既而肃崩代立，故曰'帷幄未改神惨伤'。其人必见时事不佳，故弃官远游。公特微其辞曰'国家成败吾岂敢，色难腥腐餐枫香'也。前段'玉京群帝'云云，指当时在朝之臣，远方流落者望之犹登仙也。公盖与韩有旧，故作此寄之，而因以自寓，所以结处深致慨惜，言此人自宜在玉堂之上耳，焉得置而不用耶？朱注虽不径指为李泌，顾云其人必肃宗时尝与密谋，后屏居衡山，修神仙之道，公思之而作，则亦总为'玉京群帝'等语所惑也。予初疑公以子房比韩，或张之先与韩同出。因检《史记索隐》注云：'王符、皇甫谧皆言子房本韩之公族，因秦索之急，故变姓名。益知本句不曰汉代张子房，而曰汉代韩张良。公之所指本明白，人自不解耳。'"（仇兆鳌《杜诗详注》卷十七引）

起云"美人隔秋水"，末云"美人胡为隔秋水"，是首尾相击法。前引"群帝""星君"，而结以"南极老人"，前言"玉京"，而终之以"玉堂"，正是辟倒神仙，欲其复参帷幄，其用笔有回澜之力。（吴瞻泰《杜诗提要》卷六）

茅屋为秋风所破歌

八月秋高风怒号,卷我屋上三重茅,
茅飞渡江洒江郊。
高者挂罥长林梢,下者飘转沉塘坳。
南村群童欺我老无力,忍能对面为盗贼。
公然抱茅入竹去,唇焦口燥呼不得,
归来倚杖自叹息。
俄顷风定云墨色,秋天漠漠向昏黑。
布衾多年冷似铁,娇儿恶卧踏里裂。
床头屋漏无干处,雨脚如麻未断绝。
自经丧乱少睡眠,长夜沾湿何由彻?
安得广厦千万间,大庇天下寒士俱欢颜。
风雨不动安如山!
呜呼!何时眼前突兀见此屋,
吾庐独破受冻死亦足!

【诗作摘评】

子美七言古诗气大力厚,故多局面可观。力厚,澄之使清;气大,束之使峻,斯尽善矣。(陆时雍《唐诗镜》)

锺云:"好笑,好哭('南村群童'二句下)。""'入竹'妙,妙('公然抱茅'句下)。"谭云:"'恶卧',尽小儿睡性('娇儿恶卧'句下)。"(锺惺、谭元春《唐诗归》卷二十)

"广厦万间","大庇寒士",创见故奇,袭之便觉可厌。……"呜呼"一转,固是曲终余意,亦是通篇大结。(王嗣奭《杜臆》)

起五句完题,笔亦如飘风之来,疾卷了当。"南村"五句,述初破不可耐之状,笔力恣横。单句缩住,黯然。"俄顷"八句,述破后拉杂事,停"风"接"雨",忽变一境,满眼"黑""湿",笔笔写生。"自经丧乱",又带入平时苦趣,令此夜彻晓,加倍烦难。末五句,翻出奇情,作矫尾厉角之势。《楠树篇》峻整,《茅屋篇》奇崛。彼从拔后追美其功而惜之,此从破后究极其苦而矫之,不可轩轾。(浦起龙《读杜心解》)

固屋破而思广厦之庇,转说到独破不妨,想见胞与意量("安得广厦"三句下)。有意必尽,惟老杜用笔喜如此("何时眼前"二句下)。(宋宗元《网师园唐诗笺》卷五)

荆南兵马使太常卿赵公大食刀歌

太常楼船声嗷嘈,问兵刮寇趋下牢。
牧出令奔飞百艘,猛蛟突兽纷腾逃。
白帝寒城驻锦袍,玄冬示我胡国刀。
壮士短衣头虎毛,凭轩拔鞘天为高。
翻风转日木怒号,冰翼雪澹伤哀猱。
镌错碧罂鹅鹈膏,铓锷已莹虚秋涛。
鬼物撇捩辞坑壕,苍水使者扪赤绦,
龙伯国人罢钓鳌。
芮公回首颜色劳,分阃救世用贤豪。
赵公玉立高歌起,揽环结佩相终始。
万岁千秋护天子,得君乱丝与君理。

蜀江如线针如水,荆岑弹丸心未已。
贼臣恶子休干纪,魑魅魍魉徒为耳。
妖腰乱领敢欣喜,用之不高亦不卑,
不似长剑须天倚。
吁嗟光禄英雄弭,大食宝刀聊可比。
丹青宛转麒麟里,光芒六合无泥滓。

【题解】

诗句"万岁千秋"之"千秋",《全唐诗》作"持之"。

【诗作摘评】

首叙赵公至夔之故。"牧出令奔",谓官吏候迎。"猛蛟突兽",比盗贼却走。……

(次段)此极状胡刀之莹利。"壮士",舞刀之人。"头虎毛",首蒙虎皮也。"天为高",刀光上闪也。"翻风"二句,言其势激动而有声,其色惨淡而增悲。磨以碧罂,涂以鹛膏,故锋芒如秋涛之澄彻。乱走坑壕,避其锋刃也。扪住赤绦,逊其铦利也。停罢钓鳌,惊其光气也。此皆假设形容之语。……

(第三段)言赵公能用刀戡乱。《杜臆》:"芮公"二句,是篇中过脉。身在荆南而回顾蜀乱,故独用赵公之贤。朱注:赵承主帅之命,佩服此刀,安王室而除乱萌,区区荆蜀,无足难者。彼干犯之臣,用此以诛斩其腰领,高下不差,岂似倚天长剑,徒为夸大之词哉!……

(末段)以期望赵卿作结。赵公将才,足弭群雄之乱,如宝刀之铦利。"麒麟"承赵,"光芒"承刀。

此章首尾各四句,次段十一句,下段十三句。(仇兆鳌《杜诗详注》)
此《燕歌行》变体,布局既新,炼词特异,所谓惊人之作也。(仇兆

鳌《杜诗详注》引王嗣奭语）

奇奇怪怪，如礓石古松。从乐府铙歌等曲化出。然温柔敦厚之意，和音淡雅之音，斩然尽矣。故诗至子美而大成，亦自子美而大变，不可不知。（仇兆鳌《杜诗详注》引郝敬语）

兵车行

车辚辚，马萧萧，行人弓箭各在腰。
耶娘妻子走相送，尘埃不见咸阳桥。
牵衣顿足拦道苦，哭声直上干云霄。
道旁过者问行人，行人但云点行频。
或从十五北防河，便至四十西营田。
去时里正与裹头，归来头白还戍边。
边亭流血成海水，武皇开边意未已。
君不闻汉家山东二百州，千村万落生荆杞。
纵有健妇把锄犁，禾生陇亩无东西。
况复秦兵耐苦战，被驱不异犬与鸡。
长者虽有问，役夫敢申恨？
且如今年冬，未休关西卒。
县官急索租，租税从何出？
信知生男恶，反是生女好。
生女犹是嫁比邻，生男埋没随百草。
君不见青海头，古来白骨无人收，
新鬼烦冤旧鬼哭，天阴雨湿声啾啾。

【诗作摘评】

拟古乐府,至太白几无憾,以为乐府第一手矣。谁知又有杜少陵出来,嫌模拟古题为赘剩,别创新题,咏见事,以合风人刺美时政之义;尽跳出前人圈子,另换一番钳锤,觉在古题中翻弄者仍落古人窠臼,未为好手。(胡震亨《唐音癸签》卷九)

齐、梁以来,文士喜为乐府辞,然沿袭之久,往往失其命题本意。……虽李白亦不免此。惟老杜《兵车行》《悲青坂》《无家别》等数篇,皆因事自出己意,立题略不更蹈前人陈迹,真豪杰也。(蔡启《蔡宽夫诗话》)

俞犀月先生云:"声调自古乐府来,笔法古峭,质而有文。从行人口中说出,是风人遗格。"(查慎行《初白庵诗评》)

曲折穿漏不直,亦有宾主。借秦人口中带出,以所见者包举所不见者也("况复秦兵"二句下)。篇中逐层相接,累累珠贯,弊中国以邀边功,农桑废而赋敛益急,不待禄山作逆,山东已有土崩之势矣。况畿辅根本亦空虚如是,一朝有事,谁与守耶?借汉以喻唐,借山东以切关西,尤得体。(何焯《义门读书记》卷五十一)

《兵车行》句有长短,一团气力。……"长者虽有问"数句作缓语,一间急势。末用惨急调,收得陡。(张谦宜《絸斋诗谈》)

以人苦始,鬼哭终,照应在有意无意。诗为明皇用兵吐蕃而作,设为问答。声音、节奏,纯从古乐府得来。(沈德潜《唐诗别裁集》卷六)

邵云:"是唐诗史,亦古乐府。通篇设为役夫问答之词,乃风人遗格。叙起一片惨景,笔势如风潮骤涌,不可迫视('车辚辚'四句下)。"蒋云:"三字一吞声,小顿下再说起('行人但云'句下)。一篇微旨('武皇开边'句下)。善作凡衬('纵有健妇'句下)。又作一折('长者虽有问'句下)。痛绝语('生女犹得'二句下)。"(杨伦《杜诗

镜铨》)

若《桃竹杖引》,特一时兴到语耳,非其至也。必求其至,《兵车行》为杜集乐府首篇,具长短音节,拍拍入神,在《桃竹杖引》之上。(潘德舆《养一斋李杜诗话》)

查初白先生尝论古诗有二种:一种莽莽苍苍,音节自然入古,如老杜《兵车行》之类是也;文成法立,意到笔随,殆不可以平仄求之。一种追琢推敲,循音按节,读之抑扬高下,铿锵如出金石,杜、韩、苏集中难以枚举。古诗虽繁,要不越此二种矣。(王士禛《带经堂诗话》卷一引)

短歌行

王郎酒酣拔剑斫地歌莫哀,
我能拔尔抑塞磊落之奇才。
豫章翻风白日动,鲸鱼跋浪沧溟开,
且脱剑佩休裴回。
西得诸侯棹锦水,欲向何门趿珠履。
仲宣楼头春色深,青眼高歌望吾子,
眼中之人吾老矣。

【题解】

诗题,《全唐诗》作《短歌行赠王郎司直》。

【诗作摘评】

此(首段)慰司直哀歌之意。"酒酣拔剑",歌声甚哀,公劝其莫哀,而激励振拔之。"翻风""跋浪",言奇才终当大用,何须抚剑悲歌乎。卢注:"首句'歌莫哀',王郎之歌。后面'青眼高歌',公自歌也,即题中所云'短歌',须见分别。"

此歌,上下各五句。于五句中间,隔一韵脚,则前后叶韵处,不见其错综矣。此另成一章法。(仇兆鳌《杜诗详注》卷二十一)

此(末段)送司直赴蜀之情。王赴西蜀,将谒侯门,今楼头赠别,注眼高歌,惟望知己遭逢,以慰我衰老之人也。此章二段,各五句分截。(仇兆鳌《杜诗详注》)

卢世㴶曰:"两《短歌行》,一《赠王郎司直》,一《送邛州录事》。一突兀横绝,跌宕悲凉;一委曲温存,疏通蔼润。一则曰'青眼高歌望吾子',一则曰'人事经年记君面'。待少年人如此肫挚,直是肠热心清,盛德之至耳。""全诗皆赠司直语,单复将上截作王郎劝公者,非是。诸侯,指成都节镇,黄氏谓司直刺蜀中者,非是。仲宣楼,乃送别之地。蔡氏谓公欲依司直者,非是。高歌望子,盖望司直遇合,朱氏谓望其早还江陵者,非是。诸说纷纷,总未体贴本文耳。""此歌,上下各五句。于五句中间,隔一韵脚,则前后叶韵处,不见其错综矣。此另成一章法。"(仇兆鳌《杜诗详注》引)

子美歌行,此首为短,其层折最多,有万字收不尽之势。一芥子内,藏一须弥山。王奇绝之作。(徐增《而庵说唐诗》卷四)

《怀麓堂稿》云:"国初人有作九言者,谓'昨夜西风摆落千林梢,渡头小舟卷入寒塘坳',以为可备一体。不知九言起于高贵乡公,鲍明远、沈休文,亦有此体。唐人则李太白《蜀道难》'然后天梯石栈相钩连,上有六龙回日之高标,下有冲波逆折之回川',杜集中'炯如一段清冰出万壑,置在迎风露寒之玉壶',又'何时眼前突兀见此屋,吾庐独破受冻死亦足',此九言之最妙者。诗有十字成句者,太白'黄帝铸鼎于荆山炼丹砂,丹砂成骑龙飞上太清家'。又有十一字成句者,杜诗:'王郎酒酣拔剑斫地歌莫哀,我能拔尔抑塞磊落之奇才。'李诗:

'紫皇乃赐白兔所捣之药方。'韦应物诗:'一百二十凤凰罗列含明珠。'若坡公诗:'山中故人应有招我归来篇。'似可读作两句矣。"(仇兆鳌《杜诗详注》引)

问:促句换韵体(熊按:每句用韵,三句一换韵及两句一换韵者,昔人谓之促句换韵体。),有五句一转韵者,如老杜《短歌行赠王郎司直》一篇,第三句不用韵,此其定法欤?答:每句用韵,要是正格。东坡《太白赞》七句一转韵,亦每句用韵。其长篇则如老杜《大食刀歌》,前韵十七句,后韵十五句,法度尽同,特长短有异耳。《大食刀歌》前韵末"芮公"两句,承上转下处,另作一关键,则前后仍各是十五韵也。(陈仅《竹林答问》)

此即昌黎《送董邵南序》意,每四句后用一单句,单句虽一语,实是一段文字。篇法、调法,并为奇绝。(梁运昌《杜园说杜》卷八)

至日遣兴奉寄北省旧阁老两院故人(其二)

忆昨逍遥供奉班,去年今日侍龙颜。
麒麟不动炉烟上,孔雀徐开扇影还。
玉几由来天北极,朱衣只在殿中间。
孤城此日肠堪断,愁对寒云雪满山。

【题解】

杜甫《至日遣兴奉寄北省旧阁老两院故人》二首,此为其二。

【诗作摘评】

此二诗乾元元年戊戌作于华州为司功时。……凡老杜七言律诗,无有能及之者。而冬至四诗,检唐宋他集殆遍,亦无复有加于此

矣。(方回《瀛奎律髓》)

少陵《至日……》诗,通体用追忆语,故虽"麒麟不动""孔雀徐开",极其铺排,而前后点清,纯以跞实为蹈虚之法。起句所云"忆昨逍遥""去年今日"皆是也。特少陵生平最不善作殿阁诗,凡退朝诸作,如"户外昭容""天门日射"等,皆以偏侧拈起,失浑破之法。盖唐人应制多用七律,一如应试六韵,极重起句,必如题而起,名为破题。而少陵不耐,遂致轶步。故其和贾至《早朝》一诗,世谓远逊于王、岑二作。虽少陵身份从不以此定优劣,然其说则不可不晓耳。(毛奇龄《西河诗话》)

前六皆从"忆昨"字内,淋漓极写,一往情深。只末二着"此日",掉转法,最开拓。盖当时寂寥,追溯盛隆,无限黯然,不言以表。(卢麰、王溥辑《闻鹤轩初盛唐近体读本》)

追忆伤感。此诗以"忆昨"二字为章法骨子。先君云:"仪物如故,欲见无由,'由来''只在',想之之词。"收大断,又结穴,与《秋兴·蓬莱》篇同。(方东树《昭昧詹言》)

吴曰:"全是相像之词,故特见敏妙('忆昨逍遥'六句下)。"张曰:"末句言其在华州之寂寞也。"吴曰:"折笔峭劲,绝大神力。《秋兴》八首全用此法。"(高步瀛《唐宋诗举要》引)

送韩十四江东觐省

兵戈不见老莱衣,叹息人间万事非。
我已无家寻弟妹,君今何处访庭闱?
黄牛峡静滩声转,白马江寒树影稀。
此别应须各努力,故乡犹恐未同归。

【诗作摘评】

纪昀："纯以气胜而复极沉郁顿挫，不比莽莽直行。因峡'静'而闻滩声之'转'，因江'寒'而见树影之'稀'，四字上下相生，虚谷却未标出。"许印芳："此评尤当。观前段，可悟炼气之法；观后段，可悟炼句之法。对结。"（方回、李庆甲《瀛奎律髓汇评》）

凡七言八句，起承转合，亦具四声，歌则扬之抑之，靡不尽妙。如此诗，首联，此如平声扬之也；次联，此如上声抑之也；三联，此如去声扬之也；四联，此如入声抑之也。又：夫平仄以成句，抑扬以合调，扬多抑少，则调匀；抑多扬少，则调促。（谢榛《四溟诗话》卷三）

朱瀚曰："'滩声''树影'二句，在韩是一片归思，在杜是一片离情。气韵淋漓，满纸犹湿。"（仇兆鳌《杜诗详注》引）

"滩声""树影"写离情乡思，神致淋漓（'黄牛峡静'句下）。前半言江东觐省，后半言蜀江送别（"此别应须"句下）。（沈德潜《唐诗别裁集》卷十三）

一气旋转，极沉郁顿挫之致（"兵戈不见"二句下）。"转"字从"静"字看出；"稀"字从"寒"字看出，甚细（"黄牛峡静"二句下）。（杨伦《杜诗镜铨》）

一起逆入，从天半跌落，皎然所谓"气象氤氲，由深于体势"也。五、六写景平滞，而造句细。结句又兜转，如回风舞絮，与前半相应。（方东树《昭昧詹言》）

"兵戈不见老莱衣"，是提清省觐矣。第三句"我已无家寻弟妹"，忽插入自己作衬，才是愁人对愁人，意更沉痛。五、六两句，景中含情，开展顿宕。收处"各努力""未同归"，又插入自己，期望亲切。是少陵送人省觐诗，他人移掇不得。（施补华《岘佣说诗》）

从空发端，送人诗不从其人说起，亦不从自己说起，而借人间不得事亲提唱而入，则韩之省觐，更十分凄惨。而又以"无家寻弟妹"陪

衬一句,倍加悱恻。此以对面写,而正面愈透者也。(吴瞻泰《杜诗提要》卷十一)

南　邻

锦里先生乌角巾,园收芋栗不全贫。
惯看宾客儿童喜,得食阶除鸟雀驯。
秋水才深四五尺,野航恰受两三人。
白沙翠竹江村暮,相对柴门月色新。

【诗作摘评】

《萤雪丛说》:"老杜诗词,酷爱下'受'字,盖自得之妙,不一而足。如……'野航恰受两三人',诚用字之工也。然其所以大过人者,无它,只是平易,虽曰似俗,其实眼前事尔。"(《杜工部草堂诗话》卷一)

七律以气脉深浑、线索不露为上乘,此诗较"花近高楼""露下天高"等作斤两虽稍逊,而浑蓄渊永,殆过之矣。(黄生《杜诗说》卷八)

"受"字杜惯用,故不足奇。然入他人手,定是"载"字矣("野航恰受"句下)。前段叙事,语简而意深;后段写景,语妙而意浅。盖前面将主人行径,逸韵高情,一一写出,却只是四句;后面不过只写一"别"字,却亦是四句。浅深繁简之间,便是一篇极有章法古文也。"锦里""乌巾"亦以彩色字相映有情。三句尤深,盖富翁好客不难,贫士家人不厌客为尤难。非平日喜客之诚,浃入家人心髓,何以有此?(黄生《唐诗摘钞》)

"对"注作"送"。棹舟过访,月升而未厌相对,作"送"字反觉意味殊短。落句衬出竟日淹留,无迹("相对柴门"句下)。(何焯《义门读书记》卷五十四)

诗善炼格。前段叙事,数层括以四语;后段写景,一意拓为半篇。"儿童""鸟雀",用倒装法;"秋水""野航",用流对法。(仇兆鳌《杜诗详注》)

申涵光曰:"'秋水才深四五尺,野航恰受两三人',语疏落而不酸。今人作七律,堆砌排偶,全无生气,而矫之者又单弱无体裁,读杜诸律,可悟不整为整之妙。"(清高宗爱新觉罗·弘历敕编《唐宋诗醇》引)

前半言造南邻之居,后半言同舟送别也。(沈德潜《唐诗别裁集》卷十三)

蒋云:"只就'儿童''鸟雀',写先生好客忘机,情怀自妙。画意最幽,总在自然入妙('白沙翠竹'句下)。"(杨伦《杜诗镜铨》)

蝉联而下,一片天机("秋水才深"二句下)。落笔似不经意,而拈来俱成眼前天趣,此诗之化境也。当从靖节脱胎("白沙翠竹"二句下)。(宋宗元《网师园唐诗笺》卷十)

此赠朱山人也,皆向山人一边写,而情景各极亲切清新,章法井然明白。韩公《赠崔立之》五言长篇,许多言语始写出,似不若此八句面面俱到,为尤佳也。(方东树《昭昧詹言》)

阁　夜

岁暮阴阳催短景,天涯霜雪霁寒宵。
五更鼓角声悲壮,三峡星河影动摇。
野哭千家闻战伐,夷歌数处起渔樵。
卧龙跃马终黄土,人事音书漫寂寥。

【诗作摘评】

《西清诗话》云:作诗用事,要如禅家语:水中着盐,饮水乃知盐味。此说,诗家秘密藏也。如"五更鼓角声悲壮,三峡星河影动摇",人徒见凌轹造化之工,不知乃用事也。《祢衡传》:"挝《渔阳操》,声悲壮。"《汉武故事》:"星辰动摇,东方朔谓:民劳之应。"则善用事者,如系风捕影,岂有迹耶?(胡仔《苕溪渔隐丛话》)

老杜七言律全篇可法者……《阁夜》《崔氏庄》《秋兴》八篇,气象雄盖宇宙,法律细入毫芒。自是千秋鼻祖。异时微之、昌黎,并极推尊,而莫能追步。(胡应麟《诗薮》卷五)

"悲壮""动摇"一联,诗势如之。"卧龙跃马俱黄土",谓诸葛、公孙,贤愚俱尽。……感慨豪荡,他人所无。(方回《瀛奎律髓》)

刘云:"第三、第四句对看,自是无穷俯仰之悲。"(高棅《唐诗品汇》)

蒋一梅曰:"'鼓角',阁上所闻;'星河',阁上所见。'野哭''夷歌',是倒装法。"(周珽《删补唐诗选脉笺释会通评林》)

此诗全于起结着意。而向来论诗止称"五更"一联,并不知其微意之所在也。"卧龙"句终为自家才不得施,志不得展而发,非笑诸葛也。(王嗣奭《杜臆》)

查慎行:"对起极警拔,三、四尤壮阔。"……冯舒:"无首无尾,自成首尾;无转无接,自成转接。但见悲壮动人,诗至此而《律髓》之选法于是乎穷。"(方回、李庆甲《瀛奎律髓汇评》)

"天涯""短景",直呼动作联,而流对作起,则以阴晴不定,托出"寒宵"忽"霁"。三、四,从"霁寒宵"生出。"鼓角"不值"五更",则"声"不透,"五更"最凄切时也,再著"悲壮"字,直刺睡醒耳根也;"星河"不映"三峡",则影不烁。"三峡",最湍急处也,再著"动摇"字,直闪朦胧眼光也。……彼定乱之"卧龙",起乱之"跃马",总归黄土。则"野哭""夷歌",行且眨时变灭,顾犹以耳"悲"目"动",寄虚愿于纷纷漠漠之世情,天涯、短景,其与几何?曰"漫寂寥",任运之旨也。噫!

其词似宽,其情弥结矣。(浦起龙《读杜心解》)

前四写景,后四言情。笔力坚苍,两俱称惬。千古绝调,公独擅之。(卢麰、王溥《闻鹤轩初盛唐近体读本》)

和裴迪登蜀州东亭送客逢早梅相忆见寄

东阁官梅动诗兴,还如何逊在扬州。
此时对雪遥相忆,送客逢春可自由?
幸不折来伤岁暮,若为看去乱乡愁。
江边一树垂垂发,朝夕催人自白头。

【诗作摘评】

此诗脱去体贴,于不甚对偶之中,寓无穷婉曲之意。(方回《瀛奎律髓》)

子美《和裴迪早梅相忆》之作,两联用二十二虚字,句法老健,意味深长,非巨笔不能到。(谢榛《四溟诗话》)

刘辰翁曰:"起得称情,中联亦宛妥沉着。"王洙曰:"'伤岁暮''乱乡愁',此梅之所以动诗兴也。逢梅得诗,彼此相忆,交情可见。"(周珽《删补唐诗选脉笺释会通评林》)

作诗必句句着题,失之远矣,子瞻所谓"赋诗必此诗,定非知诗人"。如咏梅花诗,林逋诸人,句句从香色摹拟,犹恐未切。……杜子美但云"幸不折来伤岁暮,若为看去乱乡愁"而已,全不粘住梅花,然非梅花莫敢当也。……此皆以不必切题为妙者。(贺贻孙《诗筏》)

看老手赋物,何曾屑屑求工,通体是风神、骨力,举此压卷,难乎为继矣。(查慎行《初白庵诗评》)

"幸不折来伤岁暮,若为看去乱乡愁",必如此,方不堕咏物劫。

王元美以为古今咏梅第一。(仇兆鳌《杜诗详注》引杨德周语)

上四,作呼体;下四,作应体。"官亭梅放",诗兴遄飞,高怀不减古人矣。……意绪千端,衷肠百结,何图于五十六字曲曲传之?"可自由"三字,由自己善悲,意其亦尔,恰好呼动下截。本非专咏,却句句是梅;句句是和咏梅,又全不使故实。咏物至此,乃如十地菩萨,未许声闻,辟支问径。(浦起龙《读杜心解》)

吴东岩云:"用意曲折飞舞,自是生龙活虎,不受排偶拘束,然亦开宋人门庭。"(杨伦《杜诗镜铨》)

用意曲折,飞舞流动,直自是生龙活虎,不受排偶之束者。陈后山最得其法,然宋人门庭,公亦开之矣。(吴瞻泰《杜诗提要》卷十一)

所　思

苦忆荆州醉司马,谪官樽俎定常开。
九江日落醒何处?一柱观头眠几回。
可怜怀抱向人尽,欲问平安无使来。
故凭锦水将双泪,好过瞿塘滟滪堆。

【诗作摘评】

五十六言,大抵多引韵起。若以侧句入,尤峻健。如老杜"幽栖地僻经过少,老病人扶再拜难"是也。然此犹是作对。若以散句起,又佳。如"苦忆荆州醉司马,谪官樽俎定常开"是也。(洪迈《容斋三笔》卷九)

(杜诗)至如"黄草峡西""苦忆荆州""白帝城中""西岳崚嶒""城尖径昃""二月饶睡""爱汝玉山""去年登高"等篇,以歌行入律,是为大变。(许学夷《诗源辩体》卷十九)

如此诗可谓古直悲凉矣,其性情真至,自然流露,又在语言文字之外,所以高视天壤,独称作者。卢世㴐曰:"突兀崚嶒,有拔剑斫地之意。"(清高宗爱新觉罗·弘历敕编《唐宋诗醇》引)

侧句入突兀,通首亦一片神行,不为律缚。(杨伦《杜诗镜铨》)

拗体七言与五言大同小异,杜诗最多。……而拗体复因之,以自别于古乐府、近体之间,声调颇不易谐。赵执信云:"此种诗不可不学,不可专学。不学则无格,专学则滑。"盖谓此也。(丁仪《诗学渊源》卷五)

琐琐屑屑,颠颠倒倒,缠绵之极,若入子夜、竹枝体,不知添几许情致宛转矣。此则莽直悲凉,转盖疏落,此少陵所以称老手也。(黄汉臣评语,顾宸《辟疆园杜诗注解》七律卷二引)

小寒食舟中作

佳辰强饭食犹寒,隐几萧条带鹖冠。
春水船如天上坐,老年花似雾中看。
娟娟戏蝶过闲幔,片片轻鸥下急湍。
云白山青万余里,愁看直北是长安。

【诗作摘评】

老杜律诗布置法度,全学沈佺期,更推广集大成耳。沈云:"雪白山青千万里,几时重谒圣明君?"杜云:"云白山青万余里,愁看直北是长安。"……是皆不免蹈袭前辈,然前后杰句,亦未易优劣也。(范温《潜溪诗眼》)

前六句轻俊流利,七句实接。"云白山青"四字,陡然振起,章法之佳要者也。(黄生《杜诗说》卷八)

陈僧慧标《咏水》诗:"舟如空里泛,人似镜中行。"沈佺期《钓竿篇》:"人如天上坐,鱼似镜中悬。"杜诗"春水船如天上坐,老年花似雾中看",虽用二子之句,而壮丽倍之,可谓得夺胎之妙矣。(杨慎《升庵诗话》)

时逢寒食,故春水盈江;老景萧条,故看花目暗。须于了无蹊径处,寻其草蛇灰线之妙。(仇兆鳌《杜诗详注》)

杜甫《小寒食舟中作》,船如天上,花似雾中,娟娟戏蝶,片片轻鸥,极其闲适。忽望及长安,蓦然生愁,故结云:"愁看直北是长安。"此即事生感也。然人第知前七句皆即事,惟此句拨转,而不知此句之上,先有"云白山青万余里"七字,说得世界开扩尽情,而后接是句,则目极神伤,通体生动,言想望如许地也。(毛奇龄《西河诗话》)

"小寒食",只开头一点,余俱就舟中泛写春况,不粘著。(朱)瀚又云:蝶、鸥自在,而云山空望,所以对景生愁,首尾又暗相照应。(浦起龙《读杜心解》)

起二句便是愁之深,故结用"愁"字点破应转。……前六句轻俊流利,七句实接"云白山青"四字振起。章法之佳甚者也。(朱之荆《增订唐诗摘抄》)

杜诗选读甚难,当看其对句变化不测处。如"春水船如天上坐",岂料对句为"老年花似雾中看"哉!其妙处不可讲说,正要出人意表。(延君寿《老生常谈》)

少陵七律有最拙者,如"桃花细逐杨花落,黄鸟时兼白鸟飞"之类是也;有最纤者,如"春水船如天上坐,老年花似雾中看"之类是也。皆开后人风气。学者不必震于少陵之名,随声附和。(施补华《岘佣说诗》)

郑驸马宅宴洞中

主家阴洞细烟雾,留客夏簟青琅玕。
春酒杯浓琥珀薄,冰浆碗碧玛瑙寒。
误疑茅堂过江麓,已入风磴霾云端。
自是秦楼压郑谷,时闻杂佩声珊珊。

【诗作摘评】

  首句切洞,次句切宴,三四承留客,五六承阴洞,俱属夏时景事。七八驸马、公主俱收。细烟雾,状洞口之幽阴。青琅玕,比竹簟之苍翠。琥珀杯、玛瑙碗,言主家器物之瑰丽。若三字连用,易近于俗,将杯、碗倒拈在上,而以"浓""薄""碧""寒"四字互换生姿,得化腐为新之法。江麓、云端,其清凉迥出尘境,又见高楼下临郑谷,空中杂佩声闻,恍如置身仙界矣。结语风韵嫣然。朱翰曰:"末句暗用《毛诗》'杂佩以问之',亦见公主有好贤之意。"(仇兆鳌《杜诗详注》)

  律诗中二联,须用虚实相生,方见变化。此诗颔联叙事浓丽,腹联写景萧疏,前实后虚,乃安顿章法也。《毛诗》如《兔罝》《鱼丽》等篇,皆隔句用韵。韩昌黎作《张彻墓铭》,上下韵脚仄平迭用,亦效此体。如此诗三五七句末,叠用"薄""麓""谷"三字,古韵"屋""陌"相通,岂亦效隔句韵耶?但律诗从无此格,他本"江麓"作"江底",中换一音,则"薄""谷"便不碍矣。考公诗多用"江渚","底"宜作"渚"。(仇兆鳌《杜诗详注》)

  少陵七律百六十首,惟四首叠用仄字,如《江村》诗,连用"局""物"二字。考他本"多病所需惟药物"作"幸有故人分禄米",于"局"字不叠矣。《江上值水》诗连用"兴""钓"二字。考黄鹤本,"老去诗篇浑漫兴"作"老去诗篇浑漫与",于"钓"字不叠矣。《秋兴》诗连用"月""黑"二字,考黄鹤本,"织女机丝虚夜月"作"织女机丝虚月夜",于"黑"字不叠矣。可见"晚节渐于诗律细",凡上尾仄声,原不相犯也。(仇兆鳌《杜诗详注》引李天生语)

六朝文体、诗体,大抵相同。此种调格是六朝古将变律,早露端倪,唐以来专仿此为拗体。他手故脱粘联,于无平侧中另寻出拗体,平侧仍复枝枝相对。老杜强项,任意为之。此篇作于少壮时犹堪摩仿,夔州而后,杳不可学,亦不必学也。(夏力恕《杜诗增注》卷一)

题省中院壁

掖垣竹埤梧十寻,洞门对霤常阴阴。
落花游丝白日静,鸣鸠乳燕青春深。
腐儒衰晚谬通籍,退食迟回违寸心。
衮职曾无一字补,许身愧比双南金。

【诗作摘评】

此篇八句俱拗,而律吕铿锵。试以微吟,或以长歌,其实文从字顺也。以下吴体皆然。"落花游丝白日静,鸣鸠乳燕青春深",此等句法惟老杜多,亦惟山谷、后山多,而简斋亦然。乃知江西诗派非江西,实皆学老杜耳。……皆两句中各自为对,或以壮丽,或以沉郁,或以劲健,或以闲雅。(方回《瀛奎律髓》)

虞集曰:"唐宫中种花柳,故有次联之景,两句富丽混成。"晏元献曰:"乐天'笙歌归院落,灯火下楼台',善言富贵者,然不如子美'落花''游丝'二语。"胡应麟曰:"次联浓丽隽永,顿自不侔。"(周珽《删补唐诗选脉笺释会通评林》)

张绖曰:"'白日静',慨素餐也。'青春深',惜时迈也。二句景中有情,故下接云'谬通籍''违寸心'。杜公夔州七律,有间用拗体者,王右仲谓皆失意遣怀之作,今观《题壁》一章,亦用此体,在将去谏院之前,知王说良是。"(仇兆鳌《杜诗详注》引)

"常阴阴",从"梧十寻"见出。"静"字、"深"字,都从"常阴阴"见出。生意、乐意、恬适意,毫端流露,而省院之清邃,悠然可想也。(浦起龙《读杜心解》)

题郑县亭子

郑县亭子涧之滨,户牖凭高发兴新。
云断岳莲临大路,天晴宫柳暗长春。
巢边野雀群欺燕,花底山峰远趁人。
更欲题诗满青竹,晚来幽独恐伤神。

【诗作摘评】

上半,登亭发兴,乃叙景;下半,临去伤神,乃感怀。三、四承上,五、六起下。"郑县亭子",入律颇拗,得次句,方见生动。中四言景,先远后近,先赋后比。"云断""天晴",二字一读。"雀欺""蜂趁",喻众谤交侵,而一身孤立,故自伤幽独耳。(黄生《杜诗说》)

即自发兴起,中四景,有比兴。结"伤神",应"发兴"。律中能比兴兼陈,固是上乘。三、四雄浑壮丽,又含意无限。忽而"发兴",忽而"伤神",公之出为功曹,所谓"移官岂至尊"耶?(屈复《唐诗成法》)

张云:"二句跟'凭高'来,一明一暗,景各入妙('郑县亭子'二句下)。远景承上('云断岳莲'句下)。近景起下('巢边野雀'句下)。如画('花底山峰'句下)。"(杨伦《杜诗镜铨》)

诗有拗体,所谓律中带古也。初盛唐时或有之,然自有意到笔随之妙。至昌黎、樊川则先用意而后落笔,欲以矫一时之弊,是亦不得已而趋蜀道也。宋人厌故喜新,觉有非此不足以鸣高者,续凫截鹤,形虽具弗善也。(宋长白《柳亭诗话》卷五)

拗体七律"郑县亭子涧之滨""独立缥缈之飞楼"之类,《杜少陵集》最多,乃专用古体,不谐平仄。中唐以后,则李商隐、赵嘏辈创为一种,以第三、第五字平仄互易,如"溪云初起日沉阁,山雨欲来风满楼""残星几点雁横塞,长笛一声人倚楼"之类,别有击撞波折之致。(赵翼《陔余丛考》卷二十三)

望　岳

西岳崚嶒竦处尊,诸峰罗立如儿孙。
安得仙人九节杖,拄到玉女洗头盆?
车厢入谷无归路,箭栝通天有一门。
稍待西风凉冷后,高寻白帝问真源。

【诗作摘评】

"玉女洗头盆"……五字本俗,因用"仙人九节杖"五字作对,遂变俗为妍,句法更觉森挺,此诚掷米丹砂之巧矣。(黄生《杜诗说》卷八)

锺云:"真雄,真浑,真朴,不得不说他好。"谭云:"无一句不是望岳。"锺云:"似歌行('安得仙人'二句下)。"谭云:"不必至其处,自知为写景真话('车厢入谷'二句下)。"锺云:"厚力('末句下)。"(锺惺、谭元春《唐诗归》卷二十二)

语语是望岳,然佳处正不在此。苍老浑劲,此种气候极是难到。

(江浩然《杜诗集说》卷五引邵长蘅评语)

自是奇句('诸峰罗立'句下)。同一望岳也,"齐鲁青未了",何其雄浑;"诸峰罗立如儿孙",何其奇峭!此老方寸间,固隐然有五岳。(黄周星《唐诗快》)

方云:"无一句移得岱宗、嵩、衡。""无归路""有一门",一重一掩,或暗或明,方是处下窥高真景。上承"到"字,下起"寻"字,亦非常生动("车厢入谷"一联下)。(何焯《义门读书记》卷五十三)

《望岳》此拗格第一。"西岳崚嶒竦处尊,诸峰罗立如儿孙",笔势自上压下。"安得仙人九节杖,拄到玉女洗头盆",自下腾上,才敌得住。不对,所以有力。若移五、六在此,便软。此是格拗,不是句拗,唐人多有之。望岱、华、衡,笔势皆与之配,此是他气魄大,非才华、学力所能到。(张谦宜《𬤇斋诗谈》)

从贬斥失意,写望岳之神,兼有两意:一以华顶比帝居,见远不可到;一以华顶作仙府,将邀焉相从。盖寄慨而兼托隐之词也。笔力朴老。(浦起龙《读杜心解》)

崔氏东山草堂

爱汝玉山草堂静,高秋爽气相鲜新。
有时自发钟磬响,落日更见渔樵人。
盘剥白鸦谷口栗,饭煮青泥坊底芹。
何为西庄王给事,柴门空闭锁松筠。

【诗作摘评】

谭云:"宕甚。"钟云:"拗矣,然生成律诗,入歌行不得('有时自发'二句下)。"(钟惺、谭元春《唐诗归》卷二十二)

"有时""落日",假对。落句忽及王给事,横出一枝,又是一格。(王嗣奭《杜臆》)

此篇自是一体。从动处形容出静来,犹云"鸟鸣山更幽"也('有时自发'一联下)。(何焯《义门读书记》卷五十三)

甫集特多拗律,然其声调自有一定之法,如此诗及"西岳崚嶒竦处尊""锦官城西生事微""掖垣竹埤梧十寻""城尖径仄旌旆愁"诸篇,以古调入律,所谓苍莽历落中自成音节者。然此及"西岳"篇收入律调为正法,后二篇八句全拗,难矣。他如"涧道余寒历冰雪""传语风光共流转"及"映阶碧草自春色""九江日落醒何处"诸联乃单拗、双拗正法。宋人胡仔谓平仄固有定体,众共守之,然不若时用变体,如兵之出奇,变化无穷以惊世骇目。王世懋则疑为变风变雅,皆恍惚之语耳(清高宗爱新觉罗·弘历敕编《唐宋诗醇》)。

此以古为律,谓之拗体,可偶一为之。(沈德潜《唐诗别裁集》卷十三)

将赴成都草堂途中有作,先寄严郑公五首(其五)

锦官城西生事微,乌皮几在还思归。
昔去为忧乱兵入,今来已恐邻人非。
侧身天地更怀古,回首风尘甘息机。
共说总戎云鸟阵,不妨游子芰荷衣。

【诗作摘评】

五作处处是"将赴",俱从"草堂"铺叙,而寄严公意每用一、二语轻带。古道至情,绝无凑拍。极似一笔挥成,却有惨淡经营之妙。(刘濬《杜诗集评》卷十一引李因笃评语)

末章总结,叙草堂前后情事。上四忧归计之艰难,下四喜知交之可托。贫无生事则难归,老藉凭几则欲归。乱后人非,则归亦凄凉;怀古息机,则归堪避地。"生事"句,承前"生理";"几在"句承前"衰颜";"邻人"句承前"比邻";"息机"句承前"奔走",各有脉络。(熊按:前诗其四有谓"生理只凭黄阁老,衰颜欲付紫金丹。三年奔走空皮骨,信有人间行路难"。其三有谓"休怪儿童延俗客,不教鹅鸭恼比邻"。)(仇兆鳌《杜诗详注》)

五作,意俱条畅,辞极稳称,都是真情真语,诗应如是。(仇兆鳌《杜诗详注》引王嗣奭语)

杜律如《秋兴》八首,《诸将》《古迹》诸首,虽叠章联络,而语无重复,故其气骨风神,俊迈不群。若《寄严公》五首,意思颇嫌重出,盖赴草堂只是一事,寄严公只是一人,缕缕情绪,终觉言之繁絮耳。但就其各章铺叙,自有层次。首章言严公书札,次章言荆州尝新,三章言荒庭饮酒,四章以生理、衰颜诉之,五章以生事、息机告之。说得迢递浅深,条理井然,而前以剖符起,后以总戎结,文治武功,均望严公,又实喜溢于词气间矣。(仇兆鳌《杜诗详注》)

至　后

冬至至后日初长,远在剑南思洛阳。
青袍白马有何意?金谷铜驼非故乡。
梅花欲开不自觉,棣萼一别永相望。
愁极本凭诗遣兴,诗成吟咏转凄凉。

【诗作摘评】

此诗亦七律之拗体,通身得古拙之趣,固不待言,而"青袍白马"

一联,互相顾盼,句中藏意,言外传神,尤为奇辟异常,迥出人意想之外。(石闾居士《藏云山房杜律详解》七律卷上)

在剑思洛,领起三四,下乃至后景、情。"青袍白马",剑南幕府也。"金谷铜驼",洛阳遭难矣。因梅花而念棣萼,总是触物伤怀。此诗"青袍白马",与《洗兵马》所引《侯景传》不同。朱注以公诗"青袍也自公""归来散马蹄"为证,皆指幕府言。曰"有何意",言志不得自展也。旧注以"青袍白马"比安史,则"有何意"三字,却说不去矣。(仇兆鳌《杜诗详注》)

此诗疑赝作。复点"至"字,累赘。"日初长",剩语。"有何意",可发一笑。"金谷铜驼",正是故乡,但可云风景非昔耳。"不自觉",冗率。竟以"棣萼"为兄弟,亦是俚习。七八如村务火酒,薄劣异常。(仇兆鳌《杜诗详注》引朱瀚语)

九　日

去年登高郪县北,今日重在涪江滨。
苦遭白发不相放,羞见黄花无数新。
世乱郁郁久为客,路难悠悠常傍人。
酒阑却忆十年事,肠断骊山清路尘。

【诗作摘评】

此诗通身是九日客中感怀之作。一层深一层,直想到未经乱离之前,早已饿穷不免,直欲肝肠寸断矣。吁！感怀至此,能令读者堕泪悲哉！(石闾居士《藏云山房杜律详解》七律卷上)

天宝十四年冬,公自京师归奉先,路经骊山,玄宗时幸华清宫。禄山反,然后还京。……至今广德元年,则十年矣,公所以忆之而肠

断也。(王嗣奭《杜臆》)

……以其为变体之祖。……"白发",人事也;"黄花",天时也。亦景对情之谓。后人九日诗,无不以"白发"对"黄花",皆本老杜。如"即今蓬鬓改,但愧菊花开",亦是。"苦遭""羞见",乃虚字着力处。(方回《瀛奎律髓》)

白发、黄花,本属常景,只添数虚字,语意便新。……末作推原祸本,方有关系。若徒说追思盛事,诗义反浅矣。(仇兆鳌《杜诗详注》)

字字爽朗。通首以"去年"、"今日"、"久"字、"常"字、"十年"字作线,回思作客之由,是以伤心乱始。(浦起龙《读杜心解》)

李云:"古色蔚然,一结尤见忠爱。悲甚,直欲自厌其余生('苦遭白发'二句下)。追维乱本,结语黯然('酒阑却忆'二句下)。"(杨伦《杜诗镜铨》)

十一月一日三首

其一

今朝腊月春意动,云安县前江可怜。
一声何处送书雁,百丈谁家上濑船?
未将梅蕊惊愁眼,要取椒花媚远天。
明光起草人所羡,肺病几时朝日边?

其二

寒轻市上山烟碧,日满楼前江雾黄。
负盐出井此溪女,打鼓发船何郡郎?

新亭举目风景切,茂陵著书消渴长。
春花不愁不烂漫,楚客惟听棹相将。

【题解】

杜甫《十一月一日》诗共三首。其三曰:"即看燕子入山扉,岂有黄鹂历翠微?短短桃花临水岸,轻轻柳絮点人衣。春来准拟开怀久,老去亲知见面稀。他日一杯难强进,重嗟筋力故山违。"

【诗作摘评】

此诗(其一)厌居云安而作。首记时,次记地。三四县前景,承次句。五六腊后事,承首句。末因春近而念朝正也。闻雁声,想家书。见濑船,思出峡。方在腊,故梅蕊未吐。春将至,故椒花欲颂(晋刘臻妻元日献《椒花颂》)。远天,指云安。媚,言其可爱。

次章(其二),承云安。上四云安景事,下四云安情绪。"烟碧""雾黄",冬暖之色。"此溪女",嫌其俗陋。"何郡郎",怪其冒险。中原未平,故有新亭风景之伤。肺病留蜀,故有茂陵消渴之慨。"春花",应"春动";"听棹",思出峡也。

末章(其三)承"春意'。上四拟春日之景,下四写春日之情。

杜诗凡数章承接,必有相连之法。首章结出还京,次章结出下峡,三章又恐终老峡中,皆其布置次第也。卢世㴶曰:"末章尤空奇变化,其虚实实虚、有无无有之间,妙极历乱。而怀人叹老,抱映盘纡,此老杜七律之神境。"(仇兆鳌《杜诗详注》)

《禁脔》云:"鲁直换字对句法,如'只今满座且尊酒,后夜此堂空月明'。……其法于当下平字处,以仄字易之,欲其气挺然不群。前此未有人作此体,独鲁直变之。"苕溪渔隐曰:"此体本出于老杜,如'宠光蕙叶与多碧,点注桃花舒小红','一双白鱼不受钓,三寸黄柑犹自青','外江三峡且相接,斗酒新诗终日疏','负盐出井此溪女,打鼓

发船何郡郎'。"(胡仔《苕溪渔隐丛话》)

许印芳:"此(其二)亦通首不粘。"(方回、李庆甲《瀛奎律髓汇评》)

借拗调以遣怀,铿然可听。(清高宗爱新觉罗·弘历敕编《唐宋诗醇》)

刘须溪曰:"子美七言律每每放荡,此(其二)又参差《竹枝》之比。"(杨伦《杜诗镜铨》)

赤　甲

卜居赤甲迁居新,两见巫山楚水春。
炙背可以献天子,美芹由来知野人。
荆州郑薛寄诗近,蜀客郗岑非我邻。
笑接郎中评事饮,病从深酌道吾真。

【诗作摘评】

此居赤甲而念知交也,在四句分截。公初迁赤甲,而云两见春色者,自去春至夔,已经两春也。炙背食芹,述春山景物,兼有朝野阔绝之感。郑(江陵郑少尹审)、薛(石首薛明府璩)在荆,寄诗颇近;郗(梓州郗使君昂)、岑(岑嘉州参)在蜀,渐与之远。惟接郎中评事,喜得酌酒而道真情。(仇兆鳌《杜诗详注》)

朱瀚曰:"'卜居''迁居',重复无法。'献天子',突甚。'由来知野人',筋脉不收。中联厄塞,全无顿挫磊落气象。'笑接'不典。'郎中评事',岂律诗可著?或置题中可耳。末句,从'近识峨嵋老,知余懒是真'偷出,潦倒甚矣。且抱病何能深酌?与'比来病酒开涓滴',参看自知。(仇兆鳌《杜诗详注》引)

愁

江草日日唤愁生,巫峡泠泠非世情。
盘涡鹭浴底心性?独树花发自分明。
十年戎马暗万国,异域宾客老孤城。
渭水秦山得见否?人今疲病虎纵横。

【题解】

原注:"强戏为吴体。"

【诗作摘评】

　　文章变态固亡穷尽,然高下工拙亦各系其人才。子美以"盘涡鹭浴底心性,独树花发自分明"为吴体,以"家家养乌鬼,顿顿食黄鱼"为俳谐体,以"江上谁家桃树枝,春寒细雨出疏篱"为新句,虽若为戏,然不害其格力。(蔡启《蔡宽夫诗话》)

　　愁起于心,真有一段郁庚不平之气,而因以拗语发之。公之拗体大都如是。此诗前四句是愁,后四句是所以愁。(王嗣奭《杜臆》)

　　"吴体"之名,始见少陵集中,《愁》字诗下自注云:"强戏为'吴体'。"其诗云:"……"前三联皆对偶,首句、四句、六句是古调,次句、三句、五句是拗调,每联中古调、拗调参用,上下联不粘,是为拗调变格。尾联上句仍用拗调,下句以平调作收,变而不失其所,此吴体所以为律诗,不能混入古诗也。少陵集中,此体最多,不知者或误为古诗。山谷学杜,亦喜作此体。《外集》第二卷有吴体,诗题云《二月丁卯喜雨,吴体,为北门留守文潞公作》。其诗云:"乘舆斋祭甘泉宫,遣使骏奔河岳中。谁与至尊分旰食?北门卧镇司徒公。微风不动天如醉,润物无声春有功。三十余年霖雨手,淹留河外作时丰。"前半散行用拗调,第三句却不拗,后半用平调,第六句却拗"春"字。通首上下相粘,全是律体,不用古调。与杜诗参用古调者迥然不同,而题目明标"吴体"。即此而观,可见"吴体"即是拗体,亦不必尽如杜诗之奇古。(方回《瀛奎律髓》卷二十五引许印芳评语)

客阻言愁之作。"日日"而生者,既忌其形我憔悴,"泠泠"而淡者,又恼其对我寂寞。愁人所触,无一而可。(浦起龙《读杜心解》卷四)

纪昀:"此四首(指此及《昼梦》《暮归》《早秋苦热堆案相仍》)皆吴体,全不入律,与前首用拗法者不同。"(方回、李庆甲《瀛奎律髓汇评》)

此因不得归秦,沉忧莫写,无端对物生憎,皆是愁人实历之境。草生花发,水流鹭浴,皆唤愁之具。下三句,特变文言之耳。愁从中来,非物之故,则亦强戏言之而已。皮、陆集中,亦有吴体诗。乃当时俚俗为此体耳,诗流不屑效之。杜公篇什既众,时出变调,凡集中拗律,皆属此体,偶发例于此,曰"戏"者,明其非正律也。(朱之荆《增订唐诗摘抄》)

七律有全不入律者,谓之吴体,与拗体诗不同。方虚谷《瀛奎律髓》合之拗字类中,非也。如杜少陵《题省中院壁》《愁》《昼梦》《暮归》诸诗皆是。其诀在每对句第五字以平声收转,故虽拗而音节仍谐。宋人黄山谷以下,多效为之。(梁章钜《退庵随笔》)

拗字诗,在老杜集七言律诗中谓之吴体。老杜七言律一百五十九首,而此体凡十九出,不止句中拗一字,往往神出鬼没,虽拗字甚多,而骨骼愈峻峭。今江湖学诗者,喜许浑诗"水声东去市朝变,山势北来宫殿高""湘潭云尽暮山出,巴蜀雪消春水来",以为丁卯句法,殊不知始于老杜。如"负盐出井此溪女,打鼓发船何郡郎""宠光蕙叶与多碧,点注桃花舒小红"之类是也。如赵嘏"残星几点雁横塞,长笛一声人倚楼",亦是也。唐诗多此类,独老杜吴体之所谓拗,则才小者不能为之矣。五言律亦有拗者,止为语句要浑成,气势要顿挫,则换易一两字平仄无害也,但不如七言吴体全拗尔。(方回《瀛奎律髓》卷二十五)

唐人拗体律诗有两种:其一,苍茫历落中自成音节,如老杜"城尖径仄旌旆愁,独立缥缈之飞楼"诸篇是也;其一,单句拗第几字,则偶句亦拗第几字,抑扬抗坠,读之如一片宫商,如许浑之"溪云初起日沉阁,山雨欲来风满楼",赵嘏之"湘潭云尽暮山出,巴蜀雪消春水来"是也。(张宗柟附识:予弟咏川述蒿庐先生云:按前一种即老杜集中所谓吴体,大抵八句皆拗。至后一体,唐人尤多,然每首中不过一联拗耳。)(王士禛《带经堂诗话》卷一)

雨不绝

鸣雨既过渐细微,映空摇飏如丝飞。
阶前短草泥不乱,院里长条风乍稀。
舞石旋应将乳子,行云莫自湿仙衣。
眼边江舸何匆促,未待安流逆浪归。

【诗作摘评】

上六雨中景物,末二雨际行舟。风狂雨急,故鸣而有声,既过则细若非丝矣。草不沾污,见雨之微。风虽乍稀,雨仍未止也。舞燕将子,记暮春雨。行云湿衣,切巫山雨。江舸逆浪,讥夔人冒险以趋利。

律体以首尾为起阖,三、四承上,五、六转下,此一定章法也。若在六句分截,则上重下轻,不见转折生动之趣,诗之可议在此。

朱瀚曰："题便可怪。'摇飐如丝',只是申上'细微'。'泥不乱',语近于率。'风乍稀',节外生枝。'舞石'加'乳子'未免冗赘。神女'自湿衣',何须过虑？'眼边'衬字,'匆促'拙字,'安流逆浪',反复重言,意亦少意味。此当系赝作也,须辨之。"（仇兆鳌《杜诗详注》）

昼 梦

二月饶睡昏昏然,不独夜短昼分眠。
桃花气暖眼自醉,春渚日落梦相牵。
故乡门巷荆棘底,中原君臣豺虎边。
安得务农息战斗,普天无吏横索钱。

【诗作摘评】

上下截如不相蒙者,不知世乱民贫之思,除梦即已,梦醒即来,此自其性情所结。奈昏昏未几,旋复昭昭,转恨不得长游梦境耳。（浦起龙《读杜心解》卷四）

从"梦相牵"一意写出,以为切直之言,故托诸梦,更不觉赘,后语遂成超绝。（夏力恕《杜诗增注》卷十六）

上四致梦之由,五、六梦中之景,末则梦醒耳,慨世也。（仇兆鳌《杜诗详注》）

吴论："二月'昏昏'多睡,不独'夜短'而思昼眠,止因暖气倦神,故日落而梦犹未醒耳。'故乡''中原',积想成梦,故遂现出'荆棘''豺虎'。"（仇兆鳌《杜诗详注》引）

张綖注："'务农'息兵,吏无横敛,则中原清而故乡可归矣。"朱瀚曰："武臣不弄兵,则'豺虎'自弭；文臣不横敛,则'荆棘'可披。"（仇兆鳌《杜诗详注》引）

简吴郎司法

有客乘舸自忠州,遣骑安置瀼西头。
古堂本买藉疏豁,借汝迁居停宴游。
云石荧荧高叶曙,风江飒飒乱帆秋。
却为姻娅过逢地,许坐曾轩数散愁。

【诗作摘评】

远注:"大历二年,公移居东屯,以瀼西草堂借吴寓居,而简之也。"《杜臆》:"此即用诗当简。"顾注:"吴必公之姻娅,故称为郎,亲之也。"(仇兆鳌《杜诗详注》引)

此章为吴郎借居而作也。乘舸而至,遣骑往迎,见宾主之情。昔藉疏豁,今停宴游,以借居故也。五、六,疏豁之景;七、八,迁居后事。(仇兆鳌《杜诗详注》)

远注:"次联,上四字连读,下三字另读。"顾注:"云石之间,光彩闪动,以高叶当曙也。风江之上,气象肃森,以乱帆逢秋也。此本公堂,欲坐轩而散愁,反问吴见许,此相谑之词也。"(仇兆鳌《杜诗详注》引)

七月一日题终明府水楼二首(其二)

虙子弹琴邑宰日,终军弃繻英妙时。
丞家节操尚不泯,为政风流今在兹。
可怜宾客尽倾盖,何处老翁来赋诗?
楚江巫峡半云雨,清簟疏帘看弈棋。

【诗作摘评】

次章(其二)从终明府说起,结归水楼。"虚子",切"明府"。"终军",切"终"姓。"承家",顶"终军"。"为政",顶"虚子"。下文好客、好诗,可见明府风流。彼众宾"倾盖",饮酒、弹棋,都属官僚旧知,公以羁旅"老翁","赋诗""看弈"于其中,独有无限悲凉之意。(仇兆鳌《杜诗详注》)

"此诗首尾皆对,人多不觉。五、六失粘。""前首(其一)多写景,后首(其二)多叙事,相合成章。后首一结,写景真趣在目,可庇前路之板重,此章法自为振救。"(仇兆鳌《杜诗详注》引黄生语)

暮 春

卧病拥塞在峡中,潇湘洞庭虚映中。
楚天不断四时雨,巫峡常吹万年风。
沙上草阁柳新暗,城边野池莲欲红。
暮春鸳鹭立洲渚,挟子翻飞还一丛。

【诗作摘评】

"玩诗意,是久卧峡中,有厌居意。""此诗卧病峡中而作。上四,峡中景;下四,暮春景。"(仇兆鳌《杜诗详注》)

《杜臆》:"公本欲初春下峡,病至暮春,则舟不可行矣,故有慨于卧病拥塞也。拥塞,则潇湘不可到,而虚此映空水色矣。风雨不绝,旅人增闷,而柳暗莲红,又日月如流。对此怨鹭立渚,挟子群飞,何以为群耶。""公诗用鸳鹭皆有意,如'空惭鸳鹭行''年衰鸳鹭群''寒空见鸳鹭''回首忆朝班',故此诗鸳鹭亦是借以自比。"(仇兆鳌《杜诗详注》引)

朱瀚曰:"初联雷堆晦蚀,有目共知。'楚天''巫峡',不免合掌。'四时雨''万里风',村塾对句。'沙上''城边',装头无谓。新柳不得云暗,城边不得云野,池莲城柳,不当递及。'鸳鹭立洲渚'已是拙俗,冠以'暮春',益复可笑。"(仇兆鳌《杜诗详注》引)

即　事

暮春三月巫峡长,皛皛行云浮日光。
雷声忽送千峰雨,花气浑如百和香。
黄莺过水翻回去,燕子衔泥湿不妨。
飞阁卷帘图画里,虚无只少对潇湘。

【诗作摘评】

此诗峡中对景而作。上六春景,所谓即事,末乃自道出峡之意。云浮日光而过,其色皛皛然,雷雨将作矣。午雨忽晴,香气扑人,莺来燕往,物各适情,卷帘一望,真如图画,但以久卧峡中,故思江湖之映空耳。莺畏雨,故翻回。燕乘雨,故衔泥。飞阁,即西阁。虚无,空旷貌。(仇兆鳌《杜诗详注》)

《江雨》云:"春雨暗暗塞峡中,早晚来自楚王宫。"《即事》云:"暮春三月巫峡长,皛皛行云浮日光。"《返照》云:"返照入江翻石壁,归云拥树失山村。"俱能写化工之情状精神,画不出,想不到,诗至此,与天为徒矣。(仇兆鳌《杜诗详注》引卢世㴶语)

律诗之作,用字平侧,世固有定体,众共守之。然不若时用变体,如兵之出奇,变化无穷,以惊世骇目。如……老杜云:"暮春三月巫峡长,……虚无只少对潇湘。"韦应物云:"与君十五侍皇闱,……一杯成喜亦成悲。"此二诗起头用平声,故第三句亦用平声。凡此皆律诗之

变体,学者不可不知。(胡仔《苕溪渔隐丛话》)

三、四必先得之句。其体又自不同,亦是一法。(方回《瀛奎律髓》)

纪昀:"起句是拗调,余皆平调。"(方回、李庆甲《瀛奎律髓汇评》)

起句稍拗。中二联亦失粘,对法更不衫不履。然其写景之妙,可作暮春山居图看。(黄生《杜诗说》)

纯净,好节奏。(王夫之《唐诗评选》)

此亦西阁之作。淋漓生动,不烦绳削。燕子营巢,泥欲其湿,而莺则愁湿,各适其性。帘前图画,补以潇湘,妙于取景,见此公胸中造化。尾句一则为思下荆南而及之。(王嗣奭《杜臆》)

滟　滪

滟滪既没孤根深,西来水多愁太阴。
江天漠漠鸟双去,风雨时时龙一吟。
舟人渔子歌回首,估客胡商泪满襟。
寄语舟航恶年少,休翻盐井掷黄金。

【诗作摘评】

仇注:"此见滟滪水势,而戒人冒险也。在四句分截。滟滪根没,以水多故也。'江天''风雨',即太阴愁惨之象。鸟去、龙吟,则人不可往矣。回首,见险知止也。泪襟,阻水南下也。少年无赖,逐利轻生,故戒去翻盐以掷金。"(仇兆鳌《杜诗详注》)

叶梦得《石林诗话》曰:"诗下双字极难,须使七言、五言之间,除去五字、三字外,精神与兴致全见于两言,方为工妙。唐人记'水田飞白鹭,夏目啭黄鹂'为李嘉祐诗,王摩诘窃取之,非也。此两句好处,正在添'漠漠''阴阴'四字,此乃摩诘为嘉祐点化,以自见其妙。如李光弼将郭子仪军,一号令之,精彩数倍。不然,如嘉祐本句,但是咏景耳,人皆可到。要之当令如老杜'无边落木萧萧下,不尽长江滚滚来'与'江天漠漠鸟双去,风雨时时龙一吟'等句,乃为超绝。近世王荆公诗'新霜浦溆绵绵白,薄晚园林往往青',与苏子瞻诗'㵝㵝炉香初泛夜,离离花影欲摇春'皆可以追配前作。"仇注:"今按:王摩诘乃盛唐人,李嘉祐乃中唐人,胡元瑞谓是李剪王句,非王演李语,石林误矣。"(仇兆鳌《杜诗详注》)

白　帝

白帝城头云若屯,白帝城下雨翻盆。
高江急峡雷霆斗,翠木苍藤日月昏。
戎马不如归马逸,千家今有百家存。
哀哀寡妇诛求尽,恸哭秋原何处村。

【题解】

诗之首句,《全唐诗》作"白帝城中云出门"。

【诗作摘评】

　　子美七言律……至如"黄草峡西""苦忆荆州""白帝城中"……等篇,以歌行入律,是为大变。(许学夷《诗源辩体》卷十九)

　　前四句因骤雨而写一时难状之景,妙。二字写峡中雨后之状更新妙,然实兴起"戎马"以写乱象,非与下不相关也。(王嗣奭《杜臆》)

　　杜诗起句,有歌行似律诗者,如"倚江楠树草堂前,古老相传二百年"是也;有律体似歌行者,如"白帝城中云出门,白帝城下雨翻盆"是也。然起四句,一起滚出,律中带古何碍。唯五、六掉字成句,词调乃

稍平耳。(仇兆鳌《杜诗详注》)

(杜诗)惟七言律,则失官流徙之后,日益精工,反不似拾遗时曲江诸作,有老人衰飒之气。在蜀时犹仅风流潇洒,夔州后更沉雄温丽,如……写景则如"高江急峡雷霆斗,古树苍藤日月昏"……真一代冠冕。(贺裳《载酒园诗话又编》)

一气喷薄,不关雕刻。拗格诗,炼到此地位也难。"高江急峡雷霆斗,古木苍藤日月昏。"险怪夺人魄,却自文从字顺,与鬼窟中伎俩有天渊之别。(张谦宜《𦈕斋诗谈》)

邵云:"奇警之作。不曰'急江高峡',而曰'高江急峡',自妙于写此江此峡也。"(杨伦《杜诗镜铨》)

陈德公曰:"五、六反是婉笔。故作白话,不见俚率,结转痛切。此篇四句截,山下如不相属者。评:起二末三字,最作异。三、四写得奇险。"许孟芳曰:"前四写雨,后四言情,妙在绝不相蒙而意仍贯。"(卢麰、王溥辑《闻鹤轩初盛唐近体读本》)

前四句写景凌壮,后四句写离绪惨凄。(邵千辑,范大士评《历代诗发》)

黄　草

黄草峡西船不归,赤甲山下人行稀。
秦中驿使无消息,蜀道兵戈有是非。
万里秋风吹锦水,谁家别泪湿罗衣。
莫愁剑阁终堪据,闻道松州已被围。

【诗作摘评】

此章为蜀中兵乱而作也。上四刺崔旰,下四忧吐蕃。"船不归",

水阻也。"人行稀",陆梗也。"无消息",未闻朝命区处。"有是非",郭、崔互有曲直。"锦江""别泪",忆旧交之遭乱者。"松州""被围",则全蜀安危所系,故所忧不独在剑阁也。(仇兆鳌《杜诗详注》)

考唐史,杜鸿渐至蜀,崔旰与杨子琳、柏茂林等各授刺史防御,而不正崔旰专杀主将之罪,故有兵戈是非之语。盖言崔乱成都,柏、杨讨之,其是非不可无辨也。然旰本建功西山,郭英乂通其妾媵、激之生变,其罪有不专在旰者。未几释甲,随鸿渐入朝,而吐蕃则岁岁为蜀患,故末语又不忧剑阁而忧松州也。松州先为吐蕃所陷,此云已被围,必中间严武又收复之。(仇兆鳌《杜诗详注》引朱鹤龄语)

白帝城最高楼

城尖径仄旌旆愁,独立缥缈之飞楼。
峡坼云霾龙虎卧,江清日抱鼋鼍游。
扶桑西枝对断石,弱水东影随长流。
杖藜叹世者谁子?泣血迸空回白头。

【诗作摘评】

"扶桑西枝对断石,弱水东影随长流。"使后来作者如何措手?东坡《登常山绝顶广丽亭》云:"西望穆陵关,东望琅琊台。南望九仙山,北望空飞埃。相将叫虞舜,遂欲归蓬莱。"袭子美已陈之迹,而不逮远甚。(张戒《岁寒堂诗话》)

韩石溪廷延语余曰:"杜子美《登白帝最高楼》诗云:'峡坼云霾龙虎卧,江清日抱鼋鼍游。'此乃登高临深,形容疑似之状耳。云霾峡坼,山木蟠挐,有似龙虎之卧;日抱清江,滩石波荡,有若鼋鼍之游。"余因悟旧注之非。(杨慎《升庵诗话》)

突然起"旌旆愁",煞是奇险。次句用"之"字,以文句入诗,自奇。额联宏壮,颈联气象。……东举西言,西举东言,尤奇。结自称自叹、豪迈自肆。"迸空"字,奇险与上称。(孙鑛《杜律》卷二)

杜七言律……太险者,"城尖径仄旌旆愁"之类。杜则可,学杜则不可。(胡应麟《诗薮》卷五)

城当云顶,日漾江中,惨淡变幻。弱水无力,犹随江流朝宗,叹息我老独不能出峡也。(何焯《义门读书记》卷五十五)

唐人拗体律诗有二种,其一苍茫历落中自成音节,如老杜"城尖径仄旌旆愁,独立缥缈之飞楼"诸篇是也。(王士禛《分甘余话》)

子美之"峡坼云霾龙虎卧,江清日抱鼋鼍游",晚唐人险句之祖也。(吴乔《围炉诗话》)

句法古体,对法律体,两者兼用之。(沈德潜《唐诗别裁集》卷十三)

少陵《白帝城》,以古调入律也。(林昌彝《海天琴思录》)

此诗真作惊人语,是缘忧世之心发之,以自消其垒块。"叹世"二字,为一章之纲。"泣血迸空",起于叹世。以"迸空"写高楼,落想尤奇。(王嗣奭《杜臆》卷七)

"城尖径仄",与"花近高楼"寓慨一也。"花近高楼",以"伤心"而直陈其事。"城尖径仄",以"泣血"而微见其辞。直陈其事,不失和平温厚之音;微见其辞,翻成激楚悲壮之声。若以本集较之,"花近高楼",正声第一;"城尖径仄",变声第一。又:拗律本歌行变体,故次句得用"之"字,"郑县亭子涧之滨",亦然。(黄生《唐诗摘钞》)

此亦造句用力之法,句法字字攒炼。起句促簇,次句疏直而阔步放纵,乃立命之根。……收句气格历落,用意疏豁。非是,则收不住中四句之奇崛。如此奇险,寻其意脉,却又文从字顺,各识其职。(方东树《昭昧詹言》)

拗律如杜公"城尖径仄"一种,历落苍茫,然亦自有天然斗笋处,

非如七古专以三平为正调也。(翁方纲《石洲诗话》)

七律有全首拗调如古诗者,少陵"主家阴洞"一首、"城尖径仄"一首之类是也。初学不可轻放。(施补华《岘佣说诗》)

老杜以歌行入律,亦是变风,不宜多作,作则伤境。(王世贞《艺苑卮言》)

拗体,歌行变格。邵子湘云:"奇气纂兀,此种七律,少陵独步。"邵二泉云:"'扶桑西枝',以西言东;'弱水东影',以东言西。谢灵运诗'早闻夕飙急,晚见朝日暾',略同此句法,而此尤奇横绝人。三字('旌旆愁')便含末二句意。二句近景('峡坼云霾'二句下)。二句远景,出力写'最高'二字('扶桑西枝'二句下)。应'独立'(末句下)。"(杨伦《杜诗镜铨》)

世多称此诗人近体,细看作歌行为当。(邵干辑,杨大士评《历代诗发》)

暮　归

霜黄碧梧白鹤栖,城上击柝复乌啼。
客子入门月皎皎,谁家捣练风凄凄?
南渡桂水阙舟楫,北归秦川多鼓鞞。
年过半百不称意,明日看云还杖藜。

【诗作摘评】

谭云:"妙在能宕。"钟云:"拗体不难于老,而难于细;不难于宕,而难于深。又妙在不可入歌行。"钟云:"'黄''碧''白'三字安顿得好(首句下)。"钟云:"清矫('谁家捣练'句下)。"(钟惺、谭元春《唐诗归》卷二十二)

无名氏(乙):"起语生造出奇,三、四戍削高亮,结处凄紧,殊难再读。此'吴体'中苍郁清急之音也。"(方回、李庆甲《瀛奎律髓汇评》)

申涵光曰:"作拗体诗,须有疏斜之致,不衫不履,如'客子入门月皎皎'及'落日更见渔樵人',语出天然,欲不拗不可得。而此一首,律中带古,倾欹错落,尤为入化。"又曰:"'霜黄碧梧白鹤栖',一句中用三个颜色字,见安插顿放之妙。"毛奇龄曰:"杜律拗体,较他人独合声律,即诸诗皆然,始知通人必知音也。"(仇兆鳌《杜诗详注》引)

"朝出于斯,暮归于斯,南渡不可,北归不能,年老客居失意,可胜道哉?起一'复'字,结一'还'字,见日日如是,皆无可奈何之词。"卢世㴶曰:"《崔氏东山草堂》《暮归》《晓发公安》三首皆拗调,诗之绝佳者。'霜黄碧梧',全首矫秀,原是悲诗,却绝无一点悲愁溽气犯其笔端,读去如《竹枝》乐府。"(朱之荆《增订唐诗摘抄》)

邵云:"拗体高调,未许时手问津。"(杨伦《杜诗镜铨》)

起四句,情景交融,清新真至。后四句叙情,一气顿折,曲盘瘦硬而笔势回旋,顿挫阔达,纵衡如意,不流于直致,一往易尽。是乃所以为古文妙境,百炼钢化为绕指柔矣。(方东树《昭昧詹言》)

方虚谷曰:"拗字诗在老杜七言律诗中谓之吴体。老杜七言律一百五十九首,而此体凡十九出。不止句中拗一字,往往神出鬼没,虽拗字愈多而骨骼愈峻峭。"步瀛案:吴体与拗字诗有别,拗字有一定之法,仍自入律。若吴体则拗字甚多,非律所能限,而音节仍自和谐,又不得入之古诗,即吴体也。(高步瀛《唐宋诗举要》)

覃山人隐居

南极老人自有星,北山移文谁勒铭。
征君已去独松菊,哀壑无光留户庭。

予见乱离不得已,子知出处必须经。

高车驷马带倾覆,怅望秋天虚翠屏。

【诗作摘评】

钟惺评:"深心高调,老气幽情,此七言律真诗也。汩没者,谁能辨之！谭元春评:此老杜真本事,何不即如此作律,乃为《秋兴》《诸将》之作,徒费气力,烦识者一番周旋耶！"(钟惺、谭元春《唐诗归》卷二十二)

顾注:"覃山人,必老而就征者,公过其隐居之所,而伤其隐之不终也。"仇注:"上四,讥征君之轻出,下责其不能审时见几也。"吴论:"老人在山,谁得移文诮之？无如一去之后,松菊虽存,而山川少色矣。因叹乱离以来,予不得已而奔走。今同处之途,子必经历而始知耳。每见荣宠所在,倾覆随之,何若隐居自得乎？只令我怅望秋山,而伤翠屏之虚设也。"黄生注:"结句深秀,足救前路之朴素。此诗旧作山人已卒,公过其居而称美之。以出处必须经,谓山人能守经也。今依朱注,语含讽刺。"卢世㴶曰:"诗言'征君已去独松菊,哀壑无光留户庭',其人尚在,而诗乃有矢尽弦绝之意,盖有为而作。"(仇兆鳌《杜诗详注》)

题柏学士茅屋

碧山学士焚银鱼,白马却走身岩居。

古人已用三冬足,年少今开万卷余。

晴云满户团倾盖,秋水浮阶溜决渠。

富贵必从勤苦得,男儿须读五车书。

【题解】

诗题,《全唐诗》作《柏学士茅屋》。

【诗作摘评】

顾注:"公过学士茅屋,羡其立品之高,读书之勤,故题其茅屋如此。"仇按:"诗言读书以趋富贵,于学士尚不相似,黄氏谓'勖其子侄'者,得之。"仇注:"学士茅居,旧有藏书。上四叙事,五、六屋前秋景,七、八勉其子侄,下截承上。银鱼见焚,白马却走,遭禄山之乱也。云如倾盖之团,言其浓。水似决渠之溜,言其急也。""杜诗近体,有两段分截之格,有两层遥顶之格。此章若移'晴云''秋水'二句,上接首联,移'古人''年少'二句,下接末联,分明是两截体。今用遥顶,亦变化法耳。又中间四句,平仄仄平,俱不合律,盖亦古诗体也。"(仇兆鳌《杜诗详注》)

黄生曰:"旧疑此诗,不似对学士语。今考《寄柏学士》诗及《题柏大兄弟山居屋壁》诗,始知其说。一则云:'自胡之反持干戈,天下学士亦奔波。叹彼幽栖载典籍,萧然暴露依山阿。'一则云:'叔父朱门贵,郎君玉树高。山居精典籍,文雅涉风骚。'是学士乃柏大之叔父。柏大之山居,即学士之茅屋。学士奔波之所载,即柏大山居之所精。二诗语意互见。此诗则合而言之,勉其子弟,而本其父兄以为劝。言勤苦以取富贵,尔叔父业有前效,则年少积学之功,安可少哉?"(仇兆鳌《杜诗详注》引)

朱瀚曰:"'焚银鱼',不言其故,句意未明。第三句,使东方曼倩事,点金为铁。以三冬文史足用,为'已用三冬足',可乎?'今开万卷余','开'字、'余'字,不贯。'年少'对'古人',不工。'晴云满户''秋水浮阶',足矣。'团倾盖''溜决渠',蛇足轮囷。下句犹可解云,浮于阶而溜于所决之渠,但非诗法耳。至于'团倾盖',则难乎笺注矣。

'晴云'高妙,亦无'满户'之理。'白帝城中云出门',自为雷雨设色耳。七、八可粘村塾。少陵生平,以道义功业自许,何出此语?'五车书'亦与'万卷余'犯重。"(仇兆鳌《杜诗详注》引)

晓发公安

北城击柝复欲罢,东方明星亦不迟。
邻鸡野哭如昨日,物色生态能几时?
舟楫眇然自此去,江湖远适无前期。
出门转眄已陈迹,药饵扶吾随所之。

【题解】

《全唐诗》题下谓"原注:数月憩息此县。"

【诗作摘评】

锺云:"愁苦翻说出高兴('舟楫眇然'二句下)。"(锺惺、谭元春《唐诗归》)

此诗最恶,不知何年,一见便熟,至此每五更枕上,欲觉未觉时,口中便无故诵此诗,百计禁之,而转复沓至,圣叹白发,是此诗送得也。(金圣叹《杜诗解》卷四)

七言律之变,至此而极妙,亦至此而极神。此老夔州以后诗,七言律无一篇不妙。真山谷所云"不烦绳削而合"者。(王嗣奭《杜臆》)

杜律有语承、意承之法。"不迟"承"欲罢","几时"承"如昨",此句承法也。"邻鸡"承"击柝",以所闻言;"物色"承"明星",以所见言,此意承法也。(仇兆鳌《杜诗详注》)

"晓"字起("北城击柝"句下),转到"发"字("舟楫眇然"句下)。

（何焯《义门读书记》卷五十六）

苍茫而起，所写者"晓"之景，所感者"发"之情也。……信手信心，一气旋转，不烦绳削，化境也。（浦起龙《读杜心解》）

邵云："疏老，亦拗体之佳者。"蒋云："乱离漂泊之余，若感若悟，真堪泣下。"（杨伦《杜诗镜铨》）

盖不复自知死所矣。此尤足以觇公志。八句一气，如涧水下濑，中流迅速，两岸回旋，其声光在笔墨之外，惟可神会，岂易学哉？（夏力恕《杜诗增注》卷十九）

长沙送李十一

与子避地西康州，洞庭相逢十二秋。
远愧尚方曾赐履，竟非吾土倦登楼。
久存胶漆应难并，一辱泥涂遂晚收。
李杜齐名真忝窃，朔云寒菊倍离忧。

【题解】

题下原有"衔"字，盖"李十一"即李衔也。

【诗作摘评】

上四叙别后情事，下乃感李而惜别也。郎官遥受，不"赐履"入朝。南楚浪游，有似"登楼"寄慨。此十二年来行迹也。"胶漆""难并"，谓气谊过人。"泥涂""晚收"，谓穷老莫振。二句宾主对举，故下用李杜双承。朱瀚曰："'云''菊''离忧'，别景、别情，一语尽之。'"（仇兆鳌《杜诗详注》）

律诗忌平头，谓各句第一二字不宜同声相犯，须平仄间用，方合于法。此诗八句皆用仄声字起,亦犯平头,但思少陵诗家之祖,应无此病。及考古韵,与、远、久、一四字,俱可叶平声,则八句中,亦错见四平四仄矣,作家固有变通也。(仇兆鳌《杜诗详注》)

汉太尉李固、杜乔,皆以为相守正,为梁冀所杀,故橼杨生上书,乞李、杜二公骸骨使得归葬。梁冀之诛,权归宦官,白马令李云上书,有"帝欲不谛"之语,桓帝震怒,逮云下狱。弘农五官橼杜众上书救,愿与同死。帝愈怒,下廷尉,皆死狱中。其后襄楷上言,亦称为李、杜。又李膺、杜密,范滂母谓滂曰:"汝得与李、杜齐名。"又李白、杜甫,韩文公称曰"李杜文章在,光芒万丈长"。凡四李、杜云。(仇兆鳌《杜诗详注》引洪迈《随笔》)

李白、杜甫外,杜审言、李峤结友前朝;李商隐、杜牧之齐名晚季,咸称李杜,是唐有三李杜也。又杜赠李衔有"李杜齐名真忝窃"之句,衔亦当能诗耶?(仇兆鳌《杜诗详注》引胡应麟语)

寄岑嘉州

不见故人十年余,不道故人无素书。
愿逢颜色关塞远,岂意出守江城居。
外江三峡且相接,斗酒新诗终自疏。
谢朓每篇堪讽诵,冯唐已老听吹嘘。
泊船秋夜经春草,伏枕青枫限玉除。
眼前所寄选何物?赠子云安双鲤鱼。

【诗作摘评】

(前四句)思遇岑于嘉州也。(中四句)此叙岑之近况也。"谢"比

岑","冯"自方。(后四句)此寄诗以达情也。"双鱼",应"素书"。此章三段,各四句。(仇兆鳌《杜诗详注》)

绝句漫兴九首(其三)

熟知茅斋绝低小,江上燕子故来频。
衔泥点污琴书内,更接飞虫打着人。

【诗作摘评】

"却似春风相欺得""更接飞虫打着人",……皆化俗为雅,灵丹点铁矣。(范晞文《对床夜语》)

如杜子美……"衔泥点污琴书内,更接飞虫打着人",……皆淡而愈浓,近而愈远,可与知者道,难与俗人言。(李东阳《麓堂诗话》)

此章借燕子以寓其感慨,承首章"莺语"。莺去燕来,春已半矣。"污琴书",扑衣袂,即禽鸟亦若欺人者。(仇兆鳌《杜诗详注》)

远客孤居,一时遭遇,多有不可人意者,故其二,其三,托之"春风""燕子",而"吹折花枝""点污琴书""接虫打人",皆非无为而发。(王嗣奭《杜臆》)

是感是怨("江上燕子"句下)。数出罪过("衔泥点污"句下)。(杨伦《杜诗镜铨》)

绝句漫兴九首(其四)

二月已破三月来,渐老逢春能几回?
莫思身外无穷事,且尽生前有限杯。

【诗作摘评】

此章言春不暂留,有及时行乐之意。(仇兆鳌《杜诗详注》)

是达生语,亦是遣愁语。(王嗣奭《杜臆》)

绝句以太白、少伯为宗,子美独创别调,颓然自放中,有不可一世之概。卢德水所谓"巧于用拙、长于用短"者也。(杨伦《杜诗镜铨》卷八)

绝句漫兴九首(其八)

舍西采桑叶可拈,江畔细麦复纤纤。
人生几何春已夏,不放香醪如蜜甜。

【诗作摘评】

此与四章相应,前是逢春而饮,此则遇夏而饮。桑青、麦秀,言初夏农桑之乐。(仇兆鳌《杜诗详注》)

魏晋以前,除友朋赠答、山水眺游外,亦皆喜咏事实,如《古诗为焦仲卿妻作》以迄诸葛亮《梁甫吟》、曹植《三良》诗等,是矣。至唐以后,而始为偶成漫兴之诗,连篇接牍有至累十累百不止者,此与绘事家之工山水者何异?纵极天下之工,能借之以垂劝戒否耶?是则观之于诗、画两门,而古今之升降可知矣。(洪亮吉《北江诗话》卷四)

少陵《漫兴》诸绝句,有古竹枝词意,跌宕奇古,超出诗人蹊径。韩退之亦有之。(李东阳《麓堂诗话》)

绝句,以浑圆一气、言外悠然为正,王龙标其当行也。太白亦有失之轻者,然超轶绝尘,千古独步。惟杜诗别是一种,能重而不能轻,有鄙俚者,有板涩者,有散漫潦倒者,虽老放不可一世,终是别派,不可效也。李空同处处摹之,可谓学古之过。"恰似春风相欺得,夜来吹折数枝花",语尚轻便。"莫思身外无穷事,且尽生前有限杯",似今

小说演义中语。"糁径杨花铺白毡",则俚甚矣。(仇兆鳌《杜诗详注》引申涵光语)

春水生二绝(其一)

二月六夜春水生,门前小滩浑欲平。
鸬鹚鸂鶒莫漫喜,吾与汝曹俱眼明。

【诗作摘评】

钟云:"是何胸中(末二句下)。"(钟惺、谭元春《唐诗归》卷二十二)

此章见春水而喜。(仇兆鳌《杜诗详注》)

"下二,言莫便独夸得意,吾亦不输与汝曹也。"邵云:"绝句别致自老。先喜('鸬鹚鸂鶒'句下)。"(杨伦《杜诗镜铨》)

春水生二绝(其二)

一夜水高二尺强,数日不可更禁当。
南市津头有船卖,无钱即买系篱旁。

【诗作摘评】

老杜诗云:"一夜水高二尺强,……无钱即买系篱旁。"与《竹枝词》相似,盖即俗为雅。(吴可《藏海诗话》)

杨诚斋云:"诗固有以俗为雅,然亦须经前辈熔化,乃可因承",余观杜陵诗,亦有全篇用常俗语者,然不害其为超妙。如云"一夜水高二尺强,数日不可更禁当。南市津头有船卖,无钱即买系篱旁"……是也。杨诚斋多效此体,亦自痛快可喜。(罗大经《鹤林玉露》)

唐七言诗式

卷下

黄季刚选录诗篇
熊敬之摘钞评语

韩愈

(768—824),字退之,河南河阳(今河南孟州)人,郡望昌黎(今属河北)。世称韩昌黎。德宗贞元八年(792)中进士第,先后被董晋、张建封辟为节度判官。十八年(802),授四门博士,迁监察御史,因论事贬阳山令。宪宗即位,任江陵府法曹参军。元和元年(806),召为国子博士,分司东都。后除河南令。元和六年(811)夏,任职方员外郎,后历官至太子右庶子。十二年(817),任彰义军节度使行军司马,随裴度平淮西,迁刑部侍郎。十四年(819)因谏迎佛骨,故贬为潮州刺史,后量移袁州。穆宗即位,为国子祭酒。后相继为兵部侍郎、吏部侍郎、京兆尹等显职。长庆四年(824)卒,谥号"文",世称韩文公。韩愈乃唐代诗文大家,与唐代柳宗元、宋代欧阳修、苏洵、苏轼、苏辙、曾巩、王安石合称为"唐宋八大家"。《全唐诗》存诗十卷。

司空图云:"愚尝览韩吏部歌诗累百首,其驱驾气势,若掀雷抉电,奔腾于天地之间,物状奇变,不得不鼓舞而徇其呼吸也。"(《题柳柳州集后序》)蔡启云:"退之诗豪健雄放,自成一家,世特恨其深婉不足。"(《蔡宽夫诗话》)钟惺云:"唐文奇碎,而退之春融,志在挽回。唐诗淹雅,而退之艰奥,意专出脱。诗文出一手,彼此犹不相袭,真持世特识也。至其乐府,讽刺寄托,深婉忠厚,真正风雅。读《猗览兰》《拘幽》等篇可见。"(《唐诗归》)许学夷云:"唐人之诗,皆由于悟入,得于造诣。若退之五七言古,虽奇险豪纵,快心露骨,实自才力强大得之,固不假悟入,亦不假造诣也。然详而论之,五言最工,而七言稍逊。"(《诗源辩体》)叶燮云:"唐诗为八代以来一大变,韩愈为唐诗之一大变,其力大,其思雄,崛起特为鼻祖。宋之苏、梅、欧、苏、王、黄,皆愈为之发其端,可谓极盛,而俗儒且谓愈诗大变汉魏,大变盛唐,格格而不许,何异居蚯蚓之穴,习闻其长鸣,听洪钟之响而怪之,窃窃然议之也。""杜甫之诗,独冠今古。此外上下千余年,作者代有,惟韩愈、苏轼,其才力能与甫抗衡,鼎立为三。韩诗无一字犹人,如太华削成,不可攀跻。若俗儒论之,摘其杜撰,十且五六,辄摇唇鼓舌矣。"(《原诗》)

《唐音审体》有云:"唐自李杜崛起,尽翻六朝窠臼,文章能事已尽,无可变化矣。昌黎生其后,乃尽废前人之法,而创为奇辟拙拗之语,遂开千古未有之面目。"(钱良择《唐音审体》)赵翼云:"韩昌黎生平所心摹力追者,惟李杜二公。顾李杜之前,未有李杜,故二公才气横恣,各开生面,遂独有千古。至昌黎时,李杜已在前,纵极力变化,终不能再辟一径。惟少陵奇险处,尚有可推扩,故一眼觑定,欲从此辟山开道,自成一家。此昌黎注意所在也。然奇险处亦自有得失。盖少陵才思所到,偶然得之;而昌黎则专以此求胜,故时见斧凿痕迹。有心与无心,异也。其实昌黎自有本色,仍在文从字顺中,自然雄厚博大,不可捉摸,不专以奇险见长。恐昌黎亦不自知,后人平心读之自见。若徒以奇险求昌黎,转失之矣。"又云:"昌黎诗中律诗最少,五律尚有长篇及与同人唱和之作,七律则全集仅十二首。盖才力雄厚,惟古诗足以恣其驰骤,一束于格式声病,即难展其所长,故不肯多作。然五律中如《咏月》《咏雪》诸诗,极体物之工,措词之雅;七律更无一不完善稳妥,与古诗之奇崛判若两手,则又极随物赋形、不拘一格之能事。"(赵翼《瓯北诗话》)田雯云:"善学少陵者,无如昌黎歌行,盘空硬语,妥帖恢奇,乃神似非形似也。"(田雯《古欢堂集杂著》)

方东树云:"韩公当知其'如潮'处,非但义理层见叠出,其笔势涌出,读之拦不住,望之不可极,测之来去无端涯,不可穷,不可竭。当思其肠胃绕万象,精神驱五岳,奇崛战斗鬼神,而又无不文从字顺,各识其职,所谓'妥帖力排奡'也。""韩公笔力强,造语奇,取境阔,蓄势远,用法变化而深严,横跨古今,奄有百家,但间有长语漫势,伤多成习气。"(《昭昧詹言》)刘熙载云:"诗文一源。昌黎诗有正有奇,正者所谓'约六经之旨而成文',奇者即所谓'时有感激怨怼奇怪之辞'。""昌黎七古出于《招隐士》,当于意思刻画、音节遒劲处求之。使第谓出于《柏梁》,犹之未尽。""昌黎诗往往以丑为美,然此但宜施之古体,若用之近体则不受矣。是以言各有当也。""七古盛唐以后,继少陵而霸者,唯有韩公。韩公七古,殊有雄强奇杰之气,微嫌少变化耳。""少陵七古,多用对偶;退之七古,多用单行。退之笔力雄劲,单行亦不嫌弱,终觉钤束处太少。""少陵七古,间用比兴;退之则纯是赋。"(《艺概·诗概》)丁仪云:"其诗格律严密,精于古韵。全集所载,《琴操》最佳。古诗硬语盘空,奇崛可喜,惟以才气自雄,排阖过甚,转觉为累。又喜押强韵,故时伤于粗险。诗至汉魏以降,属文叙事,或取一端,以简为贵,颇不尚奇。及盛唐诸人开拓意境,始为铺张,然亦略工点缀,未以此为能事也。至愈而务其极,虚实互用,类以文法为诗矣,反复驰骋,以多为胜,篇什过长,辞旨繁冗,或失之粗率。"(《诗学渊源》)

石鼓歌

张生手持石鼓文,劝我试作石鼓歌。
少陵无人谪仙死,才薄将奈石鼓何!
周纲陵迟四海沸,宣王愤起挥天戈。
大开明堂受朝贺,诸侯剑佩鸣相磨。
蒐于岐阳骋雄俊,万里禽兽皆遮罗。
镌功勒成告万世,凿石作鼓隳嵯峨。
从臣才艺咸第一,拣选撰刻留山阿。
雨淋日炙野火燎,鬼物守护烦㧑呵。

公从何处得纸本,毫发尽备无差讹。
辞严义密读难晓,字体不类隶与科。
年深岂免有缺画,快剑斫断生蛟鼍。
鸾翔凤翥众仙下,珊瑚碧树交枝柯。
金绳铁索锁钮壮,古鼎跃水龙腾梭。
陋儒编诗不收入,二雅褊迫无委蛇。
孔子西行不到秦,掎摭星宿遗羲娥。
嗟予好古生苦晚,对此涕泪双滂沱。
忆昔初蒙博士征,其年始改称元和。
故人从军在右辅,为我度量掘臼科。
濯冠沐浴告祭酒,如此至宝存岂多?
毡苞席裹可立致,十鼓只载数骆驼。
荐诸太庙比郜鼎,光价岂止百倍过!
圣恩若许留太学,诸生讲解得切磋。
观经鸿都尚填咽,坐见举国来奔波。
剜苔剔藓露节角,安置妥帖平不颇。
大厦深檐与盖覆,经历久远期无佗。
中朝大官老于事,讵肯感激徒媕婀。
牧童敲火牛砺角,谁复著手为摩挲?
日销月铄就埋没,六年西顾空吟哦。
羲之俗书趁姿媚,数纸尚可博白鹅。
继周八代争战罢,无人收拾理则那。
方今太平日无事,柄任儒术崇丘轲。

安能以此上论列,愿借辩口如悬河。

石鼓之歌止于此,呜呼吾意其蹉跎!

【诗作摘评】

昌黎《石鼓歌》句奇语重,古今巨制,代不数人,人不数篇,七古所必问之津。(黄培方《粤岳草堂诗话》卷一)

韩愈之妙,在用叠句。如"黄帝绿幕朱户间",是一句能叠三物。如"洗妆拭面著冠帔,白咽红颊长眉青",是两句叠六物。惟其叠多,故事实而语健。又诸诗《石鼓歌》最工,而叠语亦多。如"雨淋日炙野火烧","鸾翔凤翥众仙下","金绳铁索锁钮壮,古鼎跃水龙腾梭",韵韵皆叠。每句之中,少者两物,多者三物乃至四物,几乎是一律。惟其叠语,故句健,是以为好诗也。韩诗无非《雅》也,然则有时乎近《风》。……如题南岳,歌石鼓,调张籍而歌李杜,则《颂》也。虽风、颂若不足,而雅正则有余矣。(吴沆《环溪诗话》)

可谓极力摹写("快剑斫断"五句下)。诗之珠翠斑驳,正如石鼓。石鼓得此诗而不磨,诗亦并石鼓而不朽矣。(黄周星《唐诗快》)

《石鼓歌》全以文法为诗,大乖风雅。(毛先舒《诗辩坻》)

文章只一句点过,专论字体,得之("辞严义密"句下)。横插此二句,势不直("年深岂免"二句下)。此刘彦和所谓夸饰。然在此题诗,反成病累("陋儒编诗"四句下)。(何焯《义门读书记》卷三十)

人当读李、杜诗后,忽得昌黎《石鼓》等诗读之,如游深山大泽、奔雷急电后,忽入万间广厦,商彝周鼎,罗列左右,稍稍憩息于其中,觉耳目心思又别作宽广名贵之状,迥非人世所有,大快人意。(延君寿《老生常谈》)

第二字平,提起通篇大势,声调大振("周纲陵迟"句下)。(李瑛《诗法易简录》)

《石鼓歌》：须此"文"字平声撑空而起，所以三句"石"字皆仄（首句下）。此句五六上去互扭，是篇中小作推宕（"字体不类"句下）。此句末字用平声峙起，此是中间顿宕，全以撑拄为能（"孔子西行"句下）。此句乃双层之句，在韩公最为宛转矣。所以下句仅换第五字，亦与篇中诸句之换仄者不同（"牧童敲火"句下）。平声正调，长篇一韵到底之正式（末句下）。（翁方纲《七言诗平仄举隅》）

渔洋论诗，以格调、撑架为主，所以独喜吕黎《石鼓歌》也。《石鼓歌》固卓然大篇，然较之此歌（杜甫《李潮八分小篆歌》），则杜有停蓄抽放，而韩稍直下矣。但谓昌黎《石鼓歌》学杜此篇，则亦不然，韩又自有妙处。（翁方纲《石洲诗话》卷一）

苏诗此歌（《石鼓歌》）魄力雄大，不让韩公。……而韩则快剑斫蛟，一连五句撑空而出，其气魄横绝万古，固非苏所能及。（翁方纲《石洲诗话》卷三）

东坡《石鼓》，飞动奇纵，有不可一世之概，故自佳。然似有意使才，又贪使事，不及韩气体肃穆沉重。海峰谓苏胜韩，非笃论也。以余较之，坡《石鼓》不如韩，韩《石鼓》又不如杜《李潮八分小篆歌》文法纵横，高古奇妙。要之，此三诗更古今天壤，如华岳三峰矣。至义山《韩碑》，前辈谓足匹韩，愚谓此诗虽句法雄杰，而气室势平。所以然者，韩深于古文，义山仅以骈俪体作用之，但加精炼琢造，句法老成已耳。一段来历，一段写字，一段叙初年己事，抵一篇传记。夹叙夹议，容易解，但其字句老炼，不易及耳。（方东树《昭昧詹言》邵千辑，范大士评）

大开大阖，段落章法井然，是一篇绝妙文字。（邵千辑，范大士评《历代诗发》）

如许长篇，不明章法，妙处殊难领会。全诗应分四段。首段叙石鼓来历，次段写石鼓正面，三段从空中著笔作波澜，四段以感慨结。

妙处全在三段凌空议论,无此即嫌平直。古诗章法通古文,观此益信。"快剑斫断生蛟鼍"以下五句,雄浑光怪,句奇语重,镇得住纸,此之谓大手笔。(汪佑南《山泾草堂诗话》)

渔阳评少陵《李潮八分小篆歌》,谓尚有败笔。谓韩《石鼓歌》诗雄奇怪伟,不啻倍蓰过之。此妄下雌黄者也。即以二诗结构言之,韩取杜之结意作为发端,势已不振。中间杜多顿折,而韩则如江河直下而已,第以其笔力排奡,故人不觉耳。至谓《小篆》之败笔,不知其安在也。(沈其光《瓶粟斋诗话》初编卷二)

韩诗至《石鼓歌》,而才情纵恣已极;至《嗟哉董生行》,则骎骎淫于卢仝矣。古人所以戒入鲍鱼之肆。(贺裳《载酒园诗话又编》)

雪后寄崔二十六丞公

蓝田十月雪塞关,我兴南望愁群山。
攒天嵬嵬冻相映,君乃寄命于其间。
秩卑俸薄食口众,岂有酒食开容颜?
殿前群公赐食罢,骅骝踏路骄且闲。
称多量少鉴裁密,岂念幽桂遗榛菅?
几欲犯严出荐口,气象硉兀未可攀。
归来殒涕掩关卧,心之纷乱谁能删?
诗翁憔悴劚荒棘,清玉刻佩联玦环。
脑脂遮眼卧壮士,大弨挂壁无由弯。
乾坤惠施万物遂,独于数子怀偏悭。
朝欹暮嗟不可解,我心安得如石顽?

【诗作摘评】

予尝熟味退之诗,真出自然。其用事深密,高出老杜之上。如《符读书城南》诗:"少长聚嬉戏,不殊同队鱼。"又"脑脂盖眼卧壮士,大弨挂壁何由弯",皆自然也。(惠洪《冷斋夜话》)

韩退之于崔立之厚矣。立之所望于退之者,宜如何!然集中所答三诗,皆未有慰荐之意,何耶?其曰:"几欲犯严出荐口,气象硉兀未可攀。"又云:"东马严徐已奋飞,枚皋即召穷且忍。"知识当要路,正赖汲引,隐情惜己,殆同寒蝉,古人之所恶也。(葛立方《韵语阳秋》)

苍劲有余,但乏婉润之致,然却炼得入细。大约亦本杜诗来,第中间着力不得处稍逊杜。可见诗与文固是天分就两派。(朱彝尊《批韩诗》)

拗律句("称多量少"句下)。第四字平,近律而拗("几欲犯严"句下)。拗律句("归来陨涕"句下)。拗律句("诗翁憔悴"句下)。押韵强稳,开宋人法门。(翁方纲按:按韩诗如此者甚多,宋人自学此耳,岂必云开其门乎?)(赵执信《声调谱》)

韩诗如此者甚多,宋人自学此耳,岂必云开其门乎?(翁方纲《赵秋谷所传声调谱》)

正起耳,而笔势雄迈,中后感叹,乃所以为"寄"也。笔势紧,则精神振,然此非公上乘。(方东树《昭昧詹言》)

山 石

山石荦确行径微,黄昏到寺蝙蝠飞。
升堂坐阶新雨足,芭蕉叶大支子肥。
僧言古壁佛画好,以火来照所见稀。

铺床拂席置羹饭,疏粝亦足饱我饥。
夜深静卧百虫绝,清月出岭光入扉。
天明独去无道路,出入高下穷烟霏。
山红涧碧纷烂漫,时见松枥皆十围。
当流赤足蹋涧石,水声激激风吹衣。
人生如此自可乐,岂必局束为人鞿!
嗟哉吾党二三子,安得至老不更归!

【诗作摘评】

有情芍药含春泪,无力蔷薇卧晚枝。拈出退之《山石》句,始知渠是女郎诗。(元好问《论诗三十首》)

《山石》诗最清峻。(黄震《黄氏日钞》)

语如清流啮石,激激相注。李、杜虚境过形,昌黎当境实写。(陆时雍《唐诗镜》)

直书即目,无意求工,而文自至。一变谢家模范之迹,如画家之有荆、关也。从晦中转到明("清月出岭"句下)。"穷烟霏"三字是山中平明真景。从明中仍带晦,都是雨后兴象。又即发端"荦确""黄昏"二句中所包蕴也("出入高下"句下)。顾"雨足"("当流赤足"句下)。(何焯《义门读书记》卷三十)

全以劲笔撑空而出,若句句提笔者。(翁方纲《赵秋谷所传声调谱》)

写景无意不刻,无语不僻。取径无处不断,无意不转。屡经荒山古寺来,读此始愧未曾道着只字,已被东坡翁攫之而趋矣。(查慎行《初白庵诗评》)

句烹字炼而无雕琢之迹,缘其于淡中设色,朴处生姿耳。七言古

诗，唐初多整丽之作，大抵前句转韵，音调铿锵，然自少陵始变为生拗之体，而公诗益畅之，意境为之一换。（汪森《韩柳诗选》）

七言古诗易入整丽，而亦近平熟，自老杜始为拗体，如《杜鹃行》之类。公之七言皆祖此种，而中间偏有极鲜丽处，不事雕琢，更见精采，有声有色，自是大家。（顾嗣立《寒厅诗话》）

凡结句都要不从人间来，乃为匪夷所思，奇险不测。他人百思所不解，我却如此结，乃为我之。如韩《山石》是也。不然，人人胸中所可有，手笔所可到，是为凡近。不事雕琢，自见精采，真大家手笔。许多层事，只起四语了之。虽是顺叙，却一句一样境界，如展画图，触目通层在眼，何等笔力！五句、六句又一画，十句又一画。"天明"六句，共一幅早行图画，收入议。从昨日追叙，夹叙夹写，情景如见，句法高古。只是一篇游记，而叙写简妙，犹是古文手笔。他人数语方能明者，此须一句，即全现出，而句法复如有余地，此为笔力。（方东树《昭昧詹言》卷十二）

是宿寺后补作。以首二字"山石"标题，此古人通例也。"山石"四句，到寺即景。"僧言"四句，到寺后即事。"夜深"二句，宿寺写景。"天明"六句，出寺写景。"人生"四句，写怀结。通体写景处，句多浓丽；即事写怀，以淡语出之。浓淡相间，纯任自然，似不经意，而实极经意之作也。（汪佑南《山泾草堂诗话》）

昌黎诗陈言务去，故有倚天拔地之意。《山石》一作，词奇意幽，可为《楚辞·招隐士》对，如柳州《天对》例也。（刘熙载《艺概·诗概》）

李、杜《登泰山》《梦天姥》《望岳》《西岳》等篇，皆浑言之，不尽游山之趣也。故不可一例论。子瞻游山诸作，非不快妙，然与此比并，便觉小耳。此惟子瞻自知之。（程学恂《韩诗臆说》）

谒衡岳庙,遂宿岳寺,题门楼

五岳祭秩皆三公,四方环镇嵩当中。
火维地荒足妖怪,天假神柄专其雄。
喷云泄雾藏半腹,虽有绝顶谁能穷?
我来正逢秋雨节,阴气晦昧无清风。
潜心默祷若有应,岂非正直能感通?
须臾静扫众峰出,仰见突兀撑青空。
紫盖连延接天柱,石廪腾掷堆祝融。
森然魄动下马拜,松柏一径趋灵宫。
粉墙丹柱动光彩,鬼物图画填青红。
升阶伛偻荐脯酒,欲以菲薄明其衷。
庙令老人识神意,睢盱侦伺能鞠躬。
手持杯珓导我掷,云此最吉余难同。
窜逐蛮荒幸不死,衣食才足甘长终。
侯王将相望久绝,神纵欲福难为功。
夜投佛寺上高阁,星月掩映云曈昽。
猿鸣钟动不知曙,杲杲寒日生于东。

【诗作摘评】

恻怛之忱,正直之操,坡老所谓"能开衡山之云"者也。(黄震《黄氏日钞》)

语如凿翠。(陆时雍《唐诗镜》)

韩昌黎诗句句有来历,而能务去陈言者,全在于反用。……《岳庙》诗,本用谢灵运"猿动诚知曙"句,偏云"猿鸣钟动不知曙",此等不可枚举。学诗者解得此秘,则臭腐化为神奇矣。(顾嗣立《寒厅诗话》)

此始以句句第五字用平矣,是阮亭先生所讲七言平韵到底之正调也。盖七古之气局,至韩、苏而极其致尔。少陵《瘦马行》,平声一韵到底,尚非极着意之作。此种句句三平正调之作,竟要算昌黎开之。(翁方纲《七言诗平仄举隅》)

"横空盘硬语,妥帖力排奡",公诗足当此语。(沈德潜《唐诗别裁集》卷七)

昌黎《谒衡岳庙》诗,读去觉其宏肆中有肃穆之气,细看去却是文从字顺,未尝矜奇好怪,如近人论诗所谓说实话也。后人遇此大题目,便有艰涩堆砌为能,去古日远矣。"王侯将相"二句,启后来东坡一种,苏出于韩,此类是也。然苏较韩更觉浓秀凌跨,此之谓善于学古,不似后人依样葫芦。(延君寿《老生常谈》)

三溪曰:"一篇登岳,有韵记文。读者不觉为有韵语,盖以押韵自在,一句无强押也。"(〔日本〕赖襄《增评韩苏诗钞》)

七古中,此为第一。后来惟苏子瞻解得此诗,所以能作《海市》诗。"潜心默祷若有应,岂非正直能感通?"曰"若有应",则不必真有应也。我公至大至刚,浩然之气,忽于游嬉中无心现露。"庙令老人识神意"数语,纯是谐谑得妙。末云"王侯将相望久绝,神纵欲福难为功",我公富贵不能移,威武不能屈之节操,忽于嬉笑中无心现露。公志在传道,上接孟子,即《原道》及此诗可证也。文与诗义自各别,故公于《原道》《原性》诸作,皆正言之以垂教也,而于诗中多谐言之以写情也。即如此诗,于阴云暂开,则曰:"此独非吾正直之所感乎?"所感仅此,则平日之不能感者多矣。于庙祝妄祷,则曰我已无志,神安能福我乎？神且不能强我，则平日之不能转移于人可明矣。然前则托之开云，后则以谢庙祝，皆跌宕游戏之词，非正言也。假如作言志诗，云我之正直，可感天地，世之勋名，我所不屑，则肤阔而无味矣。读韩诗与读韩文迥别，试按之，然否？（程学恂《韩诗臆说》）

首六句从五岳落到衡岳，步骤从容，是典制题开场大局面。领起游意。"我来正逢"十二句，是登衡岳至庙写景。"升阶伛偻"六句叙事。"窜逐蛮荒"四句写怀。"夜投佛寺"四句结宿意。精警处在写怀四句。明哲保身，是圣贤学问，隐然有敬鬼神而远之意。庙令老人，目为寻常游客，宁非浅视韩公？（汪佑南《山泾草堂诗话》）

庄起陪起。此典重大题。首以议为叙，中叙中夹写。意境，托句俱奇创。以己收。凡分三段。"森然"句奇纵。（方东树《昭昧詹言》卷十二）

吴曰："此东坡所谓'能开衡山之云'者，最足见公之志节。此诗质健，乃韩公本色。"（高步瀛《唐宋诗举要》）

酬司马卢四兄云夫院长望秋作

长安雨洗新秋出，极目寒镜开尘函。
终南晓望蹋龙尾，倚天更觉青巉巉。
自知短浅无所补，从事久此穿朝衫。
归来得便即游览，暂似壮马脱重衔。
曲江荷花盖十里，江湖生目思莫缄。
乐游下瞩无远近，绿槐萍合不可芟。
白首寓居谁借问？平地寸步扃云岩。
云夫吾兄有狂气，嗜好与俗殊酸咸。

日来省我不肯去,论诗说赋相喃喃。
《望秋》一章已惊绝,犹言低抑避谤讒。
若使乘酣骋雄怪,造化何以当镌劖?
嗟我小生值强伴,怯胆变勇神明鉴。
驰坑跨谷终未悔,为利而止真贪馋。
高挥群公谢名誉,远追甫白感至諴。
楼头完月不共宿,其奈就缺行擸擸。

【诗作摘评】

峭倚天壁。(陆时雍《唐诗镜》卷三十九)

朱彝尊曰:"起二句写景佳。""此(第五句下)仍是粗硬调。"方东树曰:"此(第五句下)再追叙事。"张鸿曰:"('乐游''绿槐'二句下)槐阴之密,以浮萍之合形容之,独造可喜。然其筋脉则在'下瞩'二字。古人造意造句之妙如此。"程学恂曰:"('若使''造化'二句下)乃是加倍写法。"孙汝听曰:"('驰坑'句下)言愿游此山也。""('为利'句下)言拘于利禄而不游此山,是为贪馋之人矣。"唐庚曰:"('甫白')谓李、杜。"朱彝尊曰:"('楼头'二句下)月圆缺是常景,此用意却新。"方东树曰:"读韩公与山谷诗,如制毒龙,钦其爪牙,横于盂钵中,抑遏闭藏,不使外露,而时不可掩。以视浮浅一味嚣张,如小儿傅粉,搔首弄姿,不可奈矣。观韩'长安雨洗'一首可见。"蒋抱玄曰:"此诗藻润特工,字里行间,跃跃有粗硬气,'妥帖力排奡',于斯益信。"(诸家评语均引自钱仲联《韩昌黎诗系年集释》)

寒食日出游

李花初发君始病,我往看君花转盛。
走马城西惆怅归,不忍千株雪相映。
迩来又见桃与梨,交开红白如正竞。
可怜物色阻携手,空展霜缣吟九咏。
纷纷落尽泥与尘,不共新桩比端正。
桐华最晚今已繁,君不强起时难更。
关山远别固其理,寸步难见始知命。
忆昔与君同贬官,夜渡洞庭看斗柄。
岂料生还得一处,引袖拭泪悲且庆。
各言生死两追随,直置心亲无貌敬。
念君又署南荒吏,路指鬼门幽且夐。
三公尽是知音人,曷不荐贤陛下圣。
囊空甑倒谁救之?我今一食日还并。
自然忧气损天和,安得康强保天性。
断鹤两翅鸣何哀,絷骥四足气空横。
今朝寒食行野外,绿杨匝岸蒲生迸。
宋玉庭边不见人,轻浪参差鱼动镜。
自嗟孤贱足瑕疵,特见放纵荷宽政。
饮酒宁嫌盏底深,题诗尚倚笔锋劲。
明宵故欲相就醉,有月莫愁当火令。

【题解】

一本注云:"张十一院长见示《病中忆花》九篇,寒食日出游夜归,因以投赠。"

【诗作摘评】

朱彝尊曰:"('迩来又见桃与李'句下)三次花开是节奏,盖因其忆花意答之,所以有忆。"何焯曰:"('关山远别固其理'句下)先著此句,生出'忆昔'三句之妙。"朱彝尊曰:"兴致本花来,微加藻润,营构犹有杜意。"黄钺曰:"此篇亦间有对句。"程学恂曰:"押韵处别见锤炉,欧、梅、坡、谷皆宗之。"(钱仲联《韩昌黎诗系年集释》引)

赠崔立之评事

崔侯文章苦捷敏,高浪驾天输不尽。
曾从关外来上都,随身卷轴车连轸。
朝为百赋犹郁怒,暮作千诗转遒紧。
摇毫掷简自不供,顷刻青红浮海蜃。
才豪气猛易语言,往往蛟螭杂螻蚓。
知音自古称难遇,世俗乍见那妨哂。
勿嫌法官未登朝,犹胜赤尉长趋尹。
时命虽乖心转壮,技能虚富家逾窘。
念昔尘埃两相逢,争名龃龉持矛盾。
子时专场夸觜距,余始张军严鞬櫜。
尔来但欲保封疆,莫学庞涓怯孙膑。
窜逐新归厌闻闹,齿发早衰皆可闵。

频蒙怨句刺弃遗,岂有闲官敢推引?
深藏箧笥时一发,戢戢已多如束笋。
可怜无益费精神,有似黄金掷虚牝。
当今圣人求侍从,拔擢杞梓收楷箘。
东马严徐已奋飞,枚皋即召穷且忍。
复闻王师西讨蜀,霜风冽冽摧朝菌。
走章驰檄在得贤,燕雀纷拏要鹰隼。
窃料二途必处一,岂比恒人长蠢蠢。
劝君韬养待征召,不用雕琢愁肝肾。
墙根菊花好沽酒,钱帛纵空衣可准。
晖晖檐日暖且鲜,械械井梧疏更殒。
高士例须怜曲蘖,丈夫终莫生畦畛。
能来取醉任喧呼,死后贤愚俱泯泯。

【诗作摘评】

退之《赠崔立之》前后各一篇,皆讥其诗文易得。前诗曰:"才豪气猛易语言,往往蛟螭杂蝼蚓。"后诗曰:"文如翻水成,初不用意为。"二诗皆数十韵,岂非欲衒博于易语之人乎? 前诗曰:"深藏箧笥时一发,戢戢已多如束笋。"后诗曰:"每旬遗我书,竟岁无差池。"有以知崔于韩情义之笃如此也。(葛立方《韵语阳秋》)

崔立之在唐不登显仕,他亦无传,而韩文公推奖之备至。《登科记》:"立之以贞元三年第进士,七年中宏词科。"正与诗合。观韩公所言,崔作诗之多可知矣,而无一篇传于今。岂非蝼蚓之杂,惟敏速而不能工耶?(洪迈《容斋续笔》)

《赠崔立之》一首，工于展拓，妙于收束。其铺叙处用转折以取势，转折处用警句以整顿，遂不嫌拖沓，无懈可击。至全用仄韵到底，工部已有之，盛于作者，极于东坡，歌行之能事备矣。（延君寿《老生常谈》）

长篇不换韵，气一直下，以有藻润，故不迫促。又洗炼得净，有遒劲味，故足讽咏。（朱彝尊《批韩诗》）

此酷摹工部作也。（张鸿《批韩诗》）

立之跅弛之才，故多与为滑稽之言，然亦未始非所以励之也。（程学恂《韩诗臆说》）

陆浑山火和皇甫湜用其韵

皇甫补官古贲浑，时当玄冬泽干源。
山狂谷很相吐吞，风怒不休何轩轩！
摆磨出火以自燔，有声夜中惊莫原。
天跳地踔颠乾坤，赫赫上照穷崖垠。
截然高周烧四垣，神焦鬼烂无逃门。
三光弛隳不复暾，虎熊麋猪逮猴猿。
水龙鼍龟鱼与鼋，鸦鸱雕鹰雉鹄鹍。
燖烄煨爊孰飞奔，祝融告休酌卑尊，
错陈齐玫辟华园。芙蓉披猖塞鲜繁，
千钟万鼓咽耳喧。攒杂啾嚄沸篪壎，
彤幢绛旄紫槖幡。炎官热属朱冠褌，
髹其肉皮通脬臀。颡胸垤腹车掀辕，

缇颜鞯股豹两鞭。霞车虹鞘日毂辘,
丹蕤縓盖绯繙帑。红帷赤幕罗脤膰,
盐池波风肉凌屯。谽呀巨壑颓黎盆,
豆登五山瀛四罇。熙熙酾酬笑语言,
雷公擘山海水翻。齿牙嚼啮舌膶反,
电光磹磹赪目暖。项冥收威避玄根,
斥弃舆马背厥孙。缩身潜喘拳肩跟,
君臣相怜加爱恩。命黑螭侦焚其元,
天阙悠悠不可援。梦通上帝血面论,
侧身欲进叱于阍。帝赐九河湔涕痕,
又诏巫阳反其魂。徐命之前问何冤,
火行于冬古所存。我如禁之绝其飧,
女丁妇壬传世婚。一朝结仇奈后昆,
时行当反慎藏蹲。视桃著花可小騫,
月及申酉利复怨。助汝五龙从九鲲,
溺厥邑囚之昆仑。皇甫作诗止睡昏,
辞夸出真遂上焚。要余和增怪又烦,
虽欲悔舌不可扪。

【诗作摘评】

　　唐诗赓和,有次韵(先后无易),有依韵(同在一韵),有用韵(用彼韵而不必次),吏部和皇甫《陆浑山火》是也。今人多不晓。(刘攽《中山诗话》)

　　按和韵诗有三体:一曰依韵,谓同在一韵中而不必用其字也。二曰次韵，谓和其原韵而先后次第皆因之也。三曰用韵，谓用其韵而先后不必次也，如唐韩愈《昌黎集》有《陆浑山火和皇甫湜用其韵》是已。（徐师曾《文体明辨序说·和韵诗》）

韩退之《陆浑山火》诗，变体奇涩之尤者，千古之绝唱也。（员兴宗《九华集》）

叶集之云："韩退之《陆浑山火》诗，浣花决不能作；东坡《盖公堂记》，退之做不到。硕儒巨公，各有造极处，不可比量高下。元微之论杜诗，以为李谪仙尚未历其藩翰。岂当如此说？异乎微之之论也！"此为知言。（吴可《藏海诗话》）

昌黎《陆浑山火》诗，造语险怪，初读殆不可晓，及观《韩氏全解》，谓此诗始言火势之盛，次言祝融之御火，其下则水火相克相济之说也。题云"和皇甫湜韵"，湜与李翱皆从公学文，翱得公之正，湜得公之奇。此篇盖戏效其体，而过之远甚。东坡有《云龙山火》诗，亦步骤此体，然用意措辞，皆不逮也。（瞿佑《归田诗话》）

汉《柏梁台》诗"粗梨橘栗桃李梅"，韩退之《陆浑山火》"鸦鸱雕鹰雉鹄鹍"，陈后山《二苏公》诗"桂椒枏栌枫柞樟"，七物为句，亦偶用耳。或谓诗多用实字为美，误矣。（何孟冬《余冬诗话》）

起句便极奇古。以下俱用柏梁体，无语不奇，无字不古，横绝一世，不可有二。此一陆浑山火，不过寻常野烧之类耳。初非若项王之焚咸阳、周郎之鏖赤壁也，却说得天翻地覆，海立山飞，鬼哭神号，鸟惊兽散，直似开辟以来，乾坤第一场变异，令观者心惥魂悚，五色无主。总是胸中万卷，笔底千军，无端作怪，特借此发泄一番，煞是今古奇观，至于句法、字法之妙，更不足言。（黄周星《唐诗快》）

《陆浑山火》诗不过秋烧耳，遂曼衍诡谲，说得上九霄而下九幽。玩结句自为一炙手可热之权门发，然终未考得其人。以诗而言，亦游戏已甚矣，但艺苑中亦不可少此一种瑰宝。（方世举《兰丛诗话》）

此诗望之骇目惊心,按之词义,了然无不可解。其荒唐、怪诞大都本之《天问》《招魂》,而创辟奇横,乃天地间从来未有之文。然公自言怪又烦,且云"欲悔舌不可扪",则非文章正法,亦可知矣。(钱良择《唐音审体》)

凿空硬造,语法本《骚》,然止是竞奇,无甚风致。(朱彝尊《批韩诗》)

此句祝融行火,鬼神恍惚,可畏可愕,全从虚处着笔,正是实写题面处,至其字句之奇崛,仿佛赋家精采("祝融告休"句下)。(汪森《韩柳诗选》)

子厚诗主清,最清者善。退之诗主奇,最奇者善。盖所尚在此,则所精亦在此也。读韩诗,自《秋怀》《琴操》诸短章而外,当以《南山》《陆浑》为破鬼胆、穿月胁矣。(吴震方《放胆诗》)

《陆浑山火和皇甫湜用其韵》:古诗平韵句法,尽于此中矣。《柏梁》句句用韵,杂律句其中,犹不用韵之句偶入律调,以下句救之也。此篇各种句法俱备,然中有数句,虽是古体,止可用于《柏梁》,至于寻常古诗,断不可用,转韵尤不可用,用之则失调矣。当细辨之。如仄仄平平平平平,仄仄仄平平平平是也。又如平平平平仄平平,亦当酌而用之。转,韵中不宜,以其乖于音节耳。律句("梦通上帝"二句下)。拗律句("帝赐九河"句下)。律句("一朝结仇"二句下)。(赵执信《声调谱》)

山下有煤石,人火误入其穴则焚灼耳,以为真有火神助焰,特文人故欲钓奇耳。(张谦宜《絸斋诗谈》)

《册府元龟》:"元和三年,诏举贤良方正,有皇甫湜对策,其言激切。牛僧孺、李宗闵亦苦谏时政。为贵幸泣诉于帝。帝不得已,出考官杨於陵、韦贯之于外。"案:牛僧孺补伊阙尉,湜补陆浑尉。制科登用较元年之元稹、独孤郁等,大相悬绝。皇甫之作,盖其寓意也,火以

215

喻权幸势方熏灼,炎官热属则指附和之人。牛、李等以直言被黜,犹黑螭之遭焚。终以申雪幽枉,属望九重。其词诡怪,其旨深淳矣。(沈钦韩《韩集补注》)

《青龙寺》诗是小奇观,《陆浑山火》诗是大奇观。张籍责公好与人为驳杂无实之谈,公曰:"吾以为戏耳,何害于道哉?"按张所言,乃谓使人陈之于前而公乐闻之,非公之议论文章也。吾谓即公之文章中,或亦不尽免。此即《陆浑山火》等篇,非驳杂无实之谈哉?然苟通达其旨,则虽变而不离于常也。"山狂谷很""天跳地踔""神焦鬼烂"等语,皆公生辟独造,前无所假。此诗极意侈张,满眼采缋,然其意旨却自清绝,无些子模糊。其视后之以涂饰为工者,真如土与泥矣。按:此诗言水火之相克相济处,亦以谐俳出之,若拘定是真实说话,则水诉于帝,帝不能决,但以结婚为之调解,岂天上亦有此和事天子乎?至谓火行于冬,本无不合,又何以待其势衰然后纵之复仇,岂明正讨罪之义乎?孔明乘其昏弱规取刘璋,世儒犹以为讥,而谓天帝为之乎?执此以读公诗,不殊高叟之论《小弁》矣。(程学恂《韩诗臆说》)

作一帧西藏曼荼罗画观。(沈曾植《海日楼札丛》卷七)

送区弘南归

穆昔南征军不归,虫沙猿鹤伏以飞。
汹汹洞庭莽翠微,九疑镵天荒是非。
野有象犀水贝玑,分散百宝人士稀。
我迁于南日周围,来见者众莫依稀。
爰有区子荧荧晖,观以彝训或从违。
我念前人譬荝菲,落以斧引以纆徽。

虽有不逮驱骓骓，或采于薄渔于矶，
服役不辱言不讥。
从我荆州来京畿，离其母妻绝因依。
嗟我道不能自肥，子虽勤苦终何希？
王都观阙双巍巍，腾踏众骏事鞍鞿，
佩服上色紫与绯，独子之节可嗟唏。
母附书至妻寄衣，开书拆衣泪痕晞。
虽不赦还情庶几，朝暮盘羞侧庭闱。
幽房无人感伊威，人生此难余可祈。
子去矣时若发机，鼍沉海底气升霏，
彩雉野伏朝扇翚。
处子窈窕王所妃，苟有令德隐不腓。
况今天子铺德威，蔽能者诛荐受禨。
出送抚背我涕挥，行行正直慎脂韦。
业成志树来顾颀，我当为子言天扉。

【诗作摘评】

张耒曰："古人作七言诗，其句脉多上四字而以下三字成之。退之乃变句脉以上三下四，如"落以斧引以纆徽""虽欲悔舌不可扪"，是也。（朱熹《韩文考异》）

温柔敦厚，声如厥志。愔愔蔼蔼，所谓伯牙之琴弦乎？气味出于平子《思玄赋》，中边皆甜。与《送廖道士序》同意（"穆昔南征"六句下）。伏后"业"字（"观以彝训"句下）。注引张文潜云云。按：汉铙歌《上邪篇》云："山无陵，江水为竭。"又汝南童谣云："饭我豆食羹芋魁",其句脉皆上三字略断。韩子必有本也("落以斧引"句下)。伏后"勤"字("虽有不逮"句下)。伏后"苦"字("服役不辱"句下)。《三百篇》语,妙("虽不敕还"句下)。伏下"志"字。王道正直,即上"彝训"归宿也("行行正直"句下)。(何焯《义门读书记》卷三十)

笔意质奥,大类古箴铭语。(汪森《韩柳诗选》)

气甚魁岸,中多奇句可摹。如"九疑镵天荒是非",下字生稳;又如"落以斧引以缧徽"、"子去矣时若发机"、"蔽能者诛荐受禨",此上三下四、下四上三句法。初造生新,久易生病。后人折腰、泼撒等句,俱从此衍出,其要只在浑成健炼。(张谦宜《絸斋诗谈》)

昌黎不但创格,又创句法。《路傍堠》云:"千以高山遮,万以远水隔。"此创句之佳者。凡七言多上四字相连,而下三字足之。乃《送区弘》云:"落以斧引以缧徽。"又云:"子去矣时若发机。"《陆浑山火》云:"溺厥邑囚之昆仑。"则上三字相连,而下以四字足之。自亦奇辟,然终不可读,故集中只此数句,以后亦莫有人仿之也。(赵翼《瓯北诗话》卷三)

全以气力驱使,微袭古词歌意,总是变体。(朱彝尊《批韩诗》)

一起写出荒远("分散百宝"句下)。三句比而兴也("蜃沉海底"三句下)。(程学恂《韩诗臆说》)

字字精卓研炼而不伤气,读之但觉真味醰醰,绁绎不尽。(高步瀛《唐宋诗举要》)

刘生诗

生名师命其姓刘,自少轩轾非常俦。
弃家如遗来远游,东走梁宋暨扬州。
遂凌大江极东陬,洪涛春天禹穴幽。

越女一笑三年留,南逾横岭入炎洲。
青鲸高磨波山浮,怪魅炫曜堆蛟虬。
山獠欢噪猩猩游,毒气烁体黄膏流。
问胡不归良有由,美酒倾水炙肥牛。
妖歌慢舞烂不收,倒心回肠为青眸。
千金邀顾不可酬,乃独遇之尽绸缪。
蹩然一饱成十秋,昔须未生今白头。
五管历遍无贤侯,回望万里还家羞。
阳山穷邑惟猿猴,手持钓竿远相投。
我为罗列陈前修,芟蒿斩蓬利锄耰。
天星回环数才周,文字穰穰囷仓稠。
车轻御良马力优,咄哉识路行勿休,
往取将相酬恩仇。

【诗作摘评】

柏梁体句各一事,此自是《燕歌行》体。然此体不宜长,又须炼得精。此作遒劲有味,意态尚恨未甚浓。(朱彝尊《批韩诗》)

刘生狂躁无拘检之人,浪游遍天下。在东越为越女一笑而留三年。入炎州为妖歌慢舞遂尽十秋。及历遍五管,困穷不能还家,访公阳山,公乃陈前修以诱进之。才周一年,文字已稍可观矣,故勉之曰:"咄哉识路行勿休。"然如刘生者,岂能必绳以圣贤之道哉?且已白头,日暮途远矣,故以利动之曰:"往取将相酬恩仇。"因人施教云耳。抑公是时年卅七八,刘生必不少于公,或反长于公不可知。(王鸣盛《批韩诗》)

古诗一句全用平仄者,并有一句平,一句仄,相连成文者。……韩昌黎《南山诗》之"横云时平凝,点点露数岫",《泷吏》之"官当明时来,事不待说委",……皆一句全平,一句全仄。至昌黎《南山诗》"或散若瓦解,……或缭若篆籀",则并二句全仄矣。《古诗》"罗衣何飘飘,轻裾随旋风",则二句全平矣。不特此也,即七言亦有全平仄者。少陵诗"有客有客字子美","中巴之东巴东山",昌黎《赠刘生》之"青鲸高摩波山浮",《送僧澄观》之"浮屠西来何施为",……此又七言之全平仄者。(赵翼《陔余丛考》)

昌黎《刘生诗》,虽纪实之作,然实源本古乐府《横吹曲》。其通篇叙事,皆任侠豪放一流。其曰"东走梁宋""难逾横岭",亦与古曲五陵、三秦之事相合。末与"酬恩仇"结之,仍还他侠少本色。不然,昌黎岂有教人以官爵恩仇者耶?不惟用乐府题兼且用其意,用其事而却自纪实,并非仿古。此脱化之妙也。(翁方纲《石洲诗话》)

此赠叙题,造句重老。(方东树《昭昧詹言》)

气体雄直,是韩公本色。字句亦以拗炼见长。(高步瀛《唐宋诗举要》引吴闿生语)

通首写侠士性情,故弃家远游,倾心妖艳,取将相,酬恩仇,皆一类事也。惟其胸怀磊落,有异凡庸,则不失为可取。而素行之不检,不足以累之耳。再公诗多涉滑稽俳谐,非正言也。若作正言,则公岂亦昵于色者乎?阮亭持此以攻昌黎之短,谓不如文中者门下罗将相,勋业著一时。嘻,何其浅耶!(程学恂《韩诗臆说》)

吴曰:"极意雕琢成奇句('越女一笑'句下)。逆折,拗甚('问胡不归'句下)。逆折('千金邀顾'句下)。奇语('瞥然一饷'二句下)。顿挫('天星回环'句下)。气体雄直,是韩公本色,字句亦以拗炼见长(末句下)。"(高步瀛《唐宋诗举要》引)

汴州乱二首(其二)

母从子走者为谁?大夫夫人留后儿。
昨日乘车骑大马,坐者起趋乘者下。
庙堂不肯用干戈,呜呼奈汝母子何!

【诗作摘评】

公是时已从晋丧出汴四日,实贞元十五年。二诗之作,盖讥德宗姑息之政云。(钱仲联《韩昌黎诗系年集释》"魏本引韩醇"语)

叙得惨。二首结语,句无可奈何之辞。(蒋之翘《韩昌黎集辑注》引蒋春父语)

退之虽好为长句,然其短古,极有可观。如《汴州乱》《马厌谷》《古风》《河之水》诸作,俱高古绝伦,尚是《琴操》余技。(蒋之翘《韩昌黎集辑注》)

无意求工,乃臻古奥。(汪琬《批韩诗》)

质直得情,正是歌谣意。(朱彝尊《批韩诗》)

此诗一章(熊按:即其一)讥四邻坐视,二章(熊按:即其二)讥君相姑息也。(顾嗣立《昌黎先生诗集注》引胡渭语)

首章(熊按:其一)意乃公羊子所云"下无方伯",次篇则"上无天子"也。(陈景云《韩集点勘》)

二首前伤无霸,后伤无王。(印宪曾《读韩记疑引》)

大题短章而自足,以笔力高,斩截包括得尽也。前叙四句能尽,以笔力高也。收二句入议闲远。次首六句三韵,各抵一大篇,又各换笔。(方东树《昭昧詹言》卷十二)

利　剑

利剑光耿耿,佩之使我无邪心。

故人念我寡徒侣,持用赠我比知音。

我心如冰剑如雪,不能刺谗夫,

使我心腐剑锋折。

决云中断开青天,

噫,剑与我俱变化归黄泉!

【诗作摘评】

此诗次《汴州乱》后,不平之气,略见于此。(高棅《唐诗品汇》引韩仲韶语)

短折而铦。(陆时雍《唐诗镜》)

语调俱奇险,亦近风谣。(朱彝尊《批韩诗》)

奇气郁律。(何焯《批韩诗》)

"我"字、"剑"字为双关,一顺一逆,故可诵,故意以"我"对"剑",没比体痕迹。(〔日本〕赖襄《增评韩苏诗钞》)

别成机调,锋锐袭人,世之遭谗憎者,读此斗觉生气奕奕。(吴瑞荣《唐诗笺要》)

三章(指此诗及《马厌谷》《忽忽》)……实则一时所作。当是德宗贞元十九年由四门博士拜监察御史时。盖公怀史鲻进贤退不肖之志,而郁郁无所遂,故首章恨不欲去谗而无其权也。……用乐府之奇崛,摅《离骚》之幽怨,而皆遗其形貌,所谓情激则调变者欤?(陈沆《诗比兴笺》)

此及《忽忽》等篇，古琴、古味、古调，上凌楚《骚》，直接《三百篇》也。（程学恂《韩诗臆说》）

此（结语）有功成身退，深藏不出意。评者以"黄泉"字而言其诿馁意，不知归黄泉者，即《易》所谓"龙蛇之蛰"。且不见扬子云"深者入黄泉，高者上青天"语耶？（李黼平《读杜韩笔记》）

嗟哉董生行

淮水出桐柏山，东驰遥遥，千里不能休。
浉水出其侧，不能千里，百里入淮流。
寿州属县有安丰，
唐贞元时，县人董生召南隐居行义于其中。
刺史不能荐，天子不闻名声。
爵禄不及门，门外惟有吏，
日来征租更索钱。
嗟哉！董生朝出耕，夜归读古人书，
尽日不得息。
或山而樵，或水而渔。
入厨具甘旨，上堂问起居。
父母不戚戚，妻子不咨咨。
嗟哉！董生孝且慈，
人不识，惟有天翁知。
生祥下瑞无休期：
家有狗乳出求食，鸡来哺其儿。

啄啄庭中拾虫蚁,哺之不食鸣声悲;

彷徨踯躅久不去,以翼来覆待狗归。

嗟哉!董生,谁将与俦?

时之人,夫妻相虐,兄弟为仇。

食君之禄,而令父母愁。

亦独何心?

嗟哉!董生无与俦!

【诗作摘评】

"不能千里"者,以兴董生居下,其可以施于人者不遏也。(魏怀忠《新刊五百家注音辨昌黎先生文集》引洪兴祖语)

近俚、近质处,乐府本色("日来"句下)。亦以俚俗胜("以翼"句下)。锻语刻酷警动("亦独"句下)。长短句错,是仿古乐府,意调亦仿佛似之。(朱彝尊《批韩诗》)

叙事质而不俚,琐而不俗,是谓古节古意。(汪琬《批韩诗》)

大是模汉得来。(陆时雍《唐诗镜》)

古诗长短句,盛于太白,如《蜀道难》《远别离》等篇,实为公取法者。其奇横偏在用韵处贯下一笔,然后截住,以足上意。如"尽日不得息""亦独何"等句是也。"(顾嗣立《昌黎先生诗集注》引俞玚语)

昌黎《董生行》不循句法,却是易路。(吴乔《围炉诗话》)

《嗟哉董生行》,实用文体为诗,更讳不得。然其驰骋跃宕,音节疾徐,实是乐府长短句,不害其似文也。凡称"行"者,音调贵乎流走。(张谦宜《𥳑斋诗谈》)

鸡、狗一段,形容物类相感,其说理本《易·中孚》"信及豚鱼",其行文设色,又用《史记》李广射虎、苏武牧羝,细碎事极为铺张。此所

谓人所应有,我不必有;人所应无,我不必无也。(方世举《昌黎诗集编年笺注》)

直白少文,正是不可及处。(沈德潜《唐诗别裁集》卷七)

神味古淡,节族自然,集中寡二少双,惟《琴操》间有近之者。(清高宗爱新觉罗·弘历敕编《唐宋诗醇》)

柳宗元

(773—819),字子厚,祖籍河东解县(今山西运城西南)人,世称柳河东。德宗贞元九年(793)中进士第,十四年(798)登博学宏词科,授集贤正字,调蓝田尉;十九年(803),为监察御史里行。顺宗即位,擢礼部员外郎,参与王叔文等策划的政治革新活动。宪宗即位,贬邵州刺史,途中改贬永州司马。元和十年(815)正月召回,三月出为柳州刺史。元和十四年(819)卒于柳州。《全唐诗》存诗四卷。

柳宗元与韩愈同为中唐古文革新的倡导者,并称"韩柳",二人诗风有异,皆为唐诗史上之大家、名家。苏轼即云:"李、杜之后,诗人继作,虽间有远韵,而才不逮意。独韦应物、柳宗元,发纤秾于简古,寄至味于淡泊,非余子所及也"(《书黄子思诗集后》)又云:"柳子厚诗,在陶渊明下,韦苏州上。退之豪放,奇险则过之,而温丽、靖深不及也。所贵于枯淡者,谓其外枯而中膏,似淡而实美,渊明、子厚之流是也。若中边皆枯淡,亦何足道。"(《评韩柳诗》)张戒云:"柳柳州诗,字字如珠玉,精则精矣,然不若退之之变态百出也。使退之收敛而为子厚则易,使子厚开拓而为退之则难。意味可学,而才气则不可强也。"(《岁寒堂诗话》)刘克庄云:"韩、柳齐名,然柳乃本色诗人。自渊明没,雅道几息,当一世竞作唐诗之时,独为古体以矫之,未尝学陶、和陶,集中五言凡十数篇,杂之陶集,有未易辨者。其幽微者可玩而味,其感慨者可悲而泣也。其七言五十六字尤工。"(《后村诗话》)刘辰翁云："子厚古诗短调,纡郁清美,闲胜长篇,点缀精丽,乐府托兴飞动,退之故当远出其下,并言韩、柳,亦不偶然。"(《唐诗品汇》)许学夷云："子厚七言古,气格虽胜,然锻炼深刻,已近于变。"(《诗源辩体》)贺贻孙云："余观子厚诗,似得摩诘之洁,而颇近孤峭。其山水诗,类其《钴𬭁潭》诸句,虽边幅不广,而意境已足。如武陵一隙,自有日月,与韦苏州诗未易优劣。惟《田家》诗,直与储光羲争席,果胜苏州一筹耳。"(《诗筏》)张谦宜云："柳柳州气质悍戾,其诗精英出色,俱带矫矫凌人意。文词虽掩饰些,毕竟不和平,使柳州得志,也了不得。柳文让韩,诗则独胜。"(《𦈕斋诗谈》)乔亿云："柳州歌行甚古,遒劲处非元、白、张、王所及。"(《剑溪说诗》)

杨白花

杨白花,风吹渡江水。
作令宫树无颜色,摇荡春光千万里。
茫茫晓月下长秋,哀歌未断城鸦起。

【诗作摘评】

此为太后怀人之词,而借杨花以托意也。"风吹渡江"者,谓白花南奔于梁也。所怀既道,足使我宫树无颜,而彼摇荡春光于万里之外,于是作此哀歌几忘晷刻。才睹晓日,忽闻晚鸦之起矣。唐人用乐府旧题,咸别自造意,惟此篇为拟古。(唐汝询《唐诗解》卷十八)

柳州古诗得于谢灵运,而自得之趣,鲜可俦匹,此其所短。然在当时作者,凌出其上多矣。(徐献忠《唐诗品》)

微而显,语简而含味长。音节最妙。"江水""宫树""长秋""哀

歌"字点得最醒。(孙月峰《评点柳柳州集》卷四十三)

子厚寂寥短章,诗高意远,是为绝调。(乔亿《剑溪说诗》卷上)

顾华玉称此诗更不浅露,反极悲哀。其能尔者,当由即景含情。(王夫之《唐诗评选》卷一)

较本词觉雅。(陆时雍《唐诗镜》卷三十七)

七言造怀自喻,饶费苦吟,隽逸出新,神伤刻露,要处之储、韦以降,无愧一家之言。(宋育仁《三唐诗品》)

李、杜外,短歌可法者,岑参《蜀葵花》《登邺城》,李颀《送刘昱》《古意》,王维《寒食》,崔颢《长安道》,贺兰进明《行路难》,郎士元《塞下曲》,李益《促促曲》《野田行》,王建《望夫石》《寄远曲》,张籍《节妇吟》《征妇怨》,柳宗元《杨白花》,虽笔力非二公比,皆初学易下手者。但盛唐前,语虽平易,而气象雍容;中唐后,语渐精工,而气象促迫,不可不知。(胡应麟《诗薮·内编》卷三)

杨白花,杨大眼之子。胡太后逼幸之,白花惧祸,南奔于梁。太后作《杨白花歌》,使宫人连臂踏足歌之。

长秋宫,太后所居。通篇不露正旨,而以"长秋"二字逗出,用笔用意在微显之间。(沈德潜《唐诗别裁集》卷八)

夏昼偶作

南州溽暑醉如酒,隐几熟眠开北牖。
日午独觉无余声,山童隔竹敲茶臼。

【诗作摘评】

七言仄韵,尤难于五言。长孙佐辅有诗云:"独访山家歇还涉,茅屋斜连隔松叶。主人闻语未开门,绕篱野菜飞黄蝶。"好事者或绘为图。柳子厚云:"南州溽暑醉如酒,隐几熟眠开北牖。日午独觉无余声,山童隔竹敲茶臼。"言思爽脱,信不在前诗下。(范晞文《对床夜语》)

李洞(《赠曹郎中崇贤所居》)"药杵声中捣残梦",不如柳子厚"日午独觉无余声,山童隔竹敲茶臼"。(谢榛《四溟诗话》)

子厚"日午独觉无余声,山童隔竹敲茶臼",意亦幽闲,而(顾)华玉短其无味,二语皆当领略。(胡应麟《诗薮·内编》卷六)

周敬曰:"好一幅山居夏景图。"周珽曰:"暑窗熟眠,一茶臼之外无余声,心地何等清静!惟静生凉,溽暑无能困之矣。曰'独觉',见一种凉思,有人所不及知者。"(周珽《删补唐诗选脉笺释会通评林》)

清绝。柳州诗大概以清迥绝尘见长,同于王、韦,都是别调。(黄叔灿《唐诗笺注》卷九)

刘禹锡

(772—842),字梦得,洛阳(今属河南)人,因其自称为汉代中山王刘胜后裔,故又作中山(治今河北定州)人。德宗贞元九年(793)中进士第,接着又登博学宏词科。十九年(803),官监察御史。顺宗即位,升任屯田员外郎。因参与王叔文等策划的政治革新活动,宪宗即位,被贬为连州刺史,途中改贬朗州(今湖南常德)司马。后相继任连州、夔州、和州等州刺史,官至检校礼部尚书兼太子宾客。世称刘宾客、刘尚书。武宗会昌二年(842)秋,病逝于洛阳。

刘禹锡素善诗,晚节尤精,与白居易唱酬颇多,白推其为"诗豪"。敖陶孙云:"刘梦得如镂冰雕琼,流光自照。"(《臞翁诗评》)刘克庄云:"刘梦得五言,……皆雄浑老苍,沉着痛快,小家数不能及也。绝句尤工。"(《后村诗话》前集)黄庭坚云:"刘梦得《竹枝》九章,词意高妙,元和间诚可以独步。道风俗而不俚,追古昔而不愧,比之杜子美《夔州歌》,所谓同工而异曲也。"(魏庆之《诗人玉屑》引)胡应麟云:"杨用修以为元和以后,巨擘首推刘。其才格铮铮,诚无能逾过者,乃其意致,时时著议论色相,都缘伎俩有余,不肯受束缚樊笼中耳。苏子瞻始一学之,便开宋人二百年门户,故知流弊浸淫,不可不慎也。"(《少室山房类稿》卷一百零五《读刘中山集》)贺裳云:"五古自是刘诗胜场,然其可喜处,多在新声变调,尖警不含蓄者。《团扇歌》曰'明年入怀袖,别是机中练',不惟竿头进步,正自酸感动人。""七言古大致多可观,其《武昌老人说笛歌》娓娓不休,极肖过时人追忆盛年,不禁技痒之态。至曰'气力已微心尚在,时时一曲梦中吹',不意笔舌之妙,一至于此!"(《载酒园诗话又编》)乔亿云:"梦得诗多杰作,特古、《选》不及子厚、东野,歌行不及退之、长吉,要非张、王可望也。当日惟乐天可相颉颃,而健举终逊之。大抵白诗宽裕,刘较峻狭,此俩人之派别也。至于七言今体,独出冠时,杨升庵以为元和后梦得当为第一,可谓知言矣。"(《剑溪说诗》)管世铭云:"刘宾客无体不备,蔚为大家,绝句中之山海也。始以议论入诗,下开杜紫薇一派。玄都观前后看桃二作,本极浅直,转不足存。"(《读雪山房唐诗序例》)王夫之则云:"绝句至梦得而全体大用始备,犹律诗之杜必简也。拘墟者未知。"(《明诗评选》卷八徐渭《边词》评语)方东树云:"大约梦得才人,一直说去,不见艰难吃力,是其胜于诸家处。然少顿挫沉郁,又无自己在内,所以不及杜公。愚以为此无可学处,不及乐天有面目格调,犹足为后人取法也。后来王荆公七律似梦得,然荆公却造句,苦思用力,有足取法处。"(《昭昧詹言》)

石头城

山围故国周遭在,潮打空城寂寞回。
淮水东边旧时月,夜深还过女墙来。

【诗作摘评】

谢云:"山无异东晋之山,潮无异东晋之潮,月无异东晋之月也。求东晋之宗庙、宫室、英雄豪杰,俱不可见矣。意在言外,寄有于无。"(高棅《唐诗品汇》)

"潮打空城寂寞回",不言兴亡,而兴亡之感溢于言外,得风人之旨。(王鏊《震泽长语》)

只写山水明月,而六代繁华,俱归乌有,令人于言外思之。乐天谓后之诗人不能复措词矣。(胡本渊《唐诗近体》)

此亦是梦得寓意。梦得虽召回,但在朝之士皆新进,与梦得定不相莫逆,而梦得又牢骚不平,于诗中往往露出,不免伤时,风人之旨失矣。(徐增《而庵说唐诗》卷十一)

"山围"二句,真白描高手。"淮水"二句,亦太白《苏台览古》意。(黄叔灿《唐诗笺注》)

石头城前枕大江,后倚钟岭,前二句"潮打""山围",确定为石城之地,兼怀古之思,非特用对句起,笔势浑厚也。后二句谓六代繁华,灰飞烟灭,惟淮水畔无情明月,夜深冉冉西行,过女墙而下,清辉依旧,而人事全非。(俞陛云《诗境浅说续编》)

但写今昔之山、水、明月,而人情兴衰之感即寓其中。(刘永济《唐人绝句精华》)

答乐天临都驿见赠

北固山边波浪,东都城里风尘。
世事不同心事,新人何似故人。

【诗作摘评】

六言之格,自曹子建、傅休弈诸人,其式已定,但尚杂入乐府古诗中。至唐初诸家应制赋《回波词》,始定为四句正格,而平仄粘对之法,与古律同严矣。(董文焕《声调四谱图说》)

白居易《临都驿答梦得六言二首》:"扬子津头月下,临都驿里灯前。昨日老于前日,去年春似今年。""谢守归为秘监,冯公老作郎官。前事不须问著,新诗且备吟看。"又,刘禹锡有六言绝句《再答乐天》:"一政政官轧轧,一年年老骎骎。身外名何足算,别来诗且同吟。"

李贺

(790—816),字长吉,福昌昌谷(今河南宜阳)人。唐宗室郑王裔孙。宪宗元和年间往来于洛阳、长安间,后至洛阳谒韩愈。元和五年(810),举为河南府乡贡进士,因父名晋肃,不得应进士科试。入仕仅为太常寺奉礼郎,二十六岁去世。《全唐诗》存诗四卷。

李贺为唐代著名诗人,与李白、李商隐合称"三李"。《旧唐书》云:"(贺)手笔敏捷,尤长于歌篇,其文思体势,如崇岩峭壁,万仞崛起,当时文士从而效之,无能仿佛者。其乐府词数十篇,至于云韶乐工,无不讽诵。"(《旧唐书·李贺传》)张戒云:"贺诗乃李白乐府中出,瑰奇诡怪则似之,秀逸天拔则不及也。贺有太白之语,而无太白之韵。元、白、张籍以意为主，而失于少文；贺以词为主，而失于少理。各得其一偏。"(《岁寒堂诗话》)朱熹云："李贺诗怪些子，不如太白自在。"又曰："贺诗巧。"(《朱子语类》)刘克庄云："长吉歌行，新意险语，自有苍生以来所无。"(《后村诗话》)王思任云："贺以哀激之思，作晦僻之调，喜用鬼字、泣字、死字、血字。幽冷溪刻，法当得夭。"(《唐音癸签》引)许学夷云："李贺乐府五、七言，调婉而词艳，然诡幻多昧于理。其造语用字，不必来历，故可以意测而未可以言解，所谓理不必天地有而语不必千古道者。然析而论之，五言稍易，七言尤难。""李贺乐府七言，声调婉媚，亦诗余之渐。（上源于韩翃七言古，下流至李商隐、温庭筠七言古。）""李贺古诗或不拘韵，律诗多用古韵，此唐人所未有者。"(《诗源辨体》)毛先舒云："大历以后，解乐府遗法者，唯李贺一人。设色秾丽，而词旨多寓篇外，刻于撰语，浑于用意。中唐乐府，人称张、王，视此当有郎奴之隔耳。"(《诗辩坻》)叶矫然云："长吉诗无七言近体，亦是千古一恨事。"(《龙性堂诗话续集》)王琦云："长吉下笔，务为劲拔，不屑作经人道过语，然其源实出自楚《骚》，步趋于汉、魏古乐府。"(《李长吉歌诗汇解序》)

贺贻孙云："唐人作唐人诗序，亦多夸词，不尽与作者痛痒相中。惟杜牧之作李长吉序，可以无愧，然亦有足商者。余每讶序'春和''秋洁'二语，不类长吉，似序储、王、韦、柳五言古诗；而'云烟绵联''水之迢迢'，又似为微之《连昌宫词》、香山《长恨歌》诸篇作赞；若'时花美女'，则《帝京篇》《公子行》也。此外，数段，皆为长吉传神，无复可议矣。其谓长吉诗为'《骚》之苗裔'一语，甚当。盖长吉诗多从《风》《雅》及《楚辞》中来，但入诗歌中，遂成创体耳。又谓'理虽不及，辞或过之，使加以理，奴仆命骚可也'数语，吾有疑焉。夫唐诗所以夐绝千古者，言其绝不言理耳。宋之程朱及故明陈白沙诸公，惟其谈理，是以无诗。彼六经皆明理之书，独《毛诗三百篇》不言理，惟其不言理,所以无非理也。……楚《骚》虽忠爱恻怛,然其妙在荒唐无理,而长吉所以得为《骚》苗裔者,政当于无理中求之,奈何反欲加以理耶?"(《诗筏》)钱良择云:"统论唐人诗,除李、杜大家空所依傍,二公之后,如昌黎之奇辟倔强,东野之寒峭险劲,微之之轻婉曲折,乐天之坦易明白,长吉之诡异浓丽,皆前古未有也。自兹以降,作者必有所师承,然后成家,不能另辟蹊径矣。愚尝谓开创千古不经见之面目者,至长吉而止。"(《唐音审体》)姚文燮云:"元和之朝,外则藩镇悖逆,内则八关十六子之徒,肆志流毒,为祸不测。上则有英武之君,而又惑于神仙;有志之士,即身膺朱紫,亦且郁郁忧愤,矧乎怀才兀处者乎?贺不敢言,又不能无言。于是寓今托古,比物征事,无一不为世道人心虑。其孤忠沉郁之志,又恨不伸纸疾书,绵绵数万言,如翻江倒海,一一指陈于万乘之侧而不止者,无如其势有所不能也。故贺之为诗,其命辞、命意、命题,皆深刺当世之弊,切中当世之隐。倘不深自骏晦,则必至焚身。斯愈推愈远,愈入愈曲,愈微愈减,藏哀愤孤激之思于片章短什。"(《昌谷集注序》)

许学夷云:"李贺乐府七言,声调婉媚,亦诗余之渐。""李贺古诗或不拘韵,律诗多用古韵,此唐人所未有者。"(《诗源辩体》)何一碧云:"李长吉语出呕心,秾丽奇崛,亦为七古力开生面。"(《五桥说诗》)乔亿云:"昌谷歌行,不必可解,而幽新奇涩,妙处难言,殆如春闺之怨女、悲秋之志士与?"(《剑溪说诗》)施补华云:"李长吉七古,虽幽辟多鬼气,其源实自《离骚》来。哀怨荒怪之语,殊不可废,惜成章者少耳。""长吉七古,不可以理求,不可以气求。譬之山妖木怪,怨月啼花,天壤间直有此事耳。"(《岘佣说诗》)赵宦光云:"贺诗妙在兴,其次在韵逸。若但举其五色眩曜,是以儿童才藻目之,岂直无补已乎?"(《弹雅》)王源云:"久之,读汉魏乐府,乃知长吉章法一本乐府。人不知其章法之奇,唯字句是怪,陋矣。"(《居业堂文集》)方扶南云:"李白、李贺皆取法于《九歌》,贺尤幽缈。学其长句者,义山死,飞卿浮,宋元入俗。工力之深如义山,学杜五排,学韩七古,学小杜五古,学刘中山七律,皆得其妙。独学贺不近贺,亦诗杰矣哉!""李贺音节如北调曲子,拗峭中别具婉媚。"(《李长吉诗集批注序》)钱振锽云:"长吉诗,奇句多而完诗少。其尤佳者,《雁门太守行》《浩歌》《开愁歌》《苦昼短》《金铜仙人辞汉歌》而已。若其以石为龙骨,水为鸭头,酒卮为龙头、牛头之类,及《十二月诗》,甚不足取。"(《谪星说诗》)周容云:"余最恨言诗者拈人单词只句,然于长吉,不得不尔。"(《春酒堂诗话》)

正　月

上楼迎春新春归,暗黄著柳宫漏迟。
薄薄淡霭弄野姿,寒绿幽风生短丝。
锦床晓卧玉肌冷,露脸未开对朝暝。
官街柳带不堪折,早晚菖蒲胜绾结。

【题解】

诗题原作《河南府试十二月乐词》,一月一首,共十二首。

【诗作摘评】

一诗之中三句说柳,首曰"暗黄",次曰"短丝",末曰"柳带",具见细心。(黄淳耀、黎简《李长吉诗集》)

楼上春归,柳丝未发,暗黄正发芽也。《开元遗事》云:"宫漏有六更,君王得晏起",故云迟也。阳晖渐暖,甲坼将舒。寒绿短丝,细草初苗。绣幔春寒,朦胧方觉。方辰宜加珍惜,未可轻言离别。柔条难

折,淑景易驰。但看菖蒲此日虽微,早晚即胜绾结矣。(姚文燮《昌谷集注》)

六字皆平(首句下)。"黄"字平,"漏"字仄('暗黄著柳'句下)。六字皆仄,第七字用平,下句可律('薄薄淡霭'句下)。"生"字平。律句,第五字用平,少拗以叶之('寒绿幽风'句下)。"玉"拗字('锦床晓卧'句下)。"开"字平,"朝"字平('露脸未开'句下)。"不",拗字('官街柳带'句下)。(翁方纲《赵秋谷所传声调谱》)

三　月

东方风来满眼春,花城柳暗愁杀人。
复宫深殿竹风起,新翠舞衿净如水。
光风转蕙百余里,暖雾驱云扑天地。
军装宫妓扫蛾浅,摇摇锦旗夹城暖。
曲水漂香去不归,梨花落尽成秋苑。

【诗作摘评】

一结令人凄绝。(黄淳耀、黎简《李长吉诗集》)

贞元末,好游畋。此诗言花城柳暗,人各怨别,不知春宫之怨,较春闺更甚耳!复宫竹色如沐,舞衣初试,互照鲜妍。銮舆一出,香薰百里。而深宫少女,未得与游幸之乐。流水落花,心伤春去;闲庭萧寂,情景如秋。(姚文燮《昌谷集注》)

"百"字拗('光风转蕙'句下)。"扫"字拗('军装宫妓'句下)。此二句宜少拗乃健。谓二句俱律也(末二句下)。方纲按:此末二句自应谐和,方可收束。秋谷乃载此诗而议其不健,何也?尝见渔洋手评杜诗

《醉时歌》末句"生前相遇且衔杯",云结似律甚不健。此盖先生一时未定之说,而秋谷所专服膺者尔。(翁方纲《赵秋谷所传声调谱》)

九 月

离宫散萤天似水,竹黄池冷芙蓉死。
月缀金铺光脉脉,凉苑虚庭空澹白。
露花飞飞风草草,翠锦斓斑满层道。
鸡人罢唱晓珑璁,鸦啼金井下疏桐。

【诗作摘评】

隋炀帝于景华宫求萤火数斛,夜游出放,光满岩谷。天清竹落,水冷蓉凋,情致不胜萧寂。月皎庭空,露寒风瑟,木叶丹黄,盈盈官路。更残柝罢,梧落鸦啼。盖彻夜不寐矣。(姚文燮《昌谷集注》)

"宫"字平,"萤"字平(首句下)。律句('竹黄池冷'句下)。二句亦律('月缀金铺'二句下)。拗律('露华飞飞'二句下)。二句亦律(末二句下)。(翁方纲《赵秋谷所传声调谱》)

"光似水"三字谁人写得出?又加"芙蓉死"三字更绝,"光脉脉"三字尤绝。(明于嘉刻本《李长吉诗集》无名氏批语)

十 月

玉壶银箭稍难倾,缸花夜笑凝幽明。
碎霜斜舞上罗幕,烛龙两行照飞阁。
珠帷怨卧不成眠,金凤刺衣著体寒,
长眉对月斗弯环。

【诗作摘评】

君王游宴，宫嫔含愁，夜冷更长，炬残霜重，孤眠不寐，起立衣单，翠黛清光，当与素娥同怨耳。（姚文燮《昌谷集注》）

李贺《十二月乐词》总评：

元人孟昉读长吉《十二月词》，檃栝其语，为《天净沙调》十三章，音节和谐，甚见巧思。《引》云："凡文章之有韵者，皆可歌也。第时有升降，言有雅俗，调有古今，声有清浊，原其所自，无非发人心之和，非六德之外，别有一律吕也。使今之曲歌于古，犹古之曲；古之词歌于今，犹今之词也。其所和人心者，奚今古之异哉？"（叶矫然《龙性堂诗话初集》）

李长吉河南府试《十二月乐词》，在长吉集中之一体，元自谐和《云》《韶》。顾欲举古今七言诗式，甫载东坡二篇，而遽及于此。姑勿论杜、韩大家正声正格皆未之及，即以张、王、元、白旁及诸作者，音节之繁不一，岂能遍悉举隅，而仅载长吉之乐词，是恶足以程式后学乎？（翁方纲《赵秋谷所传声调谱》）

皆言宫中，犹古《房中乐》。（方世举《李长吉诗集批注》）

元人孟昉曰："读李长吉《十二月乐词》，其意新而不蹈袭，句丽而不慆淫，长短不一，音节亦异。"朱卓月曰："诸诗大半闺情多于宫景。妇人静贞，钟情最深。《三百篇》夏日冬夜，有不自妇人口中出者乎？以此阅诗，可以怨矣！"余光曰："二月送别，不言折柳，八月不赋明月，九月不咏登高，皆避俗法。"（王琦《李长吉歌诗汇解》）

(李)白常以复古自任，而多集诸家之长而运用之。《风》《骚》是其所宗，不仅建安一体已也，而齐梁、初唐亦时有之。七言歌行，源出庾、鲍，特其天才豪放，吐气如虹，意之所至，莫可羁勒，开阖奇变，而一归于正。声调激越，音节浏亮，动合宫商，是乃歌行之极则。魏武以后，一人而已。……李贺效白，全集中只《金人歌》一篇略相似耳，

"衰兰送客咸阳道","天若有情天亦老"句,非不奇,但恨无清远之致,转不若"渭城"句为传神也。而《高轩过》失之熟,《十二月乐词》失之涩,齐梁尚逊,何望于白?(丁仪《诗学渊源》卷八)

雁门太守行

黑云压城城欲摧,甲光向日金鳞开。
角声满天秋色里,塞上燕脂凝夜紫。
半卷红旗临易水,霜重鼓寒声不起。
报君黄金台上意,提携玉龙为君死。

【诗作摘评】

李贺以歌诗谒韩愈,愈时为国子博士分司,送客归,极困。门人呈卷,解带旋读之,首篇《雁门太守》云:"黑云压城城欲摧,甲光向日金鳞开。"却缓带,命迎之。(王谠《唐语林》)

长吉才力奔放,不惊众绝俗不下笔,有《雁门太守》诗曰:"黑云压城城欲摧,甲光射日金鳞开。"王安石曰:"是儿言不相副也。方黑云如此,安待向日之甲光乎?"(王得臣《麈史》卷中《诗话》)

或问:"此诗韩、王二公去取不同,谁为是?"予曰:"宋老头巾不知诗,凡兵围城,必有怪云变气,昔人赋鸿门有'东龙白日西龙雨'之句,解此意矣。予在滇,值安凤之变,居围城中,见日晕两重,黑云如蛟在其侧,始信贺之诗善状物也。"(杨慎《升庵诗话》)

李贺《雁门太守行》语奇。(曾季狸《艇斋诗话》)

此言城将陷敌,士怀敢死之志。以望气则云黑而城将摧矣,然甲光向日,犹守而未下也。势危则吹角愈急,故曰"满天",逢秋则其声甚哀也。而夜将入矣,塞土本紫而以夕照临之,则如燕脂之凝。时则红旗半卷而临易水之上,众方击鼓作气,思以御敌也。而鼓声不起,胡不利也。逝将提携迟龙,矢死以循,以报君平昔待士之厚意而已。(《昌谷集》卷一引曾益评语)

刘辰翁曰:"语少而劲,转出死敌意,愤咽。"范梈曰:"作诗要有惊人句。语险,诗便惊人。如李贺'黑云压城城欲摧,甲光朝日金鳞开',此等语,任是人道不出。"周敬曰:"萃精求异,刻画点缀,真好气骨,好才思。"顾璘曰:"词奇而俊,前辈所称。"陆时雍曰:"'塞上燕脂凝夜紫','燕脂'二字难下;'霜重鼓寒声不起',语甚有色。"周珽曰:"今观其全首,似为中唐另树旗鼓者。至末二句,雄浑尤不减初、盛风格。……长吉诗大抵创意奥而生想深,萃精求异,有不自知为古古怪怪者。他如《剑子》《铜仙》等歌什,辄多呕心语,宜为昌黎公所知重矣。"(周珽《删补唐诗选脉笺释会通评林》)

"声满天地",似昌黎"天狗堕地"之作篇中活句,贺其不愧作者。"霜重"句即李陵"兵气不扬"意。写败军如见('半卷红旗'二句下)。以死作结势,结得决绝险劲(末二句下)。(黄淳耀、黎简《李长吉诗集》)

此诗言城危势亟,攒甲不休,至于哀角横秋,夕阳塞紫,满目悲凉,犹卷旆前征,有进无退。虽士气已竭,鼓声不扬,而一剑尚存,死不负国。皆极写忠诚慷慨。(杜诏、杜庭珠《中晚唐诗扣弹集》)

阴云蔽天,忽露赤日,实有此景,("黑云压城"二句下)。字字锤炼而成,昌谷集中定推老成之作。(沈德潜《唐诗别裁集》卷八)

贵生征行乐

奚骑黄铜连锁甲,罗旗香干金画叶。
中军留醉河阳城,娇嘶紫燕踏花行。

春营骑将如红玉,走马捎鞭上空绿。

女垣素月角咿咿,牙帐未开分锦衣。

【诗作摘评】

元和朝,王承宗反,诏以吐突承璀为神策河中等道行营兵马诸军招讨处置等使讨之。承璀骄纵侈靡,威令不振,此盖讥其征行为乐耳。先承璀使乌重胤诱执卢从史,遂牒昭义留后,李绛谏止,乃以重胤镇河阳,而重胤之德承璀,故尔留醉河阳也。甲帜鲜艳,徒壮军容,紫燕踏花,竟忘进取,纪律弛懈,士马以奔逐为戏,晓角初鸣,中军未发,即滥赏予,卒至玩寇丧师,竭财失律。夫刑余嬖幸,妄窃兵权,前朝鱼朝恩之败,以及窦、霍之奸,而主上犹然不悟,大可感已。(姚文燮《昌谷集注》)

此讽唐世主家之骄横,以征行大事,供翱翔游戏之乐,亵国家之威而灰将士之心,莫此为甚。不习行阵,不交锋镝,何功之足赏。今未开牙帐,辄分赏锦衣。盖贵主之滥赏,自合如此。时诸镇内叛,吐蕃外侵,正投袂枕戈之日,乃花箭女娘,傅粉作好,贵主奚骑,红玉锦衣,朝廷知而不问,天下事可知矣。(陈本礼《协律钩玄》卷二引董伯英评语)

王琢崖谓疑在当时有公主出行,宴饮于河阳城中,长吉见而作是诗。其说近是。牙帐未开,骑将恐寒,故分衣也。(黎简、黄淳耀《李长吉诗集》卷二)

此讽主家骄横,以征行为戏,亵国威而荒淫也。(吴汝纶《李长吉诗评注》卷二)

湘　妃

筠竹千年老不死,长伴秦娥盖湘水。

蛮娘吟弄满寒空,九山静绿泪花红。

离鸾别凤烟梧中,巫云蜀雨遥相通。

幽愁秋气上青枫,凉夜波间吟古龙。

【诗作摘评】

全篇咏竹,全篇是咏湘妃。盖竹不减则泪不减,千年不死,言至今存秦娥,直是形容竹之美好,长盖于湘水之上。(《昌谷集》卷一引曾益评语)

《湘妃》云:"蛮娘吟弄满寒空,九山静绿泪花红。"《浩歌》云:"青毛骢马参差钱,娇香杨柳含细烟。"真如出太白手。若只学其"提携玉龙为君死""筠竹千年老不死""元气茫茫收不得""练带平铺吹不起"等句,则永堕习气矣。(延君寿《老生常谈》)

题是《湘妃》,而诗止言湘竹、九山。五句言吟弄之苦,而湘妃之哀怨不必言矣。(黄淳耀、黎简《李长吉诗集》)

妃思舜而不得见,故当秋气至而草木变衰,凉夜永而蛟龙吟啸,所见所闻,皆足以增隐忧而动深思。此诗措辞用意,咸本《楚骚》(末二句下)。(王琦《李长吉歌诗汇解》)

德宗贞元三年,幽部国大长公主,主适萧升,女为太子妃,恩礼甚厚。主素不谨,有李昇出入其第,或告主淫乱,且为厌祷。上大怒,幽之禁中,流昇于岭南。贺追丑主之紊情寄怨于东南也,假湘妃以写其哀思尔。言筠竹不死,蛮娘怜弄,泪花染绿,情相续也。别凤离鸾、梦

云梦雨,至秋为甚。此虽波间老龙,亦感动沉吟矣。(姚文燮《昌谷集注》卷一)

夜坐吟

踏踏马蹄谁见过?眼看北斗直天河。
西风罗幕生翠波,铅华笑妾颦青蛾。
为君起唱长相思,帘外严霜皆倒飞。
明星烂烂东方陲,红霞梢出东南涯,
陆郎去矣乘斑骓。

【诗作摘评】

知己俱遭放斥,同心寂寥,故无见访之人,遂托思妇以怀彼美也。天河历历,风激空帷,粉黛慵施,谁知侬怨?起舞霜飞,终宵待旦,犹忆陆郎初去,所乘乃斑骓。及今踏踏马蹄,孰知陆郎之我顾也?(姚文燮《昌谷集注》卷四)

亦见遇合之难,睽离之易,意有感而作也。(陈本礼《协律钩玄》卷四董伯英评语)

风吹罗帐闪闪而动,有若水波之状,见空中寂静之意("西风罗幕"句下)。严霜倒飞,见歌声之妙("帘外严霜"句下)。此句是回念前此去时之况,因其不来而追思之,遂有无限深情。"夜坐"者,夜坐而俟其来也。"为君起唱长相思","君"者,即指其人。通篇总是思而不见之意。徐文长以来迟去早为解,反觉末句无甚隽永(末句下)。(王琦《李长吉歌诗汇解》)

(贺)五言如"蕃甲锁蛇鳞,马嘶青冢白""胡角引北风,蓟门白于水。天含青海道,城头月千里";七言如"帘外严霜皆倒飞""酒酣喝月使倒行""天河夜转漂回星,银浦流云学水声""梁王台沼空中立,天河之水夜飞入""黑云压城城欲摧,甲光向日金鳞开"等句,益又奇矣。后人学贺者但能得其诡幻,于佳句十不得一,奇句百不得一也。(许学夷《诗源辩体》卷二十六)

元稹

(779—831),河南(今河南洛阳)人。德宗贞元九年(793)以明经登第,十九年(803)举属判拔萃科,授秘书省校书郎。宪宗元和元年(806),登制举甲科,授左拾遗,贬河南尉。四年(809),任监察御史,奉使东川。后触怒权贵,分司东台。次年又被贬江陵士曹参军。十三年(818),任通州司马、虢州长史。十四年(819),入为膳部员外郎。次年迁祠部郎中知制诰、翰林学士、中书舍人。穆宗长庆二年(822)二月拜相,六月出为同州刺史。三年(823)任浙东观察使。文宗大和三年(829),入为尚书左丞。不久出为武昌节度使,元和五年(831)卒于任上。

元稹为中唐著名诗人,与白居易并称"元白"。《全唐诗》存诗二十八卷。顾陶云:"若元相国稹,白尚书居易,擅名一时,天下称为'元白',学者翕然,号'元和诗。'"(《唐诗类选后序》)黄滔云:"大唐前有李、杜,后有元、白,信若沧溟无际,华岳干天。"(《答陈磻隐论诗书》)苏轼云:"元轻白俗。"(《祭柳子玉文》)谢迈云:"稹与白居易同时,俱以诗名天下,然多纤艳无实之语,其不足论明矣。"(《书元稹遗事》)张戒云:"元、白、张籍诗,皆自陶、阮中出,专以道得人心中事为工,本不应格卑。但其词伤于太烦,其意伤于太尽,遂成冗长卑陋尔。比之吴融、韩偓俳优之词,号为格卑,则有间矣。若收敛其词,而少加含蓄,其意味岂复可及也。"(《岁寒堂诗话》)胡震亨云:"唐七言歌行,……太白、少陵化而大矣,能事毕矣。降而钱、刘,神情未远,气骨顿衰。元相、白傅,起而振之,敷衍有余,步骤不足。"(《唐音癸签》)贺裳云:"诗至元、白,实又一大变。两人虽并称,亦各有不同。选语之工,白不如元;波澜之阔,元不如白。白苍莽中间存古调,元精工处亦杂新声。既由风气转移,亦自材质有限。"(《载酒园诗话又编》)

钱良择云:"元、白号称大家,皆以长篇擅胜,其于七言八句,竟似无意求工。""元相用笔专以段落曲折见奇,亦前古所未有。其大篇多冗长,《才调集》所载多靡艳。""元相诗以风致宕逸自喜,世因有'元轻'之目。……元、白绝唱,乐府歌行第一,长韵律诗次之,七言四韵又其次也。"(《唐音审体》)薛雪云:"元、白诗,言浅而思深,意微而词显,风人之能事也。至于属对精警,使事严切,章法变化,条理井然,其俚俗出,而雅亦在其中,杜浣花之后不可多得者也。盖因元和、长庆间,与开元、天宝时,诗之运会,又当一变,故知之者少。而其即用现前俚语,如'矮张''短李'之类,断不可学。"(《一瓢诗话》)翁方纲云:"张、王已不规规于格律,声音之似古矣,至元、白乃又伸缩抽换,至于不可思议,一层之外,又有一层,古人必无依样临摹以为近者也。""诗至元、白,针线钩贯,无乎不到。所以不及前人者,太露太尽耳。"(《石洲诗话》)宋育仁云:"其源与香山同出一科,而气格就衰,神情又减。《遣兴》诸章,倩然苕秀,知非刻意之作;惟其璆然天籁,乃偶得之。《江陵三梦》,则潘岳悼亡,江淹清感,情至文生,古今一致。《曲江》百韵,与乐天讽喻同规。《连昌》一篇,足媲华清《长恨》。"(《三唐诗品》)陈寅恪云:"微之自编诗集,以悼亡诗与艳情分归两类。……微之以绝代之才华,抒写男女生死离别悲欢之情感,其哀艳缠绵,不仅在唐人诗中不可多见,而影响于后来之文学者尤巨。"(《元白诗笺证稿》)

田家词

牛吒吒,田确确,旱块敲牛蹄趵趵,
种得官仓珠颗谷。
六十年来兵簇簇,月月食粮车辘辘。
一日官军收海服,驱牛驾车食牛肉。
归来收得牛两角,重铸锄犁作斤劚。
姑舂妇担去输官,输官不足归卖屋。
愿官早胜仇早覆,农死有儿牛有犊,
誓不遣官军粮不足。

【题解】

《全唐诗》《梦上天》下原注:"此后十首(第九首为《田家词》),并和刘猛。"

【诗作评语】

自《风》《雅》至于乐流,莫非讽兴当时之事,以贻后代之人。沿袭古题,唱和重复,于文或有短长,于义咸为赘剩,尚不如寓意古题,刺美见事,犹有诗人引古以讽之义焉。曹、刘、沈、鲍之徒,时得如此,亦复稀少。近代唯诗人杜甫《悲陈陶》《哀江头》《兵车》《丽人》等,凡所歌行,率皆即事名篇,无复依傍。余少时与友人乐天、李公垂辈谓是为当,遂不复拟赋古题。昨梁州见进士刘猛、李余,各赋古乐府数十首,其中一二十章,咸有新意,余因选而和之。其有虽用古题,全无古义者。若《出门行》不言离别,《将进酒》特书列女之类,是也。其或颇同古义、全创新词者,则《田家》止述军输、《捉捕词》先蝼蚁之类,是

也。(元稹《乐府古题序》)

语色雅称。(陆时雍《唐诗镜》卷四十六)

骨力莽苍,白集无此一篇。(邢昉《唐风定》)

音节入古。(沈德潜《唐诗别裁集》卷八)

读微之古体乐府,殊觉其旨趣丰富,文采艳发,似胜于其新题乐府。……如《夫远征》云"远征不必成长城,出门便不知死生",及《田家词》云"愿官早胜仇早覆,农死有儿牛有犊,誓不遣官军粮不足"诸句,皆依旧题而发新意。词极精妙,而意至沉痛。取较乐天新乐府之明白晓畅者,别具蕴蓄之趣。盖词句简练,思致微婉,此为白诗中所不多见者也。(陈寅恪《元白诗笺证稿》)

白居易

(772—846),字乐天,自号香山居士、醉吟先生。出生于新郑(今属河南),祖籍太原,徙居下邽(今陕西渭南)。德宗贞元十六年(800)中进士第。十九年(803),再登书判拔萃科,授秘书省校书郎。元和元年(806)授盩厔尉。三年(808),任左拾遗,为翰林学士。丁母忧,服除,授太子左赞善大夫。十年(814),上疏请捕刺武元衡之凶手,贬江州司马。元和十三年(818),改任忠州刺史。穆宗即位,召为司门员外郎,主客郎中、知制诰,进中书舍人。后出为杭州刺史。敬宗时任苏州刺史。文宗大和初先后任秘书监、刑部侍郎,三年(829)春以病免。大和四年,为河南尹,后任太子少傅,分司洛阳。武宗会昌二年(842),以刑部尚书致仕。

白居易为唐代著名诗人,元和年间与元稹并称"元白",晚年与刘禹锡并称"刘白"。《全唐诗》存诗三十九卷。张戒云:"梅圣俞云:'状难写之景,如在目前。'元微之云:'道得人心中事。'此固白乐天长处,然情意失于太详,景物失于太露,遂成浅近,略无余蕴,此其所短处。"(《岁寒堂诗话》)王若虚云:"乐天之诗,情致曲尽,入人肝脾,随物赋形,所在充满,殆与元气相伴。至长韵大篇,动数百千言,而顺适惬当,句句如一,无争张牵强之态,此岂捻断吟须、悲鸣口吻者所能至哉!而世或以浅易轻之,盖不足与言矣。"(《滹南诗话》)何良俊云:"余最喜白太傅诗,正以其不事雕饰,直写性情。夫《三百篇》何尝以雕绘为工耶?世又以元微之与白并称,然元已自雕绘,唯讽喻诸篇差可比肩耳。"(《四友斋丛说》)胡应麟云:"唐诗文至乐天,自别是一番境界、一种风流,而世规规以格律掎之,胡耳目之隘也。"(《少室山房类稿》)

许学夷云:"白乐天五言古,其源出于渊明,但以其才大而限于时,故终成大变。其叙事详明,议论痛快,此皆以文为诗,实开宋人之门户耳。""五言古,退之语奇险,乐天语流便,虽甚相反,而快心露骨处则同。就其所造,各极其至,非余子所及也。司空图谓'元白力勍而气孱',盖以其语太率易,不苍劲故耳。""乐天七言古,《长恨》《琵琶》叙事详明,新乐府议论痛快,亦变体也。"(《诗源辩体》)殷元勋云:"白公讽刺诗,周详明直,娓娓动人,自创一体,古人无是也。凡讽谕之义,欲得深隐,使言之者无罪,闻者足戒。白公尽而露,其妙处正在周详,读之动人,此亦出于《小雅》也。"(殷元勋、宋邦绥《才调集补注》)赵翼云:"中唐以后,诗人皆求工于七律,而古体不甚精诣,故阅者多喜律体,不喜古体。唯香山诗,则七律不甚动人,古体则令人心赏意惬,得一篇辄爱一篇,几于不忍释手。盖香山主于用意,用意,则属对排偶,转不能纵横如意;而出之以古诗,则唯意之所至,辨才无碍。且其笔快如并剪,锐如昆刀,无不达之隐,无稍晦之词;工夫又锻炼至洁,看是平易,其实精纯。刘梦得所谓'郢人斤斫无痕迹,仙人衣裳弃刀尺'者,此古体所以独绝也。""中唐诗以韩、孟、元、白为最。

韩、孟尚奇警,务言人所不敢言;元、白尚坦易,务言人所共欲言。试平心论之,诗本性情,当以性情为主。奇警者,犹第在词句间争雄斗险,使人荡心骇目,不敢逼视,而意味或少焉。坦易者,多触景生情,因事起意,眼前景,口头语,自能沁人心脾,耐人咀嚼。此元、白较胜于韩、孟。"(《瓯北诗话》)翁方纲云:"白公五古上接陶,下开苏、陆;七古乐府,则独辟町畦,其勾心斗角,接榫合缝处,殆于无法不备。"(《石洲诗话》)刘熙载云:"白香山乐府与张文昌、王仲初同为自出新意,其不同者在此平旷而彼峭窄耳。"(《艺概·诗概》)

施补华云:"香山七古,所谓'长庆体',然终是平弱、漫漶。""香山《长恨歌》今古传诵,然语多失体。如'汉皇重色思倾国'……。'春宵苦短日高起,从此君王不早朝'……。'孤灯挑尽不成眠'……。读《公孙大娘弟子舞剑器》诗,叙天宝事只数语而无限凄凉,可悟《长恨歌》之繁冗。""《琵琶行》较有情味。然'我从去年'一段又嫌繁冗,如老妪向人谈旧事,叨叨絮絮,厌渎而不肯休也。"(《岘佣说诗》)蒋抱玄云:"古诗犹贵章法,开合提顿,排奡摇曳,缺一不可,叙事之作尤要。香山之《长恨歌》,脍炙人口,千古传诵,其实不及《琵琶行》之结构有法。最妙在'同是天涯沦落人,相逢何必曾相识'二句,束上起下,掷笔空中,是全诗之筋脉,通篇之关键。《长恨歌》平铺直叙,从选妃起至寄钗止,无提振关束之笔,似嫌平衍。惟其遣词秀丽,情韵双绝,为一时传诵。所谓入时之眉样,非诗律之极轨也。此诗阅者往往滑口而过,特表而出之,敢以质诸博雅君子之论定焉。"(《民权素诗话·萱园诗话》)陈衍云:"白诗之妙,实能于杜、韩外扩充境界。宋诗十之七八从《长庆集》中来,然皆能以不平化其平处。"(《陈石遗先生谈艺录》)

真娘墓

真娘墓,虎丘道。

不识真娘镜中面,唯见真娘墓头草。

霜摧桃李风折莲,真娘死时犹少年。

脂肤荑手不牢固,世间尤物难留连。

难留连,易销歇。

塞北花,江南雪。

【诗作摘评】

原注:"墓在虎丘寺。"《平江记事》曰:"真娘,唐帝时名妓也,墓在虎丘剑池之西。"《唐诗纪事》卷五十六曰:"真娘者,葬吴宫之侧,行客赋诗多矣。(谭)铢书一绝(熊按:诗曰:"武丘山下冢累累,松柏萧条尽可悲。何事世人偏重色?真娘墓上独题诗。"),其后人稍稍息笔。"

真娘者,吴国之佳人也,时人比于苏小小,死葬吴宫之侧。行客感其华丽,竞为诗题于墓树,栉比鳞臻。(范摅《云溪友议》卷上《谭生刺》条)

促节古调。(史承豫、周咏棠《唐贤小三昧集》)

不着迹象,高于众作。梦得云:"香魂虽死人不怕",真可笑人也。(沈德潜《唐诗别裁集》卷八)(熊按:刘禹锡《和乐天题真娘墓》云:"蘼卜林中黄土堆,罗裙绣黛已成灰。芳魂虽死人不怕,蔓草逢春花自开。幡盖向风疑舞袖,镜灯临晓似妆台。吴王娇女坟相近,一片行云应往来。")

鲍溶

　　字德源,生卒时间及籍贯均不详。宪宗元和四年(809)中进士第。与韩愈、李正封、孟郊、许浑等人友善,与李益相知尤深。仕宦不显,后漂泊四方,穷困潦倒,客死异乡。《全唐诗》存诗三卷。

　　曾巩云:"盖自先王之泽息而诗亡,晚周以来,作者嗜文辞、抒情思而已。然亦往往有可采者。溶诗尤清约谨严,而违理者少,亦近世之能言者也。"(《鲍溶诗集目录序》)晁公武云:"张荐谓溶诗气力宏赡,博识清度,雅正高古,众才无不备具。曾子固亦爱其诗清约谨严,而违理者少。"(《郡斋读书志》)辛文房云:"羁旅四方,登临怀昔,皆古今绝唱。过陇头吉天山大阪,泉水呜咽,分流四下,赋诗曰:'陇头水,千古不堪闻。生归苏属国,死别李将军。细响风凋草,清哀雁入云。'其警绝大概如此。"古诗乐府,可称独步。盖其气力宏赡,博识清度,雅正高古,众才无不备具云。"(《唐才子传》)丁仪云:"贺诗凿险缒深,务极研练,使事造语,每不经人道,光怪陆离,莫可逼视……于李白、李益诸人之外独树一帜,号为'鬼才',信非过誉。然绮织既艰,时露斧凿,刻意求工,转寡高致。音韵贵逸,或流而忘返;声调贵响,或亢而转窒。考以"归宫"之说,贺乐府诸作,殊未能一一协律。当时云韶诸工,欲合之管弦,不可知矣。与贺同时有鲍溶,字德源,诗亦相类,但无其险怪奇崛耳。"(《诗学渊源》)

晚山蝉

山蝉秋晚妨人语,客子惊心马亦嘶。
能阅几时新碧树,不知何日寂金闺。
若逢海月明千里,莫忘贺郎寄一题。

【诗作摘评】

六句律体,于古有之。升庵先生撰《六朝律祖》,记曾载之。(刘大勤《师友诗传续录》引王士禛语)

律诗有六句便成一首者。李太白《送羽林陶将军》云:……此为六句律诗之首。以后惟白香山最多,……昌黎集中亦间有之,……(赵翼《陔余丛考》卷二十三)

问:"唐人有六句律诗,此何体也?""此体盛于陈、隋之间,盖由古人律之交际也。唐人偶一为之,亦意尽而止耳,未尝拘拘取备一体,后人尽可不学。"(陈仅《竹林答问》)

暮春戏赠樊宗宪

羌笛胡琴春调长,美人何处乐年芳?
野船弄酒鸳鸯醉,官路攀花腰裹狂。
应和朝云垂手语,肯嫌夜色断刀光?

【诗作摘评】

有三韵五言律诗,有三韵七言律诗,有三韵六言律诗。韩昌黎、白香山皆有之。(锺秀《观我生斋诗话》)

《沧浪诗话》曰:"有律诗止三韵者。"原注曰:"唐人有六句五言律,如李益诗'汉家今上郡,秦塞古长城。有日云长惨,无风沙自惊。当今天子圣,不战四方平',是也。"按:三韵诗通常于第二联作对偶,此诗起联亦对。(胡才甫《诗体释例》)(熊按:胡氏谓"三韵诗通常于第二联作对偶"是对的。六句五言律如此,前引六句七言律如李白《送羽林陶将军》,和此处鲍溶二诗亦然。只是鲍诗尾联亦对。)

周贺

字南卿,生卒年不详,东洛(今河南洛阳)人。早年为僧,法名清塞,先后居住庐山、润州。文宗大和末年,谒杭州刺史姚合,姚爱其诗其人,加以冠帻。后曾为官,履历不详。周贺诗格清雅,与贾岛、无可齐名。《全唐诗》存诗一卷。

徐献忠云:"贺少为僧,号清塞。姚合爱其诗,加以冠帻。今选中有清塞,即贺也。贺诗沉郁有格力,写象痛切,意旨融变,多可采录。如'帝业空城在,民田坏冢多',又'樯烟离浦色,芦雨入船声',又'孤鸟背林色,远帆开浦烟',又'石水生茶味,松风减扇声',又'折花林影动,移石洞云回'。皆有深致,读之洒洒。"(鲍桂星《唐诗品》引)锺惺云:"贺诗清奥,有异气,有孤响。"(《唐诗归》)许学夷云:"周贺与贾岛同时,其五言律多学岛。"(《诗源辩体》)贺裳云:"周贺诗颇多清刻之句,然终嫌未脱僧气。人多称其'澄江月上见鱼掷,晚径叶飞闻犬行'。余尤喜其《寄新头陀》'远洞省穿湖底过,断崖曾向壁中禅',真巉险而工。"(《载酒园诗话又编》)翁方纲云:"周贺五律,颇有意味,在中末、晚初诸人五律之上,尚可颉颃温岐。"(《石洲诗话》)李怀民云:"南卿无古体,七言亦不多。五律六十余篇,皆学贾长江,工力悉敌。周、贾同时,其出身由浮屠并同无本,或亦犹水部之与司马也。检选诸贤,定为入室。"(《中晚唐诗主客图》)彭端淑云:"周贺诗'路自高岩入,人骑瘦马来',又'归人值落叶,远路入寒山',又'鱼盐桥上市,灯火雨中船',又'空将未归意,说向欲行人',真切可味。"(《雪夜诗谈》)

送李亿东归

黄山远隔秦树,紫禁斜通渭城。
别路青青柳弱,前溪漠漠苔生。

和风澹荡归客,落日殷勤早莺。

灞上金樽未饮,宴歌已有余声。

【诗作摘评】

六言始于汉司农谷永、北海孔融。……嵇康《咏古》、庾阐《游仙》裁为四句,王右丞效之,殊觉洒脱自如。惟李、杜二公全集罕见。(张说《破阵乐》、李景伯《回波词》、刘长卿《酬梁歌》、卢纶《送万臣》、周贺《送李亿》,皆用此体,然似优俳口角,不入风骚。)(宋长白《柳亭诗话》卷三)

李商隐

(813—858),字义山,号玉谿生,怀州河内(今河南沁阳)人。文宗大和中,入天平节度使令狐楚幕,楚爱其才,授以所擅骈体章奏之道。开成二年(837)中进士第。楚卒,入泾原节度使王茂元幕,娶王女为妻。终身为牛、李党争所困。四年(839),任秘书省校书郎,调弘农尉。武宗会昌二年(842),登书判拔萃科,授秘书省正字。大中初,跟随桂管观察使郑亚去桂州。郑亚贬循州,商隐还京补盩厔尉。后入卢弘止幕做幕僚。其间曾回长安为国子博士,复入柳仲郢幕,仲郢入朝,奏其为盐铁推官。卒于郑州。

李商隐为晚唐著名诗人,与杜牧并称"李杜",与温庭筠并称"温李"。《全唐诗》存诗三卷。叶少蕴云:"唐人学老杜,唯商隐一人而已,虽未造其妙,然精密华丽,亦自得其仿佛。"(《石林诗话》)张戒云:"李义山、刘梦得、杜牧之三人,笔力不相上下,大抵工律诗而不工古诗,七言尤工,五言微弱,虽有佳句,然不能如韦、柳、王、孟之高致也。"(《岁寒堂诗话》)辛文房云:"商隐工诗,为文瑰迈奇古,辞难事隐,及从楚学俪偶长短,而繁缛过之。每属缀多检阅书册,左右鳞次,号'獭祭鱼'。而旨能感人,人谓其横绝前后。"(《唐才子传》)许学夷云:"商隐七言古,声调婉媚,太半入诗余矣。""商隐律诗较古诗稍显易,而七言为胜。""商隐七言绝,……较古、律艳情尤丽。"(《诗源辩体》)何焯云:"义山五言出于庾开府,七言出于杜工部,不深究本源,未易领其佳处也。七言句法兼学梦得。"(《义门读书记》)

朱鹤龄云:"唐至太和以后,阉人暴横,党祸蔓延。义山陷塞当涂,沉沦记室。其身危,则显言不可而曲言之;其思苦,则庄语不可而谩语之。莫若瑶台璚宇、歌筵舞榭之间,言之可无罪,而闻之足以动。其《梓州吟》曰:'楚雨含情皆有托。'早已自下笺解矣。吾故为之说曰:'义山之诗,乃风人之绪音,屈、宋之遗响,盖得子美之深而变出之者也。岂徒以征事奥博、撷采妍华,与飞卿、柯古争霸一时哉!'"(《笺注李义山诗集序》)

田雯云:"义山(七绝)佳处不可思议,实为唐人之冠,一唱三弄,余音袅袅,绝句之神境也。"(《古欢堂集杂著》)毛先舒云:"义山七绝,使事尖新,设色浓至,亦是能手。间作议论处,似胡曾《咏史》之类,开宋恶道。"(《诗辩坻》)叶燮云:"李商隐七绝,寄托深而措词婉,实可空百代无其匹也。"(《原诗》)施补华云:"义山七绝以议论驱驾书卷,而神韵不乏,卓然有以自立,此体于咏史最宜。""义山七律,得于少陵者深。故秾丽之中,时带沉郁。……飞卿华而不实,牧之俊而不雄,皆非公敌手。"(《岘佣说诗》)姚培谦云:"唐自元和以后,五七言古体靡然不振,即义山亦非所长。至其七言律体。瓣香少陵,独探秘钥,晚唐人罕有其敌,读者无仅与牧之、飞卿诸公同类而并观之也。""少陵七律,格法精深,而取势最多奇变,此秘唯义山得之。其脱胎得髓处,开出后贤多少门户。"(《李义山七律会意例言》)方东树云:"愚谓七律除杜公、辋川两正宗外,大历十子、刘文房及白傅亦足称宗,尚皆不及义山。义山别为一家,不可不精择明辨。"(《昭昧詹言》)

韩　碑

元和天子神武姿,彼何人哉轩与羲。
誓将上雪列圣耻,坐法宫中朝四夷。
淮西有贼五十载,封狼生貙貙生罴。
不据山河据平地,长戈利矛日可麾。
帝得圣相相曰度,贼斫不死神扶持。
腰悬相印作都统,阴风惨淡天王旗。
愬武古通作牙爪,仪曹外郎载笔随。
行军司马智且勇,十四万众犹虎貔。
入蔡缚贼献太庙,功无与让恩不訾。
帝曰汝度功第一,汝从事愈宜为辞。
愈拜稽首蹈且舞,金石刻画臣能为。
古者世称大手笔,此事不系于有司。
当仁自古有不让,言讫屡颔天子颐。
公退斋戒坐小阁,濡染大笔何淋漓!
点窜尧典舜典字,涂改清庙生民诗。
文成破体书在纸,清晨再拜铺丹墀。
表曰臣愈昧死上,咏神圣功书之碑。
碑高三丈字如斗,负以灵鳌蟠以螭。
句奇语重喻者少,谗之天子言其私。
长绳百尺拽碑倒,粗砂大石相磨治。

公之斯文若元气,先时已入人肝脾。
汤盘孔鼎有述作,今无其器存其辞。
呜呼圣皇及圣相,相与烜赫流淳熙。
公之斯文不示后,曷与三王相攀追?
愿书万本诵万遍,口角流沫右手胝。
传之七十有二代,以为封禅玉检明堂基。

【诗作摘评】

入手八句两段,字字争先,不是寻常铺叙之法。"帝得"句遥接起四句,大书特书,提出眼目。十四万兵如何铺叙,只"阴风"七字传神,便见出号令森严,步武整齐,此一笔作百十笔用也。盖从《诗》"萧萧马鸣,悠悠旆旌"化来。层层写下,至"帝曰"二句,一笔定母,眼目分明,前路总为此二句。……"公之斯文"四句,真撑得起,非此坚柱,如何揸住一段大文。凡大篇须有几处精神团聚,方不平衍散缓。收处只将圣皇圣相高占地步,而碑文之发扬壮烈,不可磨灭自见。此一篇之主峰,结处标明。有一起合有一结,必如此章法乃称。(纪昀《玉谿生诗说》卷上)

题赋《韩碑》,诗定学韩文,神物之善变如此。此诗韵即学韩文,非学韩诗也,识者辨之。(《李义山诗集辑评》卷上引朱彝尊语)

义山古体最佳者,《韩碑》《无愁果有愁曲》《河阳诗》、《赠四同舍》诗、《李夫人》诗。近体最佳者,《吴宫》《北齐》《嫦娥》《隋宫》《过楚宫》及《无题》诸作。此外丽语佳句非不多,特瑕掩其瑜耳。大醇而小疵者,则此数首尽之。(钱振锽《谪星说诗》)

李义山诗,字字锻炼,用事婉约,仍多近体,惟有《韩碑》一首是古体。(许𫖮《彦周诗话》)

李义山诗雕镂，惟《平淮西碑》一篇，诗极雄健，不类常日作。如"点窜尧典舜典字，涂改清庙生民诗"，及"帝得圣相相曰度，贼斫不死神扶持"等语，甚雄健。（曾季狸《艇斋诗话》）

义山七言律，大抵俗艳居多，如《锦瑟》"沧海月明珠有泪，蓝田日暖玉生烟"，读之令人生厌。至七言绝句，义山破擅场矣。长句中《韩碑》尤卓荦，大为晚唐生色，不可与长吉同日语也。（李沂《唐诗援·选诗或问》）

李商隐《韩碑》一首，媲杜凌韩，音声、节奏之妙，令人含咀无尽。每怪义山用事隐僻，而此诗又别辟一境，诗人莫测如此。（田雯《古欢堂杂著》）

晚唐人古诗，秾鲜柔媚，近诗余矣。即义山七古，亦以辞胜。独此篇（指《韩碑》）意则正正堂堂，辞则鹰扬凤翙，在尔时如景星庆云，偶然一见。（沈德潜《唐诗别裁集》卷八）

《韩碑》矫健奇奥，直与昌黎上下，晚唐七古，独此一篇而已。（彭端淑《雪夜诗谈》卷中）

义山《韩碑》另是一格，笔力直驾盛唐诸公。（蔡显《红蕉诗话》第二卷）

李义山当晚唐纤秾柔靡之时，《韩碑》长篇，允推昌黎嗣响。（李畯《诗筏汇说·说诗人》）

诗有借色而无真色，虽藻缋实死灰耳。李义山却是绚中有素。敖器之谓其"绮密瑰妍，要非适用"，岂尽然哉？至或因其《韩碑》一篇，遂疑气骨与退之无二，则又非其质矣。（刘熙载《艺概·诗概》）

义山《韩碑》，在其诗中另自一体，直拟退之，殆复过之。（秦朝釪《消寒诗话》）

杜七言，千古标准，自钱、李、元、白以来，无能步趋者。贞元、元和间，能学杜者，唯韩文公一人耳。钞韩诗一卷。李义山《韩碑》一

篇,直追昌黎。(王士禛《古诗选》)

诗之有律,非特近体然也,即古体亦有之。《书》曰:"诗言志,歌永言。声依永,律和声。"可见唐虞以前,诗已有律矣。明人林希恩云:"曹植《美女篇》'罗衣何飘飘,轻裾随风旋',此十言皆平也。杜甫《同谷歌》'有客有客字子美',此七言皆仄也。"又予观李商隐《韩碑》一篇:"封狼生貙貙生罴",此七言皆平也;"帝得圣相相曰度",此又七言皆仄也。然而声未尝不和者,则以其于清浊轻重之律仍自调协尔。赵秋谷执信谓王阮亭古诗别有律调,盖有所受之,而未尝轻以告人。夫所谓律调,亦岂有外于清重者? 或疑古诗既有律矣,与齐梁体又何以异? 而不知齐梁之调,主于绵密,古诗之调,主于疏越,其筋骨、气格文字、作用,故迥然殊也,而今之能辨者寡矣。古诗之异于齐梁体,固在声调矣,然其分界处,又在对与不对之间。齐梁体对偶居十之八九,而古诗则反是。"(王应奎《柳南随笔》卷三)

凡转韵七古,不戒律句。高、岑、王、李、元、白之七古协律者,转韵诗也。押仄韵七古,亦不忌律句。工部七古协律者,押仄韵及转韵诗也。惟押平韵一韵到底七古,始不可搀入律句,下句以四仄三平为式,如"五岳祭秩皆三公,四方环镇嵩当中"之类是也。上句落笔仄字,须参用上去入三音,亦指平韵七古言之。至七平七仄句法,原非所忌,时可搀用,以见变化。如义山《韩碑》句:"帝得圣相相曰度",七仄也;"封狼生貙貙生罴",七平也。(朱庭珍《筱园诗话》卷二)

以人名入诗文,或姓或名,有只称一字者。然此在古人则可,后人惟前人所已有者,方可袭用,莫敢创造,自唐人已然矣。唐如李太白《扶风豪士歌》曰"原尝春陵六国时",谓平原君、孟尝君、春申君、信陵君也;韩昌黎《赠崔立之》诗曰"东马严许已奋飞",谓东方朔、司马相如、严安、徐乐也,凡皆本诸《文选》。班固《西都赋》曰:"节慕原尝,名亚春陵。"任昉《答七夕诗启》曰:"与贾马而入室,比严徐而待招。"初非创制,及后李义山《韩碑》诗,以李愬、韩公武、李道古、李文通四人合之曰"愬武古通作爪牙",此亦因《平淮西碑》文中先有"乃敕颜、允(李光颜、乌重允)、愬、武、古、通"之语而承用之也。(汪师韩《诗学纂闻》)

昌黎效樊宗师、效孟郊,全用卢仝《月蚀》诗成篇;玉溪咏韩碑,即拟韩体,古之人皆有所资以为诗者矣,袭云乎哉!(吴文溥《南野堂笔记》卷一)

同时善学杜者,则有温、李。李之……《日高》《燕台四首》《无愁歌》等尚见本色,独《韩碑》一篇刻意摹韩,矫揉实甚,亦与其他所作不类。李之杰作,实在七律。(光明甫《论文诗说》)

(李)七言古惟《韩碑》《安平公》二诗颇类退之,而《韩碑》为工,其他多是长吉声调,诡僻尤甚,读之十不得三四也。(许学夷《诗源辩体》卷三十)

杜秋娘

"洪遂《侍女小名录》:唐杜秋娘,金陵女子也。(殷元勋、宋邦绥《才调集补注》)余不详。

金缕词

劝君莫惜金缕衣,劝君须惜少年时。
有花堪折直须折,莫待无花空折枝。

【诗作摘评】

杜牧《杜秋娘诗》:"老濞即山铸,后庭千蛾眉。秋持玉斝饮,与唱《金缕衣》。"自注:"'劝君莫惜金缕衣,……'李锜长唱此辞。"

胡笳曲

月明星稀霜满野,毡车夜宿阴山下。
汉家自失李将军,单于公然来牧马。

【诗作摘评】

匈奴以月满进兵,故毡车候月而来,宿于阴山,乘我边塞之无人而肆然南牧,是以有此笳声耳。(唐汝询《唐诗解》)

这首诗,首句是写景,二句是叙事,把结果放在前边来写。三句转写"汉家自失李将军",点出原由,四句结到"单于公然来牧马",与前相呼应。在写法上,值得借鉴。(姚奠中《唐宋绝句选注析》)

(王昌龄)《出塞》是以假设之辞,想象如果有李广这样的将军就会怎样(熊按:或谓"用一种想象中的美妙来反衬现实中的缺陷","以想象的境界来反映一种愿望"。),而《胡笳曲》则是写现实之境,确定因为无李广这样的将军所以才这样。一虚一实,一正一反。从歌颂李广、景仰英雄来说,王诗是从正面写,此诗是从反面写;而从反映现实情况来说,则此诗是从正面写,而王诗却是从反面写了。同为有所感叹,有所讽刺,但此诗浅而显,一览无余;王诗婉而深,一唱三叹,相形之下,优劣自见。(沈祖棻《唐人七绝诗浅释》)

《唐七言诗式》浅说

熊礼汇

一、黄侃《唐七言诗式》的由来

黄侃先生是我国近现代著名的国学大师,但一般学者对他的认识,多停留在对他作为章黄学派领军人物之一的层面上。其实,黄先生不单精于小学,见识新颖独到,多所发明而立论系统深邃,而且经学、文学、史学修养极好。就中国古代文学而言,先生既于古代文论专著研习有得,撰有《〈文心雕龙〉札记》《〈诗品〉讲疏》等著作;又对各体作品下过很深功夫,还擅长古、律诗体创作。仅戊辰年(1928)就"校《经典释文》一过,读《全上古文》《全汉文》《全后汉文》《全三国文》尽,加点;写《论语》《孝经》《尔雅》一通;读《新唐书传》一过,钞唐诗三本。作诗百余首,略有吟咏之乐耳"(戊辰年除日乙酉即1929年2月9日《黄侃日记》)。而"平生手加点识书《文选》十过、《汉书》三过"(黄焯先生《季刚先生生平及其著述》),作有《〈咏怀诗〉补注》《李义山诗偶评》等,且在高校中文系或国学研究班开设《〈史〉〈汉〉文例》《〈新唐书〉列传评文》《樊南四六评》《声偶文学原流》等专题课程。先生授课,大都有讲章(如前引之《〈文心雕龙〉札记》《〈诗品〉疏》《〈咏怀诗〉补注》,以及《〈说文〉略说》《声韵略说》《〈尔雅〉略说》《〈礼学〉略说》等)备用,《唐七言诗式》即为其说诗讲章之一种。

查阅《黄侃日记》,先生编钞《唐七言诗式》,完成于1928年8月10日,当时先生从沈阳东北大学应聘到南京中央大学执教还不到半年时间。事实上，早在执教于武昌高等师范学校（武汉大学前身）时（1919—1926），先生就已开始研习、讲授唐七言诗。其1921年《楚秀庵日记》（辛酉年十月至十二月）即云："十月十六日，翻太白七古。""十月十七日，卧翻太白七古。"1922年《六祝斋日记》（壬戌年正月）云："壬戌二月六日，为容讲岑嘉州歌行三首。"1922年《感鞠庐日记》（壬戌年八月至九月）云："八月廿四日，竟日点读韩退之诗（《全唐诗》所编十卷）。"又1928年《阅严辑全文日记》卷一（戊辰三月至四月）云："三月廿一日己卯，钞诗五纸。翻《七言今体诗钞》，读且加圈。饭后又翻《七言古诗钞》（未竟）。仍观《七古钞》，至韩诗。退之一味排奡，刚险太过，非中声也。李、杜之风，于焉不嗣。宋以后大家皆趋此道，望若甚难，实捷径也。""三月廿二日，鹰若寄王士禛《十种唐诗选》来，尚是原版，可爱。"又卷三（戊辰六月）云："廿二日己卯，钞唐人七古三十首，未暇它事。计共钞得八十三首。唐七言诗歌行之式，略备于此矣。明日当装潢成册。""廿四日辛巳，竟日钞唐人七言绝律，未暇它事。""廿五日壬午，两日共钞七言八十五首，连前共百六十八首。依《全唐诗》目次弟之（李、杜为一册），分装三册。"书成之后，先生仍然关注这一课题，《日记》（戊辰九月十六日辛丑即1928年10月28日）有云："读唐诗陈子昂二卷，绝无一首全七言者，可怪也。"从先生自述可知：

一、《唐七言诗式》虽钞就于数日之内，编者对七言诗式特征的体认、辨析，对诗意、诗法、诗风、诗美以及格调、声韵的揣摩、领略，却非一蹴而就，而是经历了漫长的岁月。正因积累日久，厚积薄发，故其书看似白文选本，却蕴含着黄侃先生丰富、深刻而又自具特色的诗学观念和学术见解。

二、《唐七言诗式》共选唐人七言诗168首，其中七古83首，七律、七绝85首（含七言小律、七言排律、六言律诗、六言绝句十余首）。

在唐七言诗中,两类诗体作品数量所占比例大体相当,这一比例也反映出编者对两类七言诗诗式多样性的重视。故编者虽视唐人七言歌行为唐之七言古诗,所选诗篇却有拟古题乐府之七言者,自造新题乐府之七言者,用古题而别出新意者,不用乐府题而赠答自作七言者;有纯为七言之短歌者,纯为七言之长篇者,还有以七言为主而杂以长短句之短歌、长篇者;有通篇一韵到底之七言者,有一篇之内频频转韵之七言者,而转韵有两句一换韵、三句一换韵、四句一换韵、八句一换韵者。所选七言近体虽以七律、七绝为主,却也选入七言小律(指七言六句合律者,严羽称之为三韵七言律诗)和六言律诗、六言绝句,而所选七律不乏变体、拗体之作。

三、黄侃《唐七言诗式》成书之前,包括唐人在内的历代学者,所编规模不等、类型不一的唐诗总集、选本,不胜枚举。有选某家、某派、某一时期诗作的,有选某类(古诗或今体诗)或某种单一诗体(如七律、七绝或七言歌行等)作品的,也有从诗歌体式、题材、作法、风格、审美、流变角度入手选录作品的。此类文献和众多唐代诗人的别集、历代学人评议唐诗的专论、诗话,都有可能成为黄侃编撰《唐七言诗式》的参考材料。而受影响最大、最为直接的,似有两点。

第一是《唐七言诗式》的命名,可能受到程端礼《昌黎文式》、皎然《诗式》、朱宝莹《诗式》的启发。而在立论层面,受到诸多诗话、选本或专著,就唐人之诗说唐诗之妙(如屈复《唐诗成法》即"就古人已成之诗,论古人已成之法")的影响,借原原本本托举典型诗作以昭示、彰显唐人七言诗式的特征。先生对所选七言诗"诗式"的深度认知,更与广泛吸纳众多学者对唐诗个案研究的成果有关。对诗式内涵的厘定,并不限于对诗歌体式、结构、风格走向和基本表现形式的规范,而涉及诗作特有的艺术表现方法。

第二是《唐七言诗式》选篇的确定,参考了多种总集、选本的篇目。影响较大的应该是王士禛《古诗选》中的《七言诗歌行钞》(唐诗部分),姚鼐《今体诗钞》中的《七言今体诗钞(唐代部分)》(旁及朱宽所刊《姚选唐人七言绝句诗钞》)。如《唐七言诗式》所选王维七言诗五首,就有四首出自《古诗选》;所选李白七言诗五首,就有五首出自《古诗选》;所选李颀七言诗七首、高适七言诗四首,就全出自《古诗选》;所选岑参七言诗十首,就有六首出自《古诗选》;所选韩愈七言诗十三首,就有十首出自《古诗选》。所选宗楚客、李峤、杜审言、苏颋、沈佺期、崔曙、张谓等七律各一首,均出自《今体诗钞》之《七言今体诗钞(唐)》。所选唐代其他诗人七言律诗篇目与《今体诗钞》相同者,亦不在少数。不单所选篇目有与二书相同者,对诗人作品取与不取或去取对象的选定也与二书有相同处。比如对杜甫古、律集大成的看法,就与二书编者相同而所取者多。而对张、王、元、白乐府和七言长篇的评价与王士禛相近,故王《选》"悉不录"而黄钞仅录元稹一首古题乐府。由于《古诗选》的编选目的,是要改变当时"词人""熟于近体而疏于古风",为诗则"侥幸于一联之胜、一韵之巧"(蒋景祁《阮亭选古诗序》)的风气,想通过提倡学习古诗而上接《三百篇》的艺术传统;《今体诗钞》的编选,虽欲"补渔阳之阙编",根本目的也是为了改变"今日而为今体者,纷纭歧出,多趋讹谬,风雅之道日衰"的现状,而"存古人之正轨,以正雅祛邪"(姚鼐《五七言今体诗钞》)。故二书选篇,各有标准(包括王士禛以神韵为美的诗歌审美标准)。黄侃钞录唐诗是为了标举"唐七言诗式",故选篇对象、数量惟足以彰显诗式是求,自然不可能和二书完全一样。像《五七言律诗钞》所选张籍1首、王建1首、元稹1首、白居易10首、柳宗元3首、刘禹锡5首、杜牧4首、李商隐32首、许浑7首,而《唐七言诗式》一首都未选入。所选杜甫七律虽然相同者较多,但一个重要原因,仍是出于显现杜诗七律(包括变体、拗律)诗式多样性的需要。总而言之,《唐七言诗式》选篇的确定,参考过众多名家选本的选目。其同与异,皆因力求诗式的典型性、完备性所致,非此即彼,不得不然。

《唐七言诗式》不同于一般唐诗选本,书名五个字均为明示其学术特性的关键词。从先生热衷于锺嵘《诗品》和阮籍《咏怀诗》的研究,可见他对古代五言诗是很重视的。何以此书舍唐五言诗而不言,却专以七言诗为研究对象呢?原因可能与晚唐以降直至近代五言诗创作日益衰落、七言诗创作不绝于世有关。诚如光明甫所言:"晚唐以后,五言之势已尽,历宋明至今,作者虽相承不绝,罕有足观。验之流传诗集,则七言占篇幅之大半,五言等于备数。即今流俗征逐酬唱之作,亦以七言为独多。盖世又弥华,语言益增繁复,五言又短绌不适铺排,乃相率辐辏于七言矣。"(光明甫《论文诗说》)七言诗既为"流行"诗体,辨析"唐七言诗式",自于诗之创作、研究大有助益。宋人有谓"文章以体制为先"(倪思语),明人亦谓"文章先于辨体"(陈洪甫语)。总之,文各有体,辨体为先。意谓诗文各体都有独特的体式特征、写作的基本要求,而合体、得体的首要工作是要辨体,即弄清该文体或诗体的体式特征和在题材、功用、修辞、风格等方面的要求;作文学研究,则应充分把握该诗体或文体体制构建、题材选择、风格取向、美感意蕴、表现艺术等方面固有的要求及其应有的文学特点,以准确观察、判断作者创作有无创新、突破之处和恰如其分地评论其作品的文学价值。

所谓"体""体式",说通俗点就是体裁。徐师曾即谓:"夫文章之有体裁,犹宫室之有制度,器皿之有法式。……苟舍制度、法式,而率意为之,其不见笑于识者鲜矣,况文章乎?"(《文体明辨序》)唐诗体裁粗分有两大类,一曰古体(亦称往体),一曰律体(亦称近体或今体)。细分则有五古、七古、歌行、五律、七律、五言排律、七言排律、五绝、七绝,以及三字诗、六字诗、三五七言诗、五言小律、七言小律、六言律诗、六言绝句等。众体自有大家约定俗成、人人奉为律法的"体制""规制""规格",诗论家往往称之为"正体"(如由云龙《定庵诗话》卷上谓初唐沈佺期"卢家少妇"等"皆格律浑成,为律诗正体")、"正格"(如董文焕《声调四谱图说》说六言诗"至唐初诸家应制赋《回波词》,始定为四句正格")、"正式"(如董文焕又谓"故此体正式,必以唐贤为主也")。或谓其乃"定体""定式""一定之式",以为其"最得正体,足为规矩"(顾璘《批点唐音各体序目》论盛唐王、岑、高、李七律),自当以之为"矜式""永宜楷式"。为古、为律,必用其体始能"得体""合格"。若置唐人"正体""正式"于不顾,妄立格法,自难入"(唐)诗之轨"(曾国藩《三十家诗钞》王定安序),所谓"诗不学古,谓之野体"(沈德潜《说诗晬语》卷上)。《唐七言诗式》既以标举唐人七言古(往体)、律(今体或称近体)诗类各种诗体"诗式"为务,自然大有利于对唐代七言诗的学习和研究,有利于今人对唐诗创作艺术传统的继承和发扬。

只是《唐七言诗式》对各种"诗式"的表述方法比较独特,既不作理论上的概括、分析,也不就诗作本身加以评点、议论,仅借唐人七言之诗显现其"诗式"特征,和示人创作如何"得体""合格"之术。这是一种无声的宣示,对其要义的领会,离不开对诗作的深入解读。书名"诗式"的前一义项,大抵用如名词,相当于常人所言诗之样式、范式、模式,或诗论家所言诗之"体制"(如胡应麟《诗薮·内编》卷六谓"五言绝昉于两汉,七言绝起自六朝,源流迥别,体制自殊")、"体格"(如谢榛《四溟诗话》卷一谓"太白……虽用古题,体格变化,若疾雷破山,颠风簸海,非神于诗者不能道也")、"格式"(如赵翼《瓯北诗话》卷十二谓"(七律)格式既定,更如一朝令甲,莫不就其范围")、"正格"(如胡震亨《唐音癸签》卷十谓沈佺期诗《独不见》乃"六朝乐府变声,非律诗正格")、"正体""规矩"(如顾璘《批点唐音各体序目》谓"盛唐唯王、岑、高、李,最得正体,足为规矩");"法程"(如郎廷槐《师友诗传录》述张实居语,谓"李颀、高适皆足为万世法程")、"章程"(如朱克生《唐诗品汇删》谓"至唐初,必简、云卿、廷硕、巨山辈出,而七言律始有章程矣")。

书名"诗式"的后一义项,大抵为使动用法,即如何使其"诗式""可法""可式"。黄侃先生《李义山诗偶评》,称美义山《辛未七夕》"用意之高,制格之密",《闻歌》"制格最奇",而谓其《宿晋昌亭闻惊禽》"制格布局,最为可式",即从作七言诗如何以佳作"诗式"为"标准","全仿其格"而"取高前式"的角度作论。出于彰显"诗式"和示人"可法""可式"之术的需要,《唐七言诗式》所钞诗作肯定篇各有体、有式,且体为"正体"、式乃"正式",皆属"卓然为百代楷模"(许印芳《诗法萃编》自序)的"不易之式"。先生说此书钞得七古八十三首,便使"唐七言歌行之式略备于此",加上所钞七律、七绝等八十五首,实则此书可谓唐人"七言楷式"集成之作。大抵先生有一诗学概念:即唐人各类七言诗都有相对稳定的体格模式,和在写法上与之相应的基本要求,而优秀诗篇除具备其诗类共性外,还带有颇具创意的个性化色彩。至于书中所钞之诗,何以能视为"唐七言诗式"之代表作,似宜对唐七言诗的体制渊源、诗式特征和写作要领,有一定程度的了解。

二、唐七言古诗的体制渊源、诗式特征和写作要领

诗至唐而诸体皆备,唐以后至今议论诗体,俱本唐诗,以为指归。初唐始有近体、往体之分,凡以平声为韵,而平仄协其律者,属近体(律体),亦曰律诗;凡以仄声为韵者,属往体(古体),亦曰古诗。或谓排偶者为近体,散行者为古体。胡震亨则云:"今考唐人集录,所标体名,凡效汉魏以下诗,声律未叶者,名往体;其所变诗体,则声律之叶者,不论长句、绝句,概名为律诗,为近体;而七言古诗,于往体外另为一目,又或名歌行。"(《唐音癸签》卷一)唐人古、律二体,细分则有四

言古诗、五言古诗、七言古诗、长短句,及五言律诗、五言小律(五言六句三韵)、五言排律、六言律诗、七言律诗、七言小律(七言六句三韵)、七言排律;五言绝句、六言绝句、七言绝句。另古体有三字诗、六字诗、三五七言诗、一至七字诗,骚体杂言诗等。其中,七言古诗不用声病,且以散行为主,语亦近古,自为古体。唐人以七言长短句为歌行,七言古诗,概曰歌行,是因为七言古诗以歌行为名者最多,而不以歌行为名者少。所谓古诗,乃唐之古诗,即唐人"深造"汉、魏、晋人"古诗之奥"所作之古诗,其新变特色显著,体格、神韵自与汉魏晋人古诗不尽相同。

(一)唐七言古诗的体制渊源

七言诗产生于西汉。学者多将一些古歌谣、乐章、长短句,如《击壤歌》《临河歌》《饭牛歌》(即《南山歌》)、《渡易水歌》等视为七言古诗体制之所出,实则诗中纯粹的七言诗句甚少,大多数都不能称为合格的七言古诗。不过此类歌谣及《毛诗》(《雅》《颂》中本有七字句,如"维昔之富不如时""予其惩而毖后患""学有缉熙于光明"等)、《楚辞》的句式结构,对古代诗作者锻造七言句式,却是有启发的。如毛奇龄所说:"古无七字句,其造为七字,原始于《三百篇》有助字之诗,而合两句为一句者。如《关雎》'参差荇菜,左右流之''窈窕淑女,寤寐求之'",去'之'而通读之,即七字也。楚词亦然。《招魂》'涉江采菱,发阳阿些。美人既醉,朱颜酡些','些'字不韵,而'阿''酡'韵,便是七字。"(《西河诗话》)像刘邦的《大风歌》、项羽的《垓下歌》和刘彻的《秋风辞》,虽句带"兮"字,算不上严格意义上的七字句,却颇有七古体格与风神。

汉初纯以七言为句,体式完整的七言诗,应是《鸡鸣歌》。歌云:"东方欲明星烂烂,汝南晨鸡登坛唤。曲终漏尽严具陈,月没星稀天下旦。"而对七古体制演进影响较大的,则是刘彻等人的《柏梁台诗》。汉武帝元封三年(公元前108年),诏群臣二千石,有能为七言诗,乃得上坐。武帝赋首句曰:"日月星辰和四时。"梁王襄继之曰:"骖驾驷马从梁来。"自襄而下,作者二十四人,至东方朔而止。人各一句,每句七言,一句一意,句皆用韵,通二十五句,共出一韵。后人遂以每句用韵之七言诗为柏梁体。《柏梁诗》,群臣各以其职咏一句,殊不成章,且用语质野。但其句格、用韵方式,却对七古体制构建具有重要的参照作用。加上后来帝王纷纷效法武帝举办柏梁诗会(如宋孝武《华林曲水》、魏孝文《悬瓠竹堂》、梁武帝与臣下联吟于清暑殿,以及梁元帝作《燕歌行》令群下唱和等),因而汉、魏、六朝,七言诗的创作得到文士的普遍重视。虽不如五言古诗的盛于汉,畅于魏,汪洋于晋宋,却也代有其人其作,得以推动七言古诗的不断新变。

胡应麟说:"至汉《郊祀》十九章、《古诗十九首》,不相为用,诗与乐府,门类始分……魏文兄弟,崛起建安,拟则前规,多从乐府,唱酬新什,更创五言,节奏既殊,格调复别,自是有专工古诗者,有偏长乐府者。"(《诗薮·内编》卷一)和汉代五古能独立于乐府之外自行发展不同,汉代七古发展,即使新变不断,多借助乐府形式完成。这是因为,出自民间的汉乐府,本来就有不少与曲调相配的歌辞纯为七言(如《薤露》《蒿里》《燕歌行》等),文士拟作者多,七言诗自然增多。故前人谓"(七言)汉魏诸作,既多乐府;唐代名家,又多歌行"(徐师曾《文体明辨序说》)。"七言之兴,在汉则乐府,在后为歌行"(王闿运《湘绮楼说诗》卷六)。实则汉、魏、六朝,七古体制、格调之变,皆依托文士拟作乐府而行。换言之,此类乐府,皆具七言体式,既学汉乐府民歌缘事而发的艺术精神和真切自然的语言特色,亦学《柏梁诗》的句格、韵调,故被称为"乐府七言"。许学夷《诗源辩体》即云:"张衡乐府七言《四愁诗》,兼本《风》《骚》,而其体浑沦,其语隐约,有天成之妙,当为七言之祖。""子桓乐府七言《燕歌行》,用韵祖于《柏梁》,较之《四愁》,则体渐敷叙,语多显直,始见作用之迹。此七言之初变也。""晋无名氏乐府七言《白纻舞歌》,用韵祖于《燕歌》,而体多浮荡,语多华靡,然声调犹纯。此七言之再变也。""明远乐府七言有《白纻词》,杂言有《行路难》。《白纻词》本于晋,而词益靡;《行路难》体多变新,语多华藻,而调始不纯。此七言之三变也。""吴均乐府七言及杂言有《行路难》,本于鲍明远,而调多不纯,语渐绮靡矣。此七言之四变也。""梁简文(熊按:代表作为《乌栖曲》四首)以下乐府七言,调多不纯,语多绮艳。此七言之五变也。""七言古自梁简文、陈、隋诸公(特就'徐、庾乐府七言'和卢思道、薛道衡'乐府七言'而言),始进而为王、卢、骆三子。三子偶俪极工,绮艳变为富丽,然调犹未纯,语犹未畅,其风格虽优,而气象不足。此七言之六变也。"可见汉魏六朝七古体制的形成、健全,法度的完备,格调、风格的变化,多与乐府歌辞之变同步。

关于七古和乐府的关系,有三点要加以说明,一是七古寄生于乐府,并非乐府就是七古,因为乐府自有声调、体裁,与古诗迥然有别;又乐府于三言、四言、五言、六言、七言、杂言等,皆备有之,并非单以七言为事。二是所谓乐府,多指文士的拟古乐府之作(包括曹氏父子兄弟和鲍照等人拟古或借汉乐府题写汉末时事及人生感受者)。三是汉魏六朝七古多存在于乐府,受乐府、五古门类始分的影响,也出现过形式独立的七言古诗,只是数量较少。除《鸡鸣歌》《柏梁诗》外,像今存齐、梁之前的《河中之水歌》("河中之水向东流,洛阳女儿名莫愁"云云)和《东飞伯劳歌》("东飞伯劳西飞燕,黄姑织女时相见"云云),即为其代表作。

(二)唐人七言古诗的诗式特征

古诗有三、四、五、六、七、杂言之别,前人论述唐人七言古诗的诗体属性和诗式特征,往往比较作论。如陆时雍云:"诗四言优而婉,五言直而倨,七言纵而畅,三言矫而掉,六言甘而媚,杂言芬葩,顿跌起伏。"(《诗镜总论》)胡应麟云:"四言简质,句短而调未舒。七言浮靡,文繁而声易杂。折繁简之衷,居文质之要,盖莫尚于五言。"(《诗薮·内编》卷三)更多的是拿七古和五古比较作论。如许学夷云:"高、岑才力既大,而造诣实高,兴趣实远。故其五七言古,调多就纯,语皆就畅,而气象、风格始备,为唐人古诗正宗。""五言古、七言歌行,其源流不同,境界亦异。五言古源于《国风》,其体贵正;七言歌行本乎《离骚》,其体尚奇。""七言歌行体虽纵横,然后进有才者往往能窥其域;五言古体虽平典,然自开元、天宝九百年来,求为岑嘉州者已不多得,求为李、杜者则益寡矣。盖歌行,大小短长,错综阖辟,其势自然超逸;五言古体有常法,苟非天纵,则长篇广韵,未有所向而如意者。"(《诗源辩体》卷十五)胡应麟云:"五言古衔辔有程,步骤难展;至七言古错综开合,顿挫抑扬。""五言古意象浑融,非造诣深者,难于凑泊;七言古体裁磊落,稍才情赡者,辄易发舒。"(《诗薮·内编》卷五)郎廷槐云:"唐五言古固多妙绪,较诸《十九首》,陈思、陶、谢,自然区别。七言古若李太白、杜子美、韩退之,三家横绝万古。""(五言古、七言古)章法未有不同者,但五言著议论不得,用才气驰骋不得;七言则须波澜壮阔,顿挫激昂,大开大阖耳。""五言以蕴藉为主,若七言则发扬蹈厉,无所不可。"(《师友诗传录》)贺贻孙云:"五言古以不尽为妙,七言古则不嫌于尽。若夫尽而不尽,非天下之至神,孰能与于斯?"(《诗筏》)管世铭云:"五言古诗,琴声也,醇至澹泊,如空山之独往;七言歌行,鼓声也,屈蟠顿挫,若渔阳之怒挝。"(《韫山堂文集》卷八)朱庭珍云:"五古以神骨气味为主,愈古淡则愈高浑,火色俱纯,金丹始就,故不可染盛唐以后习径,戒其杂也。七古以才气、笔力为主,愈变化则愈神明,楼阁弹指,即现虚空,故不妨兼唐宋诸家众长,示其大也。盖五古须法汉魏及阮步兵、陶渊明、谢康乐、鲍明远、李、杜诸公,而参以太冲、宣城及王、孟、韦、柳四家,则高古清远,雄厚沉郁,均造其极,正变备于是矣。七古以杜、韩、苏三公为法,而参以太白、达夫、嘉州、东川、长吉,及宋之六一、半山、山谷、剑南,金之遗山,明之青丘,皆有可采。挥洒凝炼,整齐变化,备于以上多家,善取兼师,集众妙以自成一家可也。"(《筱园诗话》)刘熙载云:"五言质,七言文;五言亲,七言尊。几见田家诗而多作七言者乎?几见骨肉间多作七言者乎?""五言尚安恬,七言尚挥霍。安恬者,前莫如陶靖节,后莫如韦左司;挥霍者,前莫如鲍明远,后莫如李太白。""五言无闲字易,有余味难;七言有余味易,无闲字难。""五言上二字下三字,足当四言两句,如'终日不成章'之于'终日七襄,不成报章'是也。七言上四字下三字,足当五言两句,如'明月皎皎照我床'之于'明月何皎皎,照我罗床帏'是也。是则五言乃四言之约,七言乃五言之约矣。太白尝有'兴寄深微,五言不如四言,七言又其靡也'之说,此特意在尊古耳,岂可不达其意而误增闲字以为五七哉!"(《艺概·诗概》)诸家比较作论,涉及唐人五古、七古诗体属性、诗式特征的众多方面,只是论述有些零碎。

对七古的整体艺术风貌和精神状态,前人也有描述。胡应麟有谓"谢太傅问王子遒曰:'云何七言诗?'对曰:'昂昂若千里之驹,泛泛若水中之凫,此命名所自也。'七言始于《击壤歌》……其辞匪一,皆七言之权舆也。"(《诗薮》)陈衍说:"七言歌行,王子遒所告谢太傅者,已尽其理。"(《石遗室诗话》)显然,胡应麟认为王子遒所说之"理",是指七言诗以七言为句的特点。管世铭则谓"李供奉歌行长句,纵横开阖,不可端倪,高下短长,唯变所适。'昂昂若千里之驹,泛泛若水中之凫',太白斯近之矣"(《读雪山房唐诗序例》)。管氏显然以为王子遒的话,是对七言歌行即七古艺术风貌、创作特色的形容。应该说,胡、管二人的理解,皆可视为王氏所言七古之"理",只是要用其所言概述七言诗式,那就太笼统了。

看来,欲道唐人七言古诗诗式特征,除言及七言歌行的诗体个性外,还应说到其诗被后人奉为七古"正体""正格""楷式""千古标准",其人被奉为七古"正宗""大宗""大家"的诗式特征。

研究唐人七言古诗,应将重点放在歌行上。因为"七言古诗,概曰歌行"(胡应麟语),"七言歌行,此唐之古诗也"(徐增语)。而歌行作为诗体类型概念,看似单一,实则复杂。一方面歌行本自乐府中来,或谓其乃乐府之支流,入唐,两者却神虽合而貌常离,歌行体形之变,可谓人各有异。所谓"七言歌行,靡非乐府,然至唐始畅"(王世贞语)。另一方面,"七言古,唐人歌行最多,然亦有不名歌行者"(锺秀语),即唐人七古,有以歌行名题者,也有不以歌行名题者。这一状况,和先唐七古主要以乐府名题,而同时存在不以乐府命题者(如《鸡鸣歌》《河中之水歌》《东飞伯劳歌》等古诗)十分相似。唐事或如丁仪所言:"七言,古唯'柏梁'一体。……'柏梁'一体,不可得见,至盛唐始复,大率有乐府而无古诗。盛唐以后,本诸《柏梁》,参以五古,遂有七言,古诗与歌行始别。古诗句法多拗,唯歌行声调微谐,略近律诗。"(《诗学渊源》卷五)亦如吴讷所言:"古乐府有七言古辞,曹子建辈拟作者多。驯至唐世,作者日盛,然有歌行,有古诗。歌行则放情长言,古诗则循守法度,故其句语、格调亦不能同也。"(《文章辨体序说·古诗》)这"与歌行始别"的"古诗",虽不以歌行名题,但其诗体仍属"歌行"一类。即前人说的"至唐有七言长歌,不用乐题,直自作七言,亦谓之歌行"(冯班《钝吟文稿·古今乐府论》)(熊按:冯氏还在《钝吟文稿·论歌行与叶祖德》中将七言古诗"赋一物,咏一事",和"咏古题""自造新题""用古题而别出新意"列为歌行写作类型之"四例")。"歌行本出于乐府,然指事咏物,凡七言及长短句不用古题者,通谓之歌行"(钱良择《唐音审体》)。既然以歌行名题之七言诗,与不以歌行名题之七言诗,通谓之歌行,两者诗体属性自然大同而小异。

前人概述七古诗式特征,有从专言歌行(包含不以歌行名题者)入手者,也有直从七言古诗入手者。从专言歌行入手者,有云:"夫谓之歌者,哀而不怨之词,有丰功盛德则歌之,诡异稀奇之事则歌之,其词与古诗无以异,但无铺叙之语、奔骤之气。其遣语也,舒徐而不迫,峻持而愈工,吟讽之而味有余,追绎之而情不尽。叙端发词,许为雄夸跌荡之语;及其终也,许置讽刺伤悼之意,此大凡如此尔。""行者,词之遣无所留碍,如云行水流曲折溶曳,而不为声律语句所拘。但于古诗句法中得增辞语耳。如李贺《将进酒》《致酒行》《南山田中行》,杜甫《丽人行》《贫交行》《兵车行》。"(惠洪《天厨禁脔》)或云:"放情长言,杂而无方者曰歌;步骤驰骋,疏而不滞者曰行;兼之曰歌行。""按歌行有有声有词者,《乐府》所载诸歌是也;有有词无声者,后人所作诸歌是也。其名多与乐府同,而曰咏,曰谣,曰哀,曰别,则乐府所未有。盖即事名篇,既不沿袭古题,而声亦复相远,乃诗之三变也。"(徐师曾《文体明辨序说》)此皆就行文用语角度描述歌行诗式特征,以作定义,可谓得其大概。

其中,徐氏说到唐人歌行"诸歌"命题之名的特点,对我们探究歌行诗式的本质特征,似乎最有启发。他说歌行诸歌既有"其名多与乐府同"者,又有"乐府所未有"者。后者"曰咏,曰谣,曰哀,曰别"。前者,读其《序说》,知为歌、行、歌行、引、曲、吟、辞、篇、唱、调、怨、叹,及诗、弄、章、度、乐、思、难、愁、悲、度、堂、畅、操等。而各类题名之乐府,自有其体式、表现艺术、风格等方面的特征。如徐氏所言"述事本末,先后有序,以抽其臆者曰引;高下长短,委曲尽情,以道其微者曰曲;吁嗟慨歌,悲忧深思,以呻其郁者曰吟……愤而不怒曰怨,感而发言曰叹"云云。唐人歌行既冠以乐府题名,写作中必然要顾及乐府体格、风神、声调、章法、句式等方面的规制矩度。而"其名多与乐府同",其诗式建构自会普遍受到乐府影响,既影响到与乐府同名之歌行,也会影响到不与乐府同名"亦谓之歌行"的七言古诗。故歌行诗式特征之最突出者,为体兼乐府,素无定式,而变化无方。

七言歌行原自乐府来,系诗人借乐府之体制而自写性情、表现个人人生感受和就时事而致美刺者,自然兼具乐府体制的某些特征。胡应麟即云:"凡诗诸体皆有绳墨,唯歌行出自《离骚》、乐府,故极散漫、纵横。"(《诗薮》)这是从体制概貌角度说歌行受到《离骚》、乐府的影响。他如歌行的因事立题,即本于乐府缘事而发的创作原则;歌行命题立意、风格取向,大都与乐府原题一致(如曰吟、曰引,则取于悠长;曰怨、曰哀,则取于凄切;曰辞者文丽;曰谣者质俚等);歌行的大小短长、错综阖辟,素无定体定式,一如乐府的本无定体定式;歌行叙事写人带有强烈的抒情色彩,一如乐府往往叙事类似故事的歌唱;歌行的放情长言,浑浩条畅,一如乐府的痛快淋漓、脉络分明;歌行一家有一家之声调,高下疾徐,自然合于律吕,得益于对古乐府(声律早亡)声调轻重、清浊、长短、高下、缓急的揣摩。又如论家所谓"乐府入俗语则工"(胡应麟语),或谓"乐府本词多平典"(冯班语);"拟乐府甚难,须令音调、节奏用古人之遗法,情事委曲写自己之悃愫,方妙"(张谦宜语);"乐府之妙,全在繁音促节,其来于于,其去徐徐,往往于回翔曲折处感人,是即'依永''和声'之遗意也"。"乐府宁朴毋巧,宁疏毋炼"(沈德潜语);"作乐府须音节古,词意古,神、味、气、骨,无一不古,方许问鼎"(朱庭珍语),诸多乐府诗式特征和写作要求,唐人拟古乐府作歌行者,无不用心留意于此,因而其歌行总有体兼乐府之特色。

而乐府的本无定体定式,极能发人才思,给歌行作者自出机轴、自由创造提供巨大空间,不但使得歌行大小短长、错综阖辟,素无定体定式,还极大地激发了诗人借助乐府体制别创歌行诗式的积极性。

故唐人歌行有赋乐府古题而与本词相应者,有不与本词相应而另出新意者,有用乐府古题而篇幅短长、音节高下由己者,有杂取古人之长,灵活运用,以为创格者,更有即事名篇、无复倚傍,前无古人,自开一体者。真所谓"体多变化","变化不测,而入于神矣"(胡应麟语)。唐人歌行既然"其名多与乐府同",体兼乐府,素无定式,变化无方,必然成为多数歌行的诗式特征。受其直接影响,此一诗式也必然会成为诗人"指事咏物","不用乐题,自作七言"古诗的楷式。使得歌行之以歌行名者(用乐题之七言古诗)和不以歌行名者(不用乐题之七言及长短句),其诗式特征,皆有大体相似之同一性。

直从七古入手而言其诗式特征(旁及选材、章法、风格取向等)者,除上引"七言纵而畅","调多就纯,语皆就畅";"七言文""七言尊","几见田家诗而多作七言者乎?几见骨肉间多作七言者乎";"七言古不嫌于尽",最难达到的境界是"尽而不尽";章法"须波澜壮阔,顿挫激昂,大开大合";行文不忌议论,不"以蕴藉为主";"七言尚挥霍","发扬蹈厉,无所不可";"七言以才气、笔力为主,愈变化则愈神明";"七言有余味易,无闲字难"诸说外,直言七古诗式特征的言论,还有很多。如吴讷云:"大抵七言古诗贵乎句语浑雄,格调苍古。若或穷镂刻以为巧,务喝喊以为豪,或流乎萎弱,或过乎纤丽,则失之矣。"(《文章辨体序说·古诗》)徐祯卿云:"七言沿起,咸曰《柏梁》……。其为则也,声长字纵,易以成文,故蕴气雕辞,与五言略异。"(徐师曾《文体明辨序说·七言古诗》引)

而多数论者多将对七古诗式特征的点示,混入对唐代七古名家的评述中。如高棅说:"唐初作者亦少,独宋之问数首为时所称,又如郭代公《宝剑篇》、张燕公《邺都引》,调颇凌俗,然而文体、声律、抑扬顿挫,犹未尽善。""盛唐工七言古调者多,李、杜而下,论者推高、岑、王、李、崔颢数家为胜。窃尝评之:若夫张皇气势,陟顿始终,综核乎古今,博大其文辞,则李、杜尚矣。至于沉郁顿挫,抑扬悲壮,法度森严,神情俱诣,一味妙悟,而佳句辄来,远出常情之外,之数子者,诚与李、杜并驱而争先矣。""中唐来,作者亦少可以继述前诸家者。独刘长卿、钱起较多,声调亦近似。韩翃又次之。他若李嘉祐、韦应物、皇甫冉、卢纶、戎昱、李益之俦,略见一二,虽体制参差,而气格犹有存者。""元和歌诗之盛,张、王乐府尚矣。韩愈、李贺文体不同,皆有气骨。……若长吉者,天纵其才,惊迈时辈,所得离绝凡近,远去笔墨畦径,时人亦颇道其诗。""元和以后,述贞元之余韵者,权德舆、刘禹锡而已。其次能者,各开户牖。若卢之险怪,孟之寒苦,白之庸俗,温之美丽,虽卓然成家,无足多矣。"(《唐诗品汇·七言古诗叙目》)李因培云:"迨之初唐,王、骆以绮丽而擅长,沈、宋犹沿余习。及李、杜而宏音巨制,足开万古心胸。他如高、岑之顿挫,王、李之清响,并堪羽翼。大历以后,元、白以圆畅为工,昌黎、东野特标雄古,玉川、昌谷竞入怪奇。至飞卿、义山,而秾纤不振。一代之正变备矣。大抵为此体者,必才大气雄,言言卓立,如百川灌河而脉络有序,万马驰骤而一尘不惊,乃为杰构。"(《唐诗观澜集》卷五)沈德潜则云:"初唐风调可歌,气格未上。至王、李、高、岑四家,驰骋有余,安详合度,为一体。李供奉鞭挞海岳,驱走雷霆,非人力可及,为一体。杜工部沉雄激壮,奔放险幻,如万宝杂陈,千军竞逐,天地浑奥之气,至此尽泄,为一体。钱、刘以降,渐趋薄弱,韩文公拔出于贞元、元和间,踔厉风发,又别为一体。七言楷式,称大备云。"(《唐诗别裁集·凡例》)高步瀛亦云:"唐初七言,亦沿六朝余习,以妍华整饬为工。至李、杜出而横纵变化,不主故常,如大海回澜,万怪惶惑,而诗之门户以廓,诗之运用益神。王、李、高、岑,虽各有所长,以视二公之上九天,下九渊,天马行空,不可羁络,非诸子所能逮也。盛唐而后,以昌黎为一大宗,其力足与李、杜相垺,而变化较少。然雄奇精奥,实亦一代之雄也。李昌谷诗,前人但

称其险怪,……白傅平夷,恰与相反,而精神所到,自不可没。"(《唐宋诗举要·各体引言》)

由此可见,唐之初盛中晚,七古之作足以为"式"者,代有其人,而影响最大、所作可视为"楷式"者,则为王维、李颀、高适、岑参四家一体,李白一体、杜甫一体、韩愈一体。而杜甫一体,甚至被称为七言诗式"正宗"和"千古标准"。唐人七言古诗,从初唐的富丽、圆美,句皆入律,多作偶语俪句,对仗工丽,上下蝉联;又四句一转韵,转必蝉联双承而下;到李白的长篇短韵,吐气如虹,纵横挥霍,一气奔放,变化无方;放荡纵恣,惟其所欲,而无不如意;声调激越,音节浏亮,动合宫商,而造语精切,调匀音逸,寄托遥深;纵横开合,跌宕自喜,高下短长,惟变所适;转折顿挫,极抑扬起伏之妙;到杜甫的雄健低昂,沉郁顿挫,潜气内转,一气开合;掣鲸碧海,疾徐纵横,无施不可;及其"叙事节次波澜,离合断续,从《史记》得来,而苍莽雄直之气,亦逼近之"(刘熙载语);到高、岑、王、李的顿挫、清响;调多就纯,语皆就畅,而气象、风格始备;脉络明晰,调匀婉畅;规格最正,笔最雅炼;每段顿挫处,略作对偶警拔之句于局势散漫中以求整饬;兼以词不欲尽,故意境宽然有余;气不欲放,故笔力锐而时敛,最为词坛节制之师;到韩愈的驱驾气势,踔厉风发,绝少刀尺;特于李、杜奇伟处造意入理,自开生面;缘情寄兴,依声用韵,未尝不本诸古;兀傲排宕,音节最高;奇险豪纵,快心露骨,英气逼人;盘空硬语,妥帖恢奇;用宽韵险韵,多古音古调;不但创格,又创句法;多用单行,纯作赋法;殊有雄强奇杰之气,微嫌少有变化;七古长篇体式常与古文文体相通,选材拓境往往光怪陆离,以丑为美;到李贺古诗的高浑有气格,构思怪而巧,奇伟而专工炼句;冥心孤诣,往往出笔墨蹊径之外,可意会而不可言传;文思、体势有如崇岩峭壁,万仞崛起;声调婉媚,设色秾妙而词旨多寓篇外;使事造语,恢诡谲怪,每不经人道。他如沈、宋、钱、刘、张、王、元、白、温、李，几乎所有名家之七古（包括歌行和不以歌行名题之七言诗），皆是人各一体，实无共有之体制、诗式可言。虽然体制、诗式多种多样，变化不测，难以固定，但诸家诸体之个性特征，却无一例外地显现在七古体格、气格、句格、风格、声调、音节及章法之中。由此我们倒有可能勉强归纳出七言古诗的若干诗式特征：

一、七古以气格为主，体格、气格、句格、声调、音节、句法，俱要苍古，调纯语畅，或谓"调出浑成，语皆淳古，其体为正"（许学夷语）。

二、七言诗，每句必首四字一住（如《柏梁诗》"日月星辰昭四时"，"骖驾驷马从梁来"，皆以四字一住），此不易之法。

三、七古句过长不可，句过排亦不可。句过长则驱迈不疾，句过排则筋脉不遒、势难矫健。又最忌长短句，盖因其创作最难。其伸缩长短，参差错综，本无一定之法，及其成篇，一归自然，不啻天造地设，又若有定法焉。凡作长短句，须气足意足，笔到兴到，以全力举之，长短相间处，音节既贵自然，又贵清脆铿锵，可歌可诵。

四、七言古诗，体裁磊落，句语峭峻。其体忌平衍、圆美，又不可槎枒、狰狞。既有风驰电掣、水立山行之观，又须于豪放中有清苍俊逸之神气。

五、七古不同于五古的著议论不得，用才力驰骋不得，而是以才力为主，宕逸变化，须波澜壮阔，顿挫激昂，大开大合。而铺叙开合，要须一气贯注，既少平衍之弊，又得峰峦离奇、烟云断续之妙。

六、七古不拘韵，行文有通篇一韵到底者，有中作转韵者。一韵到底者，必须铿金锵石，一片宫商，稍混律句，便成弱调。转韵则可杂入律句，借转韵以运动之，纯绵裹针，软中自有力量。"转韵无定句，或意转、气转、调转，而韵转亦随之"（汪师韩语。王夫之则谓"古诗及歌行换韵者，必须韵、意不双转"）。古体转韵，或四句、六句、八句，平韵接仄，仄韵接平，是为正格。亦有转几韵者、一韵叠下几语者。李白转韵,句数必匀,匀则不缓不迫,读之流利。元、白歌行,或一韵即换,未免气促。

七、初唐七古,体沿齐梁,多作偶语俪句。陈子昂创五言古诗,变齐梁之格,而未及七言。王维七古尚有通篇作偶对者。盛唐七古体制大变,李、杜出,作者不复以骈俪为能事。其与齐梁体之异,固在声调,分界处又在对与不对之间。齐梁体对偶居十之七八,而古诗则反是。李、杜、高、岑,七古虽不乏对偶,亦止如李翱所云"极于工而已,不自知其对与否也"。而寓疏荡于对偶中,不失矫健之美。即如高适《燕歌行》"校尉羽书飞瀚海""战士军前半死生"二联,对偶纯用律句,读之自与古诗声调相合,亦非有意求对。

八、七古亦有声律,但并不局限声病。句有平仄相间者,又有七字皆平或皆仄者,而其音声和谐,盖因古诗律调之美,多借字声的清浊、轻重相间稳妥而成。又古诗之调主于疏越,不同于齐梁之调主于绵密。明白上述几点,以及前言歌行体兼乐府、素无定体定式而变化无方之诸多特征,吾人于唐人七古之诗式,当有大概之了解。不过对唐人七古诗式的具体认识,还得从对诗作的研习入手,因为唐人七古,不但人各一体,而且一诗一式。

(三)唐人七言古诗的写作要领

了解唐人七古写作要领,应将领会前人论述要义和涵咏诗作之美、参透诗艺之妙一道进行。前人说唐人七言古诗写作要领,习惯于从歌行、七古入手言之。于此各自遴选几则,以作归纳。

说歌行写作要领,一说歌行篇法有"三难(起调、转节、收结)","惟收结为尤难",实则各有行文之道。不但起步、铺叙、转节各有审美追求和写作原则,就是"尤难"之"收结",亦可针对收结之前文势和语言风格之不同特点,选择遣词用语的方式。如王世贞所云:"歌行有三难:起调,一也;转节,二也;收结,三也。惟收结为尤难。如作平调、舒徐绵丽者,结须为雅词,勿使不足,令有一唱三叹意;奔腾汹涌、驱突而来者,须一截便住,勿留有余;中作奇语、峻夺人魄者,须令上下脉相顾,一起一伏,一顿一挫,有力无迹,方成篇法。此是秘密大藏印可之妙。"(《艺苑卮言》卷一)又如沈德潜云:"歌行起步,宜高唱而入,有'黄河落天走东海'之势。以下随手波折,随步换形,苍苍莽莽中,自有灰线蛇踪,蛛丝马迹,使人眩其奇变,仍服其警严。至收结处,纡徐而来者,防其平衍,须作斗健语以止之;一往峭折者,防其气促,不妨作悠扬摇曳语以送之,不可以一格论。"(《说诗晬语》卷上)

二说歌行写作,难处不在"师匠""挥洒""气概""音节"和"胸腹"的行文,而在"赋授(理性传授)""蕴藉(含蓄)""神情(烨然)""步骤(疾徐)"和"首尾(起步、收结)"的措辞。如胡应麟云:"七言长歌,非博大雄深、横逸浩瀚之才,鲜克办此。盖歌行不难于师匠,而难于赋授;不难于挥洒,而难于蕴藉;不难于气概,而难于神情;不难于音节,而难于步骤;不难于胸腹,而难于首尾。"(《诗薮》)

三说歌行当间出秀语,不得全豪;叙述情事,勿太明直。如毛先舒云:"七言歌行,虽主气势,然须间出秀语,不得全豪;叙述情事,勿太明直,当使参差,更赋景物,乃佳耳。"(《诗辩坻》)

四说如何用字、用句、用调、用意。如徐增云:"盖用字须字字牢壮,用句须句句挺劲,用调须抑扬顿挫,用意须斩截淋漓,使读之历历落落,有金石之节,眉开目朗,是为得之。"(《而庵说唐诗》卷三)

五说唐人歌行种种修辞手法和写作特点。如王闿运云:"歌行法备于唐,无美不臻,各极其诣。其大概可指者,四杰之铺排,张、刘之秀逸(熊按:张若虚、刘庭芝),宋之问之跌踢,王维之纡余,李白之驰骋,杜甫之生发(熊按:小事大做,闲情、朝论谓之能生发),元稹之拉扯(熊按:《临砌花》拉入姚、宋,《骓马》拉入李令),白居易之铺排(熊按:《红线毯》铺入毳锦,与四杰异),李贺之棰练,皆各有神力,能驱烟墨,使人神旺,而无恬静之乐。"(《湘绮楼说诗》)沈德潜云:"高、岑、王、李四家,每段顿挫处,略作对偶,于局势散漫中求整饬也。"(《说诗晬语》卷上)

六说送别、赠答歌行常用的一种写作策略。如王闿运云:"歌行七言如羌笛、琵琶,繁弦杂管,故太白以为靡。然人不能无哀乐,哀乐不能无偏激感宕。故自五言兴即有七言,而乐府琴曲,希以赠答。至唐而大盛,凡四言五言所施,皆有以七言代之者,而体制殊焉。初唐犹沿六朝,多宫观、闺情之作,未久而用以赠答、送别分题,或拈一物一事为兴,篇末乃致其意,高、岑、王维诸篇其式也。"(《论七言歌行流品答陈完夫问》)诸家所说七言歌行的写作策略、方法,对初学者而言,都有较强的可操作性。

直言七言古诗写法的,议论形容者多,所说作法有:

一、从美感角度对歌行写作如何充分挥洒才气,如何选材、命意、发端、收处,及布局严整、纵横驰骤而脉络有序,提出要求。田雯云:"大约作七古与它体不同,以纵横豪宕之气,逞天矫驰骤之才,选材豪劲,命意沉远;其发端必奇,其收处无尽,音节琅琅,可歌可听。如老将用兵,漫山弥谷,结率然之阵,中击不断,而壁垒一新,旌旗改色,乃称无敌。"(《古欢堂集杂著》)李因培云:"大抵为此体者,必才大气雄,言言卓立,如百川灌河而脉络有序,万马驰骤而一尘不惊,乃为杰构。"(《唐诗观澜集》卷五)

二、从七古行文"忌平衍,忌滞碍"的角度,言其"起处""中间""转关转韵之处""结处"如何下笔用语。锺秀云:"此体忌平衍,忌滞碍……起处黄河天上,莫测其来;中间收纵排宕,奇态万千;转关转韵之处,兔起鹘落,如一波未平,一波复起;结处或如神龙掉尾,斗健凌空,或如水后余波,微纹荡漾,亦有竟结一七言绝句者。要必因其自然,不可勉强。"(《观我生斋诗话》卷二)吴霭、吴铨鏴云:"七言古之法,起句如高风坠石,结句如奔马收缰。中间如波斯宝船、武库甲仗,无所不有,自非千钧之力、八斗之才、万卷之学,恐未易擅长也。"(《诗书画汇辨》卷上)

三、七古写作"要铺叙,要有开合",要有诗人的"风度"美、"迢递险怪"的境界美,和"雄俊铿锵"的声调美。而行文开合,有如波澜起伏、兵阵奇正变化。杨载云:"七言古诗,要铺叙,要有开合,有风度,要迢递险怪,雄俊铿锵,忌庸俗软腐。须是波澜开合,如江海之波,一波未平,一波复起。又如兵家之阵,方以为正,又复为奇;方以为奇,忽复是正,出入变化,不可纪极。备此法者,唯李、杜也。"(《诗法家数》)

四、七言古诗分段、过段、突兀、字贯、赞叹、再起、归题、送尾的方法。范梈云:"七言古篇法:分段、过段、突兀、字贯、赞叹、再起、归题、送尾。分段,如五言(熊按:即'先分为几段几节,每节字数多少,要略均齐');过段,亦如此(熊按:即'过处用两句,一结上,一生下')。稍有异者,突兀万仞,则不用过句,陡顿便说他事。杜如此,岑参专尚此法,为一家数。字贯,前后重三叠四,用两三字贯串,极精神好诵,岑参所长。赞叹,如五言(即'闲语赞叹,方不甚迫促')。再起,且如一篇三段,说了前事,再提起从头说去,谓反复有情。如《魏将军歌》《松子障歌》是也。归题,乃篇末一二句缴上起句,又谓之顾首,如《蜀道难》《古别离》《洗兵马行》是也。送尾,则生一段余意结束,或反用,或比喻用,如《坠马歌》曰:'君不见嵇康养生被杀戮',又曰:'如何不饮令人哀。'长篇有此便不迫促,甚有从容意思。"(《木天禁语》)

五、专说七古"结局"之重要、难度之大及"作手"技巧之妙。沈德潜云:"诗篇结局为难,七言古尤难。前路层波叠浪而来,略无收应,成何章法?支离其词,亦嫌烦碎。作手于两言或四言中,层层照应,

而又能作神龙掉尾之势，神乎技矣。"(《说诗晬语》卷上)

六、说七古笔法，虽也从"起处"说到"中间""结处"，但言之甚细，尤于"中间(即上言之'胸腹')"写法说得具体。而说"接笔""转笔"之妙，可谓得其三昧。如朱庭珍云："七古起处宜破空岏起，高唱入云，有黄河落天之势，而一篇大旨，如帷灯匣剑，光影已摄于毫端。中间具纵横排荡之势，宜兼有抑扬顿挫之奇；雄放之气，镇以渊静之神，故往而能回，疾而不飘也。于密处叠造警句，石破天惊；于疏处轩起层波，山曲水折，如名将临大敌，弥见整暇也。至接笔，则或挺接、反接、遥接，无平接者，故愈显嶒峻。转笔，则或疾转、逆转、突转，无顺转者，故倍形生动。其关键勒束处，无不呼吸相生，打成一片，故筋节紧贯，血脉灵通，外极雄阔，而内极细密也。结处宜层层绾合，面面周到，而势则悬崖勒马，突然而止，断不使词尽意尽，一泻无余。此作七古之笔法也。若再能不以词接而以神接，不以句转而以气转，或不接之接，不转之转，尤为大家不传之秘，入无上上乘禅矣。"(《筱园诗话》卷一)

七、七言长篇和短篇各有其写作要领。张实居云："七言长篇，宜富丽，宜峭绝，而言不悉。波澜要宏阔，陡起陡止，一层不了，又起一层。卷舒要如意警拔，而无铺叙之迹，又要徘徊回顾，不失题面，此其大略也。如《柏梁》诗，人各言一事，全不相属，读之而气实贯串。此自然之妙，得此可以为法。若短篇，词短而气欲长，声疾而意欲有余，斯为得之。长篇如王摩诘《老将行》，短篇如王子安《滕王阁》，最有法度。"(郎廷槐《师友诗传录》引)范梈则云："七言短古篇法：辞明意尽，与五言相反。"(《木天禁语》)吴烶云："七言古风因五言而更畅之，声长字纵，易以成文。而又有长篇，或两句换韵，四句、六句换韵，且多至数百言，其中间用五言相杂者。起要高古，结要收挽。短篇贵简劲，长篇贵舒徐。转折生姿，上下相顾，起伏顿挫有情，方见笔力。"

(《唐诗选胜直解·诗法》)

八、七言古诗长短句的写作要领。朱庭珍云："七言以长短句为最难。其伸缩长短，参差错综，本无一定之法，及其成篇，一归自然，不啻天造地设，又若有定法焉，非天才神力，不能入妙。……凡作长短句，先须气足意足，笔到兴到，以全力举之，而行所无事，为第一义，不待言矣。至长短相间处，音节既贵自然，又贵清脆铿锵，可歌可诵。个中自有真诀，须相通篇之机神气势出之。"(《筱园诗话》卷三)又沈德潜云："文以养气为归，诗亦如之。七言古或杂以两言、三言、四言、五六言，皆七言之短句也。或杂以八九言、十余言，皆伸以长句，而故欲振荡其势、回旋其姿也。其间忽疾忽徐，忽翕忽张，忽潆漾，忽转掣，乍阴乍阳，屡迁光景，莫不有浩气鼓荡其机，如吹万之不穷，如江河之滔漭而奔放，斯长篇之能事极矣。"(《说诗晬语》卷上)

九、七古不可轻下一字。张笃庆云："七古平韵，上句第五字，宜用仄字，以抑之也；下句第五字，宜用平字，以扬之也。仄韵，上句第五字，宜用平字，以扬之也；下句第五字，宜用仄字，以抑之也。七言古，大约以第五字为关捩，犹五言古大约以第三字为关捩。彼俗所云'一三五不论'，不惟不可以言近体，而亦不可以言古体也。安得谓古诗不拘平仄，而可任意用字乎？故愚谓古诗尤不可一字轻下也。"(郎廷槐《师友诗传录》引)

十、七古长篇叙事应事文不相属，而脉络自一。叶燮云："苏辙云：'《大雅·绵》八九章，事文不相属，而脉络自一，最得为文高致。'辄此言讥白居易长篇于叙事寸步不遗，不得诗人法。大凡七古必须事文不相属，而脉络自一。唐人合此者，亦未能概得。惟杜则无所不可，亦有事文相属而变化纵横，略无痕迹，竟似不相属者，非、高、岑、王所能几及也。"(《原诗·外篇(下)》)

十一、七古平仄相间换韵多用对仗，平韵到底断不可杂以律句。

王士禛云："七言古平仄相间换韵者,多用对仗,间似律句无妨。若平韵到底者,断不可杂以律句。大抵通篇平韵,贵飞扬;通篇仄韵,贵矫健。皆要顿挫,切忌平衍。"(郎庭槐《师友诗传录》引)"一韵到底,第五字须平声者,恐句弱似律句耳。大抵七古句法、字法,皆须撑得住,拓得开,熟看杜、韩、苏三家自得之。"(郎庭槐《师友诗传录》引)

十二、七古必有一段神足气王处。施补华云："七言古诗必有一段气足神王之处,方足算目。如(杜甫)《醉歌行》'春光澹沱'一段,写送别光景,使前半叙述处皆灵;或句句用韵,或夹句用韵,亦以音节动人。"(《岘佣说诗》)

十三,纵横、磊落,贵有沉郁、顿挫。林昌彝云："七古诗纵横驰骤中,贵有沉郁之气;磊落轩昂中,贵有顿挫之笔,方为大家。"(《射鹰楼诗话》卷二十三)。

十四、学七古长篇写法,勿徒学其敷演。张谦宜云："古人长篇,勿徒学其敷演,须于转折接落处求其换手法,又须求某处凝聚、某处盘旋、某处关锁、拦截,此上乘法。长篇布置之妙,正以错综变化为上。"(《絸斋诗谈》卷二)庞垲云："七言古一涉铺叙,便平衍无气势。要须一气开阖,虽旁引及他事别景,而一一与本意暗相关会。如黄河之水,三伏三见,而皆知一脉流转。如云中之龙,见一爪一鬣,皆知全身俱在。此体当推少陵第一。如《曹将军画马》《王郎短歌》诸作,虽太白敛手,高、岑让步。然时有硬插别事入诗,与本意不相关,遂至散漫不成章,读者不可不审。"(《诗义固说》卷上)

十五、作七言古诗,可以古文义法为之。唐名家七古长篇往往取古文义法而行之,因而其诗能得文一体。如任华《寄李白》《寄杜甫》,韩愈《赠崔立之》,即得书体之助。杜甫不单五古博用古文众体义法,如管世铭云："少陵五古,则赋、序、记、论、碑、传、诔、赞一切杂体之文,无不以入之,故其体愈杂,而其观愈奇矣。"(《读雪山房唐诗序例》)其七古亦多得古文之妙。郑燮云:"板桥……尤爱七古,盖其性之所嗜,偏重在此。《曹将军丹青引》《渼陂行》《瘦马行》《兵车行》《哀王孙》《洗兵马》《缚鸡行》《赠毕四曜》,此其最者。其余不过三四十首,并前后《打鱼歌》,尽在其中矣。是《左传》,是《史记》,似《庄子》《离骚》,……。大哉杜诗,其无所不包括乎!"(《郑板桥集自序》)因此,乔亿有云:"《史》《汉》、八家之文,可通于七古;李、杜、韩、苏之七古,可通于散体之文。"且举例说诗、文义法相同,云:"李东川《夷齐庙》诗,放写山河寂寞;韩、欧《孔子庙碑记》,但详典礼,皆不着议论。诗、古文之义法同也。"(《剑溪说诗》卷上)

三、唐七律、七绝的体制渊源、诗式特征和写作要领

唐近体(今体)诗,亦称律体或律诗。律体细分,有五言律诗、五言排律;七言律诗、七言排律;五言绝句、七言绝句。另外还有五言小律、七言小律,有六言律诗和六言绝句。其中,创作成就最高、影响最大、流行最广的,是五、七言律诗和五、七言绝句,这里主要说说七律、七绝的体制渊源、诗式特征和写作要领。

(一)唐七律、七绝的体制渊源

先说七律。律体之兴,虽自唐始,而其来有自,肇端于声病之学初起之时。齐梁时期,沈约倡言"四声(平、上、去、入)八病(平头、上尾、蜂腰、鹤膝、大韵、小韵、旁纽、正纽)"之说,作为写诗调声规则。云:"欲使宫羽相变,低昂互节,若前有浮声,则后须切响。一简之内,音韵尽殊;两句之中,轻重悉异。妙达此旨,始可言文。"(《宋书·谢灵运传》)当时"王融、刘绘、范云之徒,慕而扇之,由是远近文学转相祖述,而声韵之道大行"(封演《闻见录》)。所作之诗"五色相宣,八音协畅"(《宋书·谢灵运传》)。又有刘勰从修辞学角度总结先秦以迄

齐梁的骈对经验,归纳为"四对(言对、事对、正对、反对)"之说。沈、刘之说,无论在理论认知层面,还是在写作实践层面,都对律、绝体制的形成、完善以至定格,起有巨大的促进作用。受其影响,齐、梁、陈、隋,诗人们竟有竞作律体之势。如沈约、王融、谢朓、范云、萧统、梁简文帝、梁元帝、吴均、何逊、庾肩吾父子、徐摛父子、王筠、阴铿、张正见、陈后主、江总、隋炀帝、卢思道、薛道衡、王褒等,逞才显艺,屡试律体,自古诗渐作偶对,音节亦渐叶而谐。先是粗具五律规模者不断出现,继而"七律"间出(七言难于五言,较之五律,七律出现稍晚,作者亦少)。此类创作经验的积累,自为五、七律体制构建奠定了基础。可惜的是,试作七律而合格者少。杨慎取梁简文帝、隋王绩、北魏温子升、陈后主四首诗为"七言律祖",即四诗皆杂五言,于体不合,只能视为南朝诗人尝试写作七言诗之半成品。体制接近唐人七律者,仅有梁简文帝《乌夜啼》、庾信《乌夜啼》、隋炀帝《江都宫乐歌》,以及陈子良"我家吴会"二首等为数不多的诗篇。显然,律诗起于初唐,实胚胎于齐梁之世。而五、七律体制皆定形于初唐,诗人们为确立七律诗式所作的努力,较之五律要大得多。

  律诗何以名"律"?前人多以"法律"之"律"和"律吕(或'音律')"之"律"言之。如徐增云:"八句诗何以名律也?一为法律之律,有一定之法,不可不遵也。一为律吕之律,有一定之音,不可不合也。法以绳之,音以审之,即有盖代之大才子,不能出新意以见长,则诗之约束人者,莫律若也。"(《而庵说唐诗》卷十三)钟秀云:"律诗肇于梁陈,而法备于唐。曰律者,一为法律之律,言必极其严也;一为音律之律,言必极其谐也。诡于律不可,拘于律亦不可,惟忘乎律而合乎律,斯为入化。"(《观我生斋诗话》卷二)也有专以"音律"之"律"言之者,如张玉成云:"律者何?诗之为道,通于乐者也。诗言志,而律以宣之,律所以谐声也。"(《七言律准》自序)有专以"法律"之"律"言之者,如金圣叹云:"承问唐律诗之律字。此为法律之律,非音律之律也。自唐以前,初无此称。特是唐人既欲以诗取士,因而又出新意,创为一体。……此皆自古以来之所未有,而为唐之天子之所手自定夺者也。当时天下……于是以其为一代煌煌之令甲也,特尊其名曰律。……夫唐人之有律诗之云,则犹明人之有制义之云也。必若混言此或音律之律,则凡属声诗,孰无音律,而顾专其称于近体八句也哉?"(《答徐翼云学龙》)

大抵律诗名"律",主要是对其诗歌体式重要特征的概括。律诗体式的重要特征,出自其体制构建的忌声病、尚对偶,具体表现为句式的偶对、整齐和声韵的和谐、顺畅。律诗或七律的由来,当如金俊明所云:"天地间有自然之法,自然之声。声成文谓之音,法有条谓之格。格有形,音无形。有形者尚其严,无形者尚其协。惟诗兼之,而律为甚。夫诗者,文之精;诗而律,律而七言,则其尤精者也。诗之必至于律,律之必至于七,势也,声与法所相为引申者也。才高者不能不俯而就绳,弱者不得不勉而求企,情也,声与法所相为铨准者也。骨采、风调,乃于兹而并著。"(《唐诗英华》序)金氏所言"法""声",即"音""格",即"声与法",即诗论家说的格调,体格和声调。准确地说,是律诗体制构建、音声安排应遵循的法度、规矩。因而律诗之"律",合言之,则指律诗写作遵循的种种严如法律的要求,即"谓之律诗者,以一定之律律夫诗也"(王行《半轩集》卷六《唐律诗选序》);分言之,则一指律诗体制构建必须遵守的等同法律的条令,二指为营造音声和谐之美必须坚持的审音协韵的用字标准。

唐前律体初具,而律法未严,不偶之句、不谐之韵,往往而是。五言律至沈、宋始可称律,七言律亦至沈、宋方有完美之定式。《新唐书·宋之问传》即云:"魏建安后迄江左,诗律屡变,至沈约、庾信以音韵相婉附,属对精密,及之问、沈佺期又加靡丽,回忌声病,约句准篇,如锦绣成文,学者宗之,号为沈、宋。"大概,沈、宋及杜审言等人对七律体制构建的贡献,是在"约句准篇"方面,"属对精密""回忌声病",能做到切于俪偶、稳顺声势,篇、章、句法,精巧工密。他们得以成功,除了能合理总结、吸纳齐梁陈隋及初唐作者七律的艺术经验外,实与初唐应制诗的兴盛有关。初唐几代帝王热衷于君臣游宴唱和,或召臣入大内殿试令咏诗,或游览在外命群官赋诗。臣下应制(应君王曰应制)、应令(应太子曰应令)、应教(应诸王曰应教)作诗,往往采用七律诗式。因为七律句式的偶对、整齐,声韵的和谐、朗畅,容易造成庄重、典雅、高华、明丽的氛围,给人以较强的仪式感。正因七律乃应制诗的常用诗式,故研习七律偶对、声韵艺术表现方法者多。如上官仪就在刘勰"四对"之说的基础上、总结时人经验,创造性地提出"六对(正名、同类、连珠、双声、叠韵、双拟)""八对(的名、异类、双声、叠韵、联绵、双拟、回文、隔句)"之说,一时文士纷纷加以应用,大大推动了七律诗式定型的进程。经过杜审言、沈佺期、宋之问等的努力,七律八句成篇的程式,语词对偶、音韵协调的要求和方法已然确立。使得篇有定句,句有定字,字调平仄,韵受限制。唯其尚对偶,故体裁有骈散之配合;惟其忌声病,故音节有平仄之协和。而七言较之五言,声长语纵,似更具艺术表现力,故七律俨然为一结构工整、色彩妍丽、内涵丰富、极富形式美感之新体式。初唐应制诗的兴盛,加快了七律体式的定型,使得体多整栗,语多雄伟,七言八句,四韵成篇,起结虚实,反正抑扬,而章法、句法略备。谢榛谓"七言近体,起自初唐应制,句法严整。或实字迭用,虚字单使,自无敷衍之病"(《四溟诗话》卷四)。

由于七律起自应制,也带来七律写作的一些局限性。

一是诗的内容、功用多限制在台阁生活和重大"人事"活动范围之内。不但初唐杜、沈、宋等七律多为应制、应令、应教之作,"自景龙始创七律,诸学士所制,大都铺扬景物,宣诩宴游,以富丽竞工"(胡震亨《唐音癸签》卷十)。直到"开元初,苏(颋)、张(说)之流盛矣,然而亦多君臣游幸倡和之什"(高棅《唐诗品汇·七言律诗序目》)。初唐盛唐,"好古之士虽厌薄不多作","然遇朝庆典礼及应制诸作,则不得不用律诗,风会所趋,迭演迭盛"(由云龙《定庵诗话》卷上)。以致有人视七律为台阁之专用诗体。吴乔即云:"七律止宜于台阁,余处不称。景龙既有此体,以其便于人事之用(吴乔尝谓'七律齐整谐和,长短适中,最宜人事之用。……初唐用于应酬,亦是大人事也'),日盛月滋,不问何处,皆用七律,谓之近体,实诗道之一厄也。"(《围炉诗话》卷二)(熊按:也有人特别看中七律体式"适得其中"、颇适于用的特点。胡以美《唐诗贯珠笺释序》即云:"凡吟咏,如五言律,文意简洁,才雄力富者不能尽其施展;古风则辞繁局泛,少密致之严,不无出入。妙在七言律,适得其中,可以循范围而驰骋曲折,尽其才力,著作、应酬,无不适用。")

二是初唐七律受应制诗风和六朝余风的影响,虽章法、句法略备,而声响、色泽,犹有齐梁风尚;即使"不用事('事多而寡用之'),不用意('意多而约出之')"(陆时雍语),而神情、兴会,缛靡不畅。所谓诗式定型,只是草具规模,五、七律体虽同成于杜、沈、宋,因为齐梁以来五律艺术经验积累较七言丰富得多,故所作七律不如五律纯美,诗式成熟程度亦不及五律远甚。直到开、天年间,作者或对偶不能整齐,或平仄不能粘缀,所谓"七言律初唐法固未备,即盛唐亦有太率处"(锺秀《观我生斋诗话》卷三)。

盛唐诗人也在认真探索七律体式的建构方法,崔颢、李白试图以古入律,在七律中引进歌行体制、注入歌行诗美质素;高、岑、王维、李颀等则沿袭杜、沈、宋忌声病、尚对偶的思路,在体式构建和表现艺术上开拓、创新。贾至七律《早朝》,倾动文士,高、岑、王维、杜甫起而唱和,和诗气色高华,虽乏风义之美,而于偶对、声韵,真能"敲金戛玉,研练精切"(赵翼《瓯北诗话》卷十二)。又从杜甫寄高、岑诗谓"遥知对属忙",亦可想见当时彼等求工律体之状。只是高、岑、王、李一如沈、宋,有"专讲排场,苟求恢廓"(光明甫语)的倾向,惟杜甫七律指事言情,写景用典,格变法变,诗律细密,正体外别创拗体,抒怀不废议论,一时蹊径大开,诗美益增。因此,有人就说"杜独挺苍骨,是唐律之始;宋间出靡调,犹是六朝之余"(许学夷《诗源辩体》卷十三)。袁枚则谓盛唐为七律肇兴之初,云:"七律始于盛唐,如国家缔造之初,宫室粗备,故不过树立架子,创建规模,而其中之洞房曲室,网户罘罳,尚未齐备。至中晚而始备,至宋元而愈出愈奇。"(《随园诗话》卷六)实则如翁方纲所云:"初唐律体,气宇吞吐间,自有肇开一代之势。若直以为七律之正,将有俟焉。"(《七言律诗钞凡例》)而盛唐诸公,特别是杜甫,正好适应七律诗式演进的需要,通过创作上的求新求变,为其"体格大备"(吴仰贤《小匏庵诗话》卷一)作出了重大贡献。或谓"唐人七言律,以李东川、王右丞为正宗,杜工部为大家"(郎廷槐《师友诗传录》引王士禛语),或谓"王、岑、高、李,世称正鹄"(胡应麟《诗薮·内编》卷五),或谓"盛唐王维、李颀、岑参诸公。声调气格,种种超越,允为正宗"(宋荦《漫堂说诗》),或谓"七律至杜少陵而始盛且备"(舒位《瓶水斋诗话》),或谓"少陵崛起,集汉魏六朝之大成,而融为今体,实千古律诗之极则"(钱良择《唐音审体》),或谓"摩诘之《积雨辋川庄》一首,岑嘉州《和贾至早朝》一首,李东川'朝闻游子'一首,皆格律浑成,为律诗正体。至老杜之《登高》《野望》……《蜀相庙》诸作,则格老气苍,雄视百代,诚高不可及矣"(由云龙《定庵诗话》卷上)。这些说明盛唐七律,无论体式之完备,还是艺术水准之高,都远在初唐之上。可谓"七言今体昌于初唐,至盛唐而极"(高步瀛《唐宋诗举要·各体引言》)。

要指出的是,不能因为初唐七律创作的某些不足而否定杜、沈、宋的始创之功,如沈德潜所说:"初唐七律,事多而寡用之,情多而简出之,特每篇结句不无浅率之弊,为风气所囿耳。后人一概抹煞,如何平允?"(《唐诗别裁集》)大抵唐代七律的发展,经历多次变化,胡震亨即言:自杜、沈、宋首创工密,至崔、李,间出古意,为一变;高、岑、王、李,风格大备,又一变;杜甫雄深浩荡,超忽纵横,又一变;钱起、刘长卿稍加流畅,降为中唐,又一变;大历十才子,中唐体备,又一变;白居易才具泛滥,刘禹锡骨力豪劲,在中晚间自为一格,又一变;张籍、王建,略去葩藻,求取情实,又一变;嗣后,温、李之竞事组织,杜牧、刘沧之时作拗峭,韦庄、罗隐之务趋条畅,皮日休、陆龟蒙之填塞古事,郑都官、杜荀鹤之不避俚俗,变又难可悉记。而每经一变,七律诗式都可能有新的特征出现。所谓"七言今体倡于初唐,至盛唐而极"(高步瀛语),亦为其一变而已,只是此一变对七律诗式的定型,起的作用特别大。

再说七言排律。元人杨士宏编《唐音》,于唐诗分类有排律一目,高棅《唐诗品汇》因之,而有排律诗体之名。徐师曾谓"排律原于颜(延之)谢(赡)诸人,梁陈以还,俪句尤切。唐兴,始专此体,而有排律之名"(《文体明辨序说》)。顾亭鉴亦谓"排律者,唐兴始有此体,用此律试士。其对偶平仄与律诗同,其起止照应与长篇古风同。于八句律诗外,任意铺排,联句多寡不拘,不以锻炼为工,而以布置有序、首尾通贯为尚"(《诗法指南》卷上)。排律产生于律诗之后,其体制实乃律诗之扩充,其三解六韵为"正局",不过在一首律诗首尾二联之间添加二联四句而已,至于八韵以上数十韵以至百韵,也只是将若干联语插进首尾二联之间,一解一解排去。因此有人说:"勒定八句,名曰律诗。如或有人更欲自见其淹赡者,则又许于二起二承之后,未曾转笔之前,排之使开,平添四句,得十二句,名曰排律。……排律则直用排囚之排字,甚言律诗八句之中间,其法度遒而紧,婉而致,甚非容易之所得排也者。则排之为言,乃用力之字也。"(金圣叹《答徐翼云学龙》)又有人说:"原排律立名之意,自取排宕、排闼之义。一物一事,必换意分层,以尽其致。"还说:"排者,开也。一意分数层,一事分数段,须依法逐节说去,方饱满流动。"(张谦宜《絸斋诗谈》卷二)或谓"(排律)古人所谓排比声律者,排偶栉比,声和律整也"(钱良择《唐音审体》)。唐人所专排律,以五言排律为主,盖此时应试、应制、应酬多用五排。而七言排律作者甚少,如李白有《别山僧》,高适有《宿田家》等,虽联对精密,而律调未纯,终是古诗体段。唐人七律少耳有亦不工,盖因"唐诗应制多用五言排律,而不及七言。即唐时止多五言排律,而鲜少七言排律,虽太白、子美,亦不多见"(吴烶《唐诗选胜直解·诗法》);又因"七排似起自老杜,此体尤难。过劲荡又不是律,过软款又不是排,与五排不同,句长气难贯也"(方世举《兰丛诗话》);又因"排律不拘长短,总分作四层看……因之以分别浅深次第,要以意不复、气不衰、局不散为妙。历代以来,五言多而七言少,盖七言更难于五言也"(锺秀《观我生斋诗话》卷二);又因"古人不用长句成篇,七言排律所以少作,作亦不工,以意多冗、字多懈也,为七言者必使其不可才而后工"(汪士鋐《近光集·杂论》引顾炎武语);又因"七言排律,唐人断不多作,杜集止三四首。缘七字诗得四韵,于律法更无遗憾;增至几十韵,势须流走和软,方成片段。似此最易流入唱本腔调,纵复精工,有乖风雅。杜老云:'何刘沈谢力未工,才见鲍照愁绝倒。'足知七字长篇,专尚沉雄排宕,所以古人见长,都在古调;若律体,非不能工,不屑为耳"(李重华《贞一斋诗说》)。

最后说七言绝句。关于唐人五绝、七绝体制的来源,有一种很流行的说法,就是截取律诗之半说。如施补华云:"五言绝句,截五言律诗之半也。有截前四句者,如'移舟泊烟渚,日暮客愁新。野旷天低树,江清月近人',是也;有截后四句者,如'功盖三分国,名成八阵图。

江流石不转,遗恨失吞吴',是也;有截中四句者,如'白日依山尽,黄河入海流。欲穷千里目,更上一层楼",是也;有截前后四句者,如'山中相送罢,日暮掩柴扉。春草明年绿,王孙归不归',是也。七绝亦然。"(《岘佣说诗》)此说实与诗史不合。

按绝句之名始于梁徐陵《玉台新咏》之"古绝四首",其中一云:"藁砧今何在?山上复有山。何当大刀头,破镜飞上天。"此当为五言绝句之祖。许学夷谓"古诗五言四句,如《采葵莫伤根》《南山一树桂》二篇,格甚高古,语甚浑朴,有天成之妙,此五言绝之始也","明远五言四句,声渐入律,语多华藻,然格韵犹胜","何逊五言四句,声尽入律,语多流丽,而格韵始卑","梁简文、庾肩吾五言四句,声尽入律,语尽绮靡,而格韵愈卑"(《诗源辩体》)。是五言绝,汉魏至隋,代有所出。高棅谓"七言绝句,始自古乐府《挟瑟歌》、梁元帝《乌栖曲》、江总《怨诗行》等作,皆七言四句。至唐初,始稳顺声势,定为绝句"(《唐诗品汇·七言绝句叙目》)。胡应麟谓"齐汤惠休《秋思行》云:'秋寒依依风过河,白露萧萧洞庭波。思君末光光已灭,渺渺悲望如思何?'梁以前近七言绝体,仅此一篇,而未成就",又谓"庾子山《代人伤往》三首,近绝体而调味不谐,语亦未畅。惟隋末无名氏:'杨柳青青著地垂,杨花漫漫搅天飞。柳条折尽花飞尽,借问行人归不归?'至此,七言绝句音律,始字字谐合,其语亦甚有唐味。右丞'春草年年绿,王孙归不归'祖之"(《诗薮·内编》卷六)。许学夷则谓"明远七言四句,有《夜听妓》一篇,语皆绮艳,而声调全乖,然实七言绝之祖也。元瑞谓七言绝起断自梁朝,则失考矣"。又谓"江总七言四句,有《怨诗》二篇,调虽合律,而语仍绮艳"。"炀帝幸江都,制《水调歌》,今《诗纪》所载数篇,调纯语畅,为七言绝正体"(《诗源辩体》)。可见,七言绝句亦源于乐府,滥觞于齐梁;或谓五绝自五言古诗来,七绝自歌行来,而二体滋生绝句之时,律体尚未定型,故绝句乃截律一半之说实难成立。又诗中四句为一绝,绝句之"绝"并无"截"意。如冯班所云:"诗家常言,有联有绝,二句一联,四句一绝,宋孝武言'吴迈远联、绝之外无所解'是也。古人多有是语。四句之诗故谓之绝句。"(《钝吟杂录》卷三《正俗》)

当然,也不能说绝句体制构建和律诗全无关系。绝句虽其来有自,先唐已有完全合格的诗作出现,但"初、盛间绝句,音节不谐、文义生强或有之"(胡应麟语)。如七绝"至王、卢、骆三子,律犹未纯,语犹苍莽","自王、卢、骆再进而为杜、沈、宋三公,律始就纯,语皆雄丽,为七言绝正宗"(许学夷《诗源辩体》)。应该承认,唐人在稳顺声律、贯注气韵、完备绝句体制的过程中,有意无意借鉴律诗体制建构的经验,是很有可能的,但其借鉴,并非简单地截律之半而为之。又绝句之体,五言、七言略同,唐人谓之小律诗。前人有谓"唐人绝句有声病者,是二韵律诗也"(冯班语),说"二韵律诗,谓之绝句,所谓四句一绝也。……唐人绝句多是二韵律诗。……宋人有谓绝句是截律诗之半者,非也"(钱良择语),谓"四句诗,今人但谓之绝句,不知亦有两韵律诗也。其法有四句俱对者,有两句对者,有当句对者,有四句全不对者。体格虽殊,要之非如宋人所云截八句诗中四句也"(汪士鋐语)。律诗本有二韵四句、三韵六句和四韵八句之别,三者体格不同,其中二韵律诗(绝句)体制的构建,应与三韵律诗一样,并非截取四韵律诗的某些"部件"组合而成,而是自有演进之路。

大抵七绝,初唐风调未谐,盛唐诸名家无美不备,李白、王昌龄尤为擅长。李俊爽,王含蓄;李意尽语中,王意在言外;李写景入神,王言情造极;李词气飞扬,不如王之自在;王句格舒缓,不如李之自然;李一气贯成,最得歌行之体,王比兴深远,风骨内含,深情苦恨,使人测之无端。同时者,王维、贾至、岑参、储光羲、常建、高适所作,兴象、声律一致,皆有天然真趣,却浑成无迹。杜甫七绝则多为变体、拗体,"以古体行之,倔强直戆,不受束缚,独出一头"(潘承松《杜诗偶平凡例》);或以对作结,不惮"半律"之讥;或"轮囷奇矫,不可名状"(叶燮《原诗·外篇(下)》);"有时遁为瘦硬牙杈,别饶风韵"(高步瀛《唐宋诗举要·各体引言》);甚或"变巧而为拙,变俊而为伧,……然伧中之俊、拙中之巧,亦非王、李辈所有"(方世举《兰丛诗话》)。大历以还,至元和末,名家亦多,如刘长卿、韩翃、李益、刘禹锡等,声律不失,足以继开元、天宝之盛。晚唐七绝,不乏脍炙人口、其妙欲胜盛唐者。李商隐、温庭筠、杜牧、许浑、郑谷,独运匠心,可谓途轨纷出,都对唐人七绝的发展卓有贡献。王世贞云:"七言绝句,盛唐主气,气完而意不尽工;中晚唐主意,意工而气不甚完。然各有至者,未可以时代优劣也。"(《艺苑卮言》卷四)因此,固然可以说"七言绝句当以盛唐为法"(李维桢《唐诗隽论则》),而各代既有足以奉为七绝"楷式"的名家名作,那学者亦不必拘于"七言绝句当以盛唐为法"(李维桢语)的观念,而要像潘德舆说的:"七言绝句,易作难精。盛唐之兴象、中唐之情致、晚唐之议论,途有远近,皆可循行。"(《养一斋诗话》卷二)

(二)唐七言律诗、绝句的诗式特征

先说七言律诗。

凡七言八句之近体诗为七言律诗。其诗一二句名起联,又名发句;三四句名颔联,五六句名颈联,七八句名尾联,又名落句。如祖咏《望蓟门》:

> 燕台一去客心惊,笳鼓喧喧汉将营。(起联)
> 万里寒光生积雪,三边曙色动危旌。(颔联)
> 沙场烽火连胡月,海畔云山拥蓟城。(颈联)
> 少小虽非投笔吏,论功还欲请长缨。(尾联)

297

七言律诗诗式特征的形成,有两个要素,即对偶和声律。句式对偶情况不一,带来了七律篇式的多样性。有起联、尾联不作对偶,惟中间二联作对偶者,如王维《出塞作》:

居延城外猎天骄,白草连天野火烧。
暮云空碛时驱马,秋日平原好射雕。(对偶)
护羌校尉朝乘障,破虏将军夜渡辽。(对偶)
玉靶角弓珠勒马,汉家将赐霍嫖姚。

有起联和中间二联作对偶、惟尾联不作对偶者,如李颀《寄司勋卢员外》:

流澌腊月下河阳,草色新年发建章。(对偶)
秦地立春传太史,汉宫题柱忆仙郎。(对偶)
归鸿欲度千门雪,侍女新添五夜香。(对偶)
早晚荐雄文似者,故人今已赋《长杨》。

有起联不作对偶,惟中间二联和尾联作对偶者,如杜甫《宿府》:

清秋幕府井梧寒,独宿江城蜡炬残。
永夜角声悲自语,中天月色好谁看?(对偶)
风尘荏苒音书绝,关塞萧条行路难。(对偶)
已忍伶俜十年事,强移栖息一枝安。(对偶)

有起联、颔联、颈联、尾联四联皆作对偶者,如杜甫《登高》:

风急天高猿啸哀,渚清沙白鸟飞回。(对偶)
　　无边落木萧萧下,不尽长江滚滚来。(对偶)
　　万里悲秋常作客,百年多病独登台。(对偶)
　　艰难苦恨繁霜鬓,潦倒新停浊酒杯。(对偶)

　　七言律诗平仄调式有四种,即仄起式、平起式、入韵式、不入韵式。凡首句用韵者,接下来第二、四、六、八句皆押韵。次句用韵者,接下来第四、六、八句押韵。若起联对偶,则首句可不用韵,但全篇四联皆作对偶者,而照例首句用韵者亦有之。律诗上下句之间,平仄安排有所谓"对"与"粘"的规定。所谓"对",即双句(第二、四、六、八句)中第二、四、六字之平仄,必与其上对应单句(分别为第一、三、五、七句)中第二、四、六字之平仄相反对。不然即为"失对"。所谓"粘",即单句(第三、五、七句)二、四、六字之平仄,必与其上对应双句(分别为第二、四、六句)之平仄粘连相同。不然,即为"失粘"或"失严"。"失对""失粘",俱谓之"拗",皆为律诗写作之大忌。

　　七言律诗调式有四种:
　　一曰首句平起入韵式,如沈佺期《古意》:

　　卢家少妇郁金香(平平仄仄仄平平),(用韵)
　　海燕双栖玳瑁梁(仄仄平平仄仄平)。(押韵)
　　九月寒砧催木叶(仄仄平平平仄仄),
　　十年征戍忆辽阳(平平仄仄仄平平)。(押韵)
　　(白)狼(河)北音书断(平平仄仄平平仄),
　　丹凤城南秋夜长(仄仄平平仄仄平)。(押韵)
　　(谁)谓含愁(独)不见(仄仄平平平仄仄)?
　　更教明月照流黄(平平仄仄仄平平)。(押韵)

二曰首句平起不入韵式,如韦应物《寄李儋元锡》：

去年(花)里逢君别(平平仄仄平平仄),
(今)日花开又一年(仄仄平平仄仄平)。(用韵)
世事茫茫难自料(仄仄平平平仄仄),
春愁黯黯独成眠(平平仄仄仄平平)。(押韵)
身多疾病思田里(平平仄仄平平仄),
邑有流亡愧俸钱(仄仄平平仄仄平)。(押韵)
(闻)道欲来相问讯(仄仄平平平仄仄),
西楼望月几回圆(平平仄仄仄平平)?(押韵)

三曰首句仄起入韵式,如李商隐《无题》：

相见时难别亦难(仄仄平平仄仄平),(用韵)
东风无力百花残(平平仄仄仄平平)。(押韵)
春蚕到死丝方尽(平平仄仄平平仄),
蜡炬成灰泪始干(仄仄平平仄仄平)。(押韵)
晓镜但愁云鬓改(仄仄平平平仄仄),
夜吟应觉月光寒(平平仄仄仄平平)。(押韵)
蓬莱此去无多路(平平仄仄平平仄),
青鸟殷勤为探看(仄仄平平仄仄平)。(押韵)

四曰首句仄起不入韵式,如杜甫《闻官军收河南河北》：

剑外忽传收蓟北(仄仄平平平仄仄),
初闻涕泪满衣裳(平平仄仄仄平平)。(用韵)

却看妻子愁何在(平平仄仄平平仄),
漫卷诗书喜欲狂(仄仄平平仄仄平)。(押韵)
白日(放)歌须纵酒(仄仄平平平仄仄),
青春作伴好还乡(平平仄仄仄平平)。(押韵)
即从(巴)峡穿巫峡(平平仄仄平平仄),
便下襄阳到洛阳(仄仄平平仄仄平)。(押韵)

说明:(一)七言律诗以首句平起入韵者为正格,以首句仄起入韵者为偏格,无论首句平起、仄起,凡不用韵者皆为变体。(二)律诗平仄安排,最忌犯"孤平"及"下三连"。"孤平",即一句三字中,前后皆仄声字,中间夹一平声字,呈"仄平仄"状。"下三连",即一句下三字(句尾三字)全用平声字或仄声字,呈"平平平"或"仄仄仄"状。(三)王士祯《律诗定体》云:"凡七言第一字俱不论,第三字与第五字与五言第一字同。(王士祯《律诗定体》云:"五律凡双句二、四应平仄者,第一字必用平,断不可杂以仄声,以平平止有二字相连,不可令单也。其二、四应仄平者,第一字平仄皆可用,以仄仄仄三字相连,换以平字无妨也。大约仄可换平,平不可换仄。第三字同此。若单句,第一字可勿论。")凡双句第三字应仄声者,可换平声;应平声者,不可换仄声。"又于平起不入韵式首句注云:"第三字可平,凡仄可使单。"第七句注云:"单句第六字拗用平,则第五字必用仄以救之,与五言三四一例。"于仄起入韵式首句注云:"第三字必平,凡平不可令单。"

另外,律诗除五言律诗、七言律诗外,尚有六言律诗,如刘长卿《苕溪酬梁耿别后见寄》云:"清川永路何极?落日孤舟解携。鸟向平芜远近,人随流水东西。白云千里万里,明月前溪后溪。惆怅长沙谪去,江潭芳草萋萋。"《蛇浦桥下重送严维》云:"秋风飒飒鸣条,风月相和寂寥。黄叶一离一别,青山暮暮朝朝。寒江渐出高岸,古木犹似断桥。明日行人已远,空余泪滴回潮。"其篇式、调式与七律不同者,惟每句少一字也。又律诗有三韵五言律诗(或称五言小律),通常于第二联作对偶,如白居易《枯桑》:"道旁老枯树,枯来非一朝。皮黄外尚活,心黑中先焦。有似多忧者,非因外火烧。"也有首联亦作对偶者,如李益《登长城》:"汉家今上郡,秦塞古长城。有日云长惨,无风沙自惊。当今圣天子,不战四夷平。"又有三韵七言律诗(或称七言小律),如李白《送羽林陶将军》:"将军出使拥楼船,江上旌旗拂紫烟。万里横戈探虎穴,三杯拔剑舞龙泉。莫道词人无胆气,临行将赠绕朝鞭。"白居易则有《寒闺夜》《留题杭州郡斋》《孤山寺石榴花》等。此体盛行于陈、隋古体将演变为律体的过渡时期,唐人偶一为之。此体通常也是第二联作对偶句。又有三韵六言律诗,体式与三韵七言律诗略同。

　　和七律体式关系密切的是七言排律。五言六韵十二句或五言八韵十六句谓之五言排律,本为唐代试帖、应制诗体,后有扩充至几十韵至百韵者。其以六韵十二句为"正局"。薛雪谓"排律止可六韵至十二韵足矣,多至几十韵以及百韵,即是长诗也,不可为训"。(《一瓢诗话》)七言排律与五言体同,其体开自杜甫。吴烶云:"五七言排律,近体五七言之变也。有起、结不对者,有起、结全对者。单用一韵,不换,到底,较之律诗更为严整。唐诗应制多用五言排律,而不及七言。即唐时止多五言排律,而鲜七言排律,虽太白、子美,亦不多见。"(《唐诗选胜直解·诗法》)李重华则云:"七言排律,唐人断不多作,杜集止三四首。缘七字诗得四韵,于律法更无遗憾;增至几十韵,势须流走和软,方成片段。似此最易流入唱本腔调,纵复精工,有乖风雅。杜老云:'何刘沈谢力未工,才兼鲍照愁绝倒。'足知七字长篇,专尚沉雄排宕,所以古人见长,都在古调;若律体,非不能工,不屑为耳。"(《贞一斋诗说》)七言排律难得佳作,"如李白《别山僧》、高适《宿田家》等作,虽联对精密,而律调未纯,终是古诗体段"。(高棅《唐诗品汇》卷九十)七言排律"虽与五言相同,而加以二字,便难下手,不惟太白鲜见,即杜甫诸篇,率多稚句俚句,中晚人饶为之,亦罕有佳者"。(吴骞、吴铨鑱《诗书画汇辨》卷上)欲知其诗式,请读崔融《从军行》、王建《送裴相公上太原》等。

再说七言绝句。七言绝句前后两联四句依次名为首句(起)、颔句(承)、颈句(转)、尾句(合)。其篇式有四种:

一为前联均为散句、后联作对偶者,如王维《寒食汜上作》:

广武城边逢暮春,汶阳归客泪沾巾。
落花寂寂啼山鸟,杨柳青青渡水人。

二为前联对偶、后联均为散句者,如刘禹锡《乌衣巷》:

朱雀桥边野草花,乌衣巷口夕阳斜。
旧时王谢堂前燕,飞入寻常百姓家。

三为前联、后联俱作对偶者,如柳中庸《征人怨》:

岁岁金河复玉关,朝朝马策与刀环。
三春白雪归青冢,万里黄河绕黑山。

四为前联、后联俱为散句,如张继《枫桥夜泊》:

月落乌啼霜满天,江枫渔火对愁眠。
姑苏城外寒山寺,夜半钟声到客船。

七言绝句调式有四,一曰平起入韵式,如贾至《送李侍郎赴常州》：

(雪)晴(云)散北风寒(平平仄仄仄平平),(用韵)
楚水吴山道路难(仄仄平平仄仄平)。(押韵)
今日送君须尽醉(仄仄平平平仄仄),
明朝相忆路漫漫(平平仄仄仄平平)。(押韵)

二曰平起不入韵式,如朱庆馀《闺意》：

洞房昨夜停红烛(平平仄仄平平仄),
待晓堂前拜舅姑(仄仄平平仄仄平)。(押韵)
妆罢低声问夫婿(仄仄平平平仄仄),
画眉深浅入时无(平平仄仄仄平平)。(押韵)

三曰仄起入韵式,如高适《别董大》：

(千)里黄云白日曛(仄仄平平仄仄平),(用韵)
(北)风吹雁雪纷纷(平平仄仄仄平平)。(押韵)
莫愁前路无知己(平平仄仄平平仄),
天下何人不识君(仄仄平平仄仄平)。(押韵)

四曰仄起不入韵式,如王维《九月九日忆山东兄弟》：

独在异乡为异客(仄仄平平平仄仄),
每逢(佳)节倍思亲(平平仄仄仄平平)。(用韵)

遥知兄弟登临处(平平仄仄平平仄),
遍插茱萸少一人(仄仄平平仄仄平)。(押韵)

说明:(一)七言绝句首句第二字以平起者为平起正格,以仄起者为仄起偏格。(二)七言绝句有律绝、古绝、拗绝之分。律绝与五七言律诗同一粘对法。古绝与七言古诗平仄安排相同,如杜秋娘《金缕词》:"劝君莫惜金缕衣(仄平仄平仄平平),劝君惜取少年时(仄平仄仄仄平平)。花开堪折直须折(平平平仄仄平仄),莫待无花空折枝(仄仄平平平仄平)。"拗绝平仄安排则与七言律诗拗体相同,如杜甫《春水生》:"二月六夜春水生(仄仄仄仄平平平),门前小滩浑欲平(平平仄平仄仄平)。鸂鶒鸂鶒莫漫喜(仄平平平仄平仄),吾与汝曹俱眼明(平仄仄平平仄平)。"

另外,有六言绝句一体,如王维《田园乐七首》其六:"桃红复含宿雨,柳绿更带朝烟。花落家童未扫,莺啼山客犹眠。"刘长卿《寻张逸人山居》:"危石才通鸟道,空山更有人家。桃源定在深处,涧水浮来落花。"体式亦与七绝大同小异。

(三)唐七言律诗、七言绝句的写作要领

先说七言律诗的写作要领。

七律作诗大法,唯在格律精严、词调稳惬。受其体制影响,七律的题材选择、表达功能和审美取向,既有其长,亦有其短。写诗之初,当首辨其诗体之特性。如吴乔所言:"七律之法,起、结散句,中二联排偶。其体方,方则滞,叙景言情,远不如古诗之曲折如意,以初唐古、律相较可见矣。七律止宜于台阁,余处不称。景龙既有此体,以其便于人事之用,日盛月滋,不问何处皆用七律,谓之近体,实诗道之一厄也。"(《围炉诗话》卷二)而七律法度严谨,合格不易。毛先舒即云："诗言情、写景、叙事，收拢、拓开，点题、掉尾，俱是要格。律尤需谨严，颓唐可时有耳。借如律诗，中二联一实一虚，一黏一离；起须高浑，势冒全篇；结欲悠圆，尽而有余；转折收纵，宜使合度。忽得后先倒置，舒促失节，然后可以告成篇矣。"(《诗辩坻》)

七律写作追求的理想境界。施补华云："七律以元气浑成为上，以神韵悠远为次，以名句可摘为又次，以小巧粗犷为下。"(《岘佣说诗》)胡应麟则形容说："古诗之难，莫难于五言古；近体之难，莫难于七言律。五十六字之中，意若贯珠，言如合璧。其贯珠也，如夜光走盘，而不失回旋曲折之妙；其合璧也，如玉匣有盖，而绝无参差扭捏之痕。綦组锦绣，相鲜以为色；宫商角徵，互合以成声。思欲深厚有余，而不可失之晦；情欲缠绵不迫，而不可失之流。肉不可使胜骨，而骨又不可太露；词不可使胜气，而气又不可太扬。庄严，则清庙明堂；沉着，则万钧九鼎；高华，则朗月繁星；雄大，则泰山乔岳；圆畅，则流水行云；变幻，则凄风急雨。一篇之中，必数者兼备，乃称全美。故名流哲匠，自古难之。"(《诗薮·内编》卷五)其中说到七律写作要素，有意、言、色、声、思、情、肉、骨、词、气等；说到这些要素功能发挥之最佳程度；还说到七律应有的审美特征，认为兼备庄严、沉着、高华、雄大、圆畅、变幻数者之美，方可称为全美。

七律写作"务在雄浑富丽之中，有清沉微宛之态"。顾璘云："七言律诗，务在雄浑富丽之中，有清沉微宛之态。故明白条畅，而不疏浅；优游含沫，而不轻浮。最忌俗浊纤巧，则失古人风调矣。盛唐王、岑、高、李，最得正体，足为规矩。后之学者不晓音调，学雄浑者必枯硬，清沉者必软腐，而归于庸俗矣。"(《批点唐音各体序目》)

七律五十六字，字字重要，各有功能；字字精炼，一丝不苟；字字到位，不可移易。金圣叹即谓"唐律特未易看也，有诗八七五十六字，字字皆有原故，如龙鳞遍身，鳞鳞出雨"，又谓"七言律诗八七五十六字,便是五十六座星辰,一座一座皆有自家职掌,一座一座又有大家联络。岂可于其中间,忽然孛一妖星,非但无所职掌,乃至无其着落"。(《贯华堂选批唐才子诗·圣叹尺牍》)

七律写作,有意有法有词,而以意为主。吴乔即云:"唐人七律,宾主、起结、虚实、转折、浓淡、避就、照应,皆有定法。意为主将,法为号令,字句为部曲兵卒。由有主将,故号令得行,而部曲兵卒,莫不如臂指之用,旌旗、金鼓,秩序井然。"(《围炉诗话》卷二)

七律写作,要防止"六'不'",要懂得"四'贵'一'总归'",要祛"'多端'之'病'"。所谓"六'不'",即李因培说的:"气格不高,则靡音曼词,其失也芜;力量不厚,则只词单义,其失也弱;神味不隽永,则大叶疏枝,其失也硬;气韵不生动,则板重堆垛,其失也滞;一字不工,即累一句;一句不炼,即累通篇。要使细筋健骨关注开张,章无懈句,句无剩字,斯为极则。"(《唐诗观澜集》)所谓"四'贵'一'总归'",即沈德潜说的:"七言律,平叙易于径遂,雕镂失之佻巧,比五言为尤难。贵属对稳,贵遣事切,贵捶字老,贵结响亮,而总归于血脉动荡,首尾浑成。后人只于全篇中争一联警拔,取青妃白,有句无章,所以去古日远。"(《说诗晬语》卷七)所谓"'多端'之'病'",即黄子云说的:"后之不如少陵七律者,病有多端:起无气,句无调;字不坚牢,意不排荡,对偶不灵活,情景不真新;当句自解,归结无致;句中不见作者气象,使事不免笔端拘滞。此数条所当猛省。"(《野鸿诗的》)

七律写作,运笔不可"太刻""太圆""太板""太灵"。锺秀即云:"七律太刻则纤,太圆则率,太板则滞,太灵则佻。要之,立格宜大,扬声宜高,使事无痕,通篇悉称,而血脉流贯,无一懈笔,乃佳。"(《观我生斋诗话》卷二)

七律下字、炼句,讲究"高""亮"二字。施补华云:"七律下字、炼句,须解'高''亮'二字。不'高'、不'亮',诗虽好,亦减成色。讲求

'高''亮',尤须辨虚响、实响。凡声有余、意不足,或意虽是,气不沉、光太露者,皆谓之虚响。"(《岘佣说诗》)

七律章法,讲究句语之间、联语之间的内在联系。李重华云:"七律章法,大历诸公最纯熟,然无能出杜老范围。相其用笔,大概三四须根一二,五六须起七八;更有上半引入下半,顿然翻转;有中四句次第相承,而首尾紧相照应;有上六句写本题,而末后飏开作结。其法变化不拘。若止觅得中四好对联,另行装却头脚,断无其事。"(《贞一斋诗说》)

金圣叹云:"观唐人律诗,其起未有不直贯到尾者,其结未有不直透到顶者。若后来人诗,则起乃不能贯三四,结乃不能透五六,此为唐人与后人之辨也。"又云:"比来不知起于何人,一眼注射,只顾看人中间三四五六之四句,便与啧啧嗟赏不住口。殊不晓离却一二,即三四如何得好?不到七八,即五六如何得好耶?且三四五六,初亦并不合成一群。三四自来只是一二之羡文,五六自来只是七八之换头。譬如伯劳、飞燕,其性迟疾东西,自来不在一处。三四生性自来是向前,五六生性自来是向后,今忽然前去其前,后去其后,却将并不相合之四句挺然束之,如四条玉笋,此岂非文林一端怪事!"又云:"初欲作诗,且先只作前解,且先只学唐人一二起法,三四承法。唐人一二起如郁勃,则三四承之必然条畅,条畅所以宣泄其郁勃也。唐人一二起如闲远,则三四承之必然紧峭,紧峭所以逼取其闲远也。起如叙意,则承之必急写景,写景以证我意也。起如写景,则承之必急叙意,叙意以销我景也。小处说起,则承之必说到大处;大处说起,则承之必说到小处;顺起,则承之必以逆;逆起,则承之必以顺;空起,则承之必以实;实起,则承之必以空;直起者,必曲承之;逼起者,必宽承之。"又云:"三四不比五六,此是一诗正面,措语最要温厚,最要绵密,最要高亮,最要严整,最要鲜新,最要矫健,最要蕴藉,最要委婉。"又云:"三四自来无不承一二、却从横枝矗出两句之理。若五六,便可全弃上文,径作横枝矗出,但问七八肯承认不肯承认耳。""五六是一诗已到回身转向之时。""诗至五六而转矣,而犹然三四,唐之律诗无是也。诗至五六虽转,然遂尽脱三四,唐之律诗无是也。""作诗至五六,笑则始尽其乐,哭则始尽其哀。""唐人作律诗,不出五六则无由结耳,非于三四后又欲为五六耳。""特为五六,所以结也。特为五六,而又别结,则是五六费也。"(《贯华堂选批唐才子诗·圣叹尺牍》)

七律句法多种多样。冒春荣云:"七律句法有倒插,有折腰,有交互,有掉字,有倒叙,有混装对,非老杜不能也。倒插句法,如'织女机丝虚夜月,石鲸鳞甲动秋风',顺讲则'夜月虚织女机丝,秋风动石鲸鳞甲',与'画省香炉违伏枕,山楼粉堞隐悲笳'皆是。折腰句法,如'渔人网集澄潭下,贾客船随返照来','集'字、'随'字,句中之腰也。交互句法,如'花径不曾缘客扫,蓬门今始为君开',谓花径不曾因客而扫,今为君扫;蓬门不曾为客而开,今为君开,上下两意,交互成对。掉字句法,如'桃花细逐杨花落,黄鸟时兼白鸟飞',及李商隐'座中醉客延醒客,江上晴云杂雨云'之类。倒叙句法,如'侵陵雪色还萱草,漏泄春光有柳条','有'已有'还','还'有'有',一字两相关带,故是倒叙。混装对句法,如'涧道余寒历冰雪,石门斜日到林丘',谓历涧道冰雪,尚有余寒,到石门林丘,已见斜日,故为混装对。"(《葚原诗说》卷二)

七律难在起、结,自有篇法、句法、字法。王世贞云:"七言律不难中二联,难在发端及结句耳。发端,盛唐人无不佳者。结颇有之,然亦无转入他调及收顿不住之病。篇法有起有束,有放有敛,有唤有应。大抵一开则一阖,一扬则一抑,一象则一意,无偏用者。句法有直下者,有倒插者,倒插最难,非老杜不能也。字法有虚有实,有沉有响;虚、响易工,沉、实难至。五十六字,如魏明帝凌云台材木,铢两悉

309

配,乃可耳。篇法之妙,有不见句法者;句法之妙,有不见字法者。……有俱属象而妙者,有俱属意而妙者,有俱作高调而妙者,有直下不偶对而妙者,皆兴与境诣、神合气完使之。"(《艺苑卮言》卷一)

七律起、结及中二联写作要领。如杨载所云:"声响、雄浑、铿锵、伟健、高远。……起句尤难,起句先须阔占地步,要高远,不可苟且。中间两联,句法或四字截,或两字截,须要血脉贯通,音韵相应,对偶相停,上下匀称。有两句共一意者,有各意者。若上联已共意,下联须各意,前联既咏状,后联须说人事,两联最忌同律。颈联转意要变化,须多下实字,字实则自然响亮而句法健。其尾联要能开一步,别运生意结之,然亦有合起意者,亦妙。"(《诗法家数·律诗要法》)

七律起句,须工于发端。名联,如沈佺期"卢家少妇郁金堂,海燕双栖玳瑁梁",崔颢"岧峣太华俯咸京,天外三峰削不成",岑参"相国临戎别帝京,拥麾持节远横行",王维"汉主离宫接露台,秦川一半夕阳开",贾至"银烛朝天紫陌长,禁城春色晓苍苍",李颀"朝闻游子唱离歌,昨夜微霜初渡河",李白"凤凰台上凤凰游,凤去台空江自流",杜甫"花近高楼伤客心,万方多难此登临",刘长卿"送君卮酒不成欢,幼女辞家事伯鸾",刘禹锡"王濬楼船下益州,金陵王气黯然收",柳宗元"十年憔悴到秦京,谁料翻为岭外行",李商隐"玉帐牙旗得上游,安危须共主君忧"等。

落句以语尽意不尽为贵。名联,如王维"饱食不须愁内热,大官还有蔗浆寒",李白"总为浮云能蔽日,长安不见使人愁",杜甫"庾信平生最萧瑟,暮年诗赋动江关",刘禹锡"若问旧人刘子政,如今白首在南徐",柳宗元"今朝不用临河别,垂泪千行便濯缨",白居易"共看明月应垂泪,一夜乡心五处同",薛逢"中原骏马搜求尽,沙苑年来草又芳"等。

七律重起、结,不可忽略第二句和第七句。锺秀云:"为律诗者,皆并力于中四句,而忽略起、结;其有能留意起、结者,又徒重于首句,而忽略第二句、第七句。不知第二句乃全篇提纲,以下六句皆从此植根,包涵全题,不尽不得,太尽又不得。不尽则下六句无根,太尽则下六句若无地步。故凡首句固不可以忽略,若到第二句亦不可凑便,一凑便则全篇皆劣矣。至第七句,正末句之本命元神。此句必放不了语,俟末句足成之。此句放得妙,则末句足得妙;此句放得下妙,末句如何得妙?即绝句亦然。唐人律、绝落句,多以闲物点缀全意,如刘长卿之'沙鸟不知陵谷变',王昌龄之'玉颜不及寒鸦色',皆此秘。"(《观我生斋诗话》卷二)

七律颔联、颈联,不可二句一意,不然即了无生气。唐诗之可法者,如王维"愁看北渚三湘远,恶说南风五两轻",岑参"愁窥白发羞微禄,悔别青山忆旧溪",杜甫"岂有文章惊海内,漫劳车马驻江干",韩翊"落日澄江乌榜外,秋风疏柳白门前",刘禹锡"怀旧空咏闻笛赋,到乡翻似烂柯人",白居易"当君白首同归日,是我青山独往时",李商隐"此日六军同驻马,当时七夕笑牵牛"等,可谓神韵天成,变化不测。

七律如何以情景写题?马鲁云:"诗全以情景写题。……七言如苏颋《春日幸望春宫应制》诗'宫中下见南山尽,城上平临北斗悬',景也;杜子美《早梅》诗'幸不折来伤岁暮,若为看去乱乡愁',情也;刘长卿《酬屈突陕》诗'乡看秋草归无路,家对寒江病且贫',景中情也;岑参《渭南郊行呈张主簿》诗'愁窥白发羞微禄,悔别青山忆旧溪',情中景也;又岑参《送李司马归扶风》诗'到来函谷愁中月,归去磻溪梦里山',则情景兼到者也。……'九月寒砧催木叶,十年征战忆辽阳',则一句情一句景也。或四句前情后景,前景后情,或言情而一深一浅,或言景而一远一近,或两句一情一景,或每句各含情景。其有四句皆景者,则变格也,惟情可以全篇言。要之,融情于景物中,斯为贵焉。"(《南苑一知集·论诗》)钟秀亦云:"律诗二句写情,二句写景。四句

311

写情犹可,四句写景则断不可矣。至于绝妙法门,则有寄情于景、融情入景二种。如少陵之'永夜角声悲自语,中天月色好谁看',寄情于景也。'近泪无干土,低空有断云',融景入情也。即四句写景,亦必先巨后细,如苏颋之'宫中下见南山尽,城上平临北斗悬。细草偏承回辇处,飞花故落舞筵前',皆是。"(《观我生斋诗话》卷二)李重华则云:"诗有情有景,且以律诗浅言:四句两联,必须情景互换,方不复沓;更要识景中情,情中景,二者循环相生,即变化不穷。"(《贞一斋诗说》)

七律以对仗工稳为正格。遍照金刚云:"凡文章不得不对,上句若安重字,双声,叠韵,下句亦然。若上句偏安,下句不安,即名为离支;若上句用事,下句不用事,名为缺偶。故梁朝湘东王《诗评》云:'作诗不对,本是吼文,不名为诗。'"(《文镜秘府论》南卷)又云:"凡为文章,皆须对属。诚以事不孤立,必有配匹而成。至若上与下,尊与卑,有与无,同与异,去与来,虚与实,出与入,是与非,贤与愚,悲与乐,明与暗,浊与清,存与亡,进与退,如此等状,名为反对者(事义各相反,故以名焉)。除此以外,并须以类对之。一二三四,数之类也;东西南北,方之类也;青赤玄黄,色之类也;风雪霜露,气之类也;鸟兽草木,物之类也;耳目手足,形之类也;道德仁义,行之类也;唐虞夏商,世之类也;王侯公卿,位之类也。及于偶语、重言、双声、叠韵,事类甚众,不可备叙。"(《文镜秘府论》北卷)胡应麟亦云:"七言律对不属则偏枯,太属则板弱。二联之中,必使极精切而极浑成,极工密而极古雅,极严整而极流动,乃为上则。"(《诗薮·内编》卷五)

对法不可合掌。冒春荣云:"对法不可合掌,如一动必一静,一高必一下,一纵必一横,一多必一少,此类可以递推。如耿湋'冒寒人语少,乘月烛来稀','稀''少'合掌。李宗嗣'普天皆灭焰,匝地尽藏烟','皆''尽'合掌。贾岛'流星透疏木,走月逆行云','流''走'合掌。曹松'汲水疑山动,扬帆觉岸行','行''动'合掌。顾在镕'犬为孤村吠,猿因冷木号','号''吠'并声。崔颢'川从陕路去,河绕华阴流','川''河'并水。此皆诗之病也。"(《葚原诗说》卷一)

七律对法多样。马鲁云:"七律有起句便对者,'渭水自萦秦塞曲,黄山旧绕汉宫斜';有收句对者,'自叹梅生头似雪,却怜潘令县如花';有通首对者,子美《玉台观》诗,古今高之,不得以板滞论也。"(《南苑一知集》卷一《论诗》)若首联对,次联不对,谓之偷春格。具体对法:

有假借对,如唐人诗"床头两瓮地黄酒,架上一封天子书";又如孟浩然"故人具鸡黍,稚子摘杨梅"(以'杨'为'羊'以对'鸡'),如岑参"鸡鸣紫陌曙光寒,莺啭皇州春色阑"(借'皇'为'黄'以对'紫');如杜甫"饮子频通汗,怀君想报珠","枸杞因吾有,鸡栖奈汝何";杜牧"当时物议朱云小,后代声名白日悬"之类。

有当句对,杜甫"小院回廊春寂寂,浴凫飞鹭晚悠悠",李嘉祐"孤云独鸟川光暮,万里千山海气秋",皆当句对也。

有隔句对,亦名扇对,即第一句与第三句对,第二句与第四句对。七律如郑谷"昔年共照松溪隐,松折碑荒僧已无。今日还思锦城事,雪消花谢梦何如",是也。唐人七绝"去年花下留连饮,暖日夭桃莺乱啼。今日江边容易别,淡烟衰草马频嘶",是也。

有流水对,刘长卿"江客不堪频北望,寒鸿何事又南飞",称十四字格,谓两句只一意也。

有蹉对,亦称跌对,盖移句中字以协平仄而交股为对也。李商隐诗"裙拖六幅湘江水,鬓挽巫山一段云","六幅"对"一段",交股用之,而平仄协也。刘长卿"离心日远如流水,回首川长共落晖",亦蹉对类。

有双声对,如"黄槐""绿柳","好花""精酒","妍月""奇琴",

之类。

有叠韵对,如"放旷""徘徊","绸缪""眷恋"之类。

有以倒装句作对者,如杜甫"香稻啄余鹦鹉粒,碧梧栖老凤凰枝"。本意是鹦鹉啄余香稻粒,凤凰栖老碧梧枝,而倒其字句,四字一顿,见粒是鹦鹉所啄,枝是凤凰所栖,则意自显豁、句自生新矣。

以虚对实,以无对有,最为传神。丁仪云:"唐人诗大抵以虚对实,以无对有,最为传神。"(《诗学渊源》卷七)王逸塘云:"七律诗偶句,以翻空对最见神力。工部之《武侯祠》云:'三分割据纡筹策,万古云霄一羽毛。'上句本事,下句翻空。后来如放翁之'万里羁愁生白发,一帆斜日过黄州'等句,皆深得此中三昧者。"(《今传是楼诗话》)贺裳云:"中晚人好以虚对实,如元微之'花枝满院空啼鸟,尘榻无人忆卧龙',李义山'此日六军同驻马,当时七夕笑牵牛',皆援他事对目前之景。然持戟徘徊,凭肩私语,皆明皇实事,不为全虚,虽借用牵牛,可谓巧心浚发。"(《载酒园诗话》卷一)对仗上下句悉敌,才是天然工到。薛雪云:"诗文要通体稳称,乃为老到。止就诗论,宁使下句衬上句,不可使上句胜下句。然上下句悉敌,才是天然工到。如'归日楼台非甲帐,去时冠剑是丁年','风卷蓬根屯戊己,月移松影守庚申','此日六军同驻马,当时七夕笑牵牛','阵图东聚夔江石,边柝西县雪岭松'之类,则又不可力争者也。"(《一瓢诗话》)

字有"拗"法。律用平仄,固有定体,时亦有变体,或称拗体、拗字诗。宋长白云:"诗有拗体,所谓律中带古也。"(《柳亭诗话》卷五)徐师曾则云:"按律诗平顺稳帖者,每句皆以第二字为主。如首句第二字用平声,则二句三句当用仄声,四句五句当用平声,六句七句当用仄声,八句当用平声;用仄反是。若一失粘,皆为拗体。"(《文体明辨序说·杂体诗》)

七言变体,始于崔颢《黄鹤楼》,其以古体入律,李白深服之,作

《凤凰台》诗,全仿其格。后来白居易"早闻元九咏君诗,恨与卢君相识迟。今日逢君开旧卷,卷中多道赠微之";李商隐"杜牧司勋字牧之,清秋一首杜秋诗。前身应是梁江总,名总还曾字总持";韩偓"往年曾在溪桥上,见倚朱栏咏柳绵。今日独来芳径里,更无人迹有苔钱",皆用《黄鹤楼》路数,为七律变体之作。

唐人拗体七律,按写法分,有两种,一为以古体(或谓歌行)入律者,一为句中下拗字者。如王士禛云:"唐人拗体律诗有两种:其一,苍莽历落中自成音节,如老杜'城尖径仄旌旆愁,独立缥缈之飞楼'诸篇是也;其一,单句拗第几字,则偶句亦拗第几字,抑扬抗坠,读之如一片宫商,如许浑之'溪云初起日沉阁,山雨欲来风满楼',赵嘏之'湘潭云尽暮山出,巴蜀雪消春水来'是也。"(张宗柟附识:予弟咏川述蒿庐先生云:"按前一种即老杜集中所谓'吴体',大抵八句皆拗。至后一体,唐人尤多,然每首中不过一联拗耳。")(《带经堂诗话》卷一)赵翼亦云:"拗体七律,如'郑县亭子涧之滨','独立缥缈之飞楼'之类,杜少陵集最多,乃专用古体,不谐平仄。中唐以后,则李商隐、赵嘏辈创为一种,以第三、第五字平仄互易,如'溪云初起日沉阁,山雨欲来风满楼','残星几点雁横塞,长笛一声人倚楼'之类,别有击撞波折之致。"(《陔余丛考》卷二十三)许印芳则云:"'吴体'之名,始见少陵集中,《愁》字诗下自注云:'强戏为吴体。'其诗云:'江草日日唤愁生,巫峡冷冷非世情。盘涡鹭浴底心性?独树花发自分明。十年戎马暗万国,异域宾客老孤城。渭水泰山得见否?人今疲病虎纵横。'前三联皆对偶,首句、四句、六句是古调,次句、三句、五句是拗调,每联中古调、拗调参用,上下联不粘,是为拗调变格。尾联上句仍用拗调,下句以平调作收,变而不失其所,此'吴体'所以为律诗,不能混入古诗也。少陵集中,此体最多,不知者或误为古诗。"(《瀛奎律髓》卷二十五许印芳评语)

七言排律,亦为律诗之一种,唐人断不多作,杜甫集中,亦仅有三四首。其写法与七律有同有异。如王湘南云:"排律者,唐兴始有此体,用此律试士。其对偶、平仄与律诗同,其起止照应与长篇古风同。于八句律诗之外,任意铺排,联句多寡不拘,不以锻炼为工,而以布置有序、首尾通贯为尚。"(顾亭鉴《诗法指南》卷上引)又如锺秀云:"排律不拘长短,总分作四层看。第一层,律诗之起二句也;第二层,律诗之三四句也;第三层,律诗之五六句也;第四层,律诗之七八句也。因之以分别浅深次第,要以意不复,气不衰,局不散为妙。历代以来,五言多而七言少,盖七言更难于五言也。"(《观我生斋诗话》卷二)

再说七言绝句的写作要领。

欲知七绝写作要领,先要明白七绝的艺术风貌、美感质素及其应有的审美效应。胡应麟云:"五、七言绝句,盖五言短古、七言短歌之变也。……至唐诸子,一变而律吕铿锵,句格稳顺。语半于近体,而意味深长过之;节促于歌行,而咏叹悠永倍之,遂为百代不易之体。"(《诗薮·内编》卷六)王夫之云:"五言绝句自五言古诗来,七言绝句自歌行来。……自五言古诗来者,就一意中圆净成章,字外含远神,以使人思;自歌行来者,就一气中骀宕灵通,句中有余韵,以感人情。修短虽殊,而不可杂冗滞累,则一也。"(《姜斋诗话》卷二)胡应麟云:"盛唐绝句,兴象玲珑,句意深婉,无工可见,无迹可寻。中唐遽减风神,晚唐大露筋骨。"(《诗薮·内编》卷六)王世贞云:"七言绝句,盛唐主气,气完而意不尽工;中晚唐主意,意工而气不甚完。然各有至者,不可以时代优劣也。"(《艺苑卮言》卷四)王世懋云:"绝句之源,出于乐府,贵有风人之致。其声可歌,其趣在有意无意之间,使人莫可捉着。"(《艺圃撷余》)周容则云:"唐诗中最得风人遗意者,唯绝句耳。意近而远,词淡而浓,节短而情长。从此悟入,无论李、杜、王、孟,即苏、李、陶、谢皆是矣。"(《春酒堂诗话》)吴乔云:"唐人七言绝句,大抵由于起承转合之法,唯李、杜不然,亦如古风浩然长往,不可捉摸。"(《答万季野诗问》)庞垲云:"盛唐绝句,声调悠扬,和平神听,是其长处。"(《诗义固说》卷下)沈德潜云:"七言绝句,贵言微旨远,语浅情深,如清庙之瑟,一唱而三叹,有遗音者矣。"(《唐诗别裁集·凡例》)李重华云:"七绝乃唐人乐章,工者最多。朱竹垞云:'七绝至境,须要诗中有魂,入神二字,未足形容其妙。'李白、王昌龄后,当以刘梦得为最,缘落笔朦胧缥缈,其来无端,其去无际故也。"(《贞一斋诗说》)管世铭云:"初唐七绝,味在酸咸之外。"(《读雪山房唐诗序例》)高步瀛云:"绝句当以神、味为主。……盖绝句字数本既无多,意竭则神枯,语实则味短,惟含蓄不尽,使人低回想像于无穷焉,斯为上乘矣。盛唐摩诘、龙标、太白尤能擅长,中唐如李君虞、刘宾客,晚唐如杜牧之、李义山,犹堪似续,虽其中神之远近、味之厚薄亦有不同,而使人低回想像于无穷,则一也。"(《唐宋诗举要·各体引言》)沈德潜云:"绝句,唐乐府也。篇止四语,为倚声而歌,能使听者低徊不倦;旗亭伎女犹能赏之,非以扬音抗节有出于天籁者乎?著意求之,殊非宗旨。"(《说诗晬语》)锺秀云:"七绝须有气有神,而其入妙尤在于声。观夫伎人唱之,当时琴曲,传之后世,乐府诗集,宫调皆一一可考。要以平常语写出深情,而音节铿然,读之有弦外之音,斯为合作。"(《观我生斋诗话》卷二)

读上述诗话短语,可知绝句,特别是七言绝句,其美感质素有情、景、意、趣、神、气、声、节、语、味。"情"自是心中情,"景"则为"眼前景";"意"为意旨之"意",亦为"意味"之"意";"趣",情趣。"趣在有意无意之间,使人莫可捉着"(王世懋《艺圃撷余》);"神",为诗人"风神"之"神";"气",既为诗人养就的浩然之气,亦为"古风浩然长往"之气,如"太白七言绝多一气贯成"(许学夷语)之"气";"声","声调悠扬"之"声","其声可歌"之"声","倚声而歌"之"声";"节","音节",即"扬音

317

抗节"之"节"、"节促于歌行"之"节"、"节短而情长"之"节";语,即"常语""口头语";味,"意味深长"之"味""味在酸咸之外"之"味","句中有余韵"之"味",亦为"趣味"之"味"。所有质素都对七绝之美的创造,起有不可替代的作用。值得特别注意的是锺秀所言:"七绝须有气,有神,而其入妙,尤在于声。"(《观我生斋诗话》卷二)强调声调这一美感质素的重要,是看到了七绝作为唐代乐府能"倚声而歌",也就是作为歌词的特点。这是唐代古诗和五、七言律诗所没有的特点。歌词和诗在语言风格上是有区别的,七绝当集二者特点于一身,而有独特的审美效应。即"读之有弦外音,使人神远",或"如清庙之瑟,一唱而三叹,有遗音者矣";"倚声而歌",则"能使听者低徊不倦",或"使人低回相像于无穷"。七绝既以如此审美效应为佳,自有相应之写作要领。

创作七言绝句,当以盛、中、晚唐名家杰作为取法对象。潘德舆云:"七言绝句,易作难精。盛唐之兴象,中唐之情致,晚唐之议论,途有远近,皆可循行。然必有弦外之音,乃得环中。"(《养一斋诗话》卷二)李维桢云:"七言绝句当以盛唐为法。如李太白、杜子美、王摩诘、孟浩然诸公,突然而起,以题为主,意到辞工,不假雕饰,而自有天然真趣,浑成无迹,此所以为盛唐。"(《唐诗隽论则》)许学夷云:"盛唐七言绝,太白、少伯而下,高、岑、摩诘亦多入于圣矣。岑如'官军西出''鸣笳叠鼓''日落辕门'三篇,整栗雄丽,实为唐人正宗。"(《诗源辩体》卷十五)乔亿云:"七言绝句,李供奉、王龙标神化至矣。王翰、王之涣一首两首冠绝古今。右丞气韵、嘉州气骨,非大历诸公可到。李君虞、刘梦得具有乐府意,亦邈焉寡俦。至如樊川之风调、义山之笔力,又岂易言哉!"(《剑溪说诗》)胡应麟云:"太白诸绝信口而成,所谓无意于工而无不工者。少伯深厚有余,优柔不迫,怨而不怒,丽而不浮。""李词气飞扬,不若王之自在,然照乘之珠,不以光芒杀直;王句格舒缓,不若李之自然,然连城之璧,不以追琢减价。李作故极自然,王亦和婉中浑成,尽谢炉锤之迹;王作故极自在,李亦飘翔中闲雅,绝无叫噪之风。故难优劣。然李词或太露,王语或过流,亦不得护其短也。""李则意尽语中,王则意在言外,……大概李写景入神,王言情造极。王宫词乐府,李不能为;李览胜纪行,王不能作。"(《诗薮·内编》卷六)叶燮云:"七言绝句,古今推李白、王昌龄。李俊爽,王含蓄。两人辞、调、意俱不同,各有至处。李商隐七绝,寄托深而措词婉,实可空百代无其匹也。"(《原诗·外篇(下)》)管世铭云:"青莲绝句纯乎天籁,非人力之所能为,少伯则字字百炼而出之,两家蹊径各别,犹画家之有南北二宗也。"(《读雪山房唐诗序例》)

七绝用语,朴淡、平易,而要语近情遥、词淡意浓,平常语、口头语而有弦外音、味外味。沈德潜云:"七言绝句,以语近情遥、含吐不露为贵。只眼前景,口头语,而有弦外音,使人神远。太白有焉。"(《唐诗别裁集》卷二十)管世铭云:"'人情已厌南中苦,鸿雁那从北地来','独怜京国人南窜,不似湘江水北流','即今河畔冰开日,正是长安花落时',读之初是常语,久而自知其妙。"(《读雪山房唐诗序例》)

起势自然,出语洒脱,直抒畅言,信口而成。毛先舒云:"七言绝起忌矜势。太白多直抒旨畅,两言后只用溢思作波棹,唱叹有余响。拙手往往安排起法,欲留佳思在后作好,首既嚼蜡,后十四字中,地窄而舞拙,意满而词滞。古亦多用景物唱起,然须正意着景中令足,后来神韵自不匮耳。"(《诗辩坻》)胡应麟云:"太白诸绝句信口而成,所谓无意于工而无不工者。"(《诗薮·内编》卷六)七绝忌用刚笔,起、结贵有顿挫。徐增云:"其法大抵前起多用顿,后结则用挫。初落笔二字最要紧。至于传情运景,尤在一刹那上着神,一转瞬间即失之。能攻此,便有破竹之势矣。"(《而庵说唐诗》卷十)施补华云:"七绝亦切忌用刚笔,刚则不韵。即边塞之作,亦须敛刚于柔,使雄健之章,亦饶

顿挫,乃不落粗豪。"(《岘佣说诗》)

二十八字俱有关合,句句重要,用意以第三句为主。吴霭、吴铨鑪云:"(七绝)或前以散起,后二句作结;或前二句对起,后以散结;或四句俱对,或前后俱直下。绝句之法,要婉曲回环,删芜就简,句绝而意不绝。多以第三句为主,第四句发之。有实接,有虚接。承接之间,开与合相关,反与正相依,顺与逆相应,一呼一吸,宫商自谐。大抵起、承二句固难,然不过平直叙起为佳,从容承之为是。至于转换工夫,全在第三句。若第三句得力,则第四句如顺流之舟矣。"(《诗书画汇辨》卷上)周弼云:"绝句之法,大抵以第三句为主。首尾率直而无婉曲者,此异时所以不及唐也。其法非唯久失其传,人亦鲜能知之。以实事寓意而接,则转换有力,若断若续,外振起而内不失平妥,前后相应,虽止四句,有涵蓄不尽之意焉。……虚接,谓第三句以虚语接前两句也,亦有语虽实而意虚者。于承接之间,略加转换,反与正相依,顺与逆相应,一呼一唤,宫商自谐。如用千钧之力,而不见形迹,绎而寻之有余味矣。"(《三体诗法》)张谦宜云:"绝句一句一转,却是四句只成一事,着重尤在第三句一转,方好收合。虽只四句,与律法无异,意不透不妙,意已竭亦不妙。上二句太平,振不起下二句;下二句势高,恐接不入上二句。用力要匀,如善射者之撒放,左右手齐分,始平耳。法莫备于唐人,中晚尤妙。"又云:"绝句不要三句说尽,亦不许四句说不尽。"(《𪩘斋诗谈》卷二)焦袁熹云:"七绝第三句要唤得起,落句要陡然而出,如纸爆然,若先走漏,便不响了。"(《此木轩论诗汇编》卷一)施补华云:"七绝用意宜在第三句,第四句只作推宕,或作指点,则神韵自出。若用意在第四句,便易尽矣。若一二句用意,三四句全作推宕、作指点,又易空滑。故第三句是转舵处。求之古人,虽不尽合,然法莫善于此也。"(《岘佣说诗》)

唐人七绝三四句作法举例。马鲁云:"绝句四句,内自有起承转合,大抵以第三句开宕气势,第四句发挥情思。如岑参《送人还京》:'匹马西来天外归,扬鞭只共鸟争飞。送君九月交河北,雪里题诗泪满衣。'则是实接。如《乌衣巷》:'朱雀桥边野草花,乌衣巷口夕阳斜。旧时王谢堂前燕,飞入寻常百姓家。'则是虚接。如《折杨柳枝词》:'枝枝交影锁长门,嫩色曾沾雨露恩。凤辇不来春欲暮,空留莺语到黄昏。'则是逆接。如《谢亭送别》:'劳歌一曲解行舟,红叶青山水急流。日暮酒醒人已远,满天风雨下西楼。'则是进一层楼。"(《南苑一枝集·论诗》)袁嘉谷云:"唐人七绝,太白、少伯如太华、少华,双峰并峙,次即义山。义山于第三句用力,如'谁与王昌报消息,尽知三十六鸳鸯''莫向尊前奏花落,凉风只在殿西头''休问梁园旧宾客,茂林秋雨病相如''八骏日行三万里,穆王何事不重来''如何一梦高唐雨,自此无心入武关''莫将越客千丝网,网得西施别赠人''何当共剪西窗烛,却话巴山夜雨时'。造意婉而用笔健,真千古绝调也。"(《卧雪诗话》卷三)

七绝对偶处置方法。七绝对偶有三种形式,行文章法则多有变化。冒春荣云:"绝句字句虽少,含蕴倍深。其体或对起,或对收,或两对,或两不对。格句既殊,法度亦变。对起者,其意必尽后二句。对收者,其意必作流水呼应,不然则是不完之律。亦有不作流水者,必前二句已尽题意,此特涵咏以足之。两对者,后二句亦有流水,或前暗对而押韵,使人不觉。亦有板对四句者,此多是漫兴写景而已。两不对者,大抵以一句为主,余三句尽顾此句,或在第一,或在第二,或在第三、四。亦有以两句为主者,又有两呼两应者,或分应,或各应,或错综应。又有前后两截者,有一意直叙者,有前二句开说、后二句绾合者,有以倒叙为章法者,有以错综为章法者。惟此体最多变局,在人善用之。"(《葚原诗说》卷三)

对七绝对偶问题,前人有三种看法:一是认为对亦可,不对亦可,而唐人绝句多不对。锺秀即云:"(绝句)故对可,不对亦可。然对反嫌太板,如少陵绝句是也。唐人绝句多不对。"(《观我生斋诗话》卷二)

二是认为两联皆作对偶,若四句意不相属,不可取;若"意则一贯",则可为。杨慎云:"绝句四句皆对,杜工部'两个黄鹂'一首是也,然不相连属,即是律中四句也。唐绝万首,唯韦苏州'踏阁攀林恨不同'(熊按:韦应物《登楼寄王卿》云:'踏阁攀林恨不同,楚云沧海思无穷。数家砧杵秋山下,一郡荆榛寒雨中。')及刘长卿'寂寂孤莺啼杏园'(熊按:刘长卿《过郑山人所居》云:'寂寂孤莺啼杏园,寥寥一犬吠桃源。落花芳草无寻处,万壑千峰独闭门。')二首绝妙。盖字句虽对,而意则一贯也。其余如李峤《送司马承桢还山》……柳中庸《征人怨》……周朴《边塞曲》……亦其次也。"(《升庵诗话》卷十一)

三是认为末句不宜对偶,若对,须"词足意尽"。周弼云:"此体(熊按:指后联为对偶句)唐人用之亦少,必使末句虽对,而词足意尽,若未尝对。不然,则如半截长律,皑皑齐整,略无纽合,此荆公所以见诮于徐师川也。"(《三体诗法》)胡应麟云:"自少陵绝句对结,诗家率以半律讥之。然绝句自有此体,特杜非当行耳。如岑参《凯歌》'丈夫鹊印摇边月,大将龙旗掣海云';'洗兵鱼海云迎阵,秣马龙堆月照营'等句,皆雄浑高华,后世咸所取法,即半律何伤?若杜审言'红粉楼中应计日,燕支山下莫经年''独怜京国人南窜,不似湘江水北流',则词竭意尽,虽对犹不对也。"(《诗薮·内编》卷六)

四、从《唐七言诗式》选篇的取舍看黄侃对唐七言诗艺术传统的接受和扬弃

黄侃先生钞录众诗以成《唐七言诗式》,既是为了标举诗歌体式、格式,也是在为诗歌创作提供艺术表现的楷式、范式。其选篇,总会涉及对唐人七言诗艺术传统的接受和扬弃，显现出诗论的倾向性。言此，可从七古、七律、七绝的选篇特点说起。

（一）先说七古

唐人所作七言古诗，有题为歌行者，也有不以歌行命题者，长篇短韵，名家名作甚多。从初唐王勃、卢照邻、骆宾王、沈佺期、宋之问、刘希夷、张若虚、李峤、张说、郭震、王翰等，到盛唐李白、杜甫、高适、岑参、王维、李颀、崔颢等，到中唐刘长卿、韦应物、卢纶、李益、韩翃、张籍、王建、元稹、白居易、孟郊、韩愈、李贺、权德舆、刘禹锡等，到晚唐李商隐、温庭筠、卢仝、许浑等，所作七古，体式、风格、艺术表现方法及美感特征，可谓不拘一格，异彩纷呈。《诗式》钞录七言古诗最多，几占全书诗选总数一半（83）。但其选篇有一突出特点，就是不以"求全"（追求初盛中晚均有其作）为标准，也不太顾及七古风格的多种多样，和作品传播范围、社会影响的大小，而是重点突出，选录己所心仪、可为学者矜式之诗作。具体表现在三方面。

一是初唐七古一篇也不选。初唐七古，名篇不少，且艺术精神及书写策略极富时代特色。诸作多以歌行名题者，又多为长篇，篇中往往出以五言段落；而句多对偶，动辄铺陈形容，有如赋体；文字绮丽，多用故实。诗作表达作者的社会生活感受、生命意识和人生际遇，绸缪中时带感叹。诗境可谓宏壮广阔，诗意可谓悠远深长，诗情可谓紧系人心世情，诗美可谓博丽有则。长篇，像卢照邻《长安古意》谓"节物风光不相待，桑田碧海须臾改。昔时金阶白玉堂，即今惟见青松在"；骆宾王《帝京篇》谓"相顾百龄皆有待，居然万化咸应改。桂枝芳气已销亡，柏梁高宴今安在"；刘希夷《代悲白头翁》谓"古人无复洛城东，今人还对落花风。年年岁岁花相似，岁岁年年人不同"；张若虚《春江花月夜》谓"人生代代无穷已，江月年年只相似。不知江月照何人,但见长江送流水";李峤《汾阴行》谓"山川满目泪沾衣,富贵荣华能几时？不见只今汾水上,惟有年年秋雁飞";郭震《宝剑篇》谓"何言中路遭弃捐,零落飘沦古狱边？虽复尘埋无所用,犹能夜夜气冲天";宋之问《明月篇》谓"明河可望不可亲,愿得乘槎一问津。更将织女座机石,还访成都卖卜人";张说《邺都引》谓"邺旁高塚多贵臣,峨眉曼睩共灰尘。试上铜台歌舞处,惟有秋风愁杀人";王翰《饮马长城窟行》谓"秦王筑城何太愚,天实亡秦非北胡。一朝祸起萧墙内,渭水咸阳不复都"。众作抽思吐怀,借自然景象和古人古事抒发现实生活感受,将其感受上升到哲理思考的层面,使其诗的意象、境界,连同其渗入形象描叙的议论,至今仍有引人兴感、能使人思的作用。七古短篇,像王勃《滕王阁》谓"闲云潭影日悠悠,物换星移几度秋。阁中帝子今何在？槛外长江空自流",也是借古兴叹,自写胸怀,而揭示出人类面对时光流逝、无法掌控命运无奈、可悲之事实。

前人评论上述诗作,或谓"初唐短歌,子安《滕王阁》为冠；长歌,宾王《帝京篇》为冠。李峤《汾阴行》,玄宗剧赏,然声调未谐,转换多踬,出沈、宋下"(胡应麟《诗薮·内编》卷三)。或谓"初唐七古,多作偶语绝句,故情既不宣,势复不畅。虽以杨炯、骆宾王之才,而《帝京篇》《长安古意》终为体势所局"(陆时雍《唐诗镜》卷十三)。或谓"初唐七言古,句多入律,此承六朝余弊""初唐七言古,自王、卢、骆再进而为沈、宋二公。宋、沈调虽渐纯,语虽渐畅,而旧习未除"(许学夷《诗源辩体》)。或谓"郭代公《宝剑篇》、张燕公《邺都引》调破凌俗,然而文体、声律,抑扬顿挫,犹未尽善"(高棅《唐诗品汇·七言古诗序目》)。或谓"初唐如《帝京》《畴昔》《长安》《汾阴》等作,非巨匠不办。非徒博丽,即气概充硕,无纪渻之养者,一望却走。唐人无赋,此调可以上敌班、张。盖风神流动,词旨宕逸,即文章属第二义"(毛先舒《诗辩坻》卷四)。或谓"唐初四子外,如李峤《汾阴行》,情词斐然,可歌可泣,古今绝调也。郭元振《宝剑篇》,托兴微婉;王翰《饮马长城窟》,足当史断,并皆高作。他如宋之问《明河篇》,词调圆美,乍读之赏其才,细玩之卑其志也"(乔亿《剑溪说诗》卷上)。或谓"李峤《汾阴行》,步伐整齐,词旨凄恻,为有唐一代七言古正声所起"(管世铭《读雪山房唐诗序例》)。或谓"王勃《滕王阁》、卫万《吴宫怨》,自是初唐短歌,婉丽和平,极可诗法。中唐继作颇多,第八句为章,平仄相半,轨辙一定,毫不可逾,殆近似歌行中律体矣"(胡应麟《诗薮·内编》卷三)。初唐诸家为七古发展开启法门,所作诗之审美特征及其诗歌体式构建之长短利弊,和以之为"式"之影响,当如上引前人所言;黄先生不取初唐一首诗作为七古"诗式",原因或亦在此。

二是不选中唐张、王乐府,不选元、白新乐府及其长篇歌行。《唐七言诗式》完全不选张籍之诗,选王建诗则为二首七言短古和一首六言律诗;元稹有一首入选,偏为其"乐府古题";白居易有一首入选,却为其七言短古。至于二人歌行名篇如《连昌宫词》《长恨歌》《琵琶行》等,自无入选之分。张、王、元、白乃唐代继杜甫之后乐府大家,所作乐府(张、王古题、新题参用,元、白特以新题乐府著称)在当时及后世影响很大。贺贻孙云:"七言古须具轰雷掣电之才,排山倒海之气,乃克为之。张司业籍以乐府、古风合为一体,深秀古质,独成一家。自是中唐七言古别调,但可惜边幅稍狭耳。"(《诗筏》)徐献忠云:"水部长于乐府古辞,能以冷语发其含意,一唱三叹,使人不忍释手。张舍人序其能继李、杜之美,予谓李、杜雄浑过之,而水部凄婉最胜,虽多出瘦语,而俊拔独擅,贞元以后,一人而已。"(《唐诗品》)余成教则谓"王仲初乐府歌行,思远格幽。……歌行诸结句尤有余蕴"(《石园诗话》卷二)。用胡震亨的话说,张、王乐府最大的不同,是白"诗为谤讪时政之具",而"张文昌只得就世俗俚浅事做题目,不敢及其他,仲初亦然(文昌乐府,只《伤歌行》咏京兆杨凭者是时事,建集并无)"(《唐音癸签》卷九)而乐于用俗、长于用俗,为其共有之特点。王逸塘即谓"张籍祖《国风》,宗汉乐府,尤长于用俗"(《今传是楼诗话》),时天彝则谓"建乐府固仿文昌,然文昌姿态横生,化俗为雅,建则从俗而已"(吴师道《吴礼部诗话》引)。于此,前人褒贬不一。范晞文云:"古乐府当学王建,如《凉州行》《促刺词》《古钗行》《精卫词》《老妇叹镜》《短歌行》《渡辽水》等篇,反复致意,有古作者之风,一失于俗则俚矣。"(《对床夜语》卷三)胡震亨云:"文章穷于用古,矫而用俗。如《史》《汉》后,六朝史之入方言俗语是也。籍、建诗之用俗亦然。王荆公题籍集云:'看是寻常最奇崛,成如容易却艰辛。'凡俗言俗事入诗,较用古更难。知两家诗体,大费铸合在。"(《唐音癸签》卷七)而众人甚为不满的,是魏泰所云:"唐人亦多为乐府,若张籍、王建、元稹、白居易以此得名。述情叙怨,委曲周详,言尽意尽,更无余味。"(《临汉隐居诗话》)胡寿芝即谓"按籍、建与元、白以乐府得名,《临汉诗话》论其言尽意尽,更无余味,评亦确"(《东目馆诗见》卷二)。丁仪亦谓"时虽谓其(籍)长于乐府,今读其诗,殊伤于直率,寡风人之旨,调既生涩,语多强致,以言乐府,去题远矣"(《诗学渊源》卷八)。

此类批评张、王乐府的意见,实际上也是对元、白,特别是对白居易新乐府的指斥。白居易说新乐府特点,谓其"篇无定句,句无定字;系于意,不系于文。首句标其目,卒章显其志"。"其辞质而径","其言直而切","其事核而实","其体顺而肆","为君为臣为民为物为事而作,不为文而作也"云云(《新乐府序》)。本来就将针砭时弊、讽谏朝政作为其创作的出发点,而追求平易浅近、通俗明白、易道易晓的表达效果。故其所短,并不亚于张、王,而为众多诗论家所訾。显然,黄先生不取张、王乐府和元、白新乐府为"式",与受前人此种批评观念的影响不无关系。

除新乐府外,元、白脍炙人口的七古长篇(白氏所谓感伤诗)一首也未入选。白居易去世,唐宣宗作诗吊曰:"童子解吟《长恨》曲,胡儿能唱《琵琶》篇。"(王定保《唐摭言》卷十五)可见二诗传播之广。二诗诚为唐诗之杰作,在诗歌发展史上自有其独特地位。胡应麟即云:"崔颢《邯郸宫人怨》,叙事即四百言,李、杜外,盛唐歌行无赡于此,而情致委婉,真切如见。后来《连昌》《长恨》,皆此兆端。"(《诗薮·内编》卷三)贺贻孙云:"白乐天《长恨歌》《琵琶行》,元微之《连昌宫词》诸作,才调风致,自是才人之冠。其描写情事,如泣如诉,从《焦仲卿》篇得来。所不及《焦仲卿》篇者,正在描写有意耳。"(《诗筏》)其细节描写,贴近生活,叙事鲜明。吴乔谓"《连昌》《长恨》《琵琶行》,前人之法变尽矣"(《围炉诗话》卷二)。翁方纲则云:"(白公)七古乐府,则独辟町畦,其钩心斗角,接笋合缝处,殆于无法不备。""白公之为《长恨歌》《霓裳羽衣曲》诸篇,自是不得不然。不但不蹈杜公、韩公之辙也,是乃'浏漓顿挫,独出冠时',所以为豪杰耳。"(《石洲诗话》卷二)

虽然好评如此,斥其不足为法者亦多。魏泰即云:"白居易亦善作长韵叙事,但格制不高,局于浅切。又不能更风操,虽百篇之意,只如一篇,故使人读而易厌也。"(《临汉隐居诗话》)蔡显云:"乐天《长恨歌》艳裹,非其至者。"(《红蕉诗话》卷三)黄子云亦云:"香山《琵琶行》婉折周详,有意到笔随之妙。篇中句亦警拔。音节靡靡,是其一生短处,非独是诗而已。"(《野鸿诗的》)施补华云:"香山《长恨歌》今古传诵,然语多失体。如'汉皇重色思倾国',明明言唐,何必曰汉?'春宵苦短日高起,从此君王不早朝',岂非讪谤君父?'孤灯挑尽未成眠',又似寒士光景。南内凄凉,亦不至此。读《公孙大娘弟子舞剑器》诗,叙天宝事只数语而无限凄凉,可悟《长恨歌》之繁冗。"(《岘佣说诗》)潘德舆直谓"予尝谓其(熊按:指乐天乐府)命意直以《三百篇》自居,为宇宙间不可少文字,若《长恨歌》《琵琶行》,则不作可也。"(《养一斋诗话》卷四)其长篇大受诟病的,似为其叙事的"不得法"。苏辙云:

"白乐天诗词甚工,然拙于纪事,寸步不移,犹恐失之,此所以望老杜之藩垣而不及也。"(《栾城集》三集卷八)叶燮则云:"苏辙云:'《大雅·绵》之八九章,事文不相属,而脉络自一,最得为文高致。'辄此言讥白居易长篇于叙事寸步不遗,不得诗人法。然此不独切于白也。大凡七古必须事文不相属,而脉络自一。唐人合此者亦未能概得。惟杜则无所不可。亦有事文相属,而变化纵横,略无痕迹,竟似不相属者,非高、岑、王所能几及也。"(《原诗·外篇(下)》)又陆时雍云:"乐天无简炼法,故觉顿挫激昂为难。形容仿佛。"(《唐诗镜》卷四十二《长恨歌》评语)何谓"叙事寸步不遗"?许学夷曾拿乐天及老杜五古叙事作比,谓"子美叙事,纡回转折,有余不尽,正未易及;若乐天,寸步不遗,犹恐失之,乃文章传记之体"。大略其七古叙事寸步不遗,亦如传记逐事细言,惟恐遗落一个细节一般。许氏又云:"元和间五七言古,……惟乐天用语流便,似欲矫时弊,然快心露骨,终成变体。"(《诗源辩体》卷二十八)

  蒋抱玄则从章法不严的角度否定《长恨歌》的可法式,云:"古诗尤贵章法,开合、提顿,排戛、摇曳,缺一不可。叙事之作尤要。香山之《长恨歌》,脍炙人口,千古传诵,其实不及《琵琶行》之结构有法。最妙在'同是天涯沦落人,相逢何必曾相识'二句,束上起下,掷笔空中,是全诗之筋脉,通篇之关键。《长恨歌》平铺直叙,从选妃起至寄钗止,无提振关束之笔,似嫌平衍。惟其遣词秀丽,情韵双绝,为一时传诵。所谓入时之眉样,非诗律之极轨也。"(《民权素诗话·萱园诗话》)有论如此,黄先生自不会将《长恨歌》之类的歌行选入《诗式》。不过,《诗式》既能选入任华那样诗风粗豪,率尔成章,所谓"放恣粗野,均自堕恶道矣"(朱庭珍《筱园诗卷三话》)的《寄杜拾遗》,和白居易同有"艳亵"之嫌的《真娘墓》,选入几首张、王、元、白的新题乐府和《长恨歌》之类的长篇,也是可以的。

三是将李、杜、高、岑、王、李和韩愈的七言古诗作为重点采择对象。

首先,这一选诗原则能反映历来诗论家品评七古的共识。历来诗论家或谓"七言古诗当从高、岑、王、李入手,脉络明晰,而调韵婉畅"(朱克生《唐诗品汇删》),或谓"七言古诗,诸公一调。唯杜甫横绝古今,同时大匠,无敢抗行。李白、岑参,别出机杼,语羞雷同,亦称奇特"(王士禛《带经堂诗话》卷一),或谓"唐人七古,高、岑、王、李诸公规格最正,笔最雅炼""学七古者,才力学力俱强,……宗法高、岑、王、李,不失正格"(朱庭珍《筱园诗话》卷三)。或谓"歌行之作,亦断以李、杜为宗,盖前此如王右丞辈尚有通篇用偶句者,自李、杜出而风气为之一变,而后之作者不复以骈俪为能矣。故李、杜集中五七古虽不乏对偶,亦止如李习之所云'极于工而已,不自知其对与否也'"(王应奎《柳南随笔》卷三),或谓"七古以李太白为正宗,杜子美为大家,王摩诘、高达夫、李东川为名家"(高棅《唐诗品汇》)。黄先生以七子之作为选录对象,自与诸家所见相合。

其次,这一选诗原则,能大体反映唐七古发展的史实,和各家对七古发展的贡献。如管世铭所云:"唐人七言古诗,整齐于高、岑、王、李,飘洒于太白,沉雄于少陵,崛强于昌黎,盖犹七雄之并峙也。前之王、杨、卢、骆,后之元、白、张、王,则宋、卫、中山之君也。韩翃、卢纶,王、李之附庸;昌谷、樊南,退之之属国也。唯李、杜,则昌黎而外,盖莫敢问津焉。"(《读雪山房唐诗序例》)

再次,以七家作品为主,能较充分地展现各自的艺术风格和表现艺术。各家特点,简言之,或如由云龙所说:"纵横变化,李、杜为之大宗。嘉州、东川,悲壮苍凉,工于边塞、征战之作。常侍、摩诘,兼为雄丽。昌黎兀傲、排宕,音节最高。"(《定庵诗话》卷上)观其诗,则丰富、生动得多。

如李白七古有学古乐府、《离骚》者，其诗体兼乐府，想落天外，局自变生。所选讽时事、用乐府古题之《远别离》《蜀道难》和赠别抒怀之《梦游天姥吟留别》，境界窈冥惝恍，纵横变幻，奇之又奇，若干素材、意象和对诡异、梦幻境界的想象方式，即皆为学《骚》者。其"极才人之致，然自是太白乐府"（王世贞《艺苑卮言》卷四）。"虽用古题，体格变化，若疾雷破山，颠风簸海，非神于诗者不能道也。"（谢榛《四溟诗话》卷一）读之奇才绝艳，飘飘如列子御风，使人目眩心惊，按之无不有段落脉理可寻。所选《扶风豪士歌》《烛照山水壁画歌》，转韵多而句法古，同时显出李白歌行雄快之中蕴含深远、宕逸之神的特点。所谓"逸态凌云，映照千载"（蔡絛《西清诗话》），所谓"跌宕自喜，不闲整栗"（毛先舒《诗辩坻》），所谓"如风卷云舒，唯意所向，气韵风华。种种振绝"（陆时雍《唐诗镜》卷十七），所谓"纵横排奡，独往独来，如活虎生龙，未易捉摸"（郭兆麟《梅崖诗话》），所谓"于不经意处得其洒脱"（管世铭《读雪山房唐诗序例》）所谓"其意气豪迈，固是本调，而转折顿挫，极抑扬起伏之妙"（钱良择《唐音审体》卷七），所谓"非无法度，乃从容于法度之中"（朱熹《晦翁说诗》）。

和李白拟古乐府不同，杜甫歌行多自构新格，即事名篇，无复依傍。所作不乏时事，而多发于人伦日用间，所以日新又新，读之不厌。钱良择概言其写法，云："少陵歌行，气骨崚嶒，语意奇奥，卓然创体也。起处多陡然而发腕，有万斤力；结处或如柝声一击，万骑寂然，或凄婉多风，意溢言外；中间起伏转接，怪怪奇奇，而要不失温柔敦厚之本旨。"（《唐音审体》卷七）高棅道其风格特征，云："王荆公尝谓：杜子美悲欢穷泰，发敛抑扬，疾徐纵横，无施不可。故其所作，有平淡简易者，有绮丽精确者，有严重威武若三军之帅者，有奋迅驰骋若泛驾之马者，有澹泊闲静若山谷隐士者，有风流蕴藉若贵介公子者。盖其绪密而思深，观者苟不能臻其阃奥，未易识其妙处，夫岂浅近者所能窥哉！此甫所以光掩前人，后来无继也。余观其集之所载"（《唐诗品汇·七言古诗叙目》）而高氏所举《渼陂行》《兵车行》《短歌行》等即为《诗式》所选。实则《诗式》选篇不单能反映杜诗七古之多种风格，像《乐游园歌》"于沉郁顿挫之极，更见微婉"（乔亿《剑溪说诗》）；《丹青引》"叙事历落，如生龙活虎，真诗中马迁"（张揔《唐风怀》）；《寄韩谏议注》"首尾美人、中间羽人及赤松子、韩张良、南极老人，总一谏议影子"（《杜诗详注》引卢元昌语）；《茅屋为秋风所破歌》"起五句完题，笔亦如飘风之来，疾卷了当。……'俄顷'八句，述'破'后拉杂事，停'风'接'雨'，忽变一境；满眼'黑''湿'，笔笔写生。……末五句翻出奇情，作矫尾厉角之势。……结仍一笔兜转，又忽飘忽如风"（浦起龙《读杜心解》）。又如《赵公大食刀歌》"布局既新，炼词特异"。"奇奇怪怪，如礓石古松，从乐府铙歌等曲化出。然温柔敦厚之意，和音淡雅之音，斩然尽矣"（仇兆鳌《杜诗详注》），《短歌行》"上下各五句，复用单句相间，此亦独创之格"（沈德潜《唐诗别裁集》），皆能显现杜甫七古的书写特点和艺术风貌。

高、岑、王、李为盛唐七古重镇，所选诗作亦颇能见出各家艺术创作个性。如选高适《燕歌行》《邯郸少年行》等，即能表现其诗"以气质自高"（《新唐书》本传），"慷慨疏越，气韵沉雄，斧凿之痕，一归熔化"（范大士《历代诗发》）；"长篇自一机轴，颇涉轶荡"（桂天祥《批点唐诗正声》），"调响气佚，颇得纵横；勾角廉折，立见涯涘"（陆时雍《诗镜总论》）的风格特征，和"七古与岑一骨，苍放音多，排嬻骋妍，自然沉郁，骈语之中，独能顿宕，启后人无限法门"（宋育仁《三唐诗品》）的表现艺术。

选岑参《白雪歌》《走马川行》《轮台歌》《天山雪歌》等十首七古，除充分表现岑诗擅长歌咏边塞战地生活、描写西域本地风光外，尤能显现其"语奇体峻，意亦造奇"（殷璠《河岳英灵集》），"超拔孤秀，度越常情"(辛文房《唐才子传》)的总体特征,和盛唐七古"用以赠答、送别分题,或拈一物一事为兴,篇末乃致其意,高、岑、王维诸篇其式也"(王闿运《为陈完夫论七言诗》)之书写策略。其诗"格调整严,音节宏亮,而集中排律甚稀"(《胡应麟《诗薮·内编》卷二》);写作中,"起法磊磊落落"(高步瀛《唐宋诗举要》引吴汝纶语),"突兀万仞则不用过句,陡顿便说他事";"前后重三迭四,用两三字贯串,极精神好诵"(周履靖《骚坛秘语》卷下);以及"好为巧句,真不足而巧济之"(陆时雍《诗镜总论》),"好起语华艳,初联放宽,次联突出奇语,平平结,最有法"(顾璘《批点唐音》)。读其选篇,亦触处可悟。所选《蜀葵花歌》气实声壮,灵活运用三五七言传情达意;《走马川行》三句一转韵,亦能显出岑参长短七古造句、谋篇的创造性。

所选王维《夷门歌》《桃源行》等四诗,不但能见出作者七古"容与整齐、意味深永"(蔡显《红蕉诗话》卷四)、"语多妙会,相出天成,境到神流,难以力与也"(陆时雍《唐诗镜》卷十),而"能道人心中事而不露筋骨"(张戒《岁寒堂诗话》)的美感特征;及其写法"格整而气敛,虽纵横变化不及李、杜,然使事典雅,属对工稳,极可为后人学步"(施补华《岘佣说诗》)的一面。同时,还能看出王维"七言矩式初唐,独深排宕"(宋育仁《三唐诗品》),"尚有初唐风味,于声调似较近古耳"(厉志《白华山人诗说》卷一);"七言古至右丞,气骨顿弱,已逗中唐。……极欲作健,而风格已夷,即曲借对仗,无复浑劲之致"(毛先舒《诗辩坻》)等特点在创作艺术上的具体表现。

所选李颀《古从军行》《放歌行答从弟墨卿》《听董大弹胡笳》等七首诗,亦能见出"颀诗意主浑成,遂无斫练,然情思清澹,每发羽调。七言古诗善写边朔气象,其于玄理间出奇秀"(徐献忠《唐诗品》);音节高亮、风情澹冶;写人传神,栩栩如见,等诸多特点。读其诗,对其"讽刺蕴藉"(宋宗元《网师园唐诗笺》),"每于人不经意处忽出异想,令人心赏其奇逸,而不知其所从来者"(周珽《删补唐诗选脉笺释会通评林》);对"李颀诗虽近于幽细,然其气骨则沉壮坚老,使读者从沉壮坚老之内领其幽细,而不能以幽细名之也"(贺贻孙《诗筏》),和"七古句法,……东川老而有汁"(钱振锽《谪星说诗》卷二),以及"《缓歌行送陈章甫》《听董大弹胡笳》,……皆脉络分明,句调婉畅"(胡应麟《诗薮·内编》卷三)的说法,自有感性认识。而观其诗中意象、境界,确实感觉"李东川七言古诗,只读得两《汉书》烂熟,故信手挥洒,无一俗料俗韵"(管世铭《读雪山房唐诗序例》)。

前人比较作论,有谓"东川比高、岑多和缓之响"(沈德潜《唐诗别裁集》卷五);"东川句法之妙,在高、岑之上。高之浑厚,岑之奇峭,虽各自成家,然俱在少陵笼罩之中。至李东川,则不尽尔也。学者欲从精密中推宕伸缩,其必问津于东川乎"(翁方纲《石洲诗话》卷一);"七言乐府,雄浑雅洁,一片神行,与崔颢同一机杼,而使事写怀,或且过之矣"(丁仪《诗学渊源》卷八)。读者若从写法及美感等细微处领会颀诗之妙,可能较前人有更深的认识。另外,若合观《诗式》所选高、岑、王、李之作,读者也很容易发现四家七古常见的艺术风貌和常用的书写方法。前如高棅所说:"至于沉郁顿挫,抑扬悲壮,法度森严,神情俱诣,一味妙悟,而佳句辄来,远出常情之外,之数子者,诚与李、杜并驱而争先也"(《唐诗品汇·七言古诗叙目》);后如朱庭珍所说:"唐人七古,高、岑、王、李诸公规格最正,笔最雅炼。散行中时作对偶、警拔之句,以为上下关键。非惟于散漫中求整齐,平正中求警策,而一篇之骨,即树于此。兼以词不欲尽,故意境宽然有余;气不欲放,故笔力锐而时敛,最为词坛节制之师。"(《筱园诗话》卷三)亦即沈德潜说的:"高、岑、王、李四家,每段顿挫处,略作对偶,于局势散漫中求整饬也"(《说诗晬语》卷上)。

《诗式》选韩愈七古最多(13首),这是由韩在七古史上的地位所决定的。所谓"盛唐而后,以昌黎为一大宗,其力足与李、杜相埒,而变化较少,而雄奇精奥,实亦一代之雄也"(高步瀛《唐宋诗举要·各体引言》);"李、杜既没,正声诎然,昌黎倔兴,始杰然复有丈夫之气,惟波澜顿挫小不及耳"(《读雪山房唐诗序例》)。韩愈才大气雄,为文为诗,锐意创新,其七古实出于李、杜而有胜于李、杜之处。朱庭珍即云:唐人七古,由高、岑、王、李的"规格最正,笔最雅炼","至李、杜而纵横动荡,绝迹空行,如风雨交飞,鱼龙变化,几于鬼斧神工,莫可思议矣。然文成法立,规格森严,个中自有细针密缕,丝毫不乱,特运用无痕耳。所谓神而明之,大而化之也。歌行至此,已臻绝诣,后人莫能出其范围。韩退之特从奇伟处,力造光怪陆离之境,欲自辟生面,力树赤帜,实则仍系得杜一体,不过扩充恢张,略变面目耳,非能外李、杜而另创壁垒,以其凌跨也。"(《筱园诗话》卷三)赵翼亦云:"至昌黎时,李、杜已在前,纵极力变化,终不能再辟一径。惟少陵奇险处,尚有可推扩,故一眼觑定,欲从此辟山开道,自成一家。此昌黎注意所在也。然奇险处亦自有得失。盖少陵才思所到,偶然得之,而昌黎则专以此求胜,故时见斧凿痕迹,有心与无心异也。"(《瓯北诗话》卷三)

细读《诗式》所选韩愈七古,可知"退之七古有绝似太白处"(马位《秋窗随笔》)。可知"善学少陵者,无如昌黎歌行,盘空硬语,妥帖恢奇,乃神似非形似也"(田雯《古欢堂集杂著》)。可知"七古盛唐以后,继少陵而霸者唯有韩公。韩公七古,殊有雄强奇杰之气,微嫌少变化耳。少陵七古多用对偶,退之七古多用单行。退之笔力雄劲,单行亦不嫌弱,终觉钤束处太少。少陵七古间用比兴,退之则纯是赋"(施补华《岘佣说诗》)。可知"(韩吏部歌诗)驱驾气势,若掀雷揭电,奔腾于天地之间,物状奇变,不得不鼓舞而徇其呼吸也"(司空图《题柳柳州集后序》);可知"于李、杜后,能别开生路,自成一家者,惟韩退之一人。既欲自立,势不得不行其心之所喜奇崛之路"(吴乔《围炉诗话》卷三);可知"退之虽豪健奔放,绝少刀尺,而缘情寄兴,依声用韵,未尝不本诸古"(吴泳《鹤林集》卷三十八);可知韩愈七古长篇,不知不觉,自入文体。其"章法翦裁,纯以古文之法行之,所以独步千古"(方东树《昭昧詹言》)。

印象深刻的,还有如晁说之说的"韩文公诗号壮体,谓铺叙而无含蓄也"(《晁氏客语》),蔡启说的"退之诗豪健雄放,自成一家,世特恨其深婉不足"(《蔡宽夫诗话》),刘克庄说的"韩诗沉着痛快,可以配杜,但以气为之,直截者多,隽永者少"(《后村诗话》),皇甫湜说的"韩公挺负诗力,所少韵致"(胡震亨《唐音癸签》卷七引),陈仅说的"唐初盛诸家,独韵长古绝少。唯昌黎之气最盛,特好为之,而少变化亦坐此。然气必盛,方可言变化"(《竹林答问》),锺秀说的"李、杜而后,昌黎亦继起之英雄,词间有过生处,韵亦有过险处,然其硬语盘空,终不可及"(《观我生斋诗话》卷三),王闿运说的"昌黎学杜,以诘屈聱牙为胜,不能得其纵横处,所以敝也"(《湘绮楼论唐诗》),方东树说的"韩公笔力强,造语奇,取境阔,蓄势远,用法变化而深严,横跨古今,奄有百家,但间有长语漫势,伤多成习气"。"韩诗无一句犹人,又恢张处多,顿挫处多。韩诗虽纵横变化不逮李、杜,而规模堂庑,弥见阔大"(《昭昧詹言》卷九)。

同时也看到"人皆言昌黎奇险,不知昌黎亦工为平淡之作"(彭端叔《雪夜诗谈》卷中),"昌黎自有本色,仍在文从字顺中,自然雄厚博大,不可捉摸,不专以奇险见长"(赵翼《瓯北诗话》卷三)。看到"昌黎不但创格,又创句法。……凡七言多上四字相连,而下三字足之。乃《送区弘》云'落以斧引以纆徽',又云'子去矣时若发机'"(《瓯北诗话》卷三)。看到"韩昌黎诗,宽韵多旁出,窄韵每独用,……七古多于仄韵用排偶,极五花八门之奇,所以不为李、杜牢笼也"(潘焕龙《卧园诗话》)。

(二)再说七言律诗

《诗式》选钞七律有几个特点。一是选钞初盛唐应制、应教之作较多;二是盛唐于王维、崔颢各选二首,于李颀、高适、岑参各选一首;于中唐钱起、刘长卿、韦应物、柳宗元、刘禹锡、权德舆、白居易等,于晚唐杜牧、李商隐、温庭筠、许浑、赵嘏、刘沧、韦庄、郑谷、罗隐等,一首都未选;三是选钞杜甫七律最多,有三十四首,且多为拗体之作;而名篇《登高》《登楼》《闻官军收河南河北》,以及《秋兴八首》《诸将》《咏怀古迹》等连章诗,一篇也未选。

这些特点,正反映出黄先生厘定唐七言律诗诗式,十分认同前人对唐七言律诗发展、演变趋势的看法,和对诸多七律诗人、诗作的品评。最为突出的是:对盛唐七律"正体""正格"的坚守,和对其由来的肯定。胡震亨有云:"自景龙始创七律,诸学士所制,大都铺扬景物,宣飏宴游,以富丽竞工,亡论体变未极,声病亦多未调。开、天以还,哲匠迭兴,研揣备至,于是后调弥纯,前美益畅,字虚实互用,体正拗毕摄,七言能事始尽。所以溯龙门之派者,必求端沈、宋;穷沧海之观者,还归大杜陵。"(《唐音癸签》卷十)读此,可知黄先生编选《诗式》何以选及应制、应教七律,而于高、岑、王、李、崔颢之作,虽选的少,却一人不漏,和大量选入杜甫七律的依据所在。当然,具体考量,离不开黄先生的审美眼光。而他的选篇,无疑会显现他对唐七律传统艺术接受或扬弃的原则。

这里有几个细节就值得注意。一是选入较多的应制、应教诗作为七言律诗诗式代表作。这是因为七律体式的定型,与应制、应教诗采用七律形式关系极大。初唐臣子作应制诗、应教诗,往往就是一场小诗会,君臣游幸唱和,能给诗人提供观摩、切磋七律诗艺的机会。又众人作同题应制诗,竞赛性质极强,优秀作品往往成为七律体式构建的样本，不但为台阁人士所效法，还会成为其他文士追捧的对象。关于初盛唐七律创作的集体活动，人们记忆最深的就是皇室成员（包括帝王）组织的大小诗会。如贾至作《早朝大明宫里两省僚友》，王维、岑参、杜甫皆作和诗，而杜甫《寄高、岑三十韵》谓"更得清新否？遥知对属忙"。说明七律诗式的完善、趋于稳定，是由众多诗人施展才智，反复陶炼，归于精纯，才逐渐完成的。而初盛唐应制七律的代表作，似乎最能显现七律诗式的原创性和本质属性：即七律固有表现朝庆典礼等重大场面，褒赞功德之类题材的特点，特别适宜创造典雅、端庄的艺术氛围和颇有仪式感的美感效应。黄先生选较多的应制诗作为七律诗式之样板，正反映出他对七律初始诗式特征的尊重，和对吴乔之说（熊按：吴谓"七律止宜于台阁，余处不称。景龙既有此体，以其便于人事之用，日盛月滋，不问何处皆用七律，谓之近体，实诗道之一厄也。"）的首肯。

　　二是于高、岑、李和王、崔分别各选一、二首作为诗式代表作。前人论盛唐七律，多将高、岑、王、李、崔和杜甫之作，作为"万世程法"或"千古标准"。高棅即谓"若崔颢……又如贾至、王维、岑参……至于李颀、高适，……是皆足为万世程法"（《唐诗品汇·七言律诗叙目》）。胡应麟谓"王、岑、高、李，世称正鹄"，"学者步高、岑之格调，含王、李之风神，加以工部之雄深变幻，七言能事极矣"（《诗薮·内编》卷五）。宋荦谓"盛唐王维、李颀、岑参诸公，声调气格，种种超越，允为正宗"（《漫堂说诗》）。前引顾璘亦谓"七言律诗，务在雄浑富丽之中，有清沉微宛之态……盛唐王、岑、高、李，最得正体，足为规矩。后之学者不晓音调，学雄浑者必枯硬，学清沉者必软腐，而归于庸俗矣"。黄先生服膺其说，故于高、岑、王、李在遴选古诗较多的情况下，仍于各家增选一首或二首七律。而于崔颢，不选《黄鹤楼》《雁门胡人歌》，亦有用心。严羽尝谓"唐人七言律诗，当以崔颢《黄鹤楼》为第一"（《沧浪诗话·诗评》）。此诗前四句为歌行语，"颔联直下而不板对，虽律也，而含古意，亦是一法"（叶羲昂《唐诗直解·诗法》），颈联写景出色，后四句语意甚为圆紧。诗以气格之古取胜，为盛唐七律以歌行入律之代表作，所谓"古律相参，推为绝唱"（由云龙《定庵诗话》卷上），"律诗而有古意，此盛唐诸公独绝"（乔亿《剑溪说诗》卷下）。但也有三用叠词之弊，尤为突出的是，"若崔颢，律非雅纯"（高棅语），"崔诗自是歌行短章，律体之未成者"（胡震亨《唐音癸签》卷十）。而《雁门胡人歌》，许学夷虽谓其"声韵较《黄鹤》尤为合律……实当为唐人七言律第一"（《诗源辩体》卷十七），但其体"尤显然乐府也"（管世铭《读雪山房唐诗序例》），故其写法与《黄鹤》同类，均属"崔诗特参古调，皆非律诗之正"（潘德舆《养一斋诗话》卷八）。黄先生不选崔颢此二诗，而选入《行经华阴》等两首完全合格的七律，正反映出他一方面肯定崔颢对七律诗式构建的贡献，另一方面又坚持维护七律诗式"正"而"雅纯"的态度。

三是于钱起、刘长卿、柳宗元、刘禹锡、白居易、杜牧、李商隐、温庭筠、许浑、赵嘏、韦庄、郑谷、罗隐等中晚唐诗人，一首诗也未选为七律诗式之代表作。上述诗人，均有七律佳作，对唐代七律发展都有过独特贡献。如管世铭说七律"起句工于发端"，所举例子，即有刘长卿、韩翃、刘禹锡、柳宗元、张籍、杨巨源、李商隐、温庭筠、罗隐等人的诗句。说"落句以语尽意不尽为贵"，所举例子，亦有刘禹锡、张籍、白居易、杨巨源、李商隐、薛逢、韩偓、罗隐等人的诗句，并谓前举起句、落句"皆足为一代楷式"。说"颔颈两联，如二句一意，无异车前驸仗，有何生气？唐贤之可法者"，所举例子，则有钱起、韩翃、刘禹锡、白居易、杨汝士、李商隐、温庭筠、薛逢、唐彦谦、韩偓、谭用之的诗句。并谓其"皆神韵天成，变化不测"（《读雪山房唐诗序例》）。

又前人论中晚唐七律，也对当时的佳作评价不低。胡应麟即云："中唐如钱起《和李员外》《寄郎士元》、皇甫曾《早朝》、李嘉祐《登阁》、司空曙《晓望》,皆去盛唐不远。刘长卿《献李相公》《送耿拾遗》《李录事》、韩翃《题仙庆观》《送王光辅》、郎士元《赠钱起》、杨巨源《和侯大夫》、武元衡《荆帅》,皆中唐妙唱。"(《诗薮·内编》卷五)高棅云:"元和后,律体屡变,其间有卓然成家者,皆自鸣所长。若李商隐之长于咏史,许浑、刘沧之长于怀古,此其著也。今观义山之《隋宫》《马嵬》《筹笔驿》《锦瑟》等篇,其造意幽深,律切精密,有出常情之外者。用晦之《凌歊台》《洛阳城》《骊山》《金陵》诸篇,与乎蕴灵之《长洲》《咸阳》《邺都》等作,其今古废兴、山河陈迹、凄凉感慨之意,读之可为一唱而三叹矣。"(《唐诗品汇·七言律诗叙目》)洪亮吉亦云:"右丞之精深华妙,东川之清丽典则,皆非他人所及,然门径始开,尚未极其变也。至大历十才子,对偶始参以活句,尽变化错综之妙。如卢纶'家在梦中何日到?春来江上几人还',刘长卿'汉文有道恩犹薄,湘水无情吊岂知',刘禹锡'怀旧空吟闻笛赋,到乡翻似烂柯人',白居易'曾犯龙鳞容不死,欲骑鹤背觅长生',开后人多少法门!即以七律论,究当以此种为法,不必高谈崔颢之《黄鹤楼》、李白之《凤凰台》及杜甫之《秋兴》《咏怀古迹》诸什也。"(《北江诗话》卷六)朱克生则既谓"宫商回合以铸声,色相组练以成句,深厚而不沉于晦,流丽而不失于浮,贾至、王维、李颀、岑参可法也";又云"流丽清隽,钱、刘可式也"。同时,指出中晚唐七律演变的衰颓之势,直谓"唐初论本原,盛唐论全格,中唐论句法,晚唐论字眼,可谓愈趋愈卑矣"(《唐诗品汇删》)。

大抵中唐、晚唐,七律盛行于时,创新求变者接踵而出,可传可诵之作,不胜枚举,但也带来诸多有悖于盛唐艺术传统的倾向。如许学夷云:"盛唐高、岑五言,子美七言,以古入律,虽是变风,然气象、风格自胜。钱、刘诸子五七言,调虽合律,而气象、风格实衰,所以不及也。""大历以后,五七言律流于萎靡,元和诸公群起而力振之,贾岛、王建、乐天创作新奇,遂为大变,而张籍亦入小偏。唯子厚上承大历,下接开成,乃是正对阶级。然子厚才力虽大,而造诣未深,兴趣亦寡,故其五言长律及七言律,对多凑合,语多妆构,始渐见斧凿痕,而化机遂亡矣。""元和柳子厚五七言律,再流而为开成许浑诸子。许才力既小,风气日漓,而造诣渐卑,故其对多工巧,语多衬贴,更多见斧凿痕,而唐人律诗乃渐敝矣。""开成而后,意态过于轩举,声韵伤于急促。意态轩举者,如李商隐'夜卷牙旗千帐雪,朝飞羽骑一河冰'、李郢'雕没夜云知御苑,马随仙仗识天香'等句是也;声韵急促者,如许浑'湘潭云尽暮山出,巴蜀雪消春水来'、刘沧'花开忽忆故山树,月上自登临水楼'等句是也。""开成许浑七言律,再流而为唐末李山甫、罗隐诸子。罗、李才力益小,风气日衰,而造诣愈卑。故于鄙俗村陋之中,间有一二可采,然声尽轻浮,语尽纤巧,而气韵衰飒殊甚。唐人律诗至此乃尽敝矣。"(《诗源辩体》)钱良择亦云:"中唐律诗始盛。然元、白号称大家,皆以长篇擅胜,其于七言八句,竟似无意求工。钱、刘诸公,以韵致自标,多作偏枯。格中二联,或二句直下,或四句直下,渐失庄重之体。义山继起,入少陵之室,而运以秾丽,尽态极妍,故昔人谓七言律诗,莫工于晚唐。然自此作者愈多,诗道日坏。大抵组织工巧,风韵流丽,滑熟轻艳,千手雷同。若以义求之,其中竟无所有。世遂有'开口便是七言律诗,其人可知矣'之诮。非七言律诗不可作,亦作者不能挺拔自异也。以命意为主。命意不凡,虽气格不高,亦所不废;意无可采,虽工弗尚。"(《唐音审体》)

正是鉴于中晚唐七律虽自盛唐一源流出,"虽或出正变之上,终不免稍偏矣"(许学夷语),总的看,"诗式"之"正",不如盛唐远甚。故黄先生不选中晚唐一首七律作为《诗式》之代表作。但不选诗,并不表示他对中晚唐七律全盘否定,比如《诗式》未选义山七律,而他却写有《李义山诗偶评》,高度评价其七律的抒怀艺术,称有的诗"制格布局,最为可式"。

四是多选杜诗,且以拗体七律为主,却不选《登高》《登楼》等名篇,及《秋兴》八首、《诸将》五首、《咏怀古迹》五首等连章诗。多选杜诗,不单是杜甫所作七律甚多(200首),重要的是其创作极具开创性,艺术成就很高,对唐七律发展贡献特别大。所谓"法至于子美而备,笔力亦至于子美而极"(李重华《贞一斋诗说》)。"此体唐人皆寥寥,唯推子美独步,其沉着痛快处,千年以来,未见有两"(李沂《唐诗援·选诗或问》)。"杜独挺苍骨,是唐律之始"(许学夷《诗源辩体》)。"七言律诗,至杜工部而曲尽其变。盖昔人多以自在流行出之,作者独加以沉郁顿挫。其气盛,其言昌,格法、句法、字法、章法无美不备,无奇不臻,横绝古今,莫能两大""王右丞精深华妙,独出冠时。终唐之世,与少陵分席而坐者,一人而已矣"(管世铭《读雪山房唐诗序例》)。"盛唐而后,厥有二派,……登峰造极,几于既圣,后人无能出其区宇,故遂为宗。何谓二派?一曰杜子美,如太史公文,以疏气为主,雄奇飞动,纵恣壮浪,凌跨古今,包举天地,此为极境。一曰王摩诘,如班孟坚文,以密字为主,庄严妙好,备三十二相,瑶房绛阙,仙官仪仗,非复尘间色相"(方东树《昭昧詹言》卷十四)。"七律自沈、宋以至温、李,皆在起承转合规矩之中,唯少陵一气直下,如古风然,乃是别调"(吴乔《答万季野诗问》)。"少陵崛起,集汉、魏、六朝之大成,而融为今体,实千古律诗之极则"(钱良择《唐音审体》)。正因如此,故"自刘随州而下,以逮中晚名辈,无不学杜"(翁方纲《七言律诗钞凡例》),故黄先生选杜诗为七律诗式之例最多。

又杜甫七律之有拗体,犹《诗》之有变风、变雅,而其七律实有"正体""小变""大变"之分。如许学夷云:"子美七言,以古入律,虽是变风,然气象、风格自胜。""子美七言律,如'风急天高''重阳独酌''楚王宫北''秋尽东行''花近高楼''玉露凋伤''野老篱前''群山万壑'等篇,沉雄含蓄,是其正体。……如'年年至日''近闻宽法''使君高义''曾为掾吏''寺下春江'等篇,其格稍放,是为小变,后来无人能学。至如'黄草峡西''苦忆荆州''白帝城中''西岳崚嶒''城尖径仄''二月饶睡''爱汝玉山''去年登高'等篇,以歌行入律,是为大变。"又云:"'年年'一篇,虽通篇对偶,而淋漓骀荡,遂入小变。机趣虽同,而体制则异也。然读'年年'等作,便觉《秋兴》诸篇语多窒碍。予尝谓子美七言律变胜于正,终不能袪后世之惑。"(《诗源辩体》卷十九)显然,黄先生是相信许学夷"子美七言变胜于正"的看法的,故选杜甫七律拗体者多。而从许学夷的话,我们也大致能明白何以杜甫众多"正体"名篇未能入选的原因。当然,如果我们既知道"'风急天高'一章五十六字,如海底珊瑚,瘦劲难名,沉深莫测,而精光万丈,力量万钧。通章章法、句法、字法前无昔人,后无来学"(胡应麟《诗薮·内编》卷五),知道"《秋兴八首》《咏怀古迹五首》《诸将五首》不废议论,不弃藻缋,笼盖宇宙,铿戛韶钧;而横纵出没中,复含蕴藉微远之致。目为大成,非虚语也"(沈德潜《说诗晬语》卷上),还知道"'风急天高'一章,结亦微弱;'玉露凋伤''老去悲秋',首尾匀称,而斤两不足;'昆明池水',秾丽况切,惜多平调金石之声微乖耳"(王世贞《艺苑卮言》),知道"子美之《诸将》《咏怀古迹》及其他写事抒情诸律,于此体亦经脱换。唯间有若干篇句,未尽称是,即脍炙人口之《秋兴》八首,犹间杂流行排调,难称完作"(光明甫《论文诗说》),我们对先生何以不以杜诗某些名篇及连章诗作为七律诗式之代表作,当有更深的理解。

(三)最后说七言绝句

二韵律诗,谓之绝句,故唐人称绝句为小律诗。唐人七律代有佳作,创作特色显著者,初盛中晚,不绝于时。如高棅云:"盛唐绝句,太白高于诸人,王少伯次之,二公篇什亦盛。……同鸣于时者,王维、贾至、岑参亦盛。又如储光羲、常建、高适之流,虽不多见,其兴象、声律一致也。杜少陵所作虽多,理趣甚异。"(《唐诗品汇·七言绝句叙目》)胡应麟云:"中唐绝,如刘长卿、韩翃、李益、刘禹锡,尚多可讽咏。晚唐则李义山、温庭筠、杜牧、许浑、郑谷,然途轨纷出,渐入宋元。"(《诗薮·内编》卷六)而言及七绝作法,前人大都主张以盛唐为法。谢榛云:"七言绝句,盛唐诸公用韵最严,大历以下,稍有旁出者。作者当以盛唐为法。盛唐人突然而起,以韵为主,意到辞工,不假雕饰,或命意得句,以韵发端,浑成无迹,此所以为盛唐也。"(《四溟诗话》卷一)李维桢亦云:"七言绝句当以盛唐为法。如李太白、杜子美、王摩诘、孟浩然诸公,……四公中,又太白称谪仙才者,而七言绝尤为入神,诚行乎不得不行,止乎不得不止,即太白亦不自知其所以然而然矣。若晚唐,则意工而气不甚完,间有至者,亦未可尽以为足法也。"(《唐诗隽论则》)胡应麟云:"七言绝以太白、江宁为主,参以王维之俊雅、岑参之秾丽、高适之浑雄、韩翃之高华、李益之神秀。"(《诗薮·内编》卷六)读此三段诗话,即可明白黄先生选钞七绝诗式代表作的原则。

从于盛唐名家外特别选入韩翃、柳宗元、刘禹锡的作品,亦可见出先生七绝诗式取法盛唐而不拘于盛唐的特点。

《诗式》所选名家七绝多为一首,唯李选四首,杜选五首。多选李诗,盖因"盛唐绝句,太白高于诸人";而杨慎谓"杜子美诗,诸体皆有绝妙者,独绝句本无所解"(杨慎《升庵诗话》卷十三),多选杜甫七绝,读者定有疑而惑者。实则杨说有误。李、杜均为盛唐七绝圣手,《诗式》多选二人之诗,乃"七绝是七古之短篇,以李、杜之作,一往浩然,为不失本体"(吴乔《围炉诗话》卷二),"唐人七言绝句,大抵由于起承转合之法,唯李、杜不然,亦如古风浩然长往,不可捉摸"(吴乔《答万季野诗问》)。大家较为熟悉"太白七言绝句多一气贯成者,最得歌行之体"(胡应麟《诗薮·内编》卷六)和"杜少陵所作(七绝),特多拗体"(翟翚《声调谱拾遗·论例》),及其"以律为绝""四句裁对(首尾二联皆作对偶)"和因"多对结(结句对偶),或以'半律'讥之",却较少注意他的有意另辟蹊径,所谓"少陵避青莲之工,别辟一格"(杨锺仪《雪桥诗话》三集引田山姜语);"李青莲、王龙标尚矣,杜独变巧而为拙,变俊而为伧,后唯孟郊法之。然伧中之俊,拙中之巧,亦非王、李辈所有"(方世举《兰丛诗话》);"杜老七绝欲与诸家分道扬镳,故尔别开异径,独其情怀最得诗人雅趣"(李重华《贞一斋诗说》),故"杜七绝轮囷奇矫,不可名状,在杜集中另是一格"(叶燮《原诗》)。其创新自有收获,高步瀛即云:"杜子美以涵天负地之才,区区四句之作未能尽其所长,有时遁为瘦硬牙杈,别饶风韵。"(《唐宋诗举要·各体引言》)许学夷亦云:"子美七言绝虽是变体,然其声调,实为唐人《竹枝》先倡,须溪谓'放荡自然,足洗凡陋'是也。"(《诗源辩体》卷十九)但也有所失,所谓"少陵以古体行之,倔强直戆,不受束缚,固是独出一头,然含意未申之旨,渐以失矣"(潘承松《杜诗偶评凡例》)。总之,"杜子美绝句,乃是真性情所发,得风人之旨。后人不知他妙处,何可言诗"(庞垲《诗义固说》卷下)。和多选七律为例一样,黄先生多选杜诗以为七绝诗式,也是着眼于变体者多(正体名篇如《赠花卿》即未入选),表明先生确有一全面展示杜甫乃至唐代七绝诗式的用心。

这一用心,也表现在对七古、七律、七绝之外几种特殊诗式作品的展示上。计选有七言三韵(六句)诗三首、六言律诗三首和六言绝句八首。所选诗,句格独特,别有风味。只是此类诗体,当时作者不多,影响也不大。陈仅说七言六句律诗,即谓"唐人偶一为之,亦意尽而止耳,未尝拘拘取备一体,后人尽可不学"(《竹林答问》)。虽然黄先生介绍此类诗式,在于扩大学者的知识面,若学者睹其"式"而为之,也可能对从事七古、七律、七绝创作有些帮助。

附录

李义山诗偶评

程梦星笺注本

黄 侃

荆门西下

一夕南风一叶危,荆门回望夏云时。人生岂得轻离别,天意何曾忌崄巇。骨肉书题安绝徼,蕙兰蹊径失佳期。洞庭湖阔蛟龙恶,却羡杨朱泣路歧。

案:诗意当为自桂林奉使南郡,还路所作。

杜工部蜀中离席

人生何处不离群,世路干戈惜暂分。雪岭未归天外使,松州犹驻殿前军。座中醉客延醒客,江上晴云杂雨云。美酒成都堪送老,当垆仍是卓文君。

案:此以蜀中离席为题,而拟杜体,犹五言有《韩翃舍人即事》,以"即事"为题而拟韩舍人也。朱氏释此题最当。程氏以为"杜工部"应从一本作"辟工部",非也。

隋　宫

紫泉宫殿锁烟霞,欲取芜城作帝家。玉玺不缘归日角,锦帆应是到天涯。于今腐草无萤火,终古垂杨有暮鸦。地下若逢陈后主,岂宜重问后庭花?

案:平陈之役,炀帝为晋王,实总戎重,末路荒淫,过于叔宝。故义山举后主以为类,讥刺之意甚显,不必以稗官所记觌鬼事实之也。

二月二日

二月二日江上行,东风日暖闻吹笙。花须柳眼各无赖,紫蝶黄蜂俱有情。万里忆归元亮井,三年从事亚夫营。新滩莫悟游人意,更作风檐夜雨声。

案:诗辞当为东蜀作。

即　日

一岁林花即日休,江间亭下怅淹留。重吟细把真无奈,已落犹开未放愁。山色正来衔小苑,春阴只欲傍高楼。金鞍忽散银壶滴,更醉谁家白玉钩?

案:放,犹㪚也。㪚,即散也。

无题 二首

昨夜星辰昨夜风,画楼西畔桂堂东。身无彩凤双飞翼,心有灵犀一点通。隔座送钩春酒暖,分曹射覆蜡灯红。嗟余"听鼓应官"去,走马兰台类转蓬。

闻道阊门萼绿华,昔年相望抵天涯。岂知一夜秦楼客,偷看吴王苑内花。

案:义山无题诗,十九皆为寄意之作。既云无题,则当时必有深隐之意,不能直陈者。此在读者以意逆志,会心处正不在远也。必概目为艳语,其失则拘;一一求其时地,其失则凿。此诗全为追忆之词,又有听鼓应官之语。其出为县尉,追想京华游宴之作乎?

无题 四首

来是空言去绝踪,月斜楼上五更钟。梦为远别啼难唤,书被催成墨未浓。蜡照半笼金翡翠,麝熏微度绣芙蓉。刘郎已恨蓬山远,更隔蓬山一万重。

飒飒东风细雨来,芙蓉塘外有轻雷。金蟾啮锁烧香入,玉虎牵丝汲井回。贾氏窥帘韩掾少,宓妃留枕魏王才。春心莫共花争发,一寸相思一寸灰。

含情春晼晚,暂见夜阑干。楼响将登怯,帘烘欲过难。多羞钗上燕,真愧镜中鸾。归去横塘晓,华星送宝鞍。

何处哀筝随急管?樱花永巷垂杨岸。东家老女嫁不售,白日当天三月半。溧阳公主年十四,清明暖后同墙看。归来展转到五更,梁间燕子闻长叹。

案:啼难唤者,言悲思之深。墨未浓者,言草书之促。五六句指所忆之地言。

古诗:雷隐隐,感妾心,侧耳倾听非车音。

第二句略用其意,以兴三、四句;言所忆者之自外独归也。五、六句以下,则禁约闲情之词。言情事与韩寿、曹植既殊,则从思无益也。

东风细雨所以兴起轻雷,而轻雷又非真雷,乃以拟车声也。三、四句亦所以足第二句之意,言其自外独归而已,非必真有烧香、汲井之事也。诗乃有所求于人,而人不见谅之词也。

王十二兄与畏之员外相访见招小饮,时予以悼亡日近不去,因寄

谢傅门庭旧末行,今朝歌管属檀郎。更无人处帘垂地,欲拂尘时簟竟床。嵇氏幼男犹可悯,左家娇女岂能忘?愁霖腹疾俱难遣,万里西风夜正长。

案:集中有《七月二十八日夜听雨》及《七月二十九日崇让宅》二

诗。悼亡之日,盖在此顷。故是诗亦有末句所云也。义山为王茂元壻,王十二则其妇兄也。畏之,韩瞻字,盖与义山为僚壻,故有第二句。嵇氏幼男,用嵇叔夜《与山巨源绝交书》"女年十三,男年八岁,未及成人;(案:此下脱'况复多病'四字)顾此恨恨,如何可言"意。末行,末属也。檀郎指畏之员外。

曲 池

日下繁香不自持,月中流艳与谁期?迎忧急鼓疏钟断,分隔休灯灭烛时。张盖欲判江滟滟,回车更望柳丝丝。从来此地黄昏散,未信河梁是别离。

案:曲池盖即曲江,观第五句可知。此诗为宴集惜别之作。首句言骤遇繁香,难于自禁。次句想其夜来,更当何往?三句虑其将行,"迎忧"犹言"豫愁"尔。四句言其果去,与次句相应。七、八句言惜别之情过于河梁地。"分"亦当时方语,犹今言"料定"尔。

无 题

相见时难别亦难,东风无力百花残。春蚕到死丝方尽,蜡炬成灰泪始干。晓镜但愁云鬓改,夜吟应觉月光寒。蓬山此去无多路,青鸟殷勤为探看。

案:次句言无计相怜,任其憔悴。三、四句自叙,五、六句斥所怀者。七、八句则无由见颜色,还自托微波之意。

碧城 三首

碧城十二曲阑干,犀辟尘埃玉辟寒。阆苑有书多附鹤,女床无树不栖鸾。星沉海底当窗见,雨过河源隔座看。若使晓珠明又定,一生长对水晶盘。

对影闻声已可怜,玉池荷叶正田田。不逢萧史休回首,莫见洪崖又拍肩。紫凤放娇衔楚佩,赤鳞狂舞拨湘弦。鄂君怅望舟中夜,绣被焚香独自眠。

七夕来时先有期,洞房帘箔至今垂。玉轮顾兔初生魄,铁网珊瑚未有枝。检与神方教驻景,收将凤纸写相思。武皇内传分明在,莫道人间总不知。

案:程梦星以为三诗皆刺贵主之为女冠者,以备劝惩,是也。其一,七、八句皆用《飞燕外传》事,知以赵氏比贵主。五、六句及第二首末二句意:言其踪迹虽秘,而物议已滋,所以戒骄淫,止佚荡。此与陈郑变风何异?

其二,二句即承可怜之意。莲、怜音同。吴声歌曲,皆以莲为怜也。紫凤、赤鳞,皆喻狂佼。鄂君以喻未见洪崖以前所遇之人。其三,三、四句当如程说。七、八句讽刺之意至显。韩退之《华山女》诗篇末云:"豪家少年岂知道?来绕百匝脚不停。云窗雾阁事恍忽,重重翠幕深金屏。仙梯难攀俗缘重,浪凭青鸟通丁宁。"与义山此诗意同。而退之蕴藉矣。

辛未七夕

恐是仙家好别离,故教迢递作佳期。由来碧落银河畔,可要金风玉露时。清漏渐移相望久,微云未接过来迟。岂能无意酬乌鹊?谁与蜘蛛乞巧丝。

案:此诗纯以气势取胜。首二句作疑词。三、四句申言致疑之理。五、六句与首句"好"字、次句"故"字相应。七、八句言佳会果然,则当酬鹊桥之力。今但与蜘蛛以巧,是知佳期之稀,本缘仙意,仍与首二句相应。用意之高,制格之密,即玉溪集中,亦罕见其比也。

351

牡　丹

锦帷初卷魏夫人，绣被犹堆越鄂君。垂手乱翻雕玉佩，折腰争舞郁金裙。石家蜡烛何曾剪？荀令香炉可待熏？我是梦中传彩笔，欲书花叶寄朝云。

案：义山咏物诗，什九皆属闲情。此诗非直咏牡丹，盖借牡丹以喻人也。首句斥所喻者。次句自喻。三、四句写其壮。五句喻其光采。六句喻其芳馨。末二显斥所喻矣。八句八事，不着堆砌之迹，与牡丹在即离之间，即专以咏物论之，亦难能可贵矣。

一　片

一片非烟隔九枝，蓬峦仙仗俨云旗。天泉水暖龙吟细，露畹春多凤舞迟。榆荚散来星斗转，桂花寻去月轮移。人间桑海朝朝变，莫遣佳期更后期。

案：此以篇首二字为题，仍与无题同。篇中但以神仙事为喻，则后来以游仙寓意之滥觞。此诗所刺，与《碧城》三首及后《中元作》一首同，皆为贵主之为女道士者作也。此首程以为艳情，则首二句不可解。《中元作》纪以为有求而不得之词，则首二句亦不可解。

马　嵬　二首

冀马燕犀动地来，自埋红粉自成灰。君王若道能倾国，玉辇何由过马嵬？

海外徒闻更九州，他生未卜此生休。空闻虎旅传宵柝，无复鸡人报晓筹。此日六军同驻马，当时七夕笑牵牛。如何四纪为天子，不及卢家有莫愁。

案：其二，首句言神仙茫昧。次句言轮转荒唐。以此思哀，哀可知矣！中二联皆以马嵬与长安对举。五、六句笔刀尤矫健，不仅属对工巧也。由此振出末二句，言当耽溺声色之时，自以宴安可久，岂悟波澜反复，变起宠胡，仓卒西行，又不能保其嬖爱。以视寻常伉俪，偕老山林者，良多愧恧。上校银潢灵妃，尤不可同年而语矣。讽意至深，用笔至细。胡仔以为浅近，纪昀以为多病痛，岂知言者乎？唯"空闻"与"徒闻"犯复，则夏后之璜，不能无玷也。

富平少侯

七国三边未到忧，十三身袭富平侯。不收金弹抛林外，却惜银床在井头。彩树转灯珠错落，绣檀回枕玉雕锼。当关不报侵晨客，新得佳人字莫愁。

案：此诗刺武宗。题曰富平少侯，诡辞也。首句櫽括汉成帝报许后书意，而注家皆不憭。武宗好游猎，又宠王才人，故以成帝比之。回枕，犹绕枕也。当关，谓阍人，见嵇叔夜《与山巨源绝交书》。

圣女祠

松篁台殿蕙香帏，龙护瑶窗凤掩扉。无质易迷三里雾，不寒长着五铢衣。人间定有崔罗什，天上应无刘武威。寄问钗头双白燕，每朝珠馆几时归？

案：此首合《重过》一篇观之，讽刺愈显。五句言上真所恋，乃在凡夫。六句言神宝无灵，令仙女得以自恣。每朝珠馆，谓常入禁中也。

临发崇让宅紫薇

一树秾姿独看来，秋庭暮雨类轻埃。不先摇落应为有，已欲别离休更开。桃绶含情依露井，柳绵相忆隔章台。天涯地角同荣谢，岂要移根上苑栽。

案：崇让宅，王茂元所居。临发，将去东都也。是时王茂元已殁，义山他适，党人倾挤，无所托身，故借咏紫薇以寄意。应为有，有谓有花也。程疑三字有误，非也。后半以桃柳连类作喻，言处地纵殊，荣枯不异，夫何必以飘泊为恨邪？《唐书》以义山放利偷合，轻薄无行。李涪《刊误·释怪》一篇，专讥义山，盖亦缘于党人之见。究之义山恃才傲物，实足丛谤。观于此篇及鸳雏腐鼠之词，得见其端矣。

野　菊

苦竹园南椒坞边，微香冉冉泪涓涓。已悲节物同寒雁，忍委芳心与暮蝉！细路独来当此夕，清樽相伴省他年。紫云新苑移花处，不取霜栽近御筵。

案：此诗义山盖以自喻其身世。末二句与《崇让宅紫薇》意正相类，但彼措词径直，此则稍婉耳。

银河吹笙

怅望银河吹玉笙，楼寒院冷接平明。重衾幽梦他年断，别树羁雌昨夜惊。月榭故香因雨发，风帘残烛隔霜清。不须浪作缑山意，湘瑟秦箫自有情。

案：取首句中四字为题，实无题之体也。程以为亦刺女冠，未谛。细审其意，盖干求不遂，而自慰之词。首二句言自处岑寂，虽遥闻笙响，惟有怅望而已。三句言往好不可复寻。四句言旅况益为无俚。五句言旧游依稀可记。六句言它夜凄独堪悲。七、八句言攀缘不得，则亦别求所以自慰之道。湘瑟秦箫，动心娱耳，不必嵩高仙乐，始可乐魂也。

闻 歌

敛笑凝眸意欲歌,高云不动碧嵯峨。铜台罢望归何处,玉辇忘还事几多。青冢路边南雁尽,细腰宫里北人过。此声肠断非今日,香炷灯残奈尔何!

案:此诗制格最奇。闻歌正面,首二句已写出,以下皆衬托之笔。七八句乃收到本意。程泥中四句为实事,而附会于宫人之流落者,则矇碍孔多矣。高云不动,朱长孺以为用秦青响遏行云事,是也。孟德西陵之恨,周王"黄竹"之谣,与夫汉女入胡,息妫归楚,此皆自古可悲之事;而今之歌声令人肠断,亦与往昔同科。此于烛明香暗之时,欲唤奈何也!

春 雨

怅卧新春白袷衣,白门寥落意多违。红楼隔雨相望冷,珠箔飘灯独自归。远路应悲春晼晚,残宵犹得梦依稀。玉珰缄札何由达?万里云罗一雁飞。

案:此为滞居长安忆家之作。白门即《街西池馆》诗所谓"白阁他年别"者也。岑参有《归白阁草堂诗》,杜甫《美陂西南台》诗,"错磨终南翠""颠倒白阁影",皆谓终南支峰近瞰长安,故因以号帝里,非建康之白门也。"红楼"二句,正写寂寥之状。

中元作

绛节飘摇空国来,中元朝拜上清回。羊权虽得金条脱,温峤终虚玉镜台。曾省惊眠闻雨过,不知迷路为花开。有娀未抵瀛洲远,青雀如何鸩鸟媒?

案:程以为中元悼亡之作,盖误。此诗所刺,与《碧城》《圣女》诸首同；特因中元而造端耳。三四句讥诮至显；五句惜其雨夜之无眠；六句谑其如狂香之引路；七八言有娀虽远，却在人间；青鸟为媒，适同鸩毒。疾之之词，可谓诮厉矣。

宿晋昌亭闻惊禽

羁绪鳏鳏夜景侵，高窗不掩见惊禽。飞来曲渚烟方合，过尽南塘树更深。胡马嘶和榆塞笛，楚猿吟杂橘村砧。失群挂木知何限，远隔天涯共此心。

案：此诗以惊禽兴起己之离绪，以胡马楚猿陪衬惊禽。通体惟"羁绪"一句，自道本怀耳。制格布局，最为可式。

安定城楼

迢递高城百尺楼，绿杨枝外尽汀洲。贾生年少虚垂涕，王粲春来更远游。永忆江湖归白发，欲回天地入扁舟。不知腐鼠成滋味，猜意鹓雏竟未休。

案：此诗作于王茂元泾原节度幕中。当时令狐绹辈，必有以义山背党为讥者，故有末二句。五六句一意互言，言欲俟旋转乾坤之后，归老江湖以扁舟自适也。当时党人讥义山以放利偷合，诡薄无行，岂其然哉！

泪

永巷长年怨绮罗，离情终日思风波。湘江竹上痕无限，岘首碑前洒几多。人去紫台秋入塞，兵残楚帐夜闻歌。朝来灞水桥边问，未抵青袍送玉珂。

案：首六句皆陪意，末二句乃结出正意。以青袍寒士，而送玉珂上客，其悲苦之情，非永巷离情所能为喻也。如以为咏物之词，则无此堆砌之篇法矣。程以为末二句从晋时罗友托之歔欷鬼语"但见汝送人作郡,不见人送汝作郡"脱化得来,可云善悟。

流　莺

流莺飘荡复参差,度陌临流不自持。巧啭岂能无本意,良辰未必有佳期?风朝露夜阴晴里,万户千门开闭时。曾苦伤春不忍听,凤城何处有花枝?

案:此首借流莺以自伤飘泊。末二句言,正为己有伤春之情,所以闻此啼莺,不禁为之代忧失所也。

出关宿盘豆馆对丛芦有感

芦叶梢梢夏景深,邮亭暂欲洒尘襟。昔年曾是江南客,此日初为关外心。思子台边风自急,玉娘湖上月应沉。清声不远行人去,一世荒城伴夜砧。

案:诗有思子台在弘农湖,于唐为湖城县地。盘豆驿名,当即在思子台旁也。此首自嗟其迟暮无成。三、四句言昔在少壮,未始以远游为悲;及此岁华既晏,蓬转天涯,荒野寒砧,年年相伴,驿亭回首,不免有迁斥之情也。

七月二十九日崇让宅宴作

露如微霰下前池,风过回塘万竹悲。浮世本来多聚散,红蕖何事亦离披?悠扬归梦惟灯见,濩落生涯独酒知。岂到白头长只尔?嵩阳松雪有心期。

案:程意七月二十八九日为义山悼亡之日。此诗盖悼亡后失意无聊之作。五六极写凄凉之况。七八则言世途之乐已尽,惟有空山长往,趋向无生而已。"风过"旧作"月过",当从《西溪丛语》"作风"。

"潓落"一作"槩落",即拓落;又即落拓,亦即落魄,《说文》作"落槖"。

梓州罢吟寄同舍

不拣花朝与雪朝,五年从事霍嫖姚。君缘接座交珠履,我为分行近翠翘。楚雨含情皆有托,漳滨多病竟无憀。长吟远下燕台去,惟有衣香染未销。

案:同舍谓同幕府者。《转韵诗》"征东同舍鸳与鸾",亦谓同幕府者。大中六年,柳仲郢为东川节度,十一年罢。义山此诗乃罢府时作。细审诗意:但叙述宴游之乐,声伎之美,而自叹为病所侵,不及府主恩礼一字,则其怨望可于言外得之。措词深婉而不激怒,此其所以难也。刘桢诗:"余婴沉锢疾,窜身清漳滨。"

无题 二首

凤尾香罗薄几重,碧文圆顶夜深缝。扇裁月魄羞难掩,车走雷声语未通。曾是寂寥金烬暗,断无消息石榴红。斑骓只系垂杨岸,何处西南任好风?

重帏深下莫愁堂,卧后清宵细细长。神女生涯原是梦,小姑居处本无郎。风波不信菱枝弱,月露谁教桂叶香?直道相思了无益,未妨惆怅是清狂。

案:义山诗无题以此二首最得风人之旨。察其词,纯托之于守礼不佻之处子,与杜陵所谓空谷佳人,殆均不愧幽贞。而解者多以为有思而不得之词,失之甚矣!

其一,首二句正写寂寥时所以自遣。"碧文圆顶"谓帐也。"车走雷声"言狂且之言,无由入耳也。五句言幽居情况,日日如斯。六句言亲爱离居,永无消息。七、八言纵有游人窥伺,闺中深邃,固非所得而知也。谓之词婉意俨,畴云不可。

其二,首二句极写其岑寂。三句言纵复怀人,只劳梦想。四句言独居幽地,不厌单栖。五句言狂暴相凌,徒困荏弱。六句言容华佼好,易召侵欺。七、八言终不弃礼而相从,虽见怀思,适成痴佁也。

井　络

井络天彭一掌中,漫夸天设剑为峰。阵图东聚烟江石,边柝西悬雪岭松。堪叹故君成杜宇,可能先主是真龙。将来为报奸雄辈,莫向金牛访旧踪。

案:此诗与张载《剑阁铭》同意,皆以惩割据也。首句言其地之狭小。次句言地险之不足恃。三、四承首句之意,言其疆域迫促也。五、六言伯主偏隅,终殊中县之君也。词特深婉。末句正写警戒之意。

宋　玉

何事荆台百万家,惟教宋玉擅才华。楚辞已不饶唐勒,"风赋"何曾让景差。落日渚宫供观阁,开年云梦送烟花。可怜庾信寻荒径,犹得三朝托后车。

案:此首自伤无宋玉之遇,末二句尤显。开年即楚辞所云"开春献岁",犹言新年新春耳。程解大谬。五、六二句正自伤无宋玉之遇也。

曲　江

望断平时翠辇过,空闻子夜鬼悲歌。金舆不返倾城色,玉殿犹分下苑波。死忆华亭闻唳鹤,老忧王室泣铜驼。天荒地变心虽折,若比伤春意未多。

案:此诗吊杨妃而作,与杜子美《哀江头》同意。而笺注家附会甘露之变,殊属无谓。首句言不复游幸。次句言其凄凉。三句言杨妃已去。四句言宫殿犹存。后四句言临命之悲,亡国之恨,犹未敌倾城夭枉,遗迹荒残之恸也。试取《哀江头》诗与此诗互观,当能领悟。

赠司勋杜十三员外

杜牧司勋字牧之,清秋一首杜秋诗。前身应是梁江总,名总还曾字总持。心铁已从干镆利,鬓丝休叹雪霜垂。汉江远吊西江水,羊祜韦丹尽有碑。

案:义山于牧之甚相倾倒。其《杜牧之绝句》云:"高楼风雨感斯文,短翼差池不及群。刻意伤春复伤别,人间惟有杜司勋。"与此五六句可以参阅。义山咏杜即所以自咏也。

回中牡丹为雨所败 二首

下苑他年未可追,西州今日忽相期。水亭暮雨寒犹在,罗荐春香暖不知。舞蝶殷勤收落蕊,佳人惆怅卧遥帷。章台街里芳菲伴,且问宫腰损几枝?

浪笑榴花不及春,先期零落更愁人。玉盘迸泪伤心数,锦瑟惊弦破梦频。万里重阴非旧圃,一年生意属流尘。前溪舞罢君回顾,并觉今朝粉态新。

案:次首末二句尤凄婉。言今日飘零固为可念,然使更迟数稔颜色愈衰,求如今日且不可得也。《杨柳枝》词云:"一叶随风忽报秋,纵使君来岂堪折!"政是此意。

试论律诗的"一三五不论，
二四六分明"

刘永济

　　一般初学作诗的人都知道"一三五不论，二四六分明"这两句歌诀，但不知其来历。前人的诗话，很少有提到它的。惟清初王士禛口授、何世璂笔述的《燃灯纪闻》及王夫之的《姜斋诗话》有之。《燃灯纪闻》说："律句只要辨一三五。俗云'一三五不论'，怪诞之极，决其终身必无通理"。王士禛但诋斥为怪诞，而下文忽论诗的结尾，没有任何说明。王夫之的《诗话》对此却有评论，卷下有一条说："《乐记》云'凡音之起，从人心生也'，固当以穆耳协心为音律之准。'一三五不论，二四六分明'之说，不可恃为典要。"他下文举了杜甫和孟浩然的诗句，证明不为典要的道理。他说"'昔闻洞庭水'，'闻''庭'二字俱平，正尔振起，若'今上岳阳楼'易第三字为平声云'今上巴陵楼'，则语蹇而戾于听矣。'八月湖水平'，'月''水'二字皆仄自可，若'涵虚混太清'易作'混虚涵太清'，为泥磬土鼓而已。"其说当否，后文再详论。

　　近人始有求其来源的。如王力先生的《律诗余论》(1962年8月6日《光明日报》)首先认为大约起于元代，元刘鉴的《切韵指南》曾有记载。杨耐思先生的《律诗歌诀的来源》(1962年9月18日《光明日报》)则以为刘鉴原本中没有，只有清康熙二十三年沙门恒远重刻刘书时附录明僧真空的《贯珠集》中才被收入①。我以为,《贯珠集》收入,则《贯珠集》以前就有,而不是创始于《贯珠集》。王力先生说刘鉴《切韵指南》原本就有固然不确,但他说大约起于元代则相当可信。

我从前读元周德清《中原音韵·作词十法》中入声作平声条,疑即此说所自出,因为周氏所说虽非论七言律诗,而以七言律句为例,其理由恰与"一三五不论,二四六分明"之说合,今且先录周氏说而后推究其理由,为此说一定其是非,或可由此略窥律诗声调的变化。周氏说:"入声作平声,施于句中,不可不谨,皆不能正其音。"周氏这话殊简略,大意是说七字句有用入作平处,宜加注意,因人多不能正其音或误认字字可换平。周氏复引古人七字律句七句,入声在第一字至第七字者,而注明入声作平声之字在句中第几字,有害或无害。今照录如下:

(1)"泽国江山入战图,第一泽字无害。"按此唐曹松《己亥岁》诗句。

(2)"红白花开烟雨中,第二白字。"按此杜牧《思旧游》诗句,烟原作山。

(3)"瘦马独行真可哀,第三独字,若施于仄仄平平仄仄平之句则可,施于他调皆不可。"按此崔橹《春日即事》诗句,行原作吟,恐误。

(4)"人生七十古来稀,第四十字。"按此杜甫《曲江》诗句。

(5)"点溪荷叶叠青钱,第五叠字。"按此杜甫《漫兴》诗句。

(6)"刘项原来不读书,第六读字。"按此章碣《焚书坑儒》诗句。

(7)"凤凰不共鸡争食,第七食字。"按此胡曾《咏史》诗咏彭泽

---

① 《贯珠集》附载歌诀九句如下:(1)平对仄,(2)仄对平。(3)反切要分明。(4)有无虚与实,(5)死活兼重轻。(6)上去入音为仄韵,(7)东西两字是平声。(8)一三五不论,(9)二四六分明。

诗句。

观上所录七句,是专指入声字在七字句中有可换作平声者,有不可换作平声者,当视其在句中的位置而定。据周氏的原文,除第一句第一字注明无害外,惟第三句注明可不可,余句但注第几字而未说害不害,推究其意,都是认为有害。

我往常因追溯宋词声律起源,曾取唐人七律一百六十八句,检查其平仄排列之法,得定理两条:一是七字律句中,凡属偶数字必平仄相间相重,否则拗。二是凡属奇数字则平仄可互换,惟第五字不得与第七字同声,同则拗(五字律句则第三字不得与第五字同声,馀俱同)。今据此定理,列平起、仄起句正式各一,变式各十五于后,再以周氏所举七句证之,以为七字律句之法。我的定理一,即俗传的"二四六分明",定理二,则是俗传的"一三五不论",但皆较俗传二语为明确,其理由也略述于篇末。又据定理,惟奇数字平仄可互换,则互换时有合与不合之别者亦惟奇数字有之。所以下列式中只有变其奇数字者,其偶数字必平仄相间相重,不得变换,变换则非古诗便是拗体。因为古诗与拗体的变化无穷,不同律诗有一定的规则。

七字律句正变各十六式如下:

下表以"＋"号代平声,"－"号代仄声,凡变式中平仄互换者以"( )"示之,其变而仍合者记以"＊"。

```
     平起句正式              仄起句正式
    ＋＋－－＋＋－          －－＋＋－－＋

     平起句变式              仄起句变式
①(－)＋－－＋＋－＊      (＋)－＋＋－－＋＊
②＋＋(＋)－＋＋－＊      －－(－)＋－－＋＊
③＋＋－－(－)＋－        －－－＋(＋)－＋
④＋＋－－＋＋(＋)        －－＋＋－－(－)
```

363

⑤(一)+(+)一++一*　　(+)一(一)+一一+*
⑥++(+)一(一)+一　　一一(一)+(+)一+
⑦++一一(一)+(+)*　　一一++(+)一(一)*
⑧(一)+一一(一)+一　　(+)一++(+)一+
⑨++(+)一++(+)　　一一(一)+一一(一)
⑩(一)+一一++(+)　　(+)一++一一(一)
⑪(一)+(+)一(一)+一　　(+)一(一)+(+)一+
⑫(一)+(+)一一++(+)　　(+)一(一)(+)一一(一)*
⑬(一)+一一(一)+(+)*　　(+)一++(+)一(一)*
⑭++(+)一(一)+(+)*　　一一(一)+(+)一(一)*
⑮(一)+(+)一(一)+(+)*　　(+)一(一)+(+)一(一)*

上列七字句平起、仄起者正变各十六式，其中我所谓合者，即周氏所谓无害的，其不合者，即犯我的定理的。今再以周氏所举七句证之。

第一句"泽国江山入战图"，原为仄起句正式，今换其第一仄声作平，则为仄起句第一变式，与定理二合。所以周氏谓其无害。

第二句"红白花开烟雨中"，原为仄起第八变式。五七同声，犯定理二；而白字属偶数，今换作平，复犯定理一。所以周氏不谓其无害（此句因犯定理一，所以仄起句十六式中不列入，第四句、第六句同）。

第三句"瘦马独行真可哀"，原为仄起句第六变式，今换其第三仄声作平，虽合定理二，而五七字同声，却又犯定理二。所以周氏谓"若施于仄仄平平仄仄平之句则可"，是说第五字不宜用平，不是说第三字不可换平。

第四句"人生七十古来稀"，原为平起句第七变式，今换其第四仄声作平，犯定理一。所以周氏不谓其无害。

第五句"点溪荷叶叠青钱",原为平起句第十五变式,今换其第五仄声作平,犯定理二。所以周氏不谓其无害。

第六句"刘项原来不读书",原为仄起句第一变式,今换其第六仄声作平,犯定理一。所以周氏不谓其无害。

第七句"凤凰不共鸡争食",原为平起句第一变式,今换其第七仄声作平,犯定理二。所以周氏不谓其无害。

统观周氏所谓入作平,即系仄换平。周氏既将七字句中第一字至第七字一一更换,而注明其有害无害,适与我们推究七字律句平仄排列的歌诀定理相合。而我所推究的定理两条,亦即俗传更明确的规定。所以我假定俗传歌诀即由曲家之说而来,这虽无明文可据,然其意义经证明确相合。我说王力先生认为大约起于元代的话相当可信,其故即在此。惟尚有应郑重声明者:以上所论,但就七字律句一句之平仄排列的法式言之,若以全首之声律言,则变化之处尚多。所以俗传歌诀虽已订正,仍未足尽律诗声律的变化。这两语中,亦非毫无理由如王士禛所斥的"怪诞",尤以"二四六分明"一语关系律诗句法至切。兹且阐述理由如下:

我国汉文学中诗歌的形式乃根据汉字的特性而组织的。汉字虽为单体单音,但应用以记事抒情,无论韵文、散文,多以两字合成一义。诗歌最初的形式为四言(《吴越春秋》有《断竹歌》,传系古孝子因父亲为野兽所食,乃作竹弹弓以射野兽,此歌即作弹时所唱。其词是:"断竹,续竹。飞土,逐宍〔宍即古肉字〕。"全首都是二字为句,其中两字合成一义的词共四个,或即诗歌的雏形。观其内容与游猎时代相合,所以刘勰说是黄帝时代的歌①)。四言诗中,两字合成一义

---

① 《文心雕龙·通变篇》:"黄歌断竹,质之至也。"又《章句篇》:"寻二言肇于黄世,竹弹之歌是也。"

的词最多，其后加一单字成为五言，再加一双字成为七言，两字合成一义的词仍为组成诗句的基础。所以唐代乐工唱绝句诗，即就其中两字合成的词加以裁截与重叠，便成为长短句。如有名的《阳关三叠》，本是王维送人往安西的绝句，入乐时经乐工加以重叠与裁截而后成为乐府诗。我曾见一书名《阳关三叠》，其中叠法颇多①，我但记两种，兹录如下：

其一：

渭城朝雨，渭城朝雨浥轻尘，浥轻尘。
客舍青青，客舍青青柳色新，柳色新。
劝君更尽，劝君更尽一杯酒，一杯酒。
西出阳关，西出阳关无故人，无故人。

其二：

渭城，渭城朝雨，渭城朝雨浥轻尘。
客舍，客舍青青，客舍青青柳色新。
劝君，劝君更尽，劝君更尽一杯酒。
西出，西出阳关，西出阳关无故人。

从上举两叠法来看，七字句中用两字合成一义的词为裁截与重叠之

---

① 《中国丛书综录》有《阳关三叠图谱》一卷，明代田艺蘅撰，收入明代冯可宾辑的《广百川学海丛书》中。我从前所见当即此书。按唐乐工取诗人之作重叠之、裁截之以入乐，其式最多。如白乐天说何满子"四辞八叠"，是每句二叠，四句共八叠。又叠或称遍，《霓裳羽衣曲》十二遍，即每句三叠，共十二叠。又白乐天有"听唱阳关第四声"句，自注："第四声，'劝君更尽一杯酒'也"，则是首句不叠。

366

用甚明。其中除去"浥""新""酒"三个单字外,都是两字合成一义的词。

再从声调上看,诗歌的声调是以平仄排列而成,基本方式为平平仄仄平平仄、仄仄平平仄仄平,都以两平与两仄相间又相重,成其回环的声调。今且名此两声合组而成的声调为一"均"(均者,调均也。本与韵同,因避免与押韵的韵相混,故我用均字),而用以为调协之用者则在每一均的后一声而非前一声。这种方法与每句押韵的方法类似。盖每字都有发声与收韵之别,而押韵则取一字的收韵相同者,如同、笼、蒙、匆等字都收东韵,所以可同押。七字律句中的平均与仄均相调协以成回环的声调,则取每一均的后一声而非其前一声,因为其一声等于一字的发声,而后一声等于一字的收韵。例如"黄河远上白云间"一句,黄河一均、远上一均、白云一均,而取以为调协声调者则在河、上、云三声,都是偶数字。这三声既是与调协一句的声调有关,所以不可任意变换,变则非律句。但作调协用的均不一定是两字合成的词,惟必偶数字。例如渭城句的"浥轻",即非两字合成的词。"二四六"必须分明的理由即在此。

至于从律诗的全首声律来研究,其中变化之处,尚有非上述理由所能包括的。我在检查宋词声律的来源时,从汉魏古诗、齐梁新体、唐人律诗、五代小令,直到两宋长调,略作了一番检查。在检查唐人五七言律诗时,既归纳其结果,得上述两条定理,又由排比全首声律中得着四种方式。其中第四式是唐人律诗最普遍适用之式。其式如下:

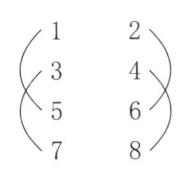

$$\begin{pmatrix} 1 & 2 \\ 3 & 4 \\ 5 & 6 \\ 7 & 8 \end{pmatrix}$$

上式是将全首八句分成两组,其中前组的1、2、3、4句与后组的5、6、7、8句的平仄排列各各相同,形成交互,我因名之为交互式。

唐人五、七言律诗以用交互式者为常,但八句中兼有一、二排句者也颇不少。例如杜甫《登高》诗:

  风急天高猿啸哀,渚清沙白鸟飞回。
  无边落木萧萧下,不尽长江滚滚来。
  万里悲秋常作客,百年多病独登台。
  艰难苦恨繁双鬓,潦倒新停浊酒杯。

其平仄如下(句中曲线示偶数字的相间相重,两侧曲线示全首各句的相间相重):

```
1. +-++ +-+,-++ --++。2.
3. ++--+ +-,--+ --+。4.
5. -+ +--+-,-+ +--++。6.
7. ++ +--+-,-+ +--+。8.
```

此诗第一句本应与第五句声调相同,今因押韵关系变其声调成为五、七同声的拗句。又如杜甫《九日蓝田崔氏氏庄》诗:

  老去悲秋强自宽,兴来今日尽君欢。
  羞将短发还吹帽,笑倩傍人为正冠。
  蓝水远从千涧落,玉山高并两峰寒。
  明年此会知谁健,醉把茱萸子细看。

其平仄如下:

```
1. ——++——+,—++——++。2.
3. ++——++—,——++——+。4.
5. ——++—+,—++——++。6.
7. ++——++—,——++——+。8.
```

此诗第一句本应与第五句平仄相同,但因押韵的关系,变——++——为——++——+,以致不与第五句相同,也是既整齐又错综的实例。统观唐人律诗固以交互式为常,也有因律体尚未成定型或诗人用古诗句法入律,遂觉与交互式不合者;又有古今音读不同或今本文字讹误,今人读来觉其不合者。但凡属偶数字必相间相重乃其常,既整齐又错综乃其变,有其常则句法不至与古诗无别,有其变则声调可免过于平板。后来宋人词调变化虽多,都不出这两条规律之外。于此可见文学体制由简单而复杂乃有一定的规律。此确纯属文学形式的范围,而形式的美有助于内容的美,形式又必然要依从内容而变,也是理所当然的。律诗的内容,每每前写景后抒情,或反过来(也有中四句皆景或皆情者,究以分写的为常),其转变在第五句,因此全首声调每每在第五句发生变化①。这又与宋词的换头相同了。宋词换头处不但内容变换,外形的声调亦必变换,这都是形式依从内容而变的明证。老杜自称"晚节渐于诗律细"②,可见此事所关的重要。此理既明,则王氏《姜斋诗话》中所说的道理当否,也容易明白了。王

---

① 杨诚斋《诚斋诗话》说,杜甫《九日蓝田崔氏庄》诗"蓝水"二句,"诗人至此,笔力多衰,今方且雄杰挺拔,唤起一篇精神,自非笔力拔山不至于此"。按杨氏说寻常诗人到第五句笔力多衰竭,而杜甫此诗却能挺拔,唤起精神。可见五七言律诗第五句关系全首最要能挺拔,否则必衰竭无精神。五、七言绝句之第三句,关系全首亦如此。所以元人杨仲弘《诗法家数》论绝句之法,有"句绝而意不绝,多以第三句为主,而第四句发之"的话。二家所说都是形式与内容关系最切之证;又即声律既须整齐又要错综,方能挺拔之故。

② 杜甫《遣闷戏呈路十九曹长》诗。

369

氏举杜甫《登岳阳楼》诗"昔闻洞庭水",及孟浩然《望洞庭湖上张丞相》诗"八月湖水平"两句,说不合"二四六分明";而声律反而能振起。这正是我今所说的诗人在其全首中用一二拗句,使声调更为振拔,也是既整齐又错综的原则。他又举"今上岳阳楼"如易为"今上巴陵楼"则"语蹇而戾于听",举"涵虚混太清"如易为"混虚涵太清"则为"泥磬土鼓"。这正是我今所说的 3 与 5 同声则拗。总之,俗传歌诀两句虽其来源还没有发现明文的记载,大约起于元代之说较为可信。且每种传说,起初都由民间口耳相传,然后被文人载诸文字,所以不易发现它的确实来源。今既试将其理由订正与说明,就不是如王士禛所说那样"怪诞",也不必如王夫之所说的"不可恃为典要",是在作者善于运用而已。

(《江汉学报》第 1 期,1963 年)

后　　记

　　季刚先生钞录、编排《唐七言诗式》(以下简称《诗式》),竣工于1928年。全书钞录唐诗168首,绝大多数为七言诗,另有六言律诗、六言绝句十余首。虽然先生钞编此书的初衷,是要编一本讲授"唐七言诗式"的教科书(或谓从文体角度研究唐七言诗的专著),由于采用以诗作显示"诗式"特征的编写体例,此书又具有唐诗选本的种种特点。毫无疑问,此书的编写方法,既带有二十世纪二三十年代高校教学的特点,亦为季刚先生学术个性使然;而通过选篇所表现出来的诗学观念、评骘标准,当为先生一家之言,但也不乏博取前人时人之说而融为己见独识者。而在今天,无论是作为欣赏唐诗的文学读本,还是作为讲授唐代诗学的教材,《唐七言诗式》都有存在的价值。所以,当崇文书局编辑约我和他们一起向社会推出《诗式》时,很快我就应允了。

　　可是,当我们深入思考如何向社会推出《诗式》时,我们却犯难了。当时想到的方案,一是影印季刚先生手钞《唐七言诗式》原件,或者按先生手钞诗篇顺序排印出版;二是对所钞每首诗详加注释,并写"说明"分析诗的思想、艺术特点;三是现在这个样子,即援引前人诗话语录或诗论材料介绍诗人创作特色和每首诗的诗式特征。之所以这样做,虽说受到过《唐宋八大家文格纂评》编排体例的启发(1839年,日人川西潜编次《唐宋八大家文格》,所分文格、所选古文,均取材于唐顺之《文编》。1878年,日人片山勤则博采唐顺之、储欣、林云铭、浦起龙、金圣叹、沈德潜、汪份以及日本赖山阳等学者的相关评语,用眉批、夹批、总评形式详言所录古文体格特征及行文艺术之妙,

371

而成《唐宋八大家文格纂评》），但主要考虑到该书毕竟是一种教授唐七言诗式的教材，我们的工作应该于读者利用该书教、学唐七言诗式有所助益。而就自学者言，要把握唐人七言诗的"诗式"特征，必须对《诗式》所钞诗作悟入有得，岂止读懂、知其大概而已；就施教者言，欲使学者深明"唐七言诗式"之"式"，也离不开对相关诗作体式、表现艺术、语言风格、诗境诗美的赏析和解说。总之，无论自学还是施教，以《诗式》为教材研习唐七言"诗式"特征，于诗领会其义，熟谙其式，涵咏其味，琢磨其美之所以为美，都是所经程序中无法省略的步骤。

可喜的是，对所选唐代诗人创作倾向和所选唐诗艺术特色、诗式特征，前人早有深入、精细的研究，成果丰硕。代代相续的研究，不但摸索出了一套符合唐诗创作实际，行之有效的研究方法，锻造出了众多用以描述、概括、衡鉴诗义、诗式、诗法、诗语、诗风、诗境、诗美的专业术语，逐步形成了具有中华民族特色的诗歌批评话语系统，而且许多评论唐代诗人、诗歌的说法已经成为古今诗论者的共识。这些见诸于历代诗话、诗论和各种唐诗选本评语的文献，是我们研究唐诗不可或缺的材料。读者研习《诗式》所选之诗，正可借助其言初探门径，或以之为基础作更深入的思考。更何况当年季刚先生在遴选《唐七言诗式》的代表性诗人和诗作时，本来就曾将前人海量批评意见作为确定诗人、诗作入选与否的依据。笔者从前也编撰过几种诗歌选本，全是采用诗人介绍加诗作注释、说明的体例，其中"说明"分析诗作思想、艺术特点着笔。即使说得头头是道，终觉和原诗隔了一层。真应了黄焯老师生前对我说的一句话："古诗文是不可言说的，诵读是领略、传达其妙的最佳方式。"于是，我们决定摘录前人评语来介绍所选诗人的创作成就和艺术特色，借助相关评语从多方面揭示所选诗篇的"诗式"特征。为了便于读者理解所引诗论观点和独立思考《诗式》所选诗篇的诗式特征，我们还撰写了《〈唐七言诗式〉浅说》，除介绍

《诗式》的由来和从选篇窥测编者对唐诗艺术传统的继承和扬弃外，还较为集中地阐述了唐七言古诗、七言律诗、七言绝句的体制渊源、诗式特征和写作要领。

这样一来，这本小书便成了唐人七言诗作与前人诗评语录的集合体。当今古代文学研究，提倡把古代作家诗文原著和前人相关研究成果作为必备研究对象。未想到我们的做法，能给有志于如此研究唐诗的年轻朋友提供些许帮助，这着实使我们感到欣慰。不过，我们要如实告诉读者诸君，书中绝大多数诗篇的诗式特征、表现艺术、诗美所在，都能从所引诗论资料中知其大概；但也有极少数诗篇所引诗论语录很少，且有的语录多为泛论概说，少有细节分析。好在原诗具在，读者自可反复诵读、体味，入其里而跃于外，对其诗式特征兼得感性、理性之认知。至于书中摘录的诗话、诗评资料，主要出自历代诗话、诗论文章、各种唐诗选本评语，以及部分唐代诗人研究资料、唐人别集笺注本所附评论资料。其中，从陈伯海先生及其团队编撰的大型唐诗选本《唐诗汇评》(增订本)、卞孝萱、黄进德等先生及其团队所编《中华大典·文学典·隋唐五代分典》中摘录的材料较多。所引材料虽然依原作过校改，读者若欲引用，还望复查原著。

2020年是人类生活极为艰辛的一年。年前，我就从武昌南湖梅荷苑，来到了惠州南海巽寮湾，几经一年，日日有唐诗相伴，也算一大幸事。在粤研习《唐七言诗式》期间，曾得到王庆元教授、戴红贤教授、张发林院长以及陶永跃先生的关心和帮助；在文字录入、编排过程中，老妻李倬珍女士和小女熊书兰曾协助我做过许多具体工作。在此特向他们表示诚挚的谢意！

熊礼汇
2020年12月6日
于广东省惠东县巽寮湾九铭屿海云端酒店912室

图书在版编目（CIP）数据

唐七言诗式 / 黄侃编选；熊礼汇辑评. -- 武汉：崇文书局，2023.5
ISBN 978-7-5403-6872-2

Ⅰ. ①唐… Ⅱ. ①黄… ②熊… Ⅲ. ①唐诗－七言诗－诗集 Ⅳ. ① I222.742

中国版本图书馆 CIP 数据核字（2022）第 151730 号

责任编辑	李慧娟
封面设计	甘淑媛
责任校对	董　颖
责任印制	李佳超

唐七言诗式
TANG QIYAN SHISHI

出版发行	长江出版传媒　崇文书局
地　　址	武汉市雄楚大街 268 号 C 座 11 层
电　　话	(027)87677133　邮政编码　430070
印　　刷	湖北新华印务有限公司
开　　本	880 mm×1230 mm　1/32
印　　张	12.125
字　　数	300 千
版　　次	2023 年 5 月第 1 版
印　　次	2023 年 5 月第 1 次印刷
定　　价	88.00 元

（如发现印装质量问题，影响阅读，由本社负责调换）

　　本作品之出版权（含电子版权）、发行权、改编权、翻译权等著作权以及本作品装帧设计的著作权均受我国著作权法及有关国际版权公约保护。任何非经我社许可的仿制、改编、转载、印刷、销售、传播之行为，我社将追究其法律责任。